免死記！過目不忘三字經

你與古文的距離，只差一塊美味的翻譯年糕

風靡全球的八大華夏古籍之一
琅琅上口的三字言，勝過千言萬語

歐陽翰，楊忠—著

目錄

第六章 勸學範例篇 ………… 293

作者簡介

楊忠：青少年教育類、社科類圖書編輯，主編《三字經新讀》、《百家姓新讀》、《千字文新讀》、《弟子規新讀》、《做人不要太張揚》等作品。

作者簡介

前言

以「人之初，性本善。性相近，習相遠」為開頭的《三字經》，是中國古代知名度最高的蒙學教材，它以儒家思想為主導，流傳廣泛，可謂家喻戶曉。

《三字經》很早就傳到了日本與韓國，清朝雍正五年（西元一七二七年），《三字經》被譯成俄文流傳到俄國，此後陸續被譯成英、法等多種文字。一九九〇年秋，聯合國教科文組織將《三字經》選入《兒童道德叢書》向全世界發行。可見這部書早已不屬於華人專有，它已經躍上國際成為世界文化遺產的一部分了。

相傳《三字經》的作者是宋代名儒王應麟，但它從雛形到定型經歷了很長時間，歷代都有增補和加工，使它最終成為一本內容豐富的蒙學讀物。

《三字經》的內容大體可分為六個部分，每部分都有一個中心：

一、從「人之初，性本善」到「人不學，不知義」，講的是教育和學習對兒童成長的重要性。教育及時且方法正確，兒童就能健康成長，成為有用之材。

二、從「為人子，方少時」到「首孝悌，次見聞」，強調兒童要孝敬父母、尊敬兄長。

三、從「知某數，識某文」到「此十義，人所同」，講名物常識。先後介紹數目、四時、五行、六穀、六畜等日常生活必需的知識。

四、從「凡訓蒙，須講究」到「文中子，及老莊」，介紹中國古代的重要典籍和讀書的次序，包括小學、四書、六經等儒家經典著作和五子等先秦諸子的著作。

五、從「經子通，讀諸史」到「載治亂，知興衰」，講述中國的歷史發展，朝代更迭盛衰存亡之事。

六、從「讀史者，考實錄」到「戒之哉，宜勉力」，介紹歷史上勤勉好學的範例，勉勵學子勤奮讀書，從小打下良好的基礎，長大後才能有所作為。

《三字經》內容的排列是有一定順序的，展現出作者重在懂禮儀而非僅僅求知的教育思想。在教育內容上，作者強調先易後難、循序漸進。這種教育思想是正面的。

今天，當「人之初，性本善。性相近，習相遠」再次從我們的口中誦出之時，我們的內心由於時代的變化、社會的進步和文化的多元，會比舊時的蒙學教材有更多、更新、更全面的理解，這也正是本書編寫的意義所在。

第一章 教習篇

1．1

【原文】

人之初①，性②本③善。性④相近，習⑤相遠。

【譯文】

人在剛出生的時候，本性都是善良的，性情也差不多，只是由於隨著環境和教育的不同，性情才有了差別。

【注釋】

①初：初生，剛開始有生命。
②性：本性、天性
③本：本來、原本。
④性：性情。
⑤習：習染，長期在某種環境下養成的特性。

【評解】

人的天性是否「本善」，在古代思想家中曾有過很大的爭議。不僅是中國，就是在西方的思想家中也有類似的人性善惡之爭，但不管哪一派都充分肯定教育對於人性的重大作用。

「性相近，習相遠」這句話出自《論語．陽貨》篇，孔子並沒有肯定人性本來是善還是惡，但他堅持認為，

第一章 教習篇

1．1人之初①，性②本③善。性④相近，習⑤相遠。

後天環境的薰陶對人的稟性有很大的影響。

三字經中的「習」並非指學習，而是習染，是兩個並不相同的狀態。學習是一種主動的接受，而習染則是被動的影響，古人常說的「近朱者赤，近墨者黑」就是這個意思。

三字經中所指的「環境」並非單純意義上的環境本身，還包括社會、家庭、朋友及藝術作品對自我內心的影響，因此，為了保證自我身心的全面發展，一個人應該多選擇良好的成長和教育環境，多閱讀和欣賞優秀文化精品，以提高自我的文化素養和道德修養。

【國學小百科】

古代的私塾是如何教學的

私塾讀的書有《蒙求》、《三字經》、《百家姓》、《神童詩》、《千家詩》、《幼學瓊林》、《大學》、《中庸》、《論語》、《孟子》、《詩經》、《尺牘》、《雜字》。

私塾不設班級，都是個別教授，好處是因材施教。當時教法有幾種：

一、點書

塾師的教桌上，常備著一個朱硯和一枝朱筆，每天上午學童陸續上學，先生逐一把他們叫到桌旁。先生邊讀邊點，學童句句跟讀。

二、還書

每天點書之前，學童要把昨天點的書還讀給先生，也叫「還書」。還書有「正讀」與「背書」兩種。「正讀」，就是面對老師看著書本朗讀；「背書」即背向老師，高聲背誦。

三、**溫書**

先生點完一本書，學童還要「溫書」。尤其是「四書」，非要讀得滾瓜爛熟不可。

四、寫字

學童每天下午一到館，就得靠在書桌上寫字。

五、練習對偶句

先生教學童做「對子」，先教兩個字的，如「竹葉」對「梅花」，三個字的，如「人獨立」對「燕雙飛」。然後提高難度。

【相關連結】

近朱者赤，近墨者黑

西晉思想家傅玄曾說過：「近朱者赤，近墨者黑。」這句話現在常用來比喻經常與優秀人才一起交往，自己也會向好的方向發展，反之亦然。古往今來，有許多真實的事例可以說明這一點。

歐陽脩是北宋著名的文學家、政治家。他在潁州當長官的時候，手下有一個名叫呂公著的年輕人。有一次，歐陽脩的好友范仲淹路過這裡，便到他家中拜訪，歐陽脩邀請呂公著一同待客。席間，范仲淹對呂公著說：「你能在歐陽脩身邊做事真是太好了，你應該多向他請教作文寫詩的技巧。」此後，在歐陽脩的言傳身教下，呂公著的寫作技巧提高得很快。

這個事例很好的說明了「近朱者赤」的道理。《論語．里仁》云：「見賢思齊焉。」如果一個人周圍都是一些道德高尚的人，那麼這個人也會透過努力，去趕超他們。同樣的，如果一個人總是與一些道德水準低下的人交往，久而久之他的品性也會變得惡劣，下面我們就來看一個這樣的例子。

國民政府遷臺前，一位名叫穆時英的青年作家，寫了一本揭露舊社會黑暗的小說《南北極》，轟動了文壇。但是當他到了十里洋場之後，受到那種腐朽生活方式的影響，竟也歌頌起了紙醉金迷的生活來，這可謂是對「近墨者黑」最好的詮釋了。

【延伸閱讀】

如何結交更多的益友

孔子曰：「益者三友，損者三友。友直，友諒，友多聞，益矣。友便辟，友善柔，友便佞，損矣。」就是說：「有益的交友有三種，有害的交友有三種。同正直的人交友，同誠信的人交友，同見聞廣博的人交友，這是有益的。同慣於走邪道的人交朋友，同善於阿諛奉承的人交朋友，同慣於花言巧語的人交朋友，這是有害的。」因此，我們應該多結交些對我們有益的朋友，而盡量避免對自己有害的人。

每一個人都希望自己能獲得朋友，都希望友誼像溫暖的陽光一樣照耀在自己的心上。但不是每個人都能得到很多的朋友，只有那些懂得交際技巧的人才能迅速的結識更多的朋友。下面是一些簡單的方式告訴我們如何交上好朋友或者與朋友保持良好穩定的關係。

一、與陌生人談話

積極與陌生人談話，你很快就會發現你與其他人有很多的共同的話題和愛好。在捷運上、公車上都有機會與自己身邊的陌生人談談。你會發現，他們跟自己一樣，也很喜歡體育運動，同樣對打折的商品情有獨鍾，或者會驚奇的發現，她已經是懷上三個月的準媽媽了，而且神奇的是，她們就和你住在同一個社區！這樣，朋友關係也許就產生了。

二、不忘老朋友

也許畢業後，你們就再也沒有聯絡了。但是如果以前你們是好朋友的話，以後你們的關係會更加堅定的。想辦法找到他們，不忘記老朋友。可以參加一些老同學聚會，到同學的社群網站看看，也可以透過老同學找到自己的老朋友。總之一句話，只要你真心真意，老朋友很快就會找到的。

三、舉行一帶一的聚會

舉行小型的聚會，要求自己的朋友都帶上一個自己不認識的其他的朋友來參加。透過這類的活動，你的交友圈會很快的擴大，認識很多人，交上新的朋友。建議參加聚會的朋友都簽到，這樣你們就可以保持固定的聯絡。

四、友好邀請

也許在接小孩子回家的校門口，你聽說另外一位媽媽談論到她喜歡廚藝。如果可以的話，可以邀請她一起參加廚藝培訓。這樣的話，你們就可以一起學習新的美食。你想想大家一起學習，一起成長，共同分享其中的點點滴滴。相信你們很快就可以成為好朋友。

五、嘗試新的活動

做一些你喜歡的事情，這樣你就可能認識一些跟你有同樣愛好的人們。與興趣相同的認識，共同的話題肯定不少，經常在一起談論同樣的東西，你們的關係也會隨之升溫，做朋友也就水到渠成了。

最後補充一點，結交朋友，貴在真誠，它是獲得真正友誼不可缺少的一種優秀品質。因為只有真誠了，別人才能了解你，才能知道你是否值得結交，也只有付出真誠了，別人才能對你真誠、向你袒露自己的心扉。

【原文】

1．2

苟①不教，性乃②遷③。教之道④，貴⑤以⑥專⑦。

【譯文】

如果從小不好好教育，善良的本性就會變壞。為了使人不變壞，最重要的方法就是要專心致志的教育孩子。

【注釋】

①苟：如果。
②乃：就
③遷：遷移，變化。
④道：道路或方法。
⑤貴：最重要的。
⑥以：於。
⑦專：專一、專心致志。

【評解】

後天的教育是一個人能否成才的關鍵。人光有善良的本性是不夠的，如果沒有得到適當的啟發和教導，善良的本性就會受到外在環境事物的影響而逐漸變壞。

「教之道，貴以專」是教育的原則，含有多重意思。

第一，教育要持之以恆。所謂「十年樹木，百年樹人」，教育需要的是恆心和責任心，需要時刻對孩子進行教育，這是我們一輩子都應該做和值得做的事。

第二，教育的方法要專一，教學的內容要精專，這是教育取得良好收效的保障。而現代教育讓孩子學習無法專心，往往無所適從，即使設置多項學習項目，仍然收效甚微，這是教育工作者包括家長都應反思的事情。

第三，對學生而言，也要養成專心專注的學習和生活習慣。所謂「一心不可二用」，人的身心是一個統一的整體，若不能做到身心合一，就什麼事情也做不好。

【國學小百科】

古代母親教育包括哪些

在中國古代家庭教育史上，母親在教育子女中的地位作用，極為顯著，也曾出現過許多楷模人物。她們重視子女教育、教子有方，被歷代人們譽為「母儀」。

中國古代母教包括：

一、**注重言行**。

母親的言行將對子女產生很大影響，因此，中國古代的母親很注意在子女面前的言行舉止。

二、**注意環境**。

《顏氏家訓》中說：「人在年少，神情未定，所與款狎，熏漬陶染，言行舉動，無心於學，潛移默化自然似之」。小時候所受的環境影響，會自然而然形成品德。古代母親很重視周圍環境對孩子的影響，如大家熟悉的「孟母擇鄰」便是生動的一例。

三、**反對溺愛**。

古代注意到母親多性格溫柔，對孩子十分愛護，但強調母親不能對子女嬌慣溺愛。「慈母敗子」成為古代母親的座右銘。

四、寓教於喻。

古人特別注意在教育兒童中運用比喻的方法，生動形象的說明某些道理。

五、教子清廉。

廉潔奉公是一種美德。中國古代的母親，在他們的兒女長大成人當了官以後，也不放棄教育的責任，教訓他們的為官清廉，不能憑藉職權貪汙受賄，表現了古代婦女的高尚品德。

【相關連結】

教子有方的梁啟超

梁啟超這位近代偉大的思想家、政治家、文學家、史學家、教育家，有著深厚的家學底蘊。他以不斷奉獻心血才華的濟世精神，叱吒政壇，潛心學問，光遺留下來的著作就有一千四百多萬字。更使人驚嘆不已的是：在憂國憂民、投身社會、匡國濟世、勤奮著書的同時，他注重對下一代的教育，因此他的孩子個個成才。他的長子梁思成是眾所周知的建築學家，次子梁思永是考古學家，梁思禮則是火箭控制系統專家……僅他的子女中就出了三個科學院院士！我們看一看他是如何進行子女教育的？

一、憂國愛民，言傳身教

梁啟超崇拜墨子的人格，自稱「任公」。他一直以吃苦耐勞、修身齊家、養性律己，以治國平天下為己任。他始終以百科全書式的大學問大氣派，關懷著中華民族的自強自立，並以此影響自己的孩子。他有晚上喝點酒的習慣，喝酒時，他常常講故事給孩子聽。那是以中國古代民族英雄為主的。

譬如講他們家鄉新會的南明忠臣陸秀夫，怎樣在竭力禦敵失敗後投海就義，講人民為了紀念他，在新會縣沿海崖石上刻了「崖門」兩字。這些民族英雄的英勇和氣節帶給孩子深刻的印象。多年以後，學貫中西的建築學家梁思成放棄國外的優越條件，毅然回中國服務，與父親的教育有著很大關係。

二、科學教育，因勢利導

梁啟超將國家的興旺寄託於中國文化的現代化，他的政治熱望與人文取向也潛移默化的影響子女。梁啟超自己學識淵博，要求子女博採眾長，既廣博又要有專長，展現了與時代並趨的精神。他以堅強的奮鬥精神和樂觀風趣的博大情懷教育子女：「我平生對於自己所做的事，都是津津有味，而且還興會淋漓。什麼悲觀、厭世，從沒有在我的詞典裡出現過。」他自己生活儉樸，也這樣要求子女。民國初年，他家已經進入上層社會，但他不改往日的寒士家風。他對孩子說，一個人要好學、堅忍、勤儉。他在一個個外出留學的子女的信中說：「一個人物質的享用，只要維持生命就夠了，至於快樂與否，全不是物質上可以支配。能在困苦中求出快活，才是真的會打算盤呢！」

他崇尚科學教育，提倡個性發展，以培養興趣為先導，注重精神引導、毅力培養。他用自己的治學心得啟發兒女，強調學習的專心致志。他教導兒女：「不驕不餒，方能成就事業。」這點成為梁家子女的學業指標。他告訴孩子，他的三步讀書法是：鳥瞰，解剖，會通。鳥瞰即粗略了解大概，了解重點。解剖即對各部分仔細鑽研，重要處細細解剖，疑難處仔細研究，使自己有深刻記憶。會通即上下左右融會貫通，澈底了解全書。

三、良師益友，慈愛長輩

梁啟超像朋友一樣平等對待兒女，尊重他們對生活、專業的選擇。他很尊重孩子，非常細緻的掌握每個孩子的特點，對每個孩子的前途都有周到的考慮和安排，同時又不強求他們一定要按照自己替他們籌劃的辦。

梁思莊進入大學選科系時，他以自己的遠見卓識看到將來生物學及資訊對社會發展的重要，建議思莊學當時在中國幾乎是空白的現代生物學。但思莊當時就讀的麥基爾大學生物教授教得不好，她也沒興趣，非常苦惱，便與她的哥哥姐姐訴苦。梁啟超聽說後，忙寫信給思莊：「莊莊，聽妳的兄姐說妳不喜歡生物學，既然如此，為何不早點與我說？學問最好是因自己性之所近，往往事半功倍。妳離開我很久，妳的發展方向我不知道……」後來，在父親的鼓勵下，思莊改學圖書館學，最終成為中國著名的圖書館學家。

【延伸閱讀】

父母應從哪些方面鼓勵孩子

孩子不斷進步，原因儘管是多方面的，但有一點是肯定的，即家庭教育的作用，而其中父母的心理鼓勵則是一把挖潛啟智、培養孩子正常發展、快速成長的金鑰匙。

一、理想、目標鼓勵

父母要根據孩子的條件和特長為其設計奮鬥的大目標，時時鼓勵其為實現理想而努力拼搏，不斷為孩子增加前進的動力。當然，理想鼓勵中尤其要注重世界觀、人生觀的形成教育，克服名利思想的影響，確立了理想，還要幫助孩子樹立恰當的小目標，循序漸進，促其完成大目標。

二、行為、榜樣鼓勵

「身教勝於言教」，父母要用自己的模範行為影響孩子；用正面的教誨開導鼓勵孩子；用滿腔的愛心去關懷、體貼孩子。父母還要經常提供一些古今中外名人的事蹟教育鼓勵孩子，讓孩子從中汲取養分，也可把鄰里間品學兼優的孩子作為自己孩子學習的榜樣，鼓勵孩子向他們看齊。

三、**關懷、表揚鼓勵**

父母對孩子不僅要從生活上關心，尤其要從精神上、心理上關懷，不僅關心其智力因素的培養發展，而且要關心其非智力因素方面的形成鼓勵。特別要讓孩子明白，父母的嚴格要求正是對他的未來的負責與關懷，是對他真正的愛。在家教中，對孩子每一點滴進步應及時肯定，予以表揚鼓勵。特別當孩子受到挫折時，要從正面說服，幫助其分析失敗的原因，樹立新的起點，奮起直追。

四、**動機、興趣鼓勵**

鼓勵孩子積極參加一些有益社會活動和競賽，積極為孩子創造條件，特別要注重智力投資。培養興趣也是學習成功的另一重要因素。要從學習條件、環境、心理因素等多方面激發孩子的學習興趣，使源頭活水天天來，水到渠成步步高，尤其是對特長的培養，更要注意興趣鼓勵，才會產生較強的動力。

1．3

【原文】

昔孟母，擇①鄰處②。子不學③，斷機杼④。

【譯文】

戰國時，孟子的母親曾三次搬家，是為了使孟子有個好的學習環境。一次孟子翹課，孟母就用割斷織機上的布來教育他。

【注釋】

①擇：選擇。

1・3昔孟母，擇①鄰處②。子不學③，斷機杼④。

②處：居處

③不學：不好好學習。

④杼：織布機上的梭子。

【評解】

父母是孩子的第一個老師，因此父母為孩子提供的學習環境和教育方法對其人生的發展方向具有至關重要的作用。

事實上孟子之所以能夠成為歷史上有名的大學問家，是和母親的嚴格教育分不開的。「昔孟母，擇鄰處」講述的就是環境對孩子身心成長的影響甚大。而「子不學，斷機杼」則闡釋出讀書要努力用功，並持之以恆，這一道理。

【國學小百科】

江南貢院——中國古代最大科舉考場

江南貢院初建於南宋乾道四年（西元一一六八年），起初供縣、府學考試之用。西元一三六八年明太祖朱元璋定都南京，集鄉試與會試於此。西元一四二一年，明成祖朱棣遷都北京，這裡仍留作鄉試考場。後經不斷擴建，至清同治年間已形成一座占地三十幾萬平方公尺，僅考生號舍就達兩萬零六百四十四間的中國最大科舉考場。僅清代經過江南鄉試後考中狀元者五十八名，占全國狀元總數的一半以上。唐伯虎、鄭板橋、吳敬梓、吳承恩、方苞、袁枚、林則徐、鄧廷楨、曾國藩、左宗棠、李鴻章、陳獨秀等歷史名人均為江南貢院的考生或考官。民國時期此處為南京市政府所在地，抗戰期間此處曾為汪精衛政權的行政院及最高行政法院。

【相關連結】

孟母三遷和孟母斷機

孟子是戰國時期的大思想家。孟子名軻，從小喪父，全靠母親倪氏一人日夜紡紗織布，挑起生活重擔。倪氏是個勤勞而有見識的婦女，她希望自己的兒子讀書上進，早日成才。但小時候的孟軻片天性頑皮好動，不想刻苦學習。他整天跟著左鄰右舍的孩子爬樹捉鳥，下河摸魚，田裡偷瓜。孟母開始又罵又打，什麼辦法都用盡了，還是不見效果。她後來一想：兒子不好好讀書，與附近的環境不好有關，於是，就找了一處鄰居家沒有貪玩的小孩的房子，第一次搬了家。

但搬家以後，孟軻還是坐不住。一天，孟母到河邊洗衣服，回來一看，孟軻又腳底板抹了油。孟母心想，這周圍又沒有小孩，他又會到哪裡去呢？找到鄰居院子裡，見那裡放著一個大爐子，幾個滿身油汙的鐵匠師傅在「叮叮噹噹」的打鐵。孟軻呢，正在院子的角落裡，用磚塊做鐵砧，用木棍做鐵槌，模仿著鐵匠師傅的動作，玩得正起勁呢！孟母一想，這裡環境還是不好，於是又搬了家。

這次她把家搬到了荒郊野外，周圍沒有鄰居，門外是一片墳地。孟母想，這裡再也沒有什麼東西吸引兒子了，他總會用心唸書了吧！但轉眼間，清明節來了，墳地裡熱鬧起來，孟軻又溜了出去。他看到一溜穿著孝服的送葬隊伍，哭哭啼啼的抬著棺材來到墳地，幾個精壯年輕人用鋤頭挖出墓穴，把棺材埋了。他覺得很好玩，就模仿他們的動作，也用樹枝挖開地面，認真的把一根小樹枝當做死人埋了下去。直到孟母找來，才把他拉回家裡。

孟母第三次搬家了。這次的家隔壁是一所學堂，鬍子花白的老師教著一群年齡各異的學生。老師每天搖頭晃腦的領著學生唸書，那腔調就像在唱歌，調皮的孟軻也跟著搖頭晃腦的唸了起來。孟母以為兒子喜歡唸書了，

1．3昔孟母，擇①鄰處②。子不學③，斷機杼④。

高興得很，乾脆拿了兩條肉乾當做學費，把孟軻送去上學。

可是有一天，孟軻又翹課了。孟母知道後傷透了心。等孟軻玩夠了回來，孟母問他：「你最近書讀得怎麼樣？」孟軻說：「還不錯。」孟母一聽，氣極了，罵道：「你這不成器的東西，翹了課還有臉撒謊騙人！我一天到晚辛苦織布是為了什麼！」說著，揪著他的耳朵拖到織布機房，抄起一把雪亮的剪刀，「嘩」的一聲，把織機上將要織好的布全剪斷了。

孟軻嚇得愣住了，不明白母親為什麼這樣做。孟母把剪刀一扔，厲聲說：「你貪玩翹課不讀書，就像這剪斷的布一樣，織不成布；織不成布，就沒有衣服穿；不好好讀書，你就永遠成不了人才。」

這一次，孟軻心裡真正震撼了。他認真的思考了很久，終於明白了真理，從此專心讀起書來。由於他天資聰明，後來又跟著孔子的孫子子思學習，終於成了儒家學說的主要代表人物。

【延伸閱讀】

為孩子創造良好的學習環境

一、要讓孩子明白學習必須專心、踏實的道理。

專心學習的故事很多，可以講給孩子聽；也可以帶孩子到圖書館的閱覽室去看書，讓孩子感受那種人人專心讀書的氣氛。還可以用競賽的方法進行訓練，堅持一段時間，孩子專心學習的習慣就能養成。

二、讓家裡的環境適合孩子學習。

（一）為孩子預備固定的學習地點，桌椅固定的位置不能隨意搬動。這樣孩子容易形成專心學習的慣性心理，一進入這個環境，腦子就進入學習狀態。桌子上不能亂七八糟的堆放東西，只能放課本、作業本、文具以及必要的工具書，旁邊有一個小書架更好。不要放玩具、零食，以免干擾孩子學習。

（二）房間布置要適合孩子學習。房間布置應簡潔、明快，擺放物品不能太多太雜。牆壁以淡色為好，不要張貼很多東西。有的家長讓孩子自己編寫格言、警句貼在牆上，這個辦法可以借鑑。適當考慮孩子的個性特點。比如有的孩子特別好動，房間就應減少大紅大綠、花色斑駁的東西，以免助長其不穩定的情緒；有的孩子過於內向、沉悶，房間的布置則要熱烈、活潑一些。

（三）保持安靜的環境。孩子學習時，家人應盡量保持安靜，電視機、收音機最好不開，如果在不同的房間，應把門關好，聲音調小。說話不應大聲，尤其不要吵架。

（四）有共同學習的時間。可以約定一個時間全家人同時學習，有的讀書，有的看報，有的寫東西，這樣的家庭氣氛最能促進孩子專心學習。

三、**創造適合孩子學習的心理氣氛**。

家庭成員之間互相關心、親密融洽，是孩子「入境」、「入靜」的重要條件。家庭人際關係如果不和諧，經常吵吵鬧鬧，對孩子是一種心理干擾、情緒壓力，孩子會產生焦慮、恐懼、厭煩等心態，無法安心學習。

1．4

【原文】

竇燕山，有義方①。教五子，名俱揚。

【譯文】

五代時，燕山人竇禹鈞教育兒子很有方法，他教育的五個兒子都很有成就，同時科舉成名。

1．4竇燕山，有義方①。教五子，名俱揚。

【注釋】

①義方：指合乎孔孟之道的教育方法。

【評解】

當今社會，孔孟之道的教育方法似乎有些落伍，但是其正確的教育理念和精神對子女身心的成長依然具有極為重要的指導作用及意義。

因此，父母要善於教育，即用正確的教育方式對孩子的身心發展予以積極、合理的指導，只有這樣，才能促進子女的健康成長。

【國學小百科】

古代顏氏家訓——最早的家教名著

早在北齊時期，北齊文學家顏之推撰寫了中國第一部家教名著《顏氏家訓》。強調家庭教育的關鍵是父母，父母的行為和教育方法對子女的成長影響極大，父母應把愛子和教子結合起來，切忌「無教而有愛」，「愛子要愛得其所，愛得有方」。現截取其中兩段——

原文

古者聖王，有「胎教」之法，懷子三月，出居別宮，目不斜視，耳不妄聽，音聲滋味，以禮節之。書之玉版，藏諸金匱。生子咳提，師保固明孝仁禮義，導習之矣。凡庶縱不能爾，當及嬰稚識人顏色、知人喜怒，便加教誨，使為則為，使止則止，比及數歲，可省笞罰。父母威嚴而有慈，則子女畏慎而生孝矣。

譯文

古時候的聖王，有「胎教」的做法，懷孕三個月，出去住到別的好房子裡，眼睛不能斜視，耳朵不能亂聽，聽音樂、享用美食，都要按照禮義加以節制，還得把這些寫到玉版上，藏進櫃子裡。到胎兒出生還在幼兒時，擔任「師」和「保」的人，就要講解孝、仁、禮、義，來引導學習。普通老百姓家縱使不能如此，也應在嬰兒識人臉色、懂得喜怒時，就加以教導訓誨，叫做就得做，叫不做就得不做，等到長大幾歲，就可省免鞭打懲罰。只要父母既威嚴又慈祥，子女自然敬畏謹慎而有孝行了。

原文

吾見世間無教而有愛，每不能然，飲食運為，恣其所欲，宜誡翻獎，應呵反笑，至有識知，謂法當爾。驕慢已習，方復制之，捶撻至死而無威，忿怒日隆而增怨，逮於成長，終為敗德。

譯文

我見到世上那種不講教育而只有慈愛的，常常不以為然。要吃什麼，要做什麼，聽憑孩子開口，該訓誡時反而誇獎，該呵斥時反而歡笑，等孩子懂事後，還認為道理本來如此。到驕傲怠慢已成習慣，才去制止，那就縱使敲打得再狠毒也樹立不起威嚴，憤怒得再厲害也只會增加怨恨，直到長大成人，終於養成敗壞的品德。

看著這些古代教子家訓，我們不得不為古人對教子的嚴謹風範而折服。生活在現代家庭的我們，也應該保持中華民族的傳統美德，揚禮儀之邦的淳風。

【相關連結】

五子登科

竇燕山，原名竇禹駁，因他居住在幽州（現在北京），故稱竇燕山。

1・4竇燕山，有義方①。教五子，名俱揚。

竇燕山出身於富庶的商人家庭，家道昌盛。但他最初為人心術不正，專用大斗進，小秤賣，費盡心機坑蒙拐騙，以勢壓人。貧民百姓痛恨他的為富不仁，卻沒有力量主持公道。竇燕山昧良心、滅天理的行為激怒了上天，他三十歲了還膝下無子。

在一個夜晚，他做夢。夢到他去世的父親對他說：「你心術不好。品行不端，惡名已經沒天帝知道。以後你命中無子，並且短壽。你要趕快悔過從善，大積陰德，廣行方便於勞苦大眾，才能挽回天意、改過呈祥。」竇燕山醒來，歷歷在目，於是決定重新做人。

有一天，竇燕山路宿客棧，偶然檢到一袋銀子。他為了能讓銀子物歸原主，在客棧等了一天，終於等到了失主，將因數完壁歸趙。失主感激萬分，要以部分銀子相贈，他分文不取。他家鄉有不少窮人，娶不起老婆，或因為沒有錢準備嫁妝而無法嫁女兒，竇燕山就把他的銀兩送給他們幫助他們嫁娶。同時，竇燕山還在自己的家鄉設立學堂，請有學問的老師來教課。把附近因貧窮而不能上學的孩子招來免費上學。竇燕山如此周濟貧寒，克己禮人，因此積了大陰德。

此後一個晚上，竇燕山又夢見自己的父親。老人告訴他：「你現在陰功浩大，美名遠揚，天帝已經知道了。以後你會有五個兒子，個個能金榜提名，你自己也能活到八、九十歲。」當他醒來，發現也是一個夢。但從此更加修身養性，廣做善事，毫不怠慢。

後來，他果然有五個兒子。由於自己重禮儀、德行好，且教子有方、家庭和睦，竇家終於發達了。其中大兒子做到禮部尚書，二兒子做到禮部侍郎，其餘三子也都做了官。

當五個兒子均金榜提名時，侍郎馮道贈他一首詩：「竇燕山十郎，教子以義方。零春一株老，丹桂五枝芳。」

【延伸閱讀】

父母應送給孩子的十個禮物

第一個禮物：愛

每個孩子都需要愛，許多孩子對愛的需要遠勝於對一兩件玩具禮物的需要。但父母如何來表達自己的愛呢？

提醒：輕拍孩子的肩；臨睡前給孩子一個吻；與孩子道別時揮揮手；在孩子回家時給他一個問候，這些都是在向孩子表達愛心。

第二個禮物：紀律

孩子健康成長的道路上，需要你提供一些做人處世的規矩，以讓他懂得凡事不能為所欲為，以及自我約束的重要性。

提醒：使用嚴厲的但卻是能被孩子理解的紀律來約束孩子的不良行為，然後再平心靜氣的向他解釋：「無論你何時再犯，我都會阻止，直到你能自己改正為止。」

第三個禮物：以身作則

你傳遞給孩子最重要的資訊往往不是用言語方式來達到的。在孩子的整個成長期，他都會模仿父母的行為，並以父母為楷模。

提醒：時刻提醒自己，你的孩子正在觀察你，因此你必須十分注意自己的一舉一動。假如你不想讓你的孩子抽菸，你自己最好就不要與香菸為伴。要想為你的孩子樹立一個好榜樣，父母必須以身作則。

1．4竇燕山，有義方①。教五子，名俱揚。

第四個禮物：自尊

兒童的自尊是透過父母對他的尊重培養出來的。體罰是對孩子的一種不尊重。尊重意味著你必須將孩子看成是獨一無二的「這一個」，允許他發展自己的愛好和追求。

提醒：即使孩子的發展與你為他設計的目標並不一致，或者他的有些表現你很難理解，你也應尊重他的個性。你要關心他，但不要什麼都替他作主，你應鼓勵他獨立思考並勇於探索，讓他知道你隨時都在關注著他。

第五個禮物：良好的自我形象

對孩子的良好行為給予適當稱讚是重要的，但假如稱讚言過其實，反而會有損於孩子的自我評價。相反，對孩子的過分指責和嘲笑，傳達的是這樣一種資訊：「你沒有能力做這事情，必須由我來代替你完成。」這種凡事包辦的做法會破壞孩子的成就感。

提醒：讓你的孩子獨立的去從事一些事情，直到他完全掌握，然後說一聲：「做得好！」讓孩子有一種成就感。

第六個禮物：良好的健康習慣

培養孩子的健康習慣，父母的行為是很重要的，父母堅持刷牙、健身或注重飲食健康，都是無意的向你孩子灌輸一種觀念：要照料好自己的身體。

提醒：讓你的孩子定期去醫院，接受必要的健康檢查，同時讓孩子了解壞習慣對身體的危害。

第七個禮物：多跟孩子在一起

即使工作再忙再累，你也要讓孩子知道他在你心目中始終是第一位的。

提醒：每週都計劃一次與孩子共同參與的活動，然後讓孩子盼望著這個時刻的到來，讓他知道你非常樂意與他在一起。

第八個禮物：學習動力

所有那些肯學習的父母都在無形中為孩子樹立了一個榜樣。但也應注意不要揠苗助長。對孩子來說，壓力過大會影響他們學習的內在動力。

提醒：在幼兒時期就開始讓孩子學著閱讀，待他長大後再讓他對著你朗讀。培養他對自然和周圍環境的好奇心。你要經常傾聽孩子的想法，與他一起探討一些問題。

第九個禮物：幽默感

與你的孩子一起歡笑，能讓他看到事物輕鬆和愉快的一面。不要總是對孩子一本正經，笑聲能讓我們更加熱愛生活。

提醒：和孩子一起閱讀幽默書籍和看喜劇電影，當孩子嘗試一些幽默行為時，父母應表現出很欣賞的樣子。

第十個禮物：夥伴關係

從兩歲開始，孩子就需要與同齡或略大的孩子玩耍，孩子能學會妥協、同情和合作，還會發展出一些新技巧、興趣、責任心等等。你所要做的是適時給他們一些指導。

提醒：不要總讓孩子關在家裡做一些早已設計好的遊戲，要鼓勵他多與同齡孩子在一起玩耍，這樣，在自由自在的活動中，孩子才能拓寬自己的視野。

【原文】

1．5

養不教①，父之過②。教不嚴③，師之惰④。

【譯文】

僅僅是供養兒女吃穿，而不好好教育，是父親的過錯。只是教育，但不嚴格要求，就是做老師的懶惰。

【注釋】

①教：教育。
②過：過錯。
③嚴：嚴格，嚴厲。
④惰：懶惰。

【評解】

孩子的童年和青少年事情的教育來自學校和家庭兩個方面，可以說，教育的成敗是這兩個方面共同作用的最終結果在起作用。但是，家教與師教並非完全孤立的兩個個體，它們只有系統的結合才能發揮最佳的效能。原因就是兩個方面的互補性。如果說家教是播種和澆水，那麼師教就是施肥和修剪，離開了哪一個環節幼苗都不能長成參天大樹。

【國學小百科】

中國古代科舉制度

科舉制度是封建王朝的一種選士制度，從隋煬帝大業二年（西元六〇六年）設科舉，到清朝光緒三十一年（一九〇五年）廢科舉，實行了一千三百年之久。

科舉考試的基本方法是由國家設立科目，透過逐級統一考試，按成績選錄人才，分別授予相應官職。考試範圍歷朝不盡相同，隋唐以明徑、明法、明書、明算、秀才、一史、三史等為常設科目。

元明兩朝起，統一在「四書」範圍內命題，以朱熹的《四書章句集注》為標準答案。闡釋經義之作文考試採用八股文體。

到明清時，科舉考試程式亦日臻完善。考試分為四級：郡試（府州縣考試）、鄉試（省級考試）、會試（全國考試）、殿試（皇帝直接考試）。

清朝時又將「郡試」下放到縣級，稱院試。童生經院試合格，稱秀才；秀才經鄉試錄取稱舉人，舉人經會試錄取稱貢士，貢士經殿試合格者稱進士。

進士分為三甲，一甲三人，依次稱狀元、榜眼、探花，均賜「進士及第」；第二甲若干名，賜「進士出身」；第三甲若干名，賜「同進士出身」。凡中進士者，金榜題名，授予較高官職。

【相關連結】

陶母封鮓

陶侃是晉初鄱陽（今江西波陽縣）人，後來遷居潯陽（今江西九江市），是晉末著名作家陶淵明的曾祖父。

陶侃青年時代，家境並不富裕，父親早死，由母親湛氏撫養成人。他在潯陽縣裡當一名小吏，負責管理魚

1．5養不教①，父之過②。教不嚴③，師之惰④。

池。

陶侃經常掛念母親一個人留在家裡，生活太艱苦了，便利用職務上的便利，拿了池裡的幾條小魚，盛在罐子裡，醃鹹了，便托人帶回家去孝敬母親。

沒過幾天，母親托帶信的人把那罐魚原封不動的退回來了，還親自寫了一封信給陶侃。陶侃以為母親一定會在信中誇獎他一番的，誰料拆開信一看，連一句誇獎他孝順的話也沒有，反而在信中嚴厲的責備說：「你身為縣吏，領取朝廷的薪俸，首先應該做到廉潔奉公，一塵不染。現在竟利用職權，拿公家的財物來孝敬我，我真為你感到羞愧和擔憂！」

讀完母親的信，陶侃知道自己做錯了事，辜負了母親的期望，痛悔不已。他馬上寫了一封回信，誠懇的檢討了自己的錯誤，並決心以此為鑑，不再重蹈以往的覆轍。

此後，他勤政為民，政績出色，深得民心，官運也因此亨通，從長吏、大尉、都督大將軍，一直做到長沙郡公。

這就是舊時文人傳頌的「陶母封鮓」的故事。他們認為陶侃一生廉潔勤勞，同他母親的教育影響是分不開的。「陶母封鮓」被作為母教的一個經典範例。

【延伸閱讀】

家長如何配合學校教育

作為學生，他的主要活動場所是家庭和學校，受教育的主要基地也是家庭和學校。而家庭是孩子的第一課堂，可一些家長不恰當的教育方法，不僅傷害了孩子的心理，甚至會造成他們的叛逆心理。為使孩子健康成長，我們家長可以透過以下方式積極主動和學校配合、聯絡。

一、**來校詢問**。

當家長發現自己的孩子有不良行為時，應積極主動的來到學校，詢問近期孩子在校的具體表現，與老師共同分析、探討合適的教育方法，使孩子從迷途中扭轉回來。

二、**電話聯絡**。

電話聯絡是最直接、最及時的一種聯絡手段，有些家長因工作忙沒有時間與老師面談孩子在學校的具體表現，這時應利用電話與學校、老師聯絡，以達到教育的最終目的。

三、**了解孩子的學習情況**。

可以看看他的作業、筆記，問問他的學習情況，和孩子交流交流問題。

1・6

【原文】

子不學，非①所宜②。幼不學，老何為③？

【譯文】

小孩子不好好學習，是很不應該的。一個人如果小時候不好好學習，到老的時候既不懂做人的道理，又沒有知識，能有什麼用呢？

【注釋】

①非：不是，表示否定的意思。

②宜：適宜，合適。

1．6子不學，非①所宜②。幼不學，老何為③？

③何為：做什麼呢？

【評解】

常言道，「少壯不努力，老大徒傷悲」，一個人如果錯過了人生的重要黃金階段，就會凡事事倍功半。學習是個漸進的過程，所謂「厚積薄發」，不要輕視年少時的點滴努力和累積，這些都將成為你日後成功的資本。

學會珍惜自己生命的黃金時刻，不僅是對父母和師長負責，更是對自己的人生負責。

【國學小百科】

《演小兒語》——中國最早的一部兒歌集

中國最早的一部兒歌集，是明代呂坤編輯的《演小兒語》。

呂坤（西元一五三六至一六一八年），字叔間，號新吾，寧陵（今河南商丘）人。他編的《演小兒集》，全書一卷，收有包括河南、山西、山東、陝西等地流傳的四十六首兒歌。文字淺近，內容生動，便於口耳相傳。編者在每首歌下面都加上評語，雖然有些牽強附會，不符原意，但將古代兒歌中許多遺產藉以保佑存下來。

呂坤在《演小兒語》的序跋中還提出了一些關於兒歌的理論問題，對今天的兒歌創作也有借鑑之處。

【相關連結】

鑿壁偷光

匡衡是西漢人，出生在一個窮苦的農民家庭。他從幼年起就酷愛讀書。白天要勞動，沒有多少空餘時間，晚上很想讀書，卻窮的點不起燈，他為此很苦惱。後來，他發現鄰居家夜夜有燈光，就想了個辦法。因為鄰家點燈的房子和他的住室之間，只隔著一堵牆，於是，他便在牆上鑿了個小孔，燈光果然從小孔裡透過來了，他高興的簡直跳了起來。從此以後，他每夜蹲在牆腳，借著這一線亮光讀書，直到鄰居家熄了燈，他才心滿意足的去睡覺。

過了不久，又發生了另一個問題，他僅有的幾冊書早已被讀得滾瓜爛熟，卻一直沒有錢買新的，跟有書的人家借，又常常碰釘子，他又開始苦惱起來。

當地有個叫「文不識」的富豪，家裡藏書很多。匡衡便請人介紹，去文家當長工。到了文家，他做事既賣力又不要一文工錢。「文不識」覺得很奇怪，就問匡衡道：「你為什麼自願做工，而不要工錢呢？」「我替您工作，不為別的，只希望您把書借給我，讓我好好閱讀。」「文不識」答應了他的請求。匡衡一得到豐富的圖書，就像幾天沒有吃飯的人得到美食佳餚一樣，貪婪的、津津有味的讀啊讀啊，讀完一冊又讀另一冊。

這樣日積月累，他終於成了著名的大學者。

【延伸閱讀】

如何提高自學能力

一、大膽質疑，培養質疑能力

「學起於思，思源於疑」。質疑是思維的導火線，是學習的內驅力，是探索與創新的源頭。加強自身質疑能力的培養，即培養自身發現問題，提出問題的能力。正如愛因斯坦所說的：「提出一個問題比解決一個問題更重要。」俗話說：「小疑則小進，大疑則大進」。因此，要學著不斷去質疑、釋疑，培養自己的創造性思維能力。在學習中，培養自己的科學思維能力，積極的鍛鍊逆向思考，擴散思考，大膽懷疑，大膽想像，大膽創新，並能對某些共性的看法或結論提出質疑。

二、整體把握，理清課本內容層次

把繁雜、冗長的知識一層一層的進行梳理，猶如剝洋蔥一樣，將所學的知識梳理出層次，然後從整體上把握這些知識層次。將其組成一個有意義的整體，這就是所謂的「先放後收」。它可從兩個方面入手，從內容上，要求學生理出哪些是基本知識，即基本概念和基本原理。這些知識不僅要求學生找得出來，更要理解、記住它。從結構層次上，在看書後，了解課本中講了幾個問題，先講什麼，後講什麼；這些問題又是從哪幾個層次和角度闡述的？列舉了哪些事例來論證的。這部分內容在整個知識體系中處於什麼地位，與前面的知識有什麼關聯等。

三、簡要概括，把課本由厚變薄

可在整體把握課本的基礎上，領會其精神實質。可先對一節或一段內容進行歸納，用一兩句話、一兩個字概括。隨著學習歸納能力的提高，逐步發展為對一課、一章的概括。

四、抓住線索，清晰知識的發展脈絡。

如果知識是珍珠，那麼線索就是將珍珠串起來的那根線。我們要去發現所學知識的線索，抓住了線索就抓住了所學知識的脈絡。在自學中要注意「三大問題」，即先講是什麼，後講為什麼或重要性，最後講怎麼樣。

五、劃出關鍵字，突出知識核心結點

線索是學習內容的「網」，關鍵字則是這張網中的「結點」。在知識學習中，要在加深理解的基礎上抓住某些「亮點」，即關鍵字，將知識高度壓縮在認知結構中，再應用時依據線索，快速檢索出關鍵字，由此引出自己所學的知識。

六、寫讀書筆記，進一步內化所學知識

自學完一段、一節或一課後，寫出自己的讀後感，體會，或者對課本進行評述，寫出眉批，如果能長此以往，堅持下去，你的理論水準及運用理論分析問題，解決問題的能力也會得到較大提高。

【原文】

1．7

玉不琢①，不成器②。人不學，不知義③。

【譯文】

玉不打磨雕刻，不會成為精美的器物；人如果不學習，就不懂得禮儀，不能成才。

【注釋】

①琢：打磨、雕琢。

②器：才。

③義：禮儀。

【評解】

人的一生是一個磨練的過程，在學習和生活的過程中，難免會遭受諸種挫折，但是，一個人的成才之路就如同雕刻玉器一般，只有經過層層打磨，才會呈現出耀眼的一面。

學習是一輩子要做的事情，如此簡單的「學習」二字，需要我們腳踏實地、持之以恆的付出自己的努力。

【國學小百科】

古代小學教育是怎樣進行的

古代教育，小學是從七歲到十二歲，它的教學宗旨、目標，就是培養正知正見。

小學的教育，在生活教育當中，是要培養他的勤勞，怎樣侍奉父母，怎樣友愛兄弟，都是從這時候培養的。

1·7玉不琢①，不成器②。人不學，不知義③。

在德行、學問根本上，培養他的根本智慧。

所以這個階段，老師只教句讀。老師不講解而只教他讀，利用他天賦的記憶力讓他熟記。背下來之後，老師再督促他，要背一百遍、背二百遍。到第二天，先把前面教的背一遍之後，然後再教新的經文。這是童蒙教學用這個方法，天天教他朗誦、教他熟記。因為這個時候，他智慧沒有開，不需要講解，講他也未必能理解，只是教他背，教他背誦。

到十三、四歲，智慧開了，懂事了，再開講。所以中國古時候沒有中學，只有小學太學，太學就彷彿現在講的大學。太學裡面就是講解，小時候所背的這些經論，要在太學裡面做深入的研究探討、講解辯論。等學生的人事關係明白之後，再進一步，教給學生人與環境的關係，與動物的關係，與植物的關係，與山河大地的關係。

再進一步，這才講到所謂玄學，即人與天地鬼神的關係。這是宇宙人生的大道理，是做人的大根大本。

【相關連結】

不琢不成器的和氏璧

卞和是春秋時期的楚國人，一天，他跑到荊山上遊覽，發現一塊不同尋常的石頭，表面發出白色亮光，擊之發出清脆悅耳的聲音。他憑著幾十年的經驗，認定這塊不尋常的大石頭的裡面蘊藏著一塊非常珍貴的白玉，如果打開以後，請能工巧匠取出來，再加以精心雕琢，肯定是一件「國寶」。

當卞和抱著這塊「璞玉」回家以後，心中盤算著，這樣的稀世之寶只有獻給當今的國王才是上策。主意既定，他就離開家門，帶著「璞玉」奔向國都而去。

當時楚厲王當政，聽到這個好消息要親自接見他。卞和向楚厲王進述了一遍「璞玉」發現的經過以及「璞玉」的珍貴道理。厲王聽後，將信將疑，反覆察看這塊「璞玉」，終究看不出玉的樣子來。於是，喊來王宮裡的玉匠，玉匠們也查看了一遍，皺皺眉頭，毫不在意的對厲王說：「這有什麼稀奇，不像玉，而是一塊普普通通的石頭。」

厲王大怒，絲毫不讓卞和分辯，立即下令：「卞和犯了欺君之罪，對他處以刖刑！」武士立刻將卞和推出宮外，一刀砍掉他的左腳。

楚厲王去世後，楚武王即位。卞和又萌發了獻玉的心思，他想，也許武王是位英明的君主，能夠識寶，不妨再去試試。於是抱著「璞玉」，一跛一跛的走向王宮，將寶玉獻給楚武王。

誰知楚武王與楚厲王一樣，都是不識玉的君王，於是又找來玉匠來鑑別，沒想到，這個玉匠就是上次楚厲王找過的．這個玉匠自然又是漫不經心的說：「這不是玉，而是一塊普通的石頭。上次企圖以此來欺騙厲王沒有成功，如今又想故伎重演，再騙一次武王，你存什麼心思？」

不等卞和開口申辯，就喝令武士將卞和推出宮門，把右腳也砍掉了。

楚武王去世後，楚文王即位。卞和又萌發了獻寶的決心。懷著一線希望，又抱起「璞玉」爬向王宮。他一面爬，一面哭，一連三天，幾乎都要哭出血來了，終於來到王宮。

文王十分感動，決定親自接見。同時，文王還召來好幾名熟悉玉石加工的巧匠，一起來「會診」，經過他們再三察看，終於得出共同的結論：「表面雖是一塊不起眼的石頭，裡面確實埋藏著一塊玉，一塊很珍貴的寶玉。」

文王命令玉匠當場打開驗看，果然是一塊頗大的白色無瑕、微微透明、放射著珍珠般光芒的玉石。在場的君臣與工匠都傻了眼，無不交口稱讚卞和的耿耿忠心和他識玉的特殊本領。

隨後，楚文王又命工匠加工雕琢成一塊白璧，為了紀念和表彰卞和的功勞，命名為「和氏璧」，存放在國庫內妥為保管，代代相傳，成為中國統治者無上權力的象徵。

從這個故事中，我們了解到，玉石雖然名貴，但是如果沒有經過精雕細刻，就將永遠是一塊石頭。玉是如此，人何嘗不是呢？

【延伸閱讀】

學習古人面對挫折的態度

東晉末期，社會環境混亂汙濁，陶淵明帶著「大濟蒼生」的願望踏入仕途，社會的現實卻不容他的理想、志向有發展的機會。剛直坦率的性情，使他看不慣官場種種的黑暗現實，卻又希望能夠發展自己的才能，二者相互矛盾，以致陷入了無盡的痛苦之中。

但他並沒有因此而沉淪，相反，他在對現實的渴望和苦悶中掙扎著，在努力維持最低水準的生活的勞動中掙扎著，這使他對於社會有了深刻的反思，創作出一座理想王國「桃花源」，來表達自己對黑暗現實的痛恨和反抗，也因而取得了一定的文學成就。

在中國上下五千年的歷史文化中，這樣的例子實在是不勝枚舉，司馬遷寫《史記》，曹雪芹寫《紅樓夢》，劉永寫市井詩詞等等。

大多數文人能夠在受挫之後能夠奮勇前進，積極向上，面對挫折，愈挫愈勇，百折不撓，最終在文學史上留下自己光輝的一頁。

可我們面對挫折又如何呢？考試意外低分，痛苦一陣後便拋之腦後，不反思，不進取，尋求阿Q式自慰，還是淚流不止呢？

要知道，這只是一次挫折，是考驗心理素養的一面鏡子，面對一次失敗就像給自己一記下馬鞭，應好好反思一下，而不是猶如一場輕微地震之後拋到九霄雲外，亦不是毀滅自信的烈性炸藥，它只是作為一名導師，在你徬徨的時候替你上一課，希望你提高警惕，更正處事態度，而不是作為一名欺壓者出現，將你的自信拉入深淵，從而讓你一蹶不振，自甘墮落，終日以淚洗面。

面對挫折，我們需要的是冷靜下來整理整理思緒，勇敢的面對，積極的解決，而不是膽小怯懦，處處逃避。只有這樣，問題才會迎刃而解。

1．7玉不琢①，不成器②。人不學，不知義③。

第二章 孝道篇

2·1

【原文】

為人子，方少時。親師友，習禮儀①。

【譯文】

做兒女的，從小時候就要親近老師和朋友，以便從他們那裡學習到許多為人處世的禮節和知識。

【注釋】

①禮儀：禮節。封建社會禮節繁多，要求孩子學會禮儀，是重要的教學內容。

【評解】

中國是禮儀之邦，禮儀的教育源遠流長，尊師重道、謙和禮讓是每一個青年子弟從小就要接收的教育。《禮記》篇首的第一句話就是「毋不敬，儼若思」，因此，人要學會「習禮儀」。一個人，也只有待人以誠、進退有度才能不失君子風範，贏得更多人的尊敬和愛戴。

【國學小百科】

古代生活禮儀有哪些

一、誕生禮

從婦女未孕時的求子到嬰兒滿週歲，一切禮儀都圍繞著長命的主題。高禖之祭即是乞子禮儀。此時，設壇於南郊，後妃九嬪都參加。漢魏時皆有高禖之祭，唐宋時制定了高禖之祀的禮儀，金代高禖祭青帝，在皇城東永安門北建木製方台，台下設高禖神位，清代無高禖之祭，卻有與之意義相同的「換索」儀式。誕生禮自古就有重男輕女的傾向。誕生禮還包括「三朝」、「滿月」、「百日」、「週歲」等。三朝是嬰兒降生三日時接受各方面的賀禮。滿月在嬰兒滿一個月時剃胎髮。百日時行認舅禮，命名禮。週歲時行抓週禮，以預測小兒一生命運、事業吉凶。

二、成年禮

也叫冠禮，是跨入成年人行列的男子加冠禮儀。冠禮從氏族社會盛行的男女青年發育成熟時參加的成丁禮演變而來。漢代沿襲周代冠禮制度。魏晉時，加冠開始用音樂伴奏。唐宋元明都實行冠禮，清代廢止。中國少數民族不少地區至今還保留著古老的成年禮，如拔牙、染牙、穿裙、穿褲、盤髮髻等儀式。

三、饗燕飲食禮儀

饗在太廟舉行，烹太牢以飲賓客，重點在禮儀往來而不在飲食，燕即宴，燕禮在寢宮舉行，主賓可以開懷暢飲。燕禮對中國飲食文化形成有深遠的影響。節日設宴在中國民間食俗上形成節日飲食禮儀。正月十五吃元宵，清明節吃冷飯寒食，五月端陽的粽子和雄黃酒，中秋月餅，臘八粥，辭歲餃子等都是節日儀禮的飲食。在特定的節日吃特定的食物，這也是一種飲食禮儀。宴席上的座次，上菜的順序，勸酒、敬酒的禮節，也都有社會往來習俗中男女、尊卑、長幼關係和祈福避諱上的要求。

四、賓禮

主要是對客人的接待之禮。與客人往來的饋贈禮儀有等級差別。士相見，賓見主人要以雉為贄；下大夫相見，以雁為贄；上大夫相見，以羔為贄。

五、五祀

指祭門、戶、井、灶、中霤（中室）。周代是春祀戶，夏祀灶，六月祀中霤，秋祀門，冬祭井。漢魏時按季節行五祀，孟冬三月「臘五祀」，總祭一次。唐、宋、元時採用「天子七祀」之說，祀司命（宮中小神）、中霤、國門、國行、泰厲（野鬼）、戶、灶。明清兩代仍祭五祀，清康熙之後，罷去門、戶、中霤、井的專祀，只在臘月二十三日祭灶，與民間傳說的灶王爺臘月二十四朝天言事的故事相合，國家祀典採用了民間形式。

六、儺儀

濫觴於史前，盛行於商周。周代的儺儀是四季驅邪逐疫。周人認為自然的運轉與人事的吉凶息息相通。四季轉換，寒暑變異，瘟疫流行，鬼魂乘勢作祟，所以必須適時行儺以逐邪惡。儺儀中的主神是方相氏。兩漢儺儀中出現了與方相氏相配的十二獸。魏晉南北朝隋唐沿襲漢制，儺儀中加入了娛樂成分，方相氏和十二神獸角色，由樂人扮演。至今仍有遺存的貴州土家族儺堂儀最為完整典型。

【相關連結】

替老人撿鞋的張良

張良，字子房。他原是韓國的公子，姓姬，後來因為行刺秦始皇未遂，逃到下邳隱匿，才改名為張良。

有一天，張良來到下邳附近的圯水橋上散步，在橋上遇到一個穿褐色衣服的老人。那老人的一隻鞋掉在橋下，看到張良走來，便叫道：「喂！年輕人！你去替我把鞋撿起來！」

張良心中很不痛快，但他看到對方年紀很大，便下橋把鞋撿了起來。那老人見了，又對張良說：「來！替我穿上！」

張良很不高興，但轉念想到鞋都撿起來了，又何必計較，便恭敬的替老人穿上鞋。老人站起身，一句感謝的話也沒說，轉身走了。

張良愣愣的望著老人的背影，猜想這老人一定很有來歷，果然，那老人走了幾步路，返身回來，說：「你這年輕人很有出息，值得我指教。五天後的早上，到橋上來見我。」張良聽了，連忙答應。

第五天早上，張良趕到橋上。老人已先到了，生氣的說；「跟老人約會，應該早點來。再過五天，早點來見我！」

又過了五天，張良起了個大早，趕到橋上，不料老人又先到了，老人說：「你又比我晚到，過五天再來。」又過了五天，張良下定決心這次一定比老人早到。於是他剛過半夜就摸黑來到橋上等候。天濛濛亮時，他看到老人一步一挪的走上橋來，趕忙上前攙扶。老人這才高興的說；「年輕人，你這樣才對！」

老人說著，拿出一部《太公兵法》交給張良，說：「你要下苦功鑽研這部書。鑽研透了，以後可以做帝王的老師。」

張良對老人表示感謝後，老人揚長而去。後來，張良研讀《太公兵法》很有成效，成了漢高祖劉邦手下的重要謀士，為劉邦建立漢朝立下了汗馬功勞。

【延伸閱讀】

教育孩子禮儀的方法

一、解釋法

家長在教孩子禮貌時，不但要告訴他們語言應當怎樣，姿勢應當怎樣，還要向他們講些深入淺出的道理，即為什麼要這樣做，這樣做有什麼好處等

二、練習法

要教會孩子正確使用禮貌用語，養成禮貌的行為，不僅要耐心解釋，從道理上著眼，而且還要在行動上反覆練習。因為習慣的養成，有賴於反覆的實踐，所以家長對孩子要不懈的堅持要求，並經常採取表揚、批評的方法，以激起孩子積極向上，使孩子較快的養成禮貌的好習慣。

三、暗示法

在教育孩子使用禮貌語言時，開始孩子往往是不自覺的。有時在長者面前，常因怕羞而不肯去做。碰到這種情況，有的父母往往逼著孩子對長者有禮貌，或當著客人的面責罵孩子。其實，這樣做是有害無益的。因為孩子也是有自尊心的，父母採取強制或責罵後，即使孩子不得已去做了，心裡也是不高興的，以後就更不喜歡禮遇長輩了。所以有經驗的家長，遇到這種情況，一般是採取暗示法，在孩子耳朵旁邊，輕輕的叫他致禮，使其很高興的禮遇長者，並因此而得到稱讚。

四、榜樣法

要使孩子懂禮貌，家長應在這方面為樹立一個良好的榜樣。比如，有時不慎碰了孩子，馬上就對孩子說「對不起」，孩子幫了忙要對孩子說聲「謝謝」。這種環境薰陶，對孩子禮貌習慣的形成是有益處的。

2．2

【原文】

香九齡，能溫席。孝於親，所當執①。

【譯文】

東漢人黃香，九歲時就知道孝敬父母，替父親搧草席暖被窩。這是每個孝順父母的人都應該效仿和堅持的。

2．2香九齡，能溫席。孝於親，所當執①。

【注釋】

①執：堅持。

【評解】

孝敬父母是我們做人的基本準則，「孝」不僅僅是一種行為，更是一種堅持不懈的精神。黃香小小年紀就有如此的孝心，他的行為是每個為人子女者都應當學習的榜樣。

【國學小百科】

古代兄弟行輩中長幼排行的次序

伯（孟）是老大，仲是老二，叔是老三，季是老四。古代貴族男子的字前常加伯（孟）、仲、叔、季表示排行，字的後面加「父」或「甫」字表示男性，構成男子字的全稱，如伯禽父、仲尼父、叔興父等。

【相關連結】

黃香溫席

黃香小時候，家中生活很艱苦。在他九歲時，母親就去世了。黃香非常悲傷。他本就非常孝敬父母，在母親生病期間，小黃香一直不離左右，守護在媽媽的病床前，母親去世後，他對父親更加關心、照顧，盡量讓父親少操心。

冬夜裡，天氣特別寒冷。那時，農戶家裡又沒有任何取暖的設備，確實很難入睡。一天，黃香晚上讀書時，感到特別冷，捧著書卷的手一會就冷冰冰的了。他想，這麼冷的天氣，爸爸一定很冷，他老人家忙了一整天，晚上還不能好好的睡覺。想到這裡，小黃香心裡很不安。為讓父親少挨冷受凍，他讀完書便悄悄走進父親的房裡，替他鋪好被，然後脫了衣服，鑽進父親的被窩裡，用自己的體溫，溫暖了冰冷的被窩之後，才招呼父親睡下。黃香用自己的孝敬之心，暖了父親的心。黃香溫席的故事傳開了，街坊鄰居人人誇獎黃香。

夏天到了，黃香家低矮的房子顯得格外悶熱，而且蚊蠅很多。到了晚上，大家都在院裡乘涼，儘管每人都不停的搖著手中的蒲扇，可仍不覺得涼快，入夜了，大家也都睏了，準備睡覺去了，這時，大家才發現小黃香沒有在這裡。

「香兒，香兒。」父親忙提高嗓門喊他。

「爸爸，我在這裡呢。」說著，黃香從父親的房中走出來。滿頭的汗，手裡還拿著一把大蒲扇。

「你做什麼呢，這麼熱的天氣。」爸爸心疼的說。

「屋裡太熱，蚊子又多，我用扇子使勁一搧，蚊蟲就跑了，屋子也顯得涼快點，您好睡覺。」黃香說。爸爸緊緊的摟住黃香，「我的好孩子，可你自己卻出了一身汗呀！」

以後，黃香為了讓父親休息好，晚飯後，總是拿著扇子，把蚊蠅扇跑，還要搧涼父親睡覺的床和枕頭，使忙碌一天的父親能早點入睡。

九歲的小黃香就是這樣孝敬父親，人稱扇溫席的黃香，天下無雙，他長大以後，人們說：「能孝敬父母的人，也一定懂得愛百姓，愛自己的國家。」事情正是這樣，黃香後來做了地方官，果然不負眾望，為當地老百姓做了不少好事，他孝敬父母的故事，也千古流傳。

【延伸閱讀】

「孝心」是怎樣培養出來的

孝敬父母包括子女對父母的親愛之情、敬愛之心、侍奉供養之行。但對幼小的孩子「孝心」的教育必須根據其年齡特點，以下幾種基本教育方法可供參考：

2．2香九齡，能溫席。孝於親，所當執①。

一、身教重於言教

有這樣一則廣告：一位剛下班的年輕媽媽，忙完了家務，又端水替老人家洗腳，老人家對她說：「孩子，休息一下吧！別累壞了身子。」她笑笑說：「媽，不累。」年輕媽媽的言行舉止被只有三、四歲的兒子看到了，兒子一聲不響的端來一盆水。年幼的兒子吃力的端著那盆水，搖搖晃晃的向媽媽走來。盆裡的水濺了出來，濺了孩子一身，可孩子仍是一臉的純真。把水放在母親的腳下，為母親洗起了腳。廣告畫面定格在這裡，廣告語說：「父母，孩子最好的老師」。是啊，孝心就是這樣學會的，就是這樣傳遞的，孝心就是在父母的榜樣下養成的。因此，要想培養孩子的一顆孝心、懂得愛，父母首先要以身作則，要做孝敬長輩的楷模，因為「身教重於言教」。

二、學會感恩

感恩源於良心、良知、良能，這是孝心的親情基礎。然而，感恩這種情感不是自然而然產生的，必須透過教育。做家長的應有意識的讓孩子體會父母的辛苦，體會父母賺錢養家的不容易，體會父母對孩子的愛，體會父母也同樣需要孩子的關心和愛。因此父母不妨經常對孩子講講自己一天的情況：起床、做飯、洗衣服、整理家務、上班等，讓孩子體會到自己如何關心孩子。

三、從小培養、從小事做起

讓孩子養成孝敬父母的好習慣，要從一點一滴的小事著手塑造和培養。如：平時教育孩子要關心父母的健康，要幫父母分擔憂愁，要幫助父母做家務。當孩子不會時，父母要耐心教導，孩子做錯事時，不要橫加指責，孩子做得好時，要多表揚鼓勵。

孩子只有在親身實踐和體驗中才能體會到父母的辛苦，嘗到為別人付出的快樂。當孩子「父母養育了我，我應當為他們多做事」的觀念逐漸形成時，孩子就有了一份生命的義務感和責任感。這也是當代孩子最缺乏的。常言道：「三歲看大，八歲看老」。因為習慣成自然，從小養成的不良習慣長大了也是難以改變的。培養子女的孝道，得從小開始。

四、制定家規

國有國法，家有家規。沒有規矩，不成方圓。一個家庭需要民主，不可家長制、一言堂，但必要的家規是不可缺少的。家長可與孩子共同商量，制定「孝敬父母」行為規範。

五、親子互動

家長要與孩子多交流、多溝通，共同玩遊戲，共同參與活動：親子共讀一篇文章。如：孝心無價；親子共唱一首歌。如：〈常回家看看〉、〈燭光裡的媽媽〉、〈世上只有媽媽好〉、〈媽媽的吻〉等；親子共誦一首詩詞。如：〈遊子吟〉、〈媽媽的雨季〉、〈媽媽，我的守護神〉等；在親子互動的活動中，不僅可以盡情的享受天倫之樂，而且可以在潛移默化中使孩子養成孝敬長輩的好品德。

2・3

【原文】

融①四歲，能讓梨。弟②於長③，宜先知。首孝悌，次見③聞④。

【譯文】

東漢人孔融四歲時，就知道把大的梨讓給哥哥吃，這種尊敬和友愛兄長的道理，是每個人從小就應該知道的。

2．3融①四歲，能讓梨。弟②於長③，宜先知。首孝悌，次見③聞④。

【注釋】

①融：孔融。

②弟：同現在的「悌」，表示敬愛的意思。

③長：兄長。

④聞：看到的事情或聽到的事情。

【評解】

「孔融讓梨」的故事家喻戶曉，也影響了一代又一代人。如今社會，雖然獨生子女比重較大，但是謙恭禮讓的為人處世方式仍不過時，尤其和諧社會的大好環境下，學會禮讓將會受到更多人的歡迎。

【國學小百科】

古代最重視孝悌說

孝悌：孝，指對父母要孝順、服從；悌，指對兄長要敬重、順從。

孔子非常重視孝悌，把孝悌作為實行「仁」的根本，提出「三年無改於父道」、「父母在，不遠遊」等一系列孝悌主張。

孟子也把孝悌視為基本的道德規範。秦漢時的《孝經》則進一步提出：「孝為百行之首。」儒家提倡孝悌的目的，是為了維護宗法等級秩序。

【相關連結】

孔融讓梨

東漢魯國，有個名叫孔融的孩子，十分聰明，也非常懂事。孔融在村裡非常的出名，一是因為他聰明好學，

免死記！過目不忘三字經
你與古文的距離，只差一塊美味的翻譯年糕

才思敏捷，巧言妙答，四歲時，已能背誦許多詩賦，是個遠近聞名的神童；二是他年紀小小，就懂得尊老愛幼，一段讓梨的佳話更是流傳至今。

當時，孔家有七個孩子，孔融上有五個哥哥，下還有個小弟弟，兄弟七人相處得十分融洽。這日恰逢祖父六十歲壽辰，全家上下齊聚。酒足飯飽之後，一大盤酥梨端來，放在了桌上，母親吩咐孔融來分。孔融看了看盤子中的梨，發現梨子有大有小。怎麼分才能公平呢？只見他不慌不忙，先按照長幼順序給了祖父，叔伯和父母，然後給了五個哥哥和小弟弟，個人得到屬於自己的，唯有他的是最小的。大家原以為孔融會先拿最大的梨，可現在見他拿著最小的梨，卻吃得津津有味，都十分驚訝。父親看到孔融的行為，心裡分外高興，心想：別看這孩子剛剛四歲，卻懂得應該把好的東西留給別人的道理呢。於是他故意問孔融：「盤子裡這麼多的梨，又讓你來分，你為什麼不分給自己最大的，只拿一個最小的呢？」

孔融回答說：「我年紀小，應該拿個最小的，大的應該留給長輩和哥哥們吃。」

父親接著問道：「你弟弟不是比你還要小嗎？照你這麼說，他應該拿最小的一個才對呀？」

孔融說：「我比弟弟大，我是哥哥，我應該把大的留給小弟弟吃。」

父親聽他這麼說，哈哈大笑道：「好孩子，好孩子，你真是一個好孩子，以後一定會很有出息。」其他族人也交口稱讚孔融小小年紀就有謙讓之美德，實在難能可貴。

後來，果然如父親所說，孔融文才甚豐，為建安七子之首，更成為東漢有名的文學家。

2・3融①四歲，能讓梨。弟②於長③，宜先知。首孝悌，次見③聞④。

【延伸閱讀】

讀懂斑馬線禮讓手勢的涵義

一、「豎起拇指示意禮讓」

「豎起拇指」含有對司機的尊重，對「禮讓」的請求與贊許的意思。「豎起拇指示意禮讓」的動作包括單手握拳，豎起拇指，手臂向左側向來車平伸，並目視來車，輕輕上下擺動手臂。這個手勢在行人過斑馬線或馬路時使用，走上人行道前，可先將手臂伸在身前，然後再移到左側。

二、「伸出手掌搖示先行」

「伸出手掌搖示先行」的動作重點在於「伸掌」與「搖手」。這一動作既可由行人使用，示意車輛先行，也可以由司機使用，示意行人先行。不同於以往常見的快速揮手示意「快行」的地方在於，手掌應伸平，掌心微朝上，伸在身前，朝行人行走方向或來車行使方向，手掌輕劃一弧線，類似「請」的動作。一改於往日催促行人快走或車子快過的「不耐煩」。

兩個動作滿含「禮意」，充分展現和諧社會人性化溝通。

做禮讓手勢的時候，面帶微笑成為是重要的一環，微笑代表了禮貌和尊重，這才是整個動作的精髓。

第三章 名物常識篇

3·1

【原文】

知某數①，識某文②。一而十，十而③百。百而千，千而萬。

【譯文】

一個人要知道基本的算術和數學，以及認識文字，閱讀文學。萬物之數從一開始，一到十是基本的數字，然後十個十是一百，十個一百是一千，十個一千是一萬……一直變化下去。

【注釋】

①數：數學。

②文：文字，文學。

③而：連詞，表示是的意思。

【評解】

中國的計數方式採用十進位，一到十看起來很簡單，但變化起來卻無窮盡，一是數字的開始，十個十是一百，十個一百是一千，如此累積下去，便可以無窮無盡。

數學看似簡單，實則深奧，它用最簡單的數字記號系統，概括了宇宙的複雜性，使人類徹底更新了自己的生存手段和生存能力。因此，無論學生還是其他社會工作者，都應重視數學這門科學，培養對數學的學習興趣。

3・1知某數①，識某文②。一而十，十而③百。百而千，千而萬。

【國學小百科】

古人如何計數

在沒有文字的中國古代，人們用在繩子上打結的方法來計數和記事。一件事打一個結，大事打個大結，小事打個小結，辦完了一件事就解掉一個結。

古人不僅用繩結記數，而且還使用小石子等其他工具來計數。例如，他們飼養的羊，早晨放牧到草地裡，晚上必須圈到柵欄裡。這樣，早上從柵欄裡放出來的時候，出來一頭就往罐子裡扔一塊小石子，傍晚羊進柵欄時，進去一頭就從罐子裡拿出一塊小石子。如果石子全部拿光了，就說明羊全部進圈子；如果罐子裡還剩下石子，說明有羊丟失了，必須立刻去尋找。

【相關連結】

倉頡造字

相傳倉頡在黃帝手下當官。那時，當官的可並不顯威風，和平常人一樣，只是分工不同。黃帝分派他專門管理圈裡牲口的數目、屯裡食物的多寡。倉頡為人很機伶，做事又盡力盡心，很快熟悉了所管的牲口和食物，心裡都有了大概，很少出差錯。可慢慢的，牲口、食物的儲藏在逐漸增加、變化，光憑腦袋記不住了。當時又沒有文字，更沒有紙和筆。怎麼辦呢？倉頡憂愁了。

倉頡沒日沒夜的想辦法，先是在繩子上打結，用各種不同顏色的繩子，表示各種不同的牲口、食物，用繩子打的結代表每個數目。但時間一長久，就不奏效了。增加的數目在繩子上打個結很便利，而減少數目時，在繩子上解個結就麻煩了。倉頡又想到了在繩子上打圈圈，在圈子裡掛上各式各樣的貝殼，來代替他所管的東西。增加了就添一個貝殼，減少了就去掉一個貝殼。這方法很管用，一連用了好幾年。

黃帝見倉頡如此能幹，叫他管的事情愈來愈多，年年祭祀的次數，回回狩獵的分配，部落人丁的增減，也統統叫倉頡管。倉頡又憂愁了，憑著添繩子、掛貝殼已經不夠了。怎麼才能不出差錯呢？

這天，他參加集體狩獵，走到一個三岔路口時，幾個老人為往哪條路走爭辯起來。一個老人堅持要往東，說有羚羊；一個老人要往北，說前面不遠可以追到鹿群；一個老人偏要往西，說有兩隻老虎，不及時打死，就會錯過了機會。倉頡一問，原來他們都是看著地下野獸的腳印才認定的。倉頡心中猛然一喜：既然一個腳印代表一種野獸，我為什麼不能用一種符號來表示我所管的東西呢？他高興的拔腿奔回家，開始創造各種符號來表示事物。果然，把事情管理得頭頭是道。

黃帝知道後，大加讚賞，命令倉頡到各個部落去傳授這種方法。漸漸的，這些符號的用法，全推廣開了。就這樣，文字形成了。

倉頡造了字，黃帝十分器重他，人人都稱讚他，他的名聲越來越大。倉頡就開始有點輕狂了，眼睛慢慢往上移，移到頭頂心裡去了，什麼人也看不起，造的字也馬虎起來。

這話傳到黃帝耳朵裡，黃帝很惱火。他眼裡容不得一個臣子變壞。怎麼讓倉頡意識到自己的錯誤呢？黃帝召來了身邊最年長的老人商量。這老人長長的鬍子上打了一百二十幾個結，表示他已是一百二十多歲的人了。

老人沉吟了一會，獨自去找倉頡了。

倉頡正在教各個部落的人識字，老人默默的坐在最後，和別人一樣認真的聽著。倉頡講完，別人都散去了，唯獨這老人不走，還坐在老地方。倉頡有點好奇，上前問他為什麼不走。

老人說：「倉頡啊，你造的字已經家喻戶曉，可我人老眼花，有幾個字至今還糊塗著呢，你肯不肯再教教我？」

倉頡看這麼大年紀的老人，都這樣尊重他，很高興，催他快說。

老人說：「你造的『馬』字，『驢』字，『騾』字，都有四條腿吧？而牛也有四條腿，你造出來的『牛』字怎麼沒有四條腿，只剩下一條尾巴呢？」

倉頡一聽，心裡有點慌了：自己原先造「魚」字時，是寫成「牛」樣的，造「牛」字時，是寫成「魚」樣的。都怪自己粗心大意，竟然教顛倒了。

老人接著又說：「你造的『重』字，是說有千里之遠，應該唸出遠門的『出』字，而你卻教人唸成重量的『重』字。反過來，兩座山合在一起的『出』字，本該為重量的『重』字，你倒教成了出遠門的『出』字。這幾個字真叫我難以琢磨，只好來請教你了。」

這時倉頡羞得無地自容，深知自己因為驕傲鑄成了大錯。這些字已經教給各個部落，傳遍了天下，改都改不了。他連忙跪下，痛哭流涕的表示懺悔。

老人拉著倉頡的手，誠摯的說：「倉頡啊，你創造了字，使我們老一代的經驗能記錄下來，傳下去，你做了件大好事，世世代代的人都會記住你的。你可不能驕傲自大啊！」

從此以後，倉頡每造一個字，總要將字義反覆推敲，還會拿去徵求人們的意見，一點也不敢粗心。大家都說好，才定下來，然後逐漸傳到每個部落去。傳說從這時起，中華民族就有了最早的象形文字和甲骨文。

3．2

【原文】

三才者①，天地人。三光者，日月星。

【譯文】

什麼叫「三才」？「三才」指的是天、地、人三個方面。什麼叫「三光」呢？「三光」就是太陽、月亮、星星。

【注釋】

①者：虛詞，沒有實際意思。

【評解】

大千世界紛繁蕪雜，人類要怎樣才能更好的認識和看清它的本來面目呢？那就要從最基本的開始學起，只要抓住了事物的總綱就不難理清它的頭緒了。

「天」、「地」、「人」，此三才者囊括了宇宙萬物、芸芸眾生。

「天」指的是萬物賴以生存的空間，包括日月星辰運轉不息，四季晝夜更替不亂，風霜雨雪應時而生，這些都是宇宙萬物變化的自然規律；「地」是指萬物賴以生長的地理條件和各種物產，是自然規律作用的物質對象；「人」是萬物之靈，是自然規律和物質對象的掌握者，人也只有順天地化育萬物，才能使天地萬物生生不息。

人類作為宇宙的靈長、萬物的主宰，更應發揮自己的才智，在廣闊的星河下有所作為。

【國學小百科】

古典詩詞中的月亮別稱

一、來源於月亮本身特徵的別稱

（一）直稱

月亮夜行於天，明而有光，普照大地，時圓時缺，缺而復圓，盈虧更替，周而復始，於是有了以下一些別稱：夜光、孤光、夜明、玄度、玄暉、玄燭、素暉、暉素、素影、霄暉、皓彩、圓光、圓景、圓影、圓缺、清暉等等。

（二）喻稱

圓月如鏡（鑑）如輪、如規、如環、如丸、彎月如鉤、如弦、如弓，於是產生了一系列比喻性的別稱——飛鏡、天鏡、金鏡、金鑑、玉鏡、玉鑑、冰鏡、水鏡、圓鏡、圓鏡、寶鑑，月輪、玉輪、瓊輪、白輪、銀輪、冰輪、孤輪、圓輪、輪輝，玉盤、銀盤、晶盤，清規，金丸、素丸，玉環，玉弓、明弓，玉鉤、瓊鉤、銀鉤、玉簾鉤等等。此外還有玉羊、玉壺、玉碗、碧華、銀苑、金餅等喻稱。

將上述別稱相互交錯，兩兩組合，又衍生出許多生詞——兔輪、兔魄、桂輪、桂魄、圓舒、圓蟾、娥輪、鏡輪、蟾輪、蟾盤、蟾魄、蟾鉤等等。

二、來源於神話傳說的別稱

（一）玉兔搗藥——「兔」字系列別稱

傳說月亮上有玉兔在長年累月的搗藥，由此產生了月亮的「兔」字系列別稱——玉兔、白兔、銀兔、冰兔、金兔、玄兔、臥兔、兔影、兔輝、兔月、月兔……玉兔搗藥用的「玉杵」也成了月亮的別稱。

（二）吳剛伐桂——「桂」字系列別稱

傳說月中有桂花樹，任憑吳剛砍伐卻永遠不倒。由此，又產生了月亮的「桂」字系列別稱——桂、丹桂、月桂、桂月、桂宮、桂窟、桂叢、桂影、桂暉、桂魄……等等。

（三）嫦娥奔月——「娥」字系列別稱

傳說后羿之妻嫦娥偷吃不死之藥升月成仙，由此便產生了月亮的「娥」字系列別稱：嫦娥、姮娥、月峨、金娥、素娥、殘娥、娉娥、娥月、娥影、娥靈……「嬋娟」本指美女，借指嫦娥仙子，故「嬋娟」也成了月亮的別稱。

（四）蟾蜍成精──「蟾」字系列別稱

傳說月亮上有一隻蟾蜍成了精，由此產生了「蟾」字的系列別稱──蟾蜍、玉蟾、明蟾、清蟾、涼蟾、寒蟾、冰蟾、金蟾、銀蟾、靈蟾、彩蟾、素蟾、孤蟾、新蟾、蟾窟、蟾宮、蟾闕、蟾光、蟾彩……等等。

在以上四個系列別稱之外，還有由「兔」、「桂」、「蟾」等並列而成的新的別稱──兔蟾、蟾兔、蟾桂、桂蟾、桂兔……等等。

（五）其他

關於月亮的神話傳說還有很多，由此形成的別稱非常豐富。傳說為月亮駕車的神叫「望舒」，月神名叫「結鱗」（又叫「結璘」），月中的五夫人名「月魂」，月亮的歸宿處為「月窟」，月亮中有宮殿名叫「廣寒宮」……這些都成了月亮的別稱。

三、來源於陰陽學說的別稱

古人認為，月為陰氣之精，日為陽氣之精，故以「陰」、「陽」分別指月、日，由此產生了月亮的一系列別稱：太陰、月陰、月靈、陰光、陰靈、陰寶、陰婆、陰精、陰兔、陰魄……等等。

【相關連結】

開天闢地仗盤古

據說在很久以前的遠古時代，還沒有形成天地，一片渾沌，好像一個渾圓的球體，沒有上下左右的區別，更別想辨明南北西東。這個渾圓的球體也有一個中心，這中心裡孕育著人類始祖盤古氏。盤古氏在這個渾圓的

3．2三才者①，天地人。三光者，日月星。

東西中間孕育了一萬八千年，他孕育成熟後覺得十分的煩悶，於是使用他自己製造的一把巨斧，劈開了這顆渾沌的渾圓球體，做出了開天闢地的偉大壯舉。

這渾圓的球體被盤古氏一劈開，就分成為兩個部分：一部分清且輕，一部分濁且重。清且輕的那部分不斷的往上升，一天升一丈的往上升，升啊升的，高高的天便漸漸形成了；濁且重的那部分不斷的往下降，一天降一丈的往下降，沉啊降的，廣闊無根的陸地便漸漸形成了。盤古氏也在每天成長，一天長一丈，成為一個高大無比的巨人。從盤古氏開天闢地到天地最後形成，一萬八千年之久的時間不知不覺的又流逝了。

盤古氏開天闢地以後，他孤孤單單的一個人生活在天地間，情緒受到了很大的影響，真可以說是喜怒無常。因為天地是他開闢的，所以隨著他的喜怒哀樂，天地也會發生各種相應的變化。盤古氏高興的時候，天空晴朗，萬裡無雲，碧空如洗；盤古氏憤怒的時候，天空烏雲密布，陰沉得像是要塌下來；盤古氏哭泣的時候，那一陣陣的傾盆大雨是他的眼淚化成，江河湖海因此匯集而成；盤古氏嘆息的時候，那一陣陣的狂風來自於他的呼吸，吹得大地上飛沙蔽目，石頭亂滾。盤古氏一眨眼，閃電就從空中劃過。盤古氏睡覺的時候發出的鼾聲好像雷聲隆隆，迴響在天地之間。

孤單的盤古氏獨自生活在這寂寞的天地間，也不知過了多少歲月，更不知經歷了幾番滄海。最後，他終於死去了，頭東腳西的倒在大地上，高高隆起的頭，變成了東嶽泰山，是那麼氣概萬千，雄偉壯麗；他的兩腳腳趾朝天，變成了西嶽華山，是那麼峭立挺拔，雄險魂麗；高高挺起的腹部，變成了中嶽嵩山，是那麼的風景秀美，綿延清麗；他的左臂在身體的南邊，變成了南嶽衡山，層層疊疊的群峰，雄壯威武；他的右臂在身體的北邊，變成了北嶽恆山，山勢起伏，令人心儀。他的頭髮和汗毛，變成了大地上蔥鬱的樹木、各種樹木和芳香的花草。

【延伸閱讀】

家長如何培養孩子地理學習興趣

學習興趣是指一個人對學習的一種積極的認識傾向與情緒狀態。興趣在地理學習活動中的作用是很大的。強烈的地理學習興趣能使孩子的注意力集中，思維活躍，以積極、主動、自覺的態度投入到地理學習活動中。興趣和動機都以需要為基礎，強烈的學習動機與持久的學習興趣緊密相關。因此，激發孩子地理學習動機的有關方法都可用於地理學習興趣的培養。除此之外，培養地理學習興趣還應注意如下幾點：

①注意教學的趣味性。例如，描述、講解地理事物和現象時，語言盡量生動形象、風趣幽默；設計引言、提問、板書時，盡量夾雜著趣味性等。

②注意利用地理直觀教具和廣泛使用鄉土地理資料進行教學；

③注意知識內容難度的控制，不使內容過難或過易。

④盡量使孩子認識到自己的學習潛力，提高學習的自信心。

3．3

【原文】

三綱①者，君臣義。父子親②，夫婦順③。

【譯文】

什麼是「三綱」呢?。「三綱」是人與人的關係應該遵守的三個行為準則，就是君王與臣子的言行要合乎義理，父母子女之間要相親相愛，夫妻之間要和順相處。

3．3三綱①者，君臣義。父子親②，夫婦順③。

【注釋】

①綱：綱常，封建社會的倫理道德和行為準則。

②親：親近。

③順：和順。

【評解】

這裡的三綱即君臣、父子、夫婦。在封建禮教的約束規範下，「君為臣綱，父為子綱，夫為妻綱」，每個人都據此認清了自己所處的角色、地位，這對維護封建秩序確實起到了很大的作用。

社會在發展，民主社會制度下，「君臣義」這一條顯然已經不合時宜，而「父子親」則仍是應該秉承的傳統美德，父子和睦是家庭幸福的基石。最後，「夫婦順」，在拋棄「夫為妻綱」的前提下，這一條是完全成立的，和諧美滿的家庭必須要以夫妻和順為保障。

【國學小百科】

何謂婚冠禮

婚冠禮是古代嘉禮之一。《周禮》：「以婚冠之禮親成男女。」古代貴族男子二十歲行冠禮後即可成婚，並享受成人待遇，女子十五歲行笄禮（笄：束髮用的簪子。古時女子滿十五歲把頭髮綰起來，戴上簪子）後也可結婚。所以把婚禮、冠禮合稱為婚冠禮。

【相關連結】

岳飛盡忠

提起岳飛，幾乎無人不曉。他之所以名垂青史，是因為他曾為保衛南宋的國土立下了汗馬功勞，但後來反而被秦檜迫害致死。

當時，女真人南侵，占領北方大片土地，建立了金朝，隨後繼續南下。為了「精忠報國」，年輕的岳飛應募從軍，參加抗金鬥爭。很快就成了一名能幹的軍官，並組建了「岳家軍」。岳飛有句名言：「餓死不擄掠，凍死不拆屋。」

不久，宋軍從金兵手中收復大片土地。西元一一四〇年秋，岳飛率領軍隊在河南大敗金兵，並準備把金兵趕回東北老巢。就在他躊躇滿志之時，皇帝卻連發十二道金牌，召他班師回朝。他和將帥收復國土的宏圖大志也不得不半途而廢。

原來這是當朝丞相秦檜搞的鬼。當時宋朝內部分為主戰、求和兩派。秦檜是當朝最大的實權派，也是最富有的官僚。為了保存財產與官職，他主張盡快求和。求和的先決條件是除掉主戰派代表岳飛。秦檜絞盡腦汁，終於有了辦法。

他首先誣陷岳飛手下的將領張憲謀反，然後又誣陷岳飛之子岳雲寫過謀反信給張憲，是同謀。憑藉這些誣陷的罪名，岳飛與張憲就糊里糊塗的被關進了監牢。接著，他又藉口質問岳飛幾個問題，令他到當時的國都臨安（今浙江杭州）去。岳飛一到臨安，就被捕入獄。

為了掩人耳目，處死岳飛，秦檜宣布岳飛、岳雲和張憲共同策劃謀反。抗金名將韓世忠對此憤憤不平，他質問秦檜：岳飛抗金，何罪之有？岳飛謀反，證據何在？秦檜支支吾吾，講出了一個臭名昭著的回答：「飛子雲與張憲書雖不明，其事體莫須有。」「莫須有」的意思，就是「大概有」。

按照秦檜的授意，岳飛三人很快就被判處死刑。在西元一一四二年春節的前一個晚上，在杭州風波亭遭到殺害，當時岳飛只有三十九歲。

3．3三綱①者，君臣義。父子親②，夫婦順③。

很多人說，岳飛之死是愚忠的表現，令人嘆息。但《三字經》的作者卻大膽的認為，君臣之間有相互尊敬的義務，父子之間有相互愛護的親情，夫妻之間有相互和順的責任。這樣，社會就能安寧，國家就能富強。

【延伸閱讀】

夫妻和諧的心理需求

人世間，最親近的關係，莫過於夫妻。兩者如何達到心心相印，親密無間，就需要了解雙方各自的心理需求，從而達到和諧、美滿。美國著名生理學家默里對人類的心理需求進行了歸納，從而得出夫妻和諧必須滿足雙方的五種心理需求。

一、**尊重的需求**。

自尊心自幼即有，一旦受到損害，便會痛苦不已。如果受到尊重，則會感到欣慰和滿足。夫妻間的相互尊重、信賴，是穩固愛情和事業成功的基本保證。任何訓斥或輕視貶低愛人的做法都會損害對方的自尊心，這是最不能忽視的。

二、**自主和表現的需求**。

人人都希望按自己的思想和意志辦事。這就是自主的需求。一切聽我的，就會扼殺對方的自主性。每個人都希望在別人面前表現自己，於是盡可能發揮自己的才能，運用自己的智慧，創造出可觀的成果，使自己的表現心理得到滿足。夫妻間則常想透過語言或行為來使對方歡悅、驚奇、著迷而讚賞自己。

三、**交往或社交的需求**。

社會是人的生活樂趣的源泉。取之不盡，用之不竭。那種不准愛人與他人交往的做法，不但無法保證愛情的專一，相反，會導致心理平衡的破壞，對家庭生活感到厭倦，對愛人產生反感、乃致厭倦，使愛情窒息而死，其結果只能使婚姻破裂。

四、愛好和感情的需求。

各人有各人的愛好，你愛看戲，他愛打球，應盡可能配合並滿足對方的心理需求，而不應加以限制。感情的需求以愛為中心，誠摯、熱烈、持久的愛，會使對方得到最大的滿足。否則，失落感便會油然而生，不滿、煩惱、怨恨便接踵而至。

五、宣洩的需求。

愛人心裡不痛快時，總想找人訴說一番，一吐為快。這種宣洩的對象當然是自己的愛人最為理想。夫妻均以對方為宣洩的最佳對象，因此任何一方都不應責備對方心胸狹窄，或嫌對方嘮叨煩人。而應主動接受對方的宣洩，並進一步勸慰、疏導，排解其內心的痛苦，使對方從內心矛盾中解脫出來，建立新的心理平衡。這樣內心的痛苦便會煙消雲散，夫妻感情也會進一步得到加強。

【原文】

3・4

曰①春夏，曰秋冬。此四時，運②不窮。

【譯文】

春、夏、秋、冬叫做四季，這四個季節不斷變化，春去夏來，秋去冬來，如此循環往復，永不停止。

【注釋】

①曰：叫。

3．4曰①春夏，曰秋冬。此四時，運②不窮。

②運：運轉。

【評解】

四季的變化有其自身的規律，我們的祖先依靠自己的智慧制定曆法，將時間安排得極為妥當。在科技迅猛發展的今天，現代人得以依靠先進的技術，不僅能夠懂得四季的來歷、掌握它的規律，更能預測天氣。因此更應利用這些便利條件幫助發展中的各個行業，為社會的發展、進步做出貢獻。

【國學小百科】

二十四節氣的名稱和順序

二十四節氣是中國古代曆法的重要組成部分。古人根據太陽一年內的位置變化以及所引起的地面氣候的演變次序，把一年三百六十五又四分之一的天數分成二十四段，分列在十二個月中，以反映四季、氣溫、物候等情況，這就是二十四節氣。每月分為兩段，月首叫「節氣」，月中叫「中氣」。二十四節氣的名稱和順序為：

正月 立春、雨水 二月 驚蟄、春分
三月 清明、穀雨 四月 立夏、小滿
五月 芒種、夏至 六月 小暑、大暑
七月 立秋、處暑 八月 白露、秋分
九月 寒露、霜降 十月 立冬、小雪
十一月 大雪、冬至 十二月 小寒、大寒

為了便於記憶，人們編出了歌謠：「春雨驚春清穀天，夏滿芒夏暑相連，秋處露秋寒霜降，冬雪雪冬小大寒。」

古詩文中常用二十四節氣來紀日，如〈揚州慢〉：「淳熙丙申至日，予過維揚。」夏至白天最長，冬至白天最短，因而古人稱夏至、冬至為至日，這裡指冬至。

【相關連結】

黃帝制曆

中國的曆法是世界上最早的曆法之一，既科學又實用，相傳它是在皇帝時期發明的。

黃帝有兩個大臣，一個叫羲和，一個叫常儀，他們對天文都感興趣。為了更好的發展農業，黃帝就叫羲和研究太陽的運行規律，常儀研究月亮和星辰的變化規律。

經過一段時間的努力，他們終於研究出這套曆法，因為是在黃帝時期開始使用的，所以就叫做「黃曆」。經過後人的不斷補充完善，一直沿用到現在。

中國古代的曆法有三種，陽曆，陰曆和陰陽合曆。陽曆也叫太陽曆，陰曆也叫太陰曆，月亮曆；陰陽合曆，也就是俗稱的農曆。其中的陰陽合曆一直沿到今天。為甚麼農曆可以沿用到今天呢？

在今天看來，當時曆法的產生，是中國古人為了掌握農務的時候（簡稱農時），長期觀察天文運行的結果。它把太陽和月亮的運行規則合為一體，作出了兩者對農業影響的終結，所以中國的農曆比純粹的陰曆或西方普遍利用的陽曆實用方便。

中國的曆法是中國傳統文化的代表之一，它的準確巧妙，常常為後世所讚揚。

【延伸閱讀】

天氣變化影響人的情緒

專家認為，人的情緒與天氣有著密切的關係。當天氣晴朗，風和日麗，人就精神抖擻，而當天氣烏雲密布，就會憂鬱煩悶。氣溫對人的影響也很大，酷熱使人心情煩躁，潮溼的雨天易使人的心情憂鬱和情緒低落。情緒又和人的健康、長壽息息相關，如果一個人終日悶悶不樂，垂頭喪氣會引起上腹不適，泛酸、食慾減退，體重下降。醫學研究證明，人的大腦中有一種「褪黑激素」，可使人消沉憂鬱。連續幾天下雨，光照減少，褪黑激素相對增多，情緒容易低沉消極。這種氣候狀況下，憂鬱情緒就會乘虛而入。同時對人的內分泌產生影響，容易造成情感障礙，產生憂鬱症、焦慮症。

專家指出，儘管天氣無常，人們應該學會合理控制情緒，合理宣洩情緒。不要過度壓抑自己，或把惡劣的心境傳遞給別人。應該用一種理智的方式來解決問題，如找親朋談心，跑步、健身、逛街等排遣壓力，找專業心理工作人員進行情緒輔導等。

【原文】

3．5

曰南北，曰西東。此四方，應①乎中②。

【譯文】

東、南、西、北，叫做「四方」，是指各個方向的位置。這四個方位，必須有個中央位置對應，才能把各個方位定出來。

【注釋】

①應：應該。

②中：中間，中央。

【評解】

中國人最早發明了「司南」，也就是今天的「指南針」，以此來指示方向，即東、西、南、北。而事實上，地球本身是圓的，並不存在「四方」之說。《莊子》一書中就提到「南方有窮而無窮」的辯題。南方看似有頭，你走走看，保證轉一圈又走回來了，因為地球是圈的。因此，「四方」只是人們的一種假設。

但是，生活中很多事情都要方向作為人們的指引，比如航海、航空、旅遊、探險、考古等等。人如果失去了方向感，也就會迷路，甚至生活也會失去目標。因此，每個人都應不斷控制自己的生活重心，以尋得發展上的平衡。

【國學小百科】

指南針是何時發明的

指南針是中國古代的四大發明之一。古中國人在尋找鐵礦的過程中，發現了磁石的指極性，最初的指南針就是用天然磁石製成的，古人把它稱之為「司南」。

東漢王充《論衡》中描述了司南的形體及其機制：「司南之杓，投之於地，其柢指南。」意思是說，司南勺在地盤上自由旋轉，當它靜止時，勺柄就會指向南方。那時，人們已經掌握了人工磁化技術，使司南得到了很大發展。指南針就是在這個時期發明出來的。

北宋時期的軍事著作《武經總要》中記載了指南針的製作方法，並詳細介紹了磁化過程。隨後，人們又掌握了另一種更好的簡便有效的人工磁化方法，即用天然磁石磨擦鋼針使之磁化，在北宋科學家沈括的《夢溪筆談》中就有這樣的記載。這種磁化法是磁性指向儀器發展史上的一項重要發明，一直為後世所沿用。

指南針在用於航海中才真正發揮出了它的威力，同時，也正是偉大的航海事業推動了指南針的發展。

北宋《萍洲可談》是最早記載航海中使用指南針的文獻，書中說：「舟師識地理，夜則觀星，晝則觀日，陰晦觀指南針。」南宋《諸蕃志》裡寫道：「舟舶來往，惟以指南針為則，晝夜守視惟謹，毫釐之差，生死繫焉。」可見當時指南針在航海中的重要地位。

南宋時期，人們根據指南針的原理又研製出了羅盤，使羅盤上的指標永遠指向某一特定的方向，後來廣泛用於航海中。吳自牧《夢粱錄》裡這樣記錄：「風雨冥晦時，惟憑針盤而行，及火長掌之，毫釐不取差誤，蓋一舟人命所繫也。」這是中國航海中使用羅盤的最早的記載。

南宋以後，中國航海中運用一種磁針浮於水面的水羅盤。明朝初年，鄭和下西洋的時候就運用了水羅盤。指南針在後來的航海事業中建立了偉大功勳，開闢了人類交往以及征服自然的新境界。在人類社會文明史上占有著重要的地位。它的發明和運用，大大推動了航海業的發展，促成新大陸的發現，促進了商業貿易的擴大和人類文化的交流，對世界經濟文化的發展帶來了重大的影響。

【相關連結】

女媧補天

中國古史神話傳說中，有一位女神，她叫女媧。女媧是個什麼樣的呢？傳說她是人首蛇身。女媧是一位善良的神，她為人類做過許多好事。比如說她曾傳授人們婚姻，還為人類造了一種叫笙簧的樂器。而讓人們最為感動的，是女媧補天的故事。

傳說當人類繁衍起來後，水神共工和火神祝融忽然打起仗來，他們從天上一直打到地下，鬧得雞犬不寧，結果祝融打贏了，但吃敗仗的共工不服，一怒之下，把頭撞向不周山。不周山崩裂了，支撐天地的大柱斷裂了，天倒下了半邊，出現了一個大窟窿，地也陷成一道道大裂紋，山林燒起了大火，洪水從地底下噴湧出來，龍蛇猛獸也出來吞食人民。人類面臨著空前大災難。

女媧目睹人類遭到如此橫禍，感到無比痛苦，於是決心補天，以終止這場災難。

女媧來到人間，找呀找，尋呀尋，發現了一種羊油乾，女媧知道這泥團能煉成補天的五色彩石，就在那裡挖了一個大洞，搬來三塊大石頭放在洞口，架上一個大鍋，把泥團盛在鍋中，然後取出一個寶貝瓶，打開瓶蓋，放在洞內。那瓶裡立刻噴出三味真火，把鍋內的泥團煮沸。每一鍋泥團，都能煉成一塊五色彩石。女媧把白天煉石剩下的石渣倒在東面，晚上剩下的石渣倒在西面，這些石渣越堆越高，漸漸堆成了兩座大山。因為這石渣多孔，又很輕，可以浮在水上，人們就把它叫做浮石，這東面的山，自然就叫做東浮山；西面的山，也就叫做西浮山了。女媧一直煉了七七四十九天，煉好了三萬六千五百塊五色彩石。可是沒有撐天柱不行呀，女媧想起大鱉的腿很長，於是就急忙到大海裡找大鱉去了。

女媧打敗了大鱉，拿回鱉腿做撐天柱，把五彩石一塊一塊頂到天上，漸漸把西北天頂補上了。可是補到最後，還差一塊彩石，天頂才能補全。女媧一數，糟了，彩石少了一塊。原來寶貝瓶裂開的時候，竟把一塊彩石噴到天空，後來落到了今天的南京青峰山摔碎了，南京人就把那些石頭稱為雨花石。因為五色彩石落地時發出一聲鐘一樣的響聲。人們就把青峰山叫做鐘山。

女媧想再煉一塊石頭把天補起來，可是盛三昧真火的寶貝瓶破了，她也實在沒辦法了，只好嘆了口氣。誰知她嘆出的氣是藍色的，把那沒補的部分遮住了，看上去，天頂像是補平了。

經過女媧一番辛勞整治，蒼天總算補上了，地填平了，水止住了，龍蛇猛獸消失了，人民又重新過著安樂的生活。但是這場大災禍還是留下了痕跡。從此天還是有點向西北傾斜，因此太陽、月亮和眾星晨都很自然的歸向西方，又因為地向東南傾斜，所以一切江河都往那裡匯流。

3．5日南北，日西東。此四方，應①乎中②。

【延伸閱讀】

測試：你心中的生活重心是什麼

深夜突然發生大地震，處於驚嚇狀況的你，會在第一時間帶著什麼東西逃出屋外呢？

A、選擇「另一半送的定情信物」

B、選擇「寵物」

C、選擇「筆記型電腦」

D、選擇「存摺」

分析：

A選擇「另一半送的定情信物」

你是一個愛情至上，並且異性緣很好的人，對於一個自認「愛情至上」的人，會覺得自己的價值觀是人生浪漫的極致，這種把「愛情」和「人生的意義」劃上等號的人，會盡最大的努力，不顧一切的去愛。祝福你找到自己的摯愛喔！

B選擇「寵物」

你是一個天生樂觀的人，有著一顆溫暖同情的心，生活重心偏重於家庭生活與人際關係的維護，願意花時間和家人、朋友相處，但較無法拒絕他人的請求，即使自己做不到的也難以拒絕，建議別變成一位濫好人，這樣反而會讓自己心有不平。

C選擇「筆記型電腦」

你是一個工作態度很積極的人，工作幾乎就是你的生活重心，要如何才能勝任工作、進而享受工作樂趣等這些話題是你一直深思熟慮的問題，你本身也十分精明能幹，在職場會無往不利，但要凡事虛心以對，才是成功長久之道。

D 選擇「存摺」

你是一個懂慎仔細型的人，你是個非常有責任感的人，行事謹慎、為人可靠，並且相當誠實，也因為如此生活中你給自己太多不必要的壓力，請你偶而放輕鬆，生活步調時慢時快，日子才能長久走下去。

3・6

【原文】

曰水火，木金土。此五行①，本乎數。

【譯文】

說到「五行」，那就是金、木、水、火、土。這是中國古代用來指宇宙各種事物的抽象概念，是根據一、二、三、四、五這五個數字和組合變化而產生的。

【注釋】

①五行：指金、木、水、火、土五種物質。中國古代思想家企圖用這五種物質說明世界萬物的起源。中醫用五行來說明生理病理上的種種現象。迷信的人用五行相生相剋來推算人的命運。

【評解】

「五行」是古人根基自然界中各種物質構成的特點總結出來的，並認為物質都是由金、木、水、火、土五種元素組成的。因此，我們認為在天為「五星」，在地為「五行」，在人為「五經」，也就是人的五臟。

「五行」包含了很深的哲學道理，由它而推出的學理邏輯也是非常複雜和繁瑣的，若非專業人士很難把握，我們只要掌握它的基本內容就可以了，真若繼續深入探討和研究，應不斷完善自己的知識體系。

【國學小百科】

陰陽五行與人體五臟的關係

木、火、土、金、水構成了宇宙萬物，在宇宙中如果五行平衡時，自然界中會風調雨順，萬物生長。所以水生木，木生火，火生土，土生金，金生水。如果五行不平衡時，自然界就會發生各種自然災害。如：地震、水災、火災，沙塵暴等等。也就是水剋火，火剋金，金剋木，木剋土，土剋水。

中醫、道教、佛教把人體比做一個小宇宙，人的心、肝、脾、肺、腎、和宇宙中的五行是相同的，肝（膽）屬木，心（小腸）屬火，脾（胃胰）屬土，肺（大腸）屬金，腎（膀胱）屬水，當人體五臟相對平衡時，身體就會很健康，體內腎滋養肝，肝滋養心，心滋養脾，脾滋養肺，肺滋養腎，腎越好，肝越好，各臟器之間會產生相生的作用，良性循環。

但平衡是相對而言的，不平衡是絕對的。因為百分之百健康的人是不存在的。現代人生活在空氣嚴重汙染的環境，再加上生活節奏的加快，精神壓力及生理功能的自然衰退，食物中的農藥、化肥、藥物中的毒素沉澱等等，都會導致機能失調。當其中一個臟器有問題的時候，如不及早治癒，慢慢的各臟器之間就會產生惡性循環，開始相剋。假如一個人脾胃不好就會剋腎，腎會剋心，心剋肺，肺剋肝，肝剋脾。也就是「順之生，逆則剋」。

一、相生關係

木生火，木材可做火的燃料。肝循環系統好，可以促進心循環系統正常運行。

火生土，形象的用太陽對地面的照射，經億年以上可化石為土作比喻。心循環系統好，可促進脾循環系統正常運行。

土生金，金屬從土中而生。脾循環系統好，可以促進肺循環系統正常運行。

金生水，我們在自然界可以看到，有石就有水。石頭結構的山可以長樹，因為岩縫可以使水升達到山頂。所以民間有「山有多高、水有多高」之說。而土結構的山不能長樹，因為土剋水，土阻止了水的上行，所以西北黃土高坡上光禿禿一片。石頭中含有大量金屬元素，古人把這種現象概括為金生水。肺循環系統好，可促進腎循環系統正常運行。

水生木，樹木生長要靠水。腎循環系統好，可促進肝循環系統正常運行。

二、相剋關係

水剋火，水能滅火。腎循環系統不好，心循環系統逐漸進入異常狀態，例如腎性心臟病等。但是，水不剋火，火會失控。

火剋金，火可溶化金。心循環系統不好，肺循環系統就會逐漸進入異常狀態，例如：心肺衰竭等等。但是，火不剋金，則金屬無所用途。

金剋木，金屬可傷木。如果肺循環系統不好，則肝循環系統就會逐漸進入異常狀態，例如肺陰虛引起的肝陽亢進等。但是金若不剋木。木則瘋長無序。

木剋土，樹的種子破土而出。如果肝循環系統不好，則脾循環系統就會逐漸進入異常狀態，例如肝胃不和等。但是土如果沒有草木的制約，又會沙漠化。

土剋水，土能阻擋水運行。如果脾循環系統不好，則腎循環系統就會逐漸進入異常狀態，例如脾虛引起的腎病等。但是土如果剋不住水，水又會氾濫。

三、相乘關係

相乘指相剋太過，超出了正常的制約關係。事物相生相剋均勻才能保持平衡，否則會出現連鎖失衡。例如肺（金）剋肝（木）太過時，肝（木）就會受損失常，或剋脾（土），或化為火傷肺（金）。

四、拒納關係

五臟之間生納相交為正常。如肺（金）生腎（水），腎接納肺氣。五臟之間依次類推可形成一個良性循環體。反之髒與髒之間互不接納，即逐漸演化為病態。拒納表現為：木不納水、水不納金、金不納土、土不納火、火不納木。中醫理論稱「子病及母」。

木不納水，可用水土流失現象作比喻。如有些地方砍樹，破壞了植被不能吸納水，便會導致山洪暴發、山崩以及土石流等災害。同樣，如果肝不納腎，腎的循環系統就逐漸進入非正常狀態，例如：肝鬱氣滯引起的腎病等。

水不納金，流水不腐，水滯則臭，久之可以傷金器。肺為腎上之水，腎不納肺，則腎循環系統就會逐漸進入異常狀態，例如哮喘、肺氣腫、肺積水等。

金不納土，土孕育了金屬元素包括微量元素，微量元素供養植物。如果金屬拒絕接納土的供養，它本身就不存在了，土也成了無用之土。如果肺不納脾，脾的運化功能則失常，例如營養不良等。

土不納火，北方生火爐有一種現象：火爐裡抹一層溼泥土，土未乾時煤炭在爐中點燃後容易熄滅，因為此時「土不納火」。待溼泥乾了後，煤炭可燃起很旺的火苗，因為此時已是「土剋納火」了。脾胃不好的人會引起心臟病，甚至老年人吃的過飽都會引起胸悶、心跳過快，重則心臟供血不足。

火不納木，木經過燃燒才能轉化為能量，如果火熄滅，木轉化能量的運動則受阻。心臟不正常，久之會引起肝膽發病。

五、反侮關係

前面講了五行相剋，但是有時也會出現反剋現象。反剋也叫「反侮」，「侮」即侮辱。例如木反剋金，金反剋火，火反剋水，水反剋土，土反剋木。

木反剋金，金能傷木。一般情況下木不能傷金，但是木燃燒時也可以傷害金。肝火過旺時可傷肺金，這叫「木火刑金」。

金反剋火，火能傷金。一般情況下金不能剋火，但有時又是可以的，如北方的火爐，只要把進氣口的鐵門關上，把鐵煙筒堵死，金即可把火悶死。肺長期不好，可導致心臟衰竭。

火反剋水，水能滅火。一般情況下火不能剋水，但是火大於水也可把水燒乾。心臟長期不好也可傷腎，致腎水枯竭。

水反剋土，土能制水。一般情況下水不剋土，但是水大了也可沖破土堤。腎長期不好，也可傷脾，使人的脾胃功能下降。

土反剋木，木能剋土，一般土不剋木，但是土層過厚也可把樹種壓住，使其不能破土而死；脾胃長期不好可傷肝膽。

縱觀上述相生、相剋、相乘、拒納、反侮關係，可以看出，人體五臟各種關係的變化既有規律又是變化的，一定要辯證施治、以簡制繁。辯證的方法是：抓一個中心，觀察四方面。

自然的五行平衡會風調雨順 人體的五臟平衡會身心健康。

3．6日水火，木金土。此五行①，本乎數。

【相關連結】

大禹治水

堯在位的時候，黃河流域發生了很大的水災，莊稼被淹了，房子被毀了，老百姓只好往高處搬。不少地方還有毒蛇猛獸，傷害人和牲口，叫人們過不了日子。

堯召開部落聯盟會議，商量治水的問題。他徵求四方部落首領的意見：派誰去治理洪水呢？首領都推薦鯀。

堯不大信任鯀。首領說：「現在沒有比鯀更強的人才啦，您試一下吧！」堯才勉強同意。

鯀花了九年時間治水，沒有把洪水制服。因為他只懂得水來土掩，造堤築壩，結果洪水沖塌了堤壩，水災反而鬧得更凶了。

舜接替堯當部落聯盟首領以後，親自到治水的地方去考察。他發現鯀辦事不力，就把鯀殺了，又讓鯀的兒子禹去治水。

禹改變了他父親的做法，用開渠排水、疏通河道的辦法，把洪水引到大海中去。他和老百姓一起工作，戴著斗笠，拿著鐵鍬，帶頭挖土、挑土，累得磨光了小腿上的毛。

經過十三年的努力，終於把洪水引到大海裡去，地面上又可以供人種莊稼了。

禹新婚不久，為了治水，到處奔波，多次經過自己的家門，都沒有進去。有一次，他妻子塗山氏生下了兒子啟，嬰兒正在哇哇大哭，禹在門外經過，聽見哭聲，也狠下心沒進去探望。

當時，黃河中游有一座大山，叫龍門山（在今山西河津縣西北）。它堵塞了河水的去路，把河水擠得十分狹窄。奔騰東下的河水受到龍門山的阻擋，常常溢出河道，鬧起水災來。禹到了那裡，觀察好地形，帶領人們開鑿龍門，把這座大山鑿開了一個大洞。這樣，河水就暢通無阻了。後代的人都稱頌禹治水的功績，尊稱他是大禹。大禹因治水有功，被大家推舉為舜的助手。過了十七年，舜死後，他繼任部落聯盟首領。

據考證，當時大禹治水的地區，大約在現在的河北東部、河南東部、山東西部、南部，以及淮河北部。一次，他們來到了河南洛陽南郊。這裡有座高山，屬秦嶺山脈的餘脈，一直延續到中嶽嵩山，峰巒奇特，巍峨雄姿，猶如一座東西走向的天然屏障。高山中段有一個天然的缺口，涓涓的細流就由隙縫輕輕流過。但是，特大洪水暴發時，河水就被大山擋住了去路，在缺口處形成了漩渦，奔騰的河水危害著周圍百姓的安全。大禹決定集中治水的人力，在群山中開道。艱苦的工作，損壞了一件件石器、木器、骨器工具。人的損失就更大，有的被山石砍傷了，有的上山時摔死了，有的被洪水捲走了。可是，他們仍然毫不動搖，堅持劈山不止。在這艱辛的日日夜夜裡，大禹的臉晒黑了，人累瘦了，甚至連小腿肚子上的汗毛都被磨光了，腳指甲也因長期泡在水裡而脫落，但他還在操作著、指揮著。在他的帶動下，治水進展神速，大山終於豁然屏開，形成兩壁對峙之勢，洪水由此一瀉千里，向下游流去，江河從此暢通。

【延伸閱讀】

了解五行知識有助身體健康

中醫學裡講究「五行、五氣、五臟、五味、五色」，他們彼此勾連，相互提攜，相生相剋。五行和諧與否直關身體營運，哪一項強了弱了都會出現相應的身體症狀，所以，了解機體五行也是維持健康的訣竅之一。

金

屬金的時令：秋季。秋天最應該保養的是肺，最容易出現的病痛是咳嗽，這是五行中的精神影響。秋天草木開始枯萎，很容易讓人感時傷月，心情憂鬱。

屬金的器官：肺、大腸、鼻

屬金的情志：悲。悲屬金，跟肺同源，過度悲傷就會造成肺損傷。

屬金的味道：辛味

屬金的食物：白色食品。金系食物對應的主要是肺臟，大多是白色食物。它們性情偏平、涼，能健肺爽聲，還能促進腸胃蠕動，強化新陳代謝，讓肌膚充滿彈性與光澤。

推薦食物：洋蔥、大蒜、梨、白蘿蔔、山藥、杏仁、百合、銀耳

木

屬木的時令：春季

屬木的器官：肝、膽、眼睛。工作過於辛苦時第一要維護的就是肝臟。因為肝是身體裡集中藏血的器官，你玩命工作它就得玩命儲血。五行本來是按肝→心→脾→肺→腎這個方向相生的，肝過勞虛弱，心、脾、肺、腎都進入波及範圍，而且過勞累積的怒氣也會傷肝。所以加班時的零食不妨準備一些酸味的，比如話梅。如果木系某個器官感覺不舒服，可以多吃一些屬木的青色食物。它們對應人體的肝臟及膽，含有大量的葉綠素、維他命及纖維素，能協助器官加速排出體內的毒素。

屬木的情志：怒

屬木的味道：酸味

屬木的食物：青色食品

推薦食物：白菜、包心菜和菠菜等各式葉菜

水

屬水的時令：冬季

屬水的器官：腎、膀胱、耳。外食過多會傷腎，這可是我們最在意的器官。大廚做飯共同的特點就是油大鹽大，這樣更下飯更香。可是鹹味屬水，和腎一族，適量是有益的，過度是糟糕的，如果同時面色發黑，腎臟可能有問題。

屬水的情志：恐

屬水的味道：鹹味

屬水的食物：黑色食物。這些食物對應的是腎臟及骨骼，經常吃能幫助和腎、膀胱、骨骼關係密切的新陳代謝正常，使多餘水分不至於積存在體內造成體表水腫，有強壯骨骼的作用。

推薦食物：黑豆、黑芝麻、藍莓、香菇、黑棗、桂圓、烏梅

火

屬火的時令：夏季。

屬火的器官：心、小腸、舌

屬火的情志：喜

屬火的味道：苦味

屬火的食物：赤色食品。心屬火，這時候容易上火，心緒不寧，心跳加快，增加心臟的負擔，所以夏季最重要的是養心。除了多吃養心食物之外，根據五行相剋原理，腎克制心火，冬季好好補養腎氣是個有遠見的方法。養心最好吃些赤色食物，它們對應的是同為紅色的血液及負責血液循環的心臟，氣色不佳、四肢冰冷的虛

寒體質人更可以多吃一點。

推薦食物：紅豆、紅棗、胡蘿蔔、紅辣椒、番茄

土

屬土的時令：長夏。是指在夏天中乾熱過去，開始下雨的一段時間。

屬土的器官：脾、胃、口

屬土的情志：思

屬土的味道：甘味

屬土的食物：黃色食品。長夏多雨，是一年中最溼的時期。溼氣過多會傷害脾胃，脾胃受傷影響食慾，所以盛夏季節我們總是沒有胃口。這時候在飲食上就要「多甘多苦」，多吃甜的食物能補充脾氣；按五行來講，屬火的心滋養屬土的脾，多吃苦味強心的結果也是健脾。

土系器官出現問題，對應的是黃色食物。脾、胃在人體中扮演著養分供給者的角色，它們調理好了，氣血才會旺盛。

推薦食物：橙、南瓜、玉米、黃豆、甘薯

【原文】

3・7

日仁①義②，禮③智④信⑤。此五常，不容紊⑥。

【譯文】

如果所有的人都能以仁、義、禮、智、信這五種不變的法則作為處事做人的標準，社會就會永保祥和，所以每個人都應遵守，不可怠慢疏忽。

【注釋】

①仁：仁愛。
②義：道義。
③禮：禮儀。
④智：智慧。
⑤信：信用。
⑥紊：紊亂。

【評解】

「仁」是指仁愛之心，是五德之首，最早由孔子提出，是儒家思想的最高道德標準；「義」是指道義、正義，是由孟子提出的，它要求人們公正合宜、主持公道；「禮」是指禮儀、禮節，做人應該謙恭禮讓，識大體、知禮節；「智」是指才智、智慧，是指人明辨是非、英明果決的能力；「信」指誠信、守信，做人誠實守信、一諾千金。

這「五常」是古人為人處世的準則，同時也是現代人應該具備的品格和素養。

【國學小百科】

孔子為何十分稱讚伯夷和叔齊

伯夷和叔齊都是商末孤竹國的王子，初孤竹君以叔齊為王位繼承人，孤竹君死後，叔齊讓位於伯夷，伯夷不受。後兩人聞周文王善養老而入周。武王伐紂，他們二人勸諫。武王滅商後，他們隱居首陽山，不食周粟而亡。

伯夷和叔齊都是孤竹國的王子，分別為國君的長子和三子。但後來他們都沒有即位，卻流亡在外，甚至活活餓死。孔子讚嘆他們說：「不放棄自己信奉的理想，不同流合汙玷辱自己，伯夷和叔齊就是這樣的人啊！」

那麼，孔子為什麼十分稱讚伯夷和叔齊呢？

孤竹國國君十分喜愛叔齊，並有意讓叔齊繼承國君之位。在他臨終時，留下遺命，指定叔齊即位。叔齊謙恭禮讓，堅持要大哥伯夷即位。伯夷說：「叔齊即位，是父親的遺命，我不能違背父親的遺願！」於是離家出走。叔齊見大哥出走，他也不當國君，索性打點行裝追隨伯夷去了。

但是國家不可一日無君，孤竹國的大臣只得擁立孤竹國國君的次子即位為君。

叔齊找到伯夷之後，知道孤竹國是不能再回去了，那到何處安身呢？他們聽說周文王行善積德，禮賢下士，於是決定去投奔周文王。

當兄弟二人風塵僕僕的來到周時，周文王早已逝世，正遇上周武王用車載著周文王的靈位去討伐商紂王。他們兄弟二人立即搶上一步，拉住馬的轠繩勸阻武王說：「你的父親死去後不安葬，卻大動干戈，能說是孝嗎？身為商紂的大臣，而興兵弒君，能說是仁嗎？」

武王左右的將士一聽他倆說出這麼一番話來，拿起長矛就刺。姜太公忙說：「他們是兩位仁義之士，不能殺！」說著就把他倆攙扶開了。

周武王消滅商朝後，建立了周王朝，天下諸侯和百姓也都承認周武王的天子地位，但伯夷和叔齊卻以此為恥。他們認為自己沒有能制止周武王這種不道義的行為，於是決定隱居首陽山（在今山西永濟），做殷商的遺民，而不當周朝的順民。

為了和周朝澈底劃清界限，伯夷和叔齊還決定，今後不再吃周朝的糧食。那用什麼來填飽肚子呢？只好採薇充飢了。秋風四起，薇菜越來越少，兄弟二人漸漸瘦成了皮包骨。

想到堯舜盛世已一去不復返，自己不願同流合汙，但又走投無路，兄弟二人不禁十分愁悵，於是唱了起來：「北風真涼啊登首陽，採摘薇菜啊充飢腸。以惡易惡啊逞兇狂，不知其錯啊在何方。唐堯虞舜啊去天堂，兄弟二人啊歸哪鄉？嗚呼哀哉啊命不長，哀哉嗚呼啊人將亡。」結果兄弟二人就這樣活活餓死在首陽山上了。

【相關連結】

言歸於好

言歸於好一詞出自晉代陳壽的《三國志．吳書．孫權傳》。

曹操死後，其子曹丕稱帝，即魏文帝。第二年，劉備在四川稱帝。

東吳孫權也想成就帝業，就投靠曹丕。曹丕封孫權為吳王，還想立孫權的兒子孫登為王太子。孫權以孫登年幼為理由辭謝。

這一年，魏文帝向吳王孫權索要雀頭香、大貝、明珠、象牙、犀角等古玩珍奇，遭到東吳群臣的一致反對。孫權卻說：「其實大家都知道，魏文帝立我兒子孫登為王太子只是一個幌子。他這樣做的目的，是要把孫登接到許昌，然後囚禁起來，以便挾持我聽命於他。魏文帝要的雀頭香、大貝之類，對於他來說是寶貝；對於我來說，比起我兒子的性命來，只不過是瓦片、石頭而已。把這些東西給他，以輕代重，何樂而不為呢！」於是，孫權派沈珩攜帶珍珠寶貝前往許昌見魏文帝。

魏文帝十分高興，問沈珩：「吳王是否不滿寡人，說寡人貪得無厭？」

「沒有。」沈珩回答，「陛下信守諾言，與東吳言歸於好，所以吳王決不會存有不滿之心。倘若陛下背棄前盟，與東吳為敵，那麼東吳說不定或許會存有異心。」

魏文帝點了點頭，又問：「你是否聽說寡人要冊立吳王的兒子孫登為王太子這件事情？王太子應該來朝謝封，未知他生活起居安寧嗎？」

沈珩答道：「臣在東吳，早上不入朝議事，有宴會也不參加，臣從來沒有聽說過這件事情。」

魏文帝見沈珩機智過人，能言善辯，便與他談論了整整一天，還辦了冊立孫登為王太子的手續，應允孫登不必前來許昌朝拜。

沈珩對待魏文帝不卑不亢，不辱使命，回東吳後被封為安鄉侯，官居少府之職。

言歸於好的意思是重新和好，告訴人們，如果人與人之間沒有什麼大的仇恨，就應該以禮相對、和好如初，繼續維持彼此的良好關係。

【延伸閱讀】

做一個誠實守信的人

誠信擦亮人生。人的一生無論平凡與輝煌，若內心誠實，為人守信，那必然是一個有價值的人生。

如果你是一個管理者，只要做到言必行，行必果，就會贏得人心，就有會有堅實的群眾基礎，你的管理也就成功了大半。相反，若言過其實，言而無信，縱使你有再強的能力，再高的技巧，也終將會失去人心和失去管理的基礎。

如果你是一個投資者，你就應當透過提供貨真價實的產品和優質的服務來贏得眾多消費者的信任，由此，為你帶來滾滾財源。如果一門心思造假、欺瞞顧客，必然破壞市場規則，這樣你就會失去消費者，最終可能血本無歸。

即便你是一個普通人，你也應當具有誠信的品格，做到重諾踐諾，這樣你才會贏得別人的信賴，在生活中結交眾多的知心朋友，幸運之神才會在不知不覺中頻頻光顧，機遇也就能時時向你招手，成功也就離你不遠了。

誠信是做人的起碼準則，是我們每一個人走向成功的必備條件。那些靠欺詐和瞞騙謀生的人，雖有可能有一時之得，但他的路最終只會越走越窄，日子也會越來越不好過。

誠信的內涵在於求真、利他、負責、踐行。求真的人原則性強，有自己追求的目標和價值觀念；利他的人在考慮自己的感受時更會考慮他人的感受，在考慮自己的利益的同時，更會考慮他人的利益，這樣做的結果會常常能收到雙贏和互利的效果；負責的人，不僅不推卸責任，而且還勇於承擔責任；踐行的人，是能言行一致的，自己說的就要去做，就要去兌現。

誠信是人品的核心，是走向成功的基石。誠信換來信賴，誠信擁有朋友，在任何情況下我們都不能丟掉誠信，於人於商皆然。

3．8

【原文】

稻粱菽①，麥黍稷②。此六穀，人所食。

3．8稻粱菽①，麥黍稷②。此六穀，人所食。

【譯文】

人類生活中的主食有的來自植物，像稻米、高粱、豆類、小麥、黍米和小米，這六種穀物是我們日常生活的重要食品。

【注釋】

①菽：豆類的總稱。

②稷：中國古代的農作物，有說是黍的變種，也有說是散穗高粱。

【評解】

稻米、高粱、豆子、麥、黍（黃米）、稷（小米）稱為「六穀」，是人類所食用的主食。中國地大物博，各地的氣候、水土、民情不同，出產的穀物和食用的主食也各不相同。

「黍稷」是古代中國，特別是黃河流域地區，最主要的兩種糧食作物。黍是比小米稍大、煮熟以後有黏性的一種黃米，因為要在大暑節氣下種，故稱為黍。稷又稱為粟、穀子、小米，秋種夏熟，要經歷四時，似四時之祭，故稱為稷。粱是高粱，因其性涼故稱為粱，有青黃白三種，都可以釀酒。菽是豆類的總稱，包括青赤黃白黑各種豆類。麥子有大麥、小麥、燕麥、黑麥等，秋種夏實，農曆四月前後是麥熟季節，五月就到麥收了。

華人歷來講究五穀豐登，莊子形容姑射山上的神人，也用了「不食五穀，吸風飲露」的話；但是這裡有提到「此六穀，人所食」。五穀與六穀的說法有什麼不同之處呢？簡單來說，五穀中不包括稻米，上古時期的中國人集中生活於黃河流域，而長江以北地區是不種稻米的。據文獻記載，稻米是在唐太宗祥符年間從南方占城國引進的品種，為紀念此事，將稻米稱為粘穀，粘者，占城國之米也。因此，中國北方早期沒有稻子，只有「黍稷菽麥麻」五穀（《漢書．食貨志》）。

但是，近年來的一系列考古發現證明，中國是世界上最早開始種植水稻的國家。例如，湖南省株洲市的雲陽大地澤文化遺址，出土了新石器時代的陶器，內有距今五千一百五十年的稻種標本；浙江省餘姚縣的河姆渡文化遺址出土的稻種標本，距今有七千餘年。最重大的發現，是一九九四年在湖南省道縣玉蟾岩文化遺址，出土了目前全世界保存最好、最早的人工稻種。經同位素碳十四測定，這些金黃色的稻種實物，距今已有一萬四千多年的歷史了。

黃帝距今有五千年的歷史，但種植五穀、從事農業活動並不是從黃帝時代開始的，而是從神農氏時代就開始了。伏羲氏至今有一萬二千年至一萬四千年的歷史，伏羲氏至黃帝時代也有七千餘年，其間尚有神農氏時代，神農氏距今至少也有九千年的歷史。這也同時證明了，中國以農業立國的歷史十分悠久，至少有九千年。

【國學小百科】

不為五斗米折腰的典故由來

這個成語來源於《晉書陶潛傳》：「吾不能為五斗米折腰，拳拳事鄉里小人邪。」

陶淵明又名陶潛，是中國最早的田園詩人。他所以能創作出許多以自然景物和鄉間生活為題材的作品，與他的經歷和處境有著密切的關係。

西元四〇五年秋，他為了養家糊口，來到離家鄉不遠的彭澤當縣令。這年冬天，郡太守派出一名督郵到彭澤縣督察。督郵，官位不高，卻有些權勢，在太守面前說話好歹就憑他那張嘴。這次派來的督郵，是個粗俗而又傲慢的人，他一到彭澤的旅舍，就差縣吏去叫縣令來見他。陶淵明平時蔑視功名富貴，不肯趨炎附勢，對這種假借上司名義發號施令的人很瞧不起，但也不得不去見一見，於是他馬上動身。

不料縣吏攔住陶淵明說：「大人，參見督郵要穿官服，並且束上大帶，不然有失體統，督郵要乘機大做文章，會對大人不利的！」

這一下，陶淵明再也忍受不下去了。他長嘆一聲，道：「我不能為五斗米向鄉里小人折腰！」說罷，索性取出官印，把它封好，並且馬上寫了一封辭職信，隨即離開只當了八十幾天縣令的彭澤。

【相關連結】

神農氏播種

神農氏是中國農業的奠基者，他生活的時代，人們還處於原始狩獵時期，主要以野獸的肉為食。

神農氏為什麼想起來種五穀呢？《白虎通義》記載：「古之人民皆食獸禽肉，至於神農，人民眾多，禽獸不足，於是神農因天之時，分地之利，製耒耜，教民勞作，神而化之，使民易之，故謂神農也」。這說明，神農氏所處的時代，是中國從原始畜牧業向原始農業業發展的轉變關頭。那時，人口已生育繁多，維持生計的是獵物和植物的果實。可是，天上的飛禽和地上的走獸越捕越稀少，所得食物難以果腹。怎樣才能解決人們的吃食問題？神農氏苦苦思索，可謂絞盡腦汁。

據《拾遺記》記載，一天，一隻全身通紅的鳥，銜著一顆五彩九穗穀，飛在天空，掠過神農氏的頭頂時，九穗穀掉在地上，神農氏見了，拾起來埋在了土壤裡，後來竟長成一片。他把穀穗在手裡搓揉後放入口中，覺得很好吃。於是他教人砍伐樹木，割掉野草，用斧頭、鋤頭、耒耜等生產工具，開墾土地，種起了小米。

神農氏從這裡得到啟發：小米可年年種植，源源不斷，若能有更多的草木之實選為人用，多多種植，大家的吃飯問題不就是解決了嗎？那時，五穀和雜草長在一起，草藥和百花開在一起，哪些可以吃，哪些不可以吃，誰也分不清。神農氏就一樣一樣的嘗，一樣一樣的試種，最後從中篩選出的菽、麥、稷、稻五穀，所以後人尊他為「五穀爺」、「農皇爺」。

神農氏教民種五穀後，並不單單靠天而收，還教民打井汲水，對農作物進行灌溉。在這一高台的四角和中央各有一口井，井水都會波動。由於這一帶歷史上多次被黃河水衝擊，黃水退後大量泥沙沉積，這些井多數都被埋在地下，現在僅找到一股，在南面兩百步分配權的地方。此井泉水清澈、甘甜，每天都有方圓近百里的人到這裡取水，稱為神水，說可以直接用於治病。

後人為了紀念神農氏嘗百草、種五穀的偉大功績，在這高台上修建了廟宇。傳說神農氏生於農曆正月初五，所以每年的正月初五到正月二十便形成了祭祀，祈求五穀豐登。歷代達官司貴人、文人學士到這裡朝拜者比比皆是。據縣志記載，三國時曹植來這裡拜謁後，寫下著名的〈神農贊〉，「少典之，火德成木。造為耒耜，遵民播穀。正為雅琴，以暢風俗不。」

五穀台神農氏的塑像，肩披樹葉，頭生雙角，手捧五穀。牆上的壁畫記錄了他一生的主要功績，除了開墾荒地，口嘗百草，播種五穀，汲水灌溉外，還有日中為市，造陶器，嘗藥治病等。

農業的出現，人類的勞動果實已有剩餘，這時，神農氏設立集市，讓大家把吃不完、用不了的食物和東西，每天中午拿到集市上去交換，從而出現了中國原始的商品交易。

【延伸閱讀】

吃五穀雜糧利於身體健康

「五穀為養，五果為助，五畜為益，五菜為充，氣味合而服之，以補養精氣」，在兩千多年前《黃帝內經》已經提出健康飲食的合理結構。現代人生活水準提高，飲食精細化，魚肉、果菜等在飲食結構中所占比例增加，導致飲食失調，疾病橫生。因此，重建合理飲食對健康牛活有相當意義。

在古代，五穀沒有粗雜糧的分別；如今，稻米和小麥被稱為細糧，其他就成了粗糧或雜糧。隨著研究深入，

3．8稻粱菽①，麥黍稷②。此六穀，人所食。

人們發現，粗雜糧除了與細糧一樣有豐富的營養價值外，還有多種治病防病功能。下面介紹日常幾種粗糧、雜糧的營養及防病價值。

小米

小米所含營養成分與稻米相比，蛋白質、脂肪、維他命的含量比稻米高，還有豐富的菸鹼酸和胡蘿蔔素，對產婦及小兒適宜。性味甘、鹹涼，有補虛損、健脾腎，清虛熱，除溼利尿之功，能益脾和胃，可治脾胃氣弱、食不消化、反胃嘔吐等症；有滋陰液、養腎氣作用，可治消渴口乾、腰膝酸軟等症狀，並可除溼熱、止瀉痢、利小便、治身體虛熱、小便不利或瀉痢等症，外用還可治赤丹及燙、火灼傷等。

糯米

含蛋白質、脂肪、碳水化合物、鈣、磷、鐵；維他命B1、B2和菸鹼酸等。性味甘溫，能暖補脾胃，益肺養氣。有補中益氣之功，治自汗盜汗、瀉痢等症，能益肺、暖胃、溫脾，可治虛渴、尿多等症，能解毒發瘡，治痘疹癰癤諸瘡。本品性黏滯，難以消化，脾胃虛者不宜多食，病人宜煮粥或調糊食用。

玉米

含澱粉、脂肪，維他命B1、B12、菸鹼酸、泛酸、生物素；雖然含有豐富的蛋白質，但缺少一些必要的胺基酸，故不宜單獨長期服用；含有大量不飽和脂肪酸及卵磷脂，有利於降膽固醇；性味甘平，能調中開胃，降濁利水；可用於高血壓、高血脂、尿路結石、膽囊結石等。

小麥

澱粉和脂肪的含量與稻米相近，蛋白質、鈣含量遠高於稻米，還含有維他命B群和維生素E，尤以維他命E的含量最為豐富，含有膽鹼、卵磷脂、精胺酸等，可增強記憶；還含鈣、磷、鐵及幫助消化的酶；甘、鹹，涼，能補虛損，健脾胃，清虛熱，利尿養腎。凡脾胃虛瀉及老年淋證皆能服用。有養心退熱之功效，使津液不為火擾，可用於治療心煩不寧，失眠，髒躁。

蕎麥

含有碳水化合物、蛋白質、脂肪及鈣、磷、鐵、維他命B1、菸鹼酸等；性味甘、涼，有開胃寬腸，下氣消積的功效。可用於大便祕結，溼熱腹瀉等。外用還可以治療燒燙傷。另，因其含有豐富的礦物質，特別是磷、鐵、鎂，對於維持人體造血系統的正常生理功能具有重要意義。

高粱

蛋白質、脂肪、騰食纖維等含量均較稻米為高。性味甘、澀，溫，能健脾和胃，消積止瀉。常適用於小兒消化不良，脾胃氣虛，大便稀水。

番薯

番薯除富含澱粉和可溶性糖外，還含有蛋白質、脂肪酸、多種維他命、胺基酸及鈣、磷、鐵等無機鹽類。其營養成分除脂肪外，其他都比稻米和白麵高，熱量也超過許多糧食作物。此外，番薯還是一種生理鹼性食品，人體攝取後，能中和肉、蛋、米和麵等所產生的酸性物質，故可調節人體酸鹼平衡。性味甘平、無毒、補脾胃、養心神、益氣力、通乳汁、去宿淤髒毒。日本科學家研究發現其具有防癌保健作用，被譽為「抗癌之王」。還發現番薯含有豐富的黏液蛋白，這種物質不僅能保持關節腔內的潤滑作用，而且還能保持人體心血管壁的彈性，阻止動脈粥樣硬化，減少皮下脂肪，防止肝腎中結締組織萎縮，提高肌體的免疫能力。

【原文】

3．9 馬牛羊，雞犬豕。此六畜，人所飼①。

【譯文】

馬、牛、羊、雞、狗和豬，叫做六畜。這些動物和六穀一樣，本來都是野生的，後來被人們逐漸馴化後，才成為人類日常生活的必需品。

【注釋】

①飼：飼養。

【評解】

中國蓄養家畜的歷史可謂由來已久，在陝西西安半坡村文化遺址（新石器時代）以及其他殷墟遺址上就發現有這六畜的遺骨。甲骨文家字的字型，也顯示無豕不成家。古人將馬牛羊稱為上珍三品，雞犬豕為下珍三品。舉行祭祀典禮時，普通的用三牲供（羊犬豕），高級的要用五牲供（馬牛羊犬豕）。

六畜與人類關係密切，如馬可負重至遠，牛能運貨耕田，羊有跪乳之恩，雞有報曉之功，犬有守夜之義，豬有庖廚之用。

【國學小百科】

豬——人類最早馴養的家畜之一

在中國文化背景下，「豬」的涵義十分豐富，褒貶皆有。

豬是古人最早馴養的家畜之一。豬歷來就是農家之寶，老百姓常說：「五穀豐登，六畜興旺。」過去農家過年時往往貼上《肥豬拱門》的新春年畫，以增加新年的喜慶氣氛。

但是，在一般人的心目中，豬卻代表「懶惰、骯髒、貪婪和愚笨」。因此，漢語中有關豬的成語、詞語大都是帶有貶義的。如：蠢豬、豬腦、懶得像頭豬、肥得像頭豬。在口語中，以《西遊記》中豬八戒為形象的俗語更多。如：

豬八戒照鏡子──裡外不是人。

豬八戒扮新娘──好歹不像。

豬八戒唱大戲──盡說大話。

豬八戒招親──無人應聘。

豬八戒跳芭蕾──裝模作樣。

【相關連結】

六畜的傳說

傳說，女媧升天住在天堂，伏羲老祖住在地上。每年二月春暖花開的時候，伏羲隔天河跟女媧娘娘見一次面，你東我西，兩人說得沒完沒了。

有一回見面，伏羲低頭朝天下一瞧，望見了一個黑糊糊的東西，問女媧娘娘那是什麼東西，女媧娘娘說那是豬。伏羲說：「豬一生真不值呀，黑夜白天尋吃找喝，辛辛苦苦吃了一身肉，到頭來，人一刀把牠殺吃了，辛苦一世，到死落個碎屍萬段，多可悲呀！」女媧娘娘笑了，她對伏羲說：「豬在天塌地陷前是個好吃懶做的女人，不耕不織，全靠她男人養活。男人放牧、砍柴，累得皮包骨頭露青筋，這個懶女人還不知足，冰天雪地裡逼她男人下河撈魚。男人無奈，暖冰捉魚，剛把魚交到懶女人手裡，就氣絕而去。這件事被天帝知道了，叫她『懶王』，讓這個懶女人變成一頭豬，一天到晚自己找食物吃，找多少吃多少，長成了這副德性，人一刀把牠殺了，千刀萬剮吃乾淨。」

伏羲聽罷，點點頭。他看到了地上有片白茫茫的東西。問女媧那是什麼，女媧娘娘告訴他那是羊。伏羲說：「羊為什麼吃草呢？羊一生好苦哦！」女媧對伏羲說：「在天塌地陷以前，羊是一個很貪婪的人，有了能吃的東西，卻憑著人多勢眾，一下全搶光了，誰也別想吃一點。有一年遭了天災，僅剩的一點食物也被他藏了起來，人餓死了大半，他卻吃得又白又胖，這個可惡的人，天帝叫他『貪王』。如今，天帝把他變成了羊，一生一世吃草，償還當初欠人家的債。」伏羲明白了。他指著一匹被人鞭打的東西，問女媧娘娘那是什麼，女媧娘娘說那是馬。天帝叫他『惡王』。天坍地陷以前，他是千人頭上的首領。這人很可惡，對人張口就罵，抬手就打，人見了他直發抖，被他折磨死的人不計其數，這個騎在人們頭上作威作福的惡人，被天帝變成了馬，任人騎，任人打。

伏羲指著一片黃黃的東西問女媧娘娘：「那是牛吧？這傢伙是個好東西吧？」女媧娘娘笑了。她搖搖頭，告訴伏羲說：「在天塌地陷前，這傢伙最不老實，對人當面一套背後一套，有一說十，陰陰陽陽。這傢伙最大的本領是陷害人，常常無中生有加害人，受害的老實人不知有多少，不知多少人死在他手裡。見到比自己厲害的就點頭哈腰當俗辣，見到下人則橫眉豎眼欺負人，對待身邊相處的人，嘴比蜜甜，心比蘗苦，手比刀狠，文過飾非，殺人不見血。他憑著一張能把地說成天的會狡辨的嘴，常跟人到天帝那裡打官司，卻也常常獲勝得利，最後，天下人都認識他，天帝才認識了他，這傢伙陷害了不少好漢，天帝非常惱火，殺他三代，還把他變成了天下最老實的牛，讓他一生一世老老實實的為人做事，誰想甩牠一鞭，牠都得馴服的忍耐。伏羲問女媧：「妹妹，那是一群雞。這些雞婆原先怎麼樣？」女媧娘娘對伏羲說：「雞原來是個好大喜功的人，做了一點好事，東走西竄到處邀功，走南穿北到處吆喝。他有一分功至少要說十分，要是人家比他強了，他會把人家罵得如同狗屎一般！天帝罵他是混世魔王。這傢伙惡習難改，雖然變成了雞，下了個蛋，還是咯咯叫個不停，弄得全世界都不得安寧！」伏羲說：「這東西真讓人討厭！」女媧娘娘說：「讓人討厭的還有一種，像雞一樣，也是惡習難改！這傢伙叫哈巴狗！」女媧娘娘對伏羲說：「天塌地陷以前，他最會巴結人，討好人，對用得著的，對他有利的人，恨不得一天九拜，尾追著人家討好。他善察顏觀色，又能說會道，一張巧嘴能說得天花亂墜，把人捧得忘了自我，人們都恨死他了。可他在首領那裡又很吃香。天帝叫他巴結王。」

多少年過去了，牛、馬、羊、雞、狗和豬的傳說，還在民間流傳。人們對伏羲的敬仰和崇拜千百年來有增無減、經久不衰，也就基於伏羲對人類的龐大貢獻，基於他為人類帶來的希望和幫助。

【延伸閱讀】

怎樣利用狗繩來馴狗

首先，把繩套緊握在右手中，保持適當的放鬆，左手握繩於左腰間。繩子狀態應為從狗的項圈處稍稍下垂，保持一定程度的放鬆。主人要隨時注意狗的位置是否正確，是否出現牽扯繩子的現象，否則達不到馴狗目的。

馴狗過程中最容易犯的一個錯誤是，主人一心為了使狗處在正確位置，經常是拉緊繩子。這樣，狗脖子上一直承受繩子施加的壓力。要糾正狗的行為時，牽拉繩子已經沒用了，因為狗已經分不出兩者的區別。

在馴狗或外出散步時，狗要處在主人的某一側，並同朝一個方向。如果狗不管主人，任意的拉著繩子徑直向前跑，說明主人對狗來說毫無吸引力並且不值得信賴。這種情況時，訓練就顯得十分必要了。

馴狗方法如下：

首先，當狗拉著繩子拼命向某個方向走時，主人立即強行牽著牠往相反方向走，途中可以拐彎，或者在一條路上來回走。總之就是由主人牽著狗走。

其次，當狗準備拉繩子向前跑的瞬間，主人要猛的向後扯一下繩子，勒住狗脖子。主人這一瞬間的力度和時機把握是非常重要的，要突然對狗脖子施加壓力，然後放鬆繩子。

必須注意，如果狗繩一直處於拉緊的狀態，以上的馴狗方法無效了。

3·10

【原文】

曰喜怒，曰哀懼。愛惡欲，七情具①。

【譯文】

高興叫做喜，生氣叫做怒，傷心叫做哀，害怕叫做懼，心裡喜歡叫愛，討厭叫惡，內心貪戀叫做欲，合起來叫七情。這是人生下來就有的七種感情。

【注釋】

①具：具有。

【評解】

喜悅、憤恨、憂傷、恐懼、愛戀、厭惡、欲望，是人人具備的七種情志，稱為七情。「七情」是人與動物相區別的重要標誌。每個人都不要過分壓抑自己的情感，適度的發洩有利於保持身心健康。

但凡有智慧、有修養的人都能夠對自己的「七情」作適當的調節控制，不受情緒左右。只有懂得如何去做控制情緒的主人，才能成為一個健康、成功的人。

【國學小百科】

什麼是祝福語「三多九如」

「三多九如」是中國傳統中常用的祝頌之辭。「三多」者，即「多壽、多福、多子孫。」「九如」者，即如山、如阜、如岡、如陵、如川之方至、如月之恆、如日之升、如南山之壽、如松柏之茂，出自《詩經．小雅．天保》。詩中連用九個「如」字，列舉出九種禎祥之徵，歌頌有德之君恩澤萬民，福壽延綿不絕，極具氣勢和感染力。

……

天保定爾，（皇天保佑您寧，）

以莫不興。（萬事無不興盛。）

如山如阜，（好似山岡廣大，）

如岡如陵。（好似高高丘陵。）

如川之方至，（又像大河奔湧，）

以莫不增。（福祿更加昌隆。）

……

如月之恆，（猶如上弦之月，）

如日之升。（猶如旭日東昇。）

如南山之壽，（猶如南山常在，）

不騫不崩。（不會虧損塌崩。）

如松柏之茂，（猶如高大松柏，）

無不爾或承。（永遠鬱鬱蔥蔥。）

後來人們以蝙蝠或佛手諧音「福」，以桃寓意「壽」，以石榴暗喻「多子」，表現「多福多壽多子」的寓意，另用九隻如意與之相配，諧意「九如」，從而構成了一種固定的吉祥紋樣，稱為「三多九如」，常見於瓷器、玉器、金銀器等等之上。

【相關連結】

「先天下之憂而憂」

宋仁宗曾經派范仲淹去西北抗擊西夏。范仲淹確實是一個合適的人選。他不但是一個軍事家，也是著名的政治家和文學家。

范仲淹是吳縣（今江蘇蘇州市）人。他兩歲的時候，父親就過世了，跟著改嫁的母親背井離鄉，生活十分貧困。他從小很有志氣，愛好讀書。十多歲的時候，他借住在一所寺廟的僧房裡，晝夜苦讀。每天，他只燒一鍋粥，等粥冷卻後，用刀畫成四塊，一天兩餐，早晚各吃兩塊。菜呢，也只是幾根鹹菜。後來，人們稱他這種生活為「斷齏（ㄐㄧ，指鹹菜）畫粥」，成為歷史上刻苦好學的佳話。

經過艱苦的學習，范仲淹獲得了豐富的知識，同時養成了嚴肅認真和刻苦節儉的作風。

范仲淹青年時就考中了進士，開始做官。早年的貧困生活使他了解並同情民間的疾苦。他決心為國家和百姓做一番事業。

宋夏戰爭初期，宋軍不斷失利。西元一〇四〇年，范仲淹和韓琦同時被派到陝西，前去抗擊西夏。

范仲淹到了延州，發現一個很不合理的現象。當時，宋朝政府把邊兵分給各級官員帶領，官職越高的帶兵越多，官職越小的帶兵越少。這本來是正常的現象，但宋仁宗卻下了一道命令，說敵人來進犯時，不管來的敵人多少，一概由官小的帶領自己的少量人馬先去作戰。這樣做哪有不敗的道理。范仲淹卻不管皇帝的命令，立即改變做法。他把延州的一萬八千軍隊，分給六個將領帶領，每將三千人，負責訓練。有了敵情，該多派就多派，該少派就少派。同時，他又下令修築一些城堡。經過一番整頓，延州的防守力量頓時改觀了。

西夏軍隊看到范仲淹防守嚴密，就互相警戒說：「小范老子腹中自有數萬甲兵。」從此，他們再不敢輕易侵犯延州了。

范仲淹鎮守陝西幾年，除延州外，還駐過慶州（今甘肅慶陽）、州（今陝西彬縣）等地，很受當地羌人部落的尊敬。羌人因為范仲淹做過龍圖閣直學士，都稱他做「龍圖老子」。

西元一〇四三年，范仲淹由陝西調回京城，擔任副宰相。

那時候，北宋政治非常腐敗，封建官僚的特權大得驚人。做官全憑關係，升官更靠資歷。只要一個人當了大官，家屬親戚都可以做官。結果大小衙門裡塞滿了多餘的官員，好多官員又盡做壞事。

范仲淹早就看不慣這種狀況。他擔任副宰相後，決心改革，就大膽的向宋仁宗提出十項改革方案。這個方案的主要內容是：

一、明確規定官吏提拔或者降職的辦法；

二、嚴格阻止憑藉特權、關係等取得官職；

三、改革科舉制度；

四、慎重選擇官員；
五、重視生產；
六、加強武備；
七、減輕勞役等。

宋仁宗正信任范仲淹，對范仲淹提出的方案全部接受了。因為范仲淹是在宋朝慶曆年間提出這個方案並進行改革的，所以歷史上稱為「慶曆新政」。

為了推行新政，范仲淹首先整頓官吏制度。他派一些官員擔任監司（監察官），到全國各地視察，然後根據他們的報告，把各地的壞官從登記簿上除名，加以撤換。

有一次，和范仲淹一起推行新政的大臣富弼，看到范仲淹在登記簿上勾掉壞官的名字，心裡不忍，就上前勸阻說：「一筆勾掉一個名字很容易，可是，被勾掉的一家人都得哭了。」

范仲淹毫不動搖，斬釘截鐵的回答說：「一家哭總比一路（北宋的政區名稱）的百姓哭好啊！」

富弼聽了，覺得范仲淹既有膽量，又有見識，心裡非常欽佩。

新政在推行中，觸犯了一些封建貴族的利益。許多保守的官僚紛紛起來反對，誹謗范仲淹和推行新政的人，說他們結成朋黨，濫用職權。

宋仁宗動搖了。新政只推行了一年多，范仲淹就被降職，調到外地做官去了，新政也跟著失敗了。

范仲淹雖然遭受打擊，但他憂國憂民的信念卻絲毫不變。不久，他到鄧州（今河南鄧州）去做地方官。這時，他的朋友滕子京也被降職，在岳州做地方官。滕子京在岳州重新修建嶽陽樓，請范仲淹寫一篇紀念文章。范仲淹答應滕子京的要求，寫下了著名的〈岳陽樓記〉。

范仲淹在〈岳陽樓記〉中「不以物喜，不以己悲」，而是指出自己的更高抱負：「先天下之憂而憂，後天下之樂而樂」。正是這樣的思想境界，〈岳陽樓記〉成了世世代代的名篇。

西元一〇五二年，范仲淹又被調到潁州（今安徽阜陽）去當地方官。他在上任的路上生病死了。范仲淹生前，生活非常節儉，但待人卻很親熱厚道，樂於助人。他喜歡將自己的錢財贈送給別人，還設法救濟同族的人。所以，他死後，人們都很悲痛。

【延伸閱讀】

學會控制自己的情緒

《黃帝內經．素問》中指出：七情即喜、怒、憂、思、悲、恐、驚是身體內傷的重要因素。情緒一般可分為兩大類，一類是不愉快的情緒如憤怒、焦慮、害怕、沮喪、悲傷、不滿、煩惱等，這類負面情緒可刺激人體的器官，肌肉或內分泌腺，有害健康和長壽。另一類是愉快的情緒如快樂、舒暢、開朗、恬靜、和悅、好感、豪爽等。這類正面情緒給人體適度的良性心理按摩，這類愉快的情緒有利於健康和長壽。

不愉快的情緒可引起人體許多生理變化，主要有：

一、情緒波動可使心跳顯著加速，血壓上升，紅血球增加、血黏度變濃。有的中老年人在盛怒下可發生腦血管破裂，或致命性的心肌梗塞。值得注意的是情緒波動導致疾病，多半不是由於情緒的一次大爆發而引起，通常都是一些似乎無關緊要的情緒波動如日常生活工作 中的煩惱、憂慮、失望、不安、渴望等日積月累造成的結果。

二、發怒時可使胃出口處的肌肉驟然緊縮，消化道痙攣。有人胃肌緊縮時會感到腹部有一塊「石頭」，甚至誤認為是闌尾炎或膽囊炎。情緒激動還可引起大腸痙攣和大腸過敏。有人稱為「情緒大腸症」。

三、不愉快情緒可影響免疫功能，削弱人體的「免疫監視作用」，容易引起癌症或其他疾病。焦慮及緊張還可使癌症擴散。

學會控制情緒對於健康長壽是十分有利的，可以從下列方面著手：

（一）設法從憂鬱中走出來：悲痛時設法恢復平靜情緒，可到公園散心、聽音樂、看電影或投身於工作之中，以沖淡不快情緒和悲傷心情。

（二）主動發洩不良情感：把不快情緒向可信的親友訴說，不要讓不愉快的事積在胸中，減少心頭壓抑。

（三）遇事要冷靜：要學會控制自己的情緒，理智的分析，保持冷靜，絕不要怒氣衝天，大怒、大悲。

【原文】

3·11

匏①土革，木石金。絲與竹，乃②八音。

【譯文】

中國古代人把製造樂器的材料，分為八種，即匏瓜、黏土、皮革、木塊、石頭、金屬、絲線與竹子，稱為「八音」。

【注釋】

①匏：匏瓜，一年生草本植物，葉子掌狀分裂，莖上有捲鬚。

②乃：稱為。

【評解】

這是說中國古代演奏音樂的八種樂器，最早具體提出「匏土革，木石金，絲與竹」的八音分類方法的是《周禮．春官》。《三字經》作為一部儒家思想的通俗讀本，之所以將「八音」的內容列入其中，正是因為儒家傳統講究「禮樂」治國，注重音樂的政治效果。

廣義的樂是藝術形式的總稱，包括了現代的音樂、舞蹈、美術、影劇等所有藝術形式。狹義的樂指音樂。沒有藝術修養，人生會很枯燥之味，所以要用樂來調心即可，不要刻意去追求成為一名音樂家。

【國學小百科】

大司樂——中國古代最早的音樂學校

西周時期（西元前十一世紀至前八世紀）的「大司樂」，它距今已有三千多年的歷史。當時統治階級很重視音樂，把音樂視為統治國家的重要工具。

「大司樂」作為周朝的音樂機構，掌握著音樂教育和執行禮樂的職能，它的培養對象主要是王室和貴族的子弟，也有一些是從民間選拔出來的優秀音樂人才。

學習內容主要為音樂美學、演唱和舞蹈；學時為七年，從十三歲開始學習，二十歲畢業；學生人數達一千四百多人，其中音樂老師（樂工）有六百多人，可稱得上是一所師資雄厚、機構完備的音樂學校。

【相關連結】

濫竽充數

古時候，齊國的國君齊宣王愛好音樂，尤其喜歡聽吹竽，手下有三百個善於吹竽的樂師。齊宣王喜歡熱鬧，愛擺排場，總想在人前顯示做國君的威嚴，所以每次聽吹竽的時候，總是叫這三百個人在一起合奏給他聽。

有個南郭先生聽說了齊宣王的這個癖好，覺得有機可乘，是個賺錢的好機會，就跑到齊宣王那裡去，吹噓自己說：「大王啊，我是個有名的樂師，聽過我吹竽的人沒有不被感動的，就是鳥獸聽了也會翩翩起舞，花草聽了也會合著節拍顫動，我願把我的絕技獻給大王。」齊宣王聽得高興，不加考察，很痛快的收下了他，把他也編進那支三百人的吹竽隊中。

這以後，南郭先生就隨那三百人一塊合奏給齊宣王聽，和大家一樣享受著優厚的待遇，心裡得意極了。

其實南郭先生撒了個彌天大謊，他壓根就不會吹竽。每逢演奏的時候，南郭先生就捧著竽混在隊伍中，人家搖晃身體他也搖晃身體，人家擺頭他也擺頭，臉上裝出一副動情忘我的樣子，看上去和別人一樣吹奏得挺投入，還真瞧不出什麼破綻來。南郭先生就這樣靠著矇騙混過了一天又一天，不勞而獲的白拿薪水。

可是好景不長，過了幾年，愛聽竽合奏的齊宣王死了，他的兒子齊湣（ㄇㄧㄣˇ）王繼承了王位。齊湣王也愛聽吹竽，可是他和齊宣王不一樣，認為三百人一起吹實在太吵，不如獨奏來得悠揚逍遙。於是齊湣王發布了一道命令，要這三百個人好好練習，做好準備，他將讓這三百人輪流來一個個吹竽給他欣賞。樂師們知道命令後都積極練習，想一展身手，只有那個濫竽充數的南郭先生急得像熱鍋上的螞蟻，惶惶不可終日。他想來想去，覺得這次再也混不過去，只好連夜收拾行李逃走了。

【延伸閱讀】

用音樂來調節心情

現代社會，每個人面對許多新的挑戰和壓力，心理困惑越來越多。心理醫生認為，傾聽音樂是忙碌的現代人自我心理調適的好方法。音樂能表達情感，音樂的旋律、節奏和音色透過大腦感應可喚起聽者相應的情緒體驗，激發和釋放內心正向的情感，宣洩負面的情感。音樂還能吸引和轉移人的注意力，改變或壓抑現有的負面情緒，從而獲得良好的心理狀態。有意思的是，不同風格和節奏的音樂有不同的調節情緒作用。

一、有助克服煩躁、易怒情緒的樂曲：琴曲〈流水〉、二胡曲〈漢宮秋月〉、琴曲〈陽關三疊〉。

二、有助於減輕內心焦慮不安的樂曲：琴曲〈梅花三弄〉、〈春江花月夜〉、廣東音樂〈雨打芭蕉〉。

三、有助於克服精神憂鬱的樂曲：笛子獨奏〈喜相逢〉、二胡獨奏〈光明行〉、京胡獨奏〈夜深沉〉、〈步步高〉、〈春天來了〉、〈啊，莫愁〉等。

四、有助於放鬆精神、緩解疲勞的樂曲：〈彩雲追月〉、〈牧童短笛〉、〈十五的月亮〉等。

五、有助於催眠作用的樂曲：〈二泉映月〉、〈搖籃曲〉、〈軍港之夜〉等。

此外，聽音樂也要講究方法，採用以下兩種方法可進行心理調適。

（一）靜賞法。透過靜靜的傾聽欣賞，與音樂融為一體，在不知不覺中達到調節心理的作用。

（二）背景法。把音樂作為活動的背景音樂，在音樂的環繞中進行活動，潛移默化的受到音樂的暗示，從而達到調節情緒的作用。

3．12

【原文】

高曾祖，父而①身。身而子，子而孫。

自子孫，至玄曾。乃九族，人之倫②。

【譯文】

由高祖父生曾祖父，祖父生父親，父親生我本身，我生兒子，兒子再生孫子。由自己的兒子、孫子再接下

3．12高曾祖，父而①身。身而子，子而孫。自子孫，至玄曾。乃九族，人之倫②。

去，就是曾孫和玄孫。從高祖父到曾孫稱為「九族」。這「九族」代表著人的長幼尊卑秩序和家族血統的承續關係。

【注釋】

①身：自己。

②倫：次序。

【評解】

「九族」代表了一個家族，更代表了人與人之間的倫常關係。自上而下、長幼有序，是不容混淆和顛倒的。「九族」代表的是與自己關係最為密切的直系的血親，因此，它不僅是血統的承續關係，更是一種血濃於水的親情。

因此，我們不僅要了解和認識「九族」的組成和關係，還要學會如何更好的去維護這種關係。

古代苛法酷刑中有滅九族之說，實在是殘忍之極，毫無人性。秦滅六國以後，人心不服，為鞏固統治地位，秦始皇實行苛法，動輒禍滅三族剪草除根。九族還只是垂直的父子一脈，三族則要加上母族、妻族二脈，要滅二十七族，上千口人。李斯造孽自己被腰斬不說，還被夷了三族。明朝以後又加上師族，連老師一脈也牽扯進來，這樣的帝王是絕對的暴君，走向滅亡是必然的結果。

【國學小百科】

什麼是「不孝有三，無後為大」

「不孝有三，無後為大」這句話出自《孟子．離婁上》篇，原文是：孟子曰：「不孝有三，無後為大，舜不告而娶，為無後也，君子以為猶告也」。孟子並沒有解釋此「三」究竟是哪些。

趙岐，東漢經學家。字邠卿，初名嘉，字壹卿。京兆長陵人。曾任并州刺史，因黨錮被免職。後任議郎、太常等職。著有《孟子章句》。

雖然孟子沒有明示，但是漢朝的經學家趙岐在注釋這一篇的時候，給出了起碼是他自己認為合理的答案，《十三經注疏》中在「無後為大」下面有趙岐注云：

「於禮有不孝者三者，謂阿意曲從，陷親不義，一不孝也；家貧親老，不為祿仕，二不孝也；不娶無子，絕先祖祀，三不孝也。」

用白話文來解釋就是：一味順從，見父母有過錯而不勸說，使他們陷入不義之中，這是第一種不孝；家境貧窮，父母年老，自己卻不去當官吃俸祿來供養父母，這是第二種不孝；不娶妻生子，斷絕後代，這是第三種不孝。

雖然孔孟是一道，但是孟子時代的儒家思想，已經較孔子時代的有一些進步了。從不孝的第一條「阿意曲從，陷親不義」就可以看出：在孔子時代，孝和忠的表現，就是表面上的順從、唯唯諾諾，哪怕明知道長輩有錯，也要認可，不能指出。《孝經》上說：「父有爭子，則身不陷於不義，故當不義，則子不可以不爭於父。」而到了孟子時代，儒家思想已經開始反思，對於這種情況，孟子的儒家思想認為這就是「阿意曲從，陷親不義」，即不孝。

對於第二條，也是與孔子時代的思想相背道。孔子的思想是認為「用天之道，分地之利，謹身節用，以養父母，此庶人之孝也。」

如此看來，「無後」反而排在第三位，並不是什麼真正的「為大」。我們可以透過孔、孟儒家思想的發展，看出「不孝」定義的發展。當然，孟子的《離婁上》也好，孔子的《孝經》也好，其所宣揚的孝道，是中國歷

3．12高曾祖，父而①身。身而子，子而孫。自子孫，至玄曾。乃九族，人之倫②。

來所宣揚的崇高思想品德之一。

【相關連結】

愚公移山故事中的九族之序

傳說很早以前，在冀州的南面、河陽的北面有兩座大山，一座叫太行山，一座叫王屋山，山高萬丈，方圓有七百里。

在山的北面，住著一位叫愚公的老漢，年紀快九十歲了。他家的大門，正對著這兩座大山，出門辦事得繞著走，很不方便。愚公下定決心要把這兩座大山挖掉。

有一天，他召集了全家老小，對他們說：「這兩座大山，擋住了我們的出路，我們大家一起努力，把它挖掉，開出一條直通豫州的大道，你們說好不好？」

大家都很贊同，只有他的妻子提出了疑問。她說：「像太行、王屋這麼高大的山，挖出來的那些石頭、泥土要送去哪呢？」

大家說：「這好辦，把泥土、石塊扔到渤海附近就行了！再多也不怕沒地方堆。」

第二天天剛亮，愚公就帶領全家老小開始挖山。

他的鄰居是個寡婦，她有一個七八歲的小兒子，剛剛換完乳牙，也蹦蹦跳跳的前來幫忙。

大家做得很起勁，一年四季很少回家休息。

黃河邊住著一個老漢，這人很精明，人們稱他為智叟。他看到愚公他們一年到頭，辛辛苦苦的挖山運土不止，覺得很可笑，就去勸告愚公：「你這個人可真笨，這麼大歲數了，還能活幾天？用盡你的力氣，也拔不了山上的幾根草，怎麼能搬動這麼大的山呢？」

愚公深深的嘆口氣說：「我看你這人自以為聰明，其實是頑固不化，還不如寡婦和小孩呢！不錯，我是老了，活不了幾年了。可是，我死了還有兒子，兒子又生孫子，孫子又生兒子；子子孫孫，世世代代，一直傳下去，是無窮無盡的。可是這兩座山卻不會再長高了，我們為什麼不能把它們挖平呢！」

聽了這些話，那個自以為聰明的智叟，再也無話可說了。

這裡，愚公所說的「我死了還有兒子，兒子又生孫子，孫子又生兒子；子子孫孫，世世代代，一直傳下去……」就提及到了九族這個概念。

九族指的是同一祖宗的人，依照輩分排列的長幼順序。九族之首為高祖父，凡是高祖所生的後代，都可以稱為同族。之後依次為曾祖父、祖父、父親，然後才是自己。等到自己成家立業之後，所生的後代就是自己的子女，子女的後代就是自己的子孫，然後依次為曾孫、玄孫。從高祖到玄孫，構成一個龐大的家族系統，展現了家族之間親疏遠近、老幼尊卑的倫常秩序。

【延伸閱讀】

如何培養孩子的家族觀念

華人相當重視家庭觀念，認為家庭內的關係的處理就是治理國家等其他活動的基礎，作為中華文化根基的詩書禮易春秋五經之一的《禮記》中就有〈大學〉一章，其中講到：「古之欲明明德於天下者，先治其國。欲治其國者，先齊其家。」「其家不可教而能教人者，無之。故君子不出家而成教於國：孝者，所以事君也；弟者，所以事長也；慈者，所以使眾也。」其大意就是只有治理好自己的家庭，才能治理好國家；對待父母長輩的孝順，可以遷移到忠於國君和國家；對待兄長尊重，可以遷移到與年長者的同輩打好關係；對待子孫輩的慈祥，可以遷移到對待民眾和下級等等。但是，中國古代所講的這個「家」，與我們現代最典型的家庭形式，即

3．12高曾祖，父而①身。身而子，子而孫。自子孫，至玄曾。乃九族，人之倫②。

父母和孩子組成的核心家庭，是完全不同的。那時的「家」其實是一個家族，是一個由數代人由不同關係的親屬構成的大家庭，家庭中有相對複雜的人際關係，因此在古代把家庭關係處理好，的確需要一定的政治才能。

隨著社會的發展，隨著都市化進程的加劇，家庭的規模越來越小了，生活更加方便和自由了，每個人受家族的限制和影響減少了，與此同時，家人、家族成員之間的聯繫也相對淡漠了。但是，人又是需要歸屬感的，人是在與他人的關係中替自己定位的，是在與他人的情感接觸中成長，家族成員的血緣關係為每個家族成員提供了一種天然的歸屬感和親切感，這就是人們常說的「血濃於水」。那麼，具體應該怎麼做呢？

一、父母本身要樂於與家族成員進行溝通、交往

榜樣的作用是很大的，有人說，孩子是父母的一面的鏡子，孩子的行為和觀念在某種程度上都折射著父母的影子。如果父母從來不跟家族成員聯絡，平常談話中也從不提起這些人，或者說起家族成員時總是用一種消極或鄙夷的態度，那麼孩子與家族成員之間的感情是不可能建立起來的，他們的家族觀念也不可能培養起來。所以，作為父母，應該在平時多與自己父母、兄弟姐妹、叔、伯、姑、舅、姨、堂、表姐妹、姪子、外甥等親戚保持聯絡，一方面自己獲得一種親情上的滿足，彼此交流一些資訊，互相提供支援；另一方面也為孩子提供一種榜樣和接觸的機會。

每年的元旦、春節之際，可以利用這些機會和自己的家族成員聯絡一下，讓自己的孩子更多的了解自己家族成員。如果寫信或打電話，就讓孩子也寫上幾筆，說上幾句，對對方也是一種安慰和尊敬，對孩子也是一種鍛鍊；如果登門拜訪，帶上孩子更是一種實地的學習機會，現在照相機、攝影機很普遍，親戚聚會時如果能夠照一些相片、拍一些影片，更能產生一種長期的效果。

二、利用手頭的資料和自己的回憶，建立家族檔案

父母可以把自己成長過程中與家人、親戚照的一些照片、寫的書信等材料收集起來，建立專門的集冊，沒事的時候可以拿出來與孩子一起看看，同時講一些過去生活的故事，一方面與孩子加深了交流，增進了與孩子的感情，同時也讓孩子對家族有所了解。

三、把壓歲錢換成禮物

根據家族成員的經濟能力，告訴他們孩子可能會喜歡的禮物。華人講究喜慶，逢年過節總要給孩子一點壓歲錢，表示對親戚家孩子的祝賀和喜愛。其實，錢是一種抽象的數字，它本身不容易在孩子的心目中留下印象，但是它會帶來其他一些負作用，如讓孩子產生比較，讓孩子想誰給的壓歲錢多，誰給的壓歲錢少，從而容易產生厚此薄彼的看法。如果家長之間形成約定，彼此之間知道那個孩子喜歡什麼，然後根據自己的能力買些孩子喜歡的東西，如一些孩子喜歡的書，到時候送給他們，可能錢花得不多，但是孩子會很高興，覺得親戚很了解自己，並且也會保存很長的時間，為自己留下一些長久的回憶。

四、條件允許的話，可以跟親戚交換照顧孩子

如果父母跟自己的家族成員比較默契、友好的話，可以鼓勵孩子到那些有愛心、有智慧的親戚家去住，也歡迎親戚家的孩子到自己家來，這樣一方面可以發展孩子的自立能力，讓他們適應不同的環境，同時也是培養家族觀念、聯絡家族情感的絕佳機會。但是，由於不同家庭的經濟條件和生活習慣不盡相同，孩子回來後可能會對有些待遇進行一些抱怨，這時家長千萬不能往心裡去，反而要鼓勵孩子看到對方的長處和優勢，讓孩子明白每個家庭、每個景遇都有其限制和困難，使孩子從內心深處尊重和感謝自己的長輩和其他家族成員。

總之，在現代以核心家庭為主的大城市中，人們在享受自由生活的同時，與家族成員的聯絡容易變得比較淡漠，作為父母，應該有意識的培養孩子的家族觀念，維持家族情感，從而真正產生一種「本是同根生」的家族親情和信念，這種家族親情和觀念不僅是孩子成人之後的人際能力的基礎，也是熱愛自己的民族和熱愛自己的國家這種美好情感的根基。

【原文】

3・13

父子恩①，夫婦從②。兄則友③，弟則恭④。

長幼序⑤，友與朋。君則敬，臣則忠。

此十義，人所同⑥。

【譯文】

父親與兒子之間要注重相互的恩情，夫妻之間的感情要和順，哥哥對弟弟要友愛，弟弟對哥哥則要尊敬。年長的和年幼的交往要注意長幼尊卑的次序，朋友相處應該互相講信用。如果君主能尊重他的臣子，官吏們就會對他忠心耿耿了。

這十條原則即父慈、子孝、夫和、妻順、兄友、弟恭、朋信、友義、君敬、臣忠，是人人都應該遵守的，千萬不能違背。

【注釋】

①恩：恩情。

②從：順從，和睦。

③友：友愛。

④恭：恭敬。

⑤序：次序，秩序。

⑥同：共同，一樣。

【評解】

這裡講的就是儒家著名的五倫十義。五倫就是父子、夫妻、兄弟、朋友、君臣，五種人與人之間的倫常關係，前面三種是家庭關係，後面兩種是社會關係，這是人與人之間不能脫離的最基本的關係。

人在社會中最主要的就是這兩種人際關係，要處理好它們其實並不困難，只要認真做人、用心做事，一切看似複雜的難題都會迎刃而解。

【國學小百科】

什麼是身懷「六甲」

「六甲」指「甲子」、「甲戌」、「甲申」、「甲午」、「甲辰」、「甲寅」，源自天干地支。中國古代實行干支紀年法，十天干（甲、乙、丙、丁、戊、己、庚、辛、壬、癸）與十二地支（子、丑、寅、卯、辰、巳、未、申、酉、戌、亥）依次相配而得六十甲子，其中「甲子」、「甲戌」、「甲申」、「甲午」、「甲辰」、「甲寅」分別領起一豎行，遂被稱為「六甲」。

甲子	乙丑	丙寅	丁卯	戊辰	己巳	庚午	辛未	壬申	癸酉
甲戌	乙亥	丙子	丁丑	戊寅	己卯	庚辰	辛巳	壬午	癸未
甲申	乙酉	丙戌	丁亥	戊子	己丑	庚寅	辛卯	壬辰	癸巳

3．13父子恩①，夫婦從②。兄則友③，弟則恭④。長幼序⑤，友與朋。君則敬，臣則忠。此十義，人所同⑥。

甲午　乙未　丙申　丁酉　戊戌　己亥　庚子　辛丑　壬寅　癸卯
甲辰　乙巳　丙午　丁未　戊申　己酉　庚戌　辛亥　壬子　癸丑
甲寅　乙卯　丙辰　丁巳　戊午　己未　庚申　辛酉　壬戌　癸亥

「六甲」本是紀年單位，時序空間的代號，但隨著道教的發展，漸漸將之神化，不但各有神職，亦各有神稱。「六甲」皆屬陽，有陽不能無陰，因此，由六甲自然引出「六丁」。所謂「六丁」指的是：丁卯、丁丑、丁亥、丁酉、丁未、丁巳，它們也有相應的神稱。據說六丁六甲為天帝役使，能「行風雷，制鬼神」。道士可用符籙召請之。

「身懷六甲」可能是房中術和道教發展起來以後，人們求子說的祝福之語，類似華人觀念中常有的「生個男寶」或「生兒子」好傳宗接代之類，希望懷個男嬰。隨著社會的發展及語言的演變，這類「專指」就慢慢演變成「泛指」，懷孕也就通稱為「身懷六甲」了。

不過「《隋書．經籍志三》中的《六甲貫胎書》。謂婦女身懷胎兒。傳說中甲子、甲寅、甲辰、甲午、甲申、甲戌六個甲日，是上天創造萬物的日子，也是婦女最易受孕的日子。故稱女子懷孕為身懷六甲」這種說法也不能排除其正確性。

【相關連結】

忠孝不能兩全

「徐庶進曹營——一言不發」這句諺語，即使沒有看過《三國演義》的人都知道。徐庶，字元直，開始輔佐劉備，出謀劃策多次打敗曹操的進攻。曹操知道徐庶事母至孝，就派人將徐母騙到曹操地盤，用母親脅迫徐庶投降。面對著曹操手中的母親，徐庶不得不選擇離開了劉備，他的智慧和謀略也隨著他進入曹營而銷聲匿跡了。——在「忠」與「孝」面前，徐庶選擇了後者。

曹魏天下傳至曹髦，大臣王經跟隨少帝曹髦征討篡位的司馬昭，結果兵敗被俘。司馬昭要王經投降，並抓來他的母親相威脅。王經說：「為國盡忠，死而無怨。」司馬昭決定處死王經母子。臨刑前，王經哭著對母親說，是自己連累了她。母親卻說為有這樣的兒子感到自豪，王經母子視死如歸，同時被害。這就是《三字經》中「母子同刑」的故事。——在「忠」與「孝」面前，王經選擇了前者。

徐庶、王經都是善良的人，擺在他們面前的選擇，確實是剜心透骨的痛啊！在此，筆者不想評論他們誰對誰錯，因為，逼迫這種選擇的本身，就是無恥的，用白話講就是流氓行為——你怎麼選擇都有遺憾！忠、孝之間本無可選擇，一個堅守道義的人，一定是孝順的，也一定是忠於自己信念的。

【延伸閱讀】

和睦是家庭幸福的基礎

幸福的家庭使人輕鬆愉快，心情舒暢。在這樣的家庭裡，老年人可以延年益壽，中年可以精力充沛，少年人可以蓬勃向上。人們說：「一年之計在於春，一日之計在於晨，一家之計在於和。」看來，和睦是家庭幸福的基礎。

一個家庭怎樣才能做到和睦相處呢？

首先，家庭成員要有尊老愛幼的觀念。

這一點，是中華民族的傳統美德。在家庭中，兒孫輩要尊敬和孝順長輩。可憐天下父母心。一個孩子，從呱呱落地、牙牙學語，到長大成人，成家立業，不知要凝結祖輩、父輩多少心血！祖輩、父輩老了，力衰了，兒孫輩大了，進入強壯之年了，哪有不孝敬長輩之理？至於虐待家中的老人，實為天理不容。從另一方面來看，

3·13父子恩①，夫婦從②。兄則友③，弟則恭④。長幼序⑤，友與朋。君則敬，臣則忠。此十義，人所同⑥。

「小」字輩未長大之前，「大」字輩、「老」字輩有撫養愛護、教育他們的責任，這也是義不容辭的。一個家中，上愛幼，下尊老，就會和和氣氣，幸福吉祥。

其次，家庭成員要互相幫助和鼓勵。

人生於世，總少不了這樣或那樣的困難，老年人子女大了，似乎可以享清福，但有疾病折磨的痛苦；兒子當家理事正當盛年，卻擺脫不了工作或家務的煩惱；孫子早起背著書包唱歌去，晚上又背著書包唱歌回，別人看來是無憂無慮的，但他們在爬作業「山」時，也有自己的苦悶。總之，家庭的每一成員，都有自己難唸的經，都有自己的困難，當家庭中的一員遇到困難時，家庭的其他成員就要及時關心和幫助他，鼓勵他去戰勝困難，這樣，籠罩在這個家庭之上那片烏雲，就會很快消失，家庭的上空又會出現晴朗的天。

再者，家庭成員要互相理解和寬容。

家庭是社會的一個細胞，這個細胞也有變裂的時候。人與人之間的矛盾也會反映到家庭中來，父子之間、夫妻之間、妯娌之間，兄弟姐妹之間，也會存在這樣的「溝」、那樣的「溝」，怎樣才能填平這些「溝」呢？只有家庭的成員之間多一點理解和寬容，少一點猜疑、嫉妒和埋怨。只有這樣，幸福的祥雲才能永降這個家庭。

第四章 典籍學習篇

4・1

【原文】

凡訓①蒙，須講究。詳訓詁，明句讀②。

【譯文】

凡是教導剛入學的兒童的老師，必須把每個字都講清楚，每句話都要解釋明白，並且使學童讀書時懂得斷句。

【注釋】

①訓：解釋和考證字句的意義，來源。

②句讀：古代誦讀文章，分句和讀，較短的停頓叫讀，稍長的停頓叫句。

【評解】

剛剛入學的孩童還沒有受過系統的教育，思考問題的方式還沒有定型，具有很強的可塑性。因此，採取什麼樣的教育方法和教育理念，對於剛剛入學接受啟蒙教育的孩子來說，非常重要。

而在傳統教育中，最基本的教育方法就是「詳訓詁，明句讀」。清代是訓詁學發展的鼎盛時期，分出訓詁學、章句學、考據學、注釋學等專門學科，後世統歸為語言學。今天高等學府裡面開設的文獻管理、檔案管理、圖書館學等專業都開設此類課程。

4．1凡訓①蒙，須講究。詳訓詁，明句讀②。

【國學小百科】

因何用「桃李」指代學生

「桃李」原本就是指桃和李。在中國最早的詩歌總集《詩經》中就有「華如桃李」的詩句，因此後世用桃李來形容貌美，也喻人青春年少。「桃李不言，下自成蹊」，意思是說桃李雖不會說話，但是憑著花和果實，自然能吸引人們在樹下走出一條小道。比喻只要真誠、忠實，就會感動人，為人所景仰。

《韓詩外傳》中曾說：「夫春樹桃李者，夏得陰其下，秋得其實。」後遂以「桃李」比喻栽培的後輩和所教的門生。據北宋司馬光的《資治通鑑．唐紀．則天后久視元年》記載：狄仁傑推薦了姚元崇等數十人，後來皆為名臣，時人對狄仁傑說：「天下桃李，悉在公門矣。」後世使用「桃李滿天下」來比喻所培育的人才極多，遍布各地。

【相關連結】

小兒知孝

南北朝是期有一著名的學者叫王僧儒，從小就勤奮好學。他開始讀《孝經》的時候，十分刻苦，死記硬背，能把整本書背下來。可是，當有人問他關於孝道的道理時，他卻答不上來。

透過這件事情，王僧儒明白了，讀書時要講究讀書的方法，只靠死記硬背是不行的，必須還要懂書中的道理。從此，他不再只局限於讀書，他還體會書中的道理。把它運用到實際生活中去。一次，父親的一個朋友來家裡做客，王僧儒利用了書上的道理，熱情的替父親招待了客人，得到了長輩的稱讚。

就這樣，王僧孺學用結合，終於成為一個大學者。

【延伸閱讀】

家長啟蒙教育需避免三大誤區

一、孩子的啟蒙教育起步得越早越好

專家解惑：孩子的啟蒙教育，是一個科學的過程。過早或過晚，對孩子智力的發育和思維意識的培育都是不利的。正如成語「揠苗助長」的寓意所描述的那樣，如果家長一味的將教育提前，孩子的心智發育不到位就不能吸收，這樣非但沒有效果，更會讓孩子對學習知識的過程產生厭倦感、恐懼感，後患無窮。

二、孩子全托有利於培養孩子的獨立性

專家解惑：全托並不能作為家長逃避教育責任的一種方法。雖然孩子大多數時間都是在幼稚園，由有經驗的老師和保母教育和照料。但是家庭的呵護和培養，在孩子的成長過程中是一個必不可少且無法取代的重要組成部分。全托對於年紀稍大的孩子來說，的確有助於培養其獨立自主的能力，但年幼的孩子更需要的是家庭環境的呵護。

三、進幼稚園就要早認字、會算術

專家解惑：不少家長為了讓孩子早點起步，希望孩子在幼稚園時期就多認字、做算術，其實是過早的給予孩子壓力，可能會造成孩子的厭學情緒。有關專家指出，孩子進幼稚園的主要目的是為了得到認知、情感、社會性和體能四方面的培養。

幼稚園期間作為孩子走向社會的第一步，應注重培養孩子的社交能力，了解如何與人相處，形成集體意識，不能以自我為中心。這對他今後走向社會將十分有益。

在學習上也應以遊戲為主，因為對於三到六歲的孩子而言，過早的施加學習壓力不利身心健康。使之從周圍的環境中得到盡可能多的資訊，從而激發其求知欲是今後求學道路的基礎。情感教育是幼稚教育不可忽視的方面。孩子應該在幼稚園的集體環境中，學會關愛他人，同時培養做事的堅持性、獨立性。

4．2

【原文】

為學者，必有初。《小學》①終，至四書②。

【譯文】

作為一個學者，求學的初期打好基礎，把《小學》的知識融會貫通了，才可以讀「四書」。

【注釋】

①《小學》：南宋朱熹、劉子澄編輯的兒童教育讀本，主要內容是封建禮節儀式。宋、明時期，把啟蒙教育也叫小學。

②四書：朱熹從《禮記》中抽出〈中庸〉、〈大學〉兩篇，和《論語》、《孟子》合在一起。

【評解】

讀書求學，必須有一個良好的開端才能奠定扎實的基礎。按中國的古禮，也就是周公之禮，小孩子六歲就讀小學，先從生活規範開始學起。八歲開始學字，也就是學六書；十八歲束髮，行冠禮以後入大學。

傳統教育中的小學階段，是先學習做人以及如何生活，然後再傳授知識，學習六藝；最後才是六經的大學之道，這是中國傳統教育走的路線。

傳統的小學要教授文字，除了上面提到的訓詁、句讀以外，還要學習漢字的結構和起源，就是「象形、指事、會意、形聲、轉注、假借」，六書之學。在形聲義三方面，為小孩子打好文字基礎。這方面的教材，周朝用〈史籀篇〉，秦漢用〈倉頡篇〉，以後出來〈急就章〉，六朝以後用周興嗣的〈千字文〉。

小學期間，行有餘力的可以讀「四書」，但是老師一般不開講。什麼時候開講呢？要根據學生的程度和需要具體情況具體分析。一般是要到大學階段，老師才詳細講解四書中的道理。四書是《大學》、《中庸》、《論語》、《孟子》四部儒家經典著作，本來《大學》與《中庸》只是《禮記》中的兩篇文章，南宋光宗紹熙元年（西元一一九〇年），朱熹將之抽出來，與《論語》、《孟子》合在一起，稱為四書。經朱熹注解的四書，代替了五經的地位，在元明清三代成為科舉考試的標準，是士子學人的必讀之書，對中國近古時期的政治、思想、文化產生了很大的影響。

【國學小百科】世界上第一部字典是什麼

《說文解字》簡稱《說文》。是一部文字學說，由東漢許慎撰。成書於東漢安帝建光元年，是中國第一部系統的分析字形和考究字源的字書，也是世界上最古的字書之一。

它第一次系統的對漢字進行了字形分析、字義解釋和讀音辨識，是世界上出現最早的、既合乎科學精神又具有獨創民族風格的字典。

《說文》全書十五卷，收字九千三百五十三個。它總結並完善了戰國以來分析字形結構的「六書」理論，概括為：指事、象形、形聲、會意、轉注、假借。「六書」是漢字造字的法則，它揭示了漢字的發展規律和特點。

《說文》中的每個字，字頭都採用秦漢時期通行的小篆，解釋的方式是先解釋字義，後分析字形結構，指明該字屬「六書」中的哪種造字類型。這部凝集許慎半生心血的《說文解字》，第一次向人們開啟了一扇大門——漢語語言文字學的大門。它告訴人們，漢字是可以分析的，漢字本身沒有神祕性。

《說文》的一個重大貢獻，就是創造了部首分類檢字法。許慎確定了五百四十個部首，以簡馭繁，將一萬多個漢字按部首有系統的排列起來。可以說，許慎是替漢字定序的第一個人。而且，第一部有完整體例的漢字字典也由此而誕生了。

《說文》這種部首分類的編制方法對後代字書的編纂產生了極大的影響。西晉的呂忱依據《說文》的偏旁部次編寫了《字林》，收字一萬兩千八百二十四個；南朝陳時、顧野王也用《說文》體例做《玉篇》，收字兩萬兩千七百多個。

許慎以後，幾乎每個時代都有人孜孜以求的整理著中國的文字，一部又一部的字典記錄了這些學者的心血。而每一部字典都清楚的顯示了許慎部首分類法的合理性、科學性。直到現在，雖然部首的分類、數量、編次有所改變，但是用偏旁部首彙集漢字的辦法仍然是遵循許慎所創立的體例。部首分類法作為漢字字典的一個主要分類法，其生命力與漢字共存。

《說文》完整而系統的保存了小篆和部分籀文的原形，成為人們辨識甲骨文、金文絕不可少的階梯。更為可貴的是，《說文》中還保存著大量古代社會和自然科學諸多方面的資料，如經濟關係、社會制度、天文曆法、礦產冶煉、植物醫藥、農業手工業生產等，是一座古代知識的寶庫。

為紀念這位為中國文化的發展做出了偉大貢獻的學者，許慎故鄉的人們把許莊命名為「叔重鄉（許慎，字叔重）」，莊外許慎父子墓完好的保存在那裡。

許慎這位偉大學者所編纂的《說文解字》，永遠閃耀著中華文化和人類智慧的光芒。

【相關連結】

空中樓閣

一棵樹最初必由一粒種子，下土發芽生根慢慢長大而成。一個人的智識學問也由從小一字一句的讀書，慢慢累積而成，樹有根水有源。智識由學問而學成，房屋也由基礎而建起，怎能在空中建樓閣呢？可是世間就有很多，不要基礎而空中建樓閣內事情。

從前，有一位富翁，雖然家財萬貫，但是卻缺乏聰明才智。

有一天，他的朋友蓋了一幢大樓，舉行落成典禮時，就邀請這位富翁前去觀禮。

這幢樓房一共有三重，建築得美輪美奐，高大寬敞，極為華麗。朋友帶著觀禮的客人一層一層的欣賞，只見第一層樓建築得錯落有致，迴廊圍繞，花影飄香。

第二層樓比第一層樓更為美麗華貴，屏扇桌椅的擺設，都可以看出主人的高雅品味。客人們個個看得目不轉睛，口中不絕的讚嘆。到了第三層樓，大家驚異的摒住了呼吸，只見這第三層樓蓋得極盡莊嚴華麗之能事，真是人間難得一見，無法用言語來描述。

富翁欣賞了朋友的三層樓之後，心中悻悻的心想：我和他一樣有富甲天下的財物，他能建築這麼豪華的三層樓，我為什麼不能呢？主意打定，便把建築這幢樓閣的設計師找來說：

「你能不能依照它的藍圖，為我建築一模一樣的三層樓？」

「沒問題，一定讓你滿意。」

設計師第二天就帶著一批工人，開始挖掘地基、壘塹，準備大興土木，把三層樓建築起來。恰巧富翁巡視經過，看到一群工人正在挖地，疑惑萬分的問工匠：

「你想修建什麼樣的房屋？」

「修建三層樓房！」

「我不要下面兩層樓房，只喜歡那第三層樓房的設計模樣，你只要為我建第三層樓就行了。」

「那是不可能的事！哪有不修建最下面的一層樓房而能建第二層的？不修建第二層，又怎麼能夠修建第三層樓房？」

這個富翁固執的說：「我現在不需要下面兩層樓房，你必須先替我修建最上面的那層！」

工匠一聽，只好作罷。

【延伸閱讀】

小學教育要著重自信的培養

一、要讓孩子學會承受挫折

在自理能力、簡單的勞動技能的培養過程中，家長在鼓勵孩子進步的同時，對於孩子做不好的事情告訴他沒關係，只要繼續努力，就能做好，每個人都有這樣的過程，讓他明白失敗是成功之母的道理。

二、培養孩子的專注力

孩子上學後每堂課有四十分鐘時間，需要孩子集中注意力聽講，家長要多培養孩子安靜專注的做某一件事情。畫畫活動、聽故事回答問題並複述故事、下圍棋等安靜活動都有利於培養孩子的專注力。

三、熟悉小學生活，讓孩子做好上小學的心理準備

在休息的時候，家長可以多帶孩子到附近的小學去參觀，請將要去的那所小學的學生介紹相關的小學生活，使孩子嚮往小學生活的願望。

【原文】

4·3

《論語》者，二十篇。群①弟子，記善②言。
《孟子》者，七篇止③。講道德，說仁義。

【譯文】

《論語》這本書共有二十篇。是孔子的弟子，以及弟子的弟子，記載的有關孔子言論的一部書。《孟子》這本書，共分七篇。內容是有關品行修養、發揚道德仁義等優良德行的言論。

【注釋】

①群：眾，一群。
②善：好的。
③止：完。

【評解】

古代相傳的《論語》有三種，即魯國流傳的《魯論》二十篇、齊國流傳的《齊論》二十二篇，以及孝景帝年間，魯恭王壞孔子故宅牆壁，得到的《古文論語》。但《古論》和《齊論》到了漢魏之間，都已逐漸散失，現在傳誦的《論語》只有《魯論》二十篇了。

《論語》的編纂者，歷代學者均認為是孔子的弟子和門人，例如，班固認為，「夫子既卒，門人相與輯而論纂」；鄭玄則認為是「仲弓、子游、子夏等撰定」。當代學者則認為《論語》非成於一人一時，而是孔子的

4．3《論語》者，二十篇。群①弟子，記善②言。《孟子》者，七篇止③。講道德，說仁義。

弟子、門人根據自己所記，不斷補充、輯錄，經歷了很長的時間才纂集成書的。最後的定稿者應是曾參的學生，時間大約在西元前四百年左右的戰國初期。

《孟子》的文章寫得很好，文意貫通、文采飛揚、說理透徹，有條不紊，後世的所謂「唐宋八大家」無不因襲孟子的文風。

孟子，名軻，字子輿，戰國時鄒國人，生卒年月不詳。一般認為是生於西元前三八五年（周安王十七年），卒於西元前三〇四年（周赧王十一年）。司馬遷在《史記．孟子旬卿列傳》中只用了一百三十七個字，從正面記述了孟子的生平。

【國學小百科】

為什麼稱孟子為「亞聖」

孟子（約西元前三七二至前二八九年），戰國中期儒學大師，名軻。鄒人（今山東鄒縣）。曾受業於孔子之孫子思的門人。孟子三十歲左右開始從事教學，四十四歲開始列國之遊。約在齊威王時到齊國，大約同時期到過魏，先後見過魏惠王及魏襄王。齊宣王時又到齊，他還去過騰、薛、宋、鄒、梁等國。其時各國以富國強兵和攻伐為事，而孟子所述「唐虞三代之德」，各國君主因其「迂遠而闊於事情」而不能用。故與其門徒著書立說，將自己的言論編成《孟子》六篇。

孔子是中國最偉大的思想家，後世常常稱他為「孔聖人」，而另外一位著名的思想家孟子，我們常常稱他為「亞聖」，這說明孟子的地位是僅次於孔子的。孟子為什麼會有這麼高的地位呢？

孟子是戰國時期鄒國（今山東省鄒縣一帶）人，他的祖先曾是魯國的大夫，後來家道衰落，遷居到了鄒國。孟子三歲時父親就去世了，是他的母親把他撫養成人的。孟子能夠立志成才，與他母親的苦心教導是分不開的。

孟子從二十幾歲時就開始講學授徒，先後招收過幾百名弟子。有一次，他的一個學生問他：「如果按照禮節去找吃的會餓死，不按禮節能得到吃的，那一定要按照禮節去做嗎？如果按照禮節娶不到老婆，不按照禮節能娶到老婆，那一定要按照禮節去做嗎？」

孟子回答說：「金子比羽毛重，但難道能說三錢重的金子比一大車的羽毛還重嗎？就拿吃飯和娶老婆來說，當然都需要，但是為了這些就可以不顧禮節，可以去扭斷哥哥的胳膊，搶走他的食物，霸占自己的嫂嫂嗎？」孟子十分尖銳的一番話，說得弟子茅塞頓開。

在政治思想上，孟子繼承並發展了孔子的「仁學」思想，提出了「王道」、「仁政」的學說。孟子提倡用堯、舜等先王之道的「仁義」治理天下，極力反對各諸侯國之間使用暴力兼併的「霸道」。他認為賢明的君主能夠使老百姓安居樂業，而這要從劃分田界開始，實行井田制。

孟子的政治主張來源於他的民本思想。他提出了民貴君輕之說，認為民心的向背可以決定國家、君主的安危。儘管他呼籲統治者要解除民眾的疾苦，但是，他從社會分工出發，把統治與被統治、剝削與被剝削看做是天經地義的。這是他的局限性。

孟子一生到處宣揚「性善論」，認為人生下來就有善的性情，只要努力行善，人們都可以成為堯、舜。所以，孟子十分注重道德修養，認為要達到能「捨生而取義」的更高境界，必須經過長期艱苦的修身養性。

為實現政治理想，他帶著眾多弟子周遊列國，到處宣傳「仁政」、「王道」的主張。六十多歲時，孟子回到鄒國，和弟子們一起寫成了《孟子》一書。這部書反映了孟子的基本思想，文字流暢，論理精闢，在中國思想史和文學史上都占有極其重要的地位。

孟子思想中的精華，對促進民族進步具有傑出的貢獻。他的「仁政」學說和民本思想，對後來進步的思想

4·3《論語》者，二十篇。群①弟子，記善②言。《孟子》者，七篇止③。講道德，說仁義。

家有著深遠的影響，他提倡的「富貴不能淫，貧賤不能移，威武不能屈」的「浩然之氣」，被具有民族氣節的志士仁人發揚光大，成為構成中華民族精神的重要內容。

孟子是中國著名的思想家，其地位僅次於「至聖」的孔子，被世人稱為「亞聖」。孔子和孟子思想一起被後世稱為「孔孟之道」。

【相關連結】

孔子的故事

孔子是世界歷史上最偉大的人物之一。在兩千五百年以前（西元前五五一至四七九年），生於魯國（今山東曲阜），他的祖先是宋國的貴族，可是他三歲喪父，由母親撫養，在一個貧苦而平凡的家庭中長大，成年時曾經做過管理穀倉、牛羊的記帳員。

學不厭、教不倦，使孔子成為中國的「大成至聖先師」。他主張「有教無類」，學生多至三千人，從《論語》書上看來，他教導學生的只是人生日常所必經問題的解答，以及人與人相處所必備條件的闡明。其道合理而平凡，易知易行；然而用之於身則身修，用之於家則家齊，用之於國則國治，用之於天下則天下平。

孔子生在春秋時代的大變局中，王室既衰，禮崩樂壞，諸侯力征，百姓困苦。他要復興周代文化，志切行道，雖曾一度為魯國司寇，三月而教化行，惜未能卒用。於是周遊列國，凡十四年終不得行其志。晚年乃歸魯國，將古代文獻做一番整理工夫，於是刪詩書、訂禮樂、贊周易、作春秋，這些就是流傳後世的六經。孔子學說的重點，大都在於六經，此外還有《論語》、《孝經》、《大學》、《中庸》。

孔子致力教育，學不厭，教不倦，主張有教無類。四方來魯受教者日眾，史稱有弟子三千人，身通禮、樂、射、御、書、數六藝者七十二人。孔子一生學說主張孝悌忠信，仁民愛物，崇尚禮樂，以世界大同為其政治理想。

孔子五十一歲始為官，後攝行魯相，三月魯國大治。齊懼魯富強，選美色歌舞女子贈魯君，遂使沈迷酒色，政事荒廢。孔子見國事不可為，罷官離魯，周遊列國凡十有四年，未能一展抱負，深感君臣遇合之難，大道之不可行，決然返魯，潛心於春秋、詩、書、禮、樂之修正，仍教育弟子，至七十三歲逝世。

孔子過世後，弟子心喪三年，廬於墓旁者百餘室，因名其地為「孔里」，並各植樹一棵，又名「孔林」。孔子後裔承繼其儒學，為名相、博士、大儒，現在臺灣的孔垂長先生，為其七十九代嫡長孫，孔子人格偉大，至公無我，是教育家、哲學家、亦是政治家。

他的學生分散各國遊說諸侯，宣揚孔子學說，到了戰國時代，孟子更發揚而光大之，遂奠定儒家學說的理論基礎，亦奠定了中華文化的基礎。自西漢以迄今日，兩千餘年間，每次大亂之後，撥亂反正，重建新秩序，大多是確信孔子之道的人。中華民國政府規定以每年九月二十八日的孔子誕辰為全國教師節，以表示尊崇孔子之意。

孔子學說博大精深，不僅在中國和臺灣成為兩千五百年中華文化的礎石，即在其他國家，亦發生宏遠的影響。鄰近中國的日本、韓國、越南等無論矣，其在西方，對於十八世紀啟蒙運動及近代民主政治的影響，都很顯著。而在此世局動亂、人欲橫流之際，孔子的王道文化，實為救時的良方。在中國為「萬世師表」的孔子，終將成為世界人類的師表。

【延伸閱讀】

先做人後做事

曾經有人採訪比爾蓋茲成功的祕決。比爾蓋茲說：因為又有更多的成功人士在為我工作。

一個人，如果他的品行操守都不能讓人滿意，那麼，哪有那麼多的機會和事情交給他或讓他碰到呢？因此，

4．3《論語》者，二十篇。群①弟子，記善②言。《孟子》者，七篇止③。講道德，說仁義。

先做人後做事才是步入成功人生的正確態度，為此，你應做到以下幾點：

一、不甘心

二十一世紀，最大的危機是沒有危機感，最大的陷阱是滿足。人要學會用望遠鏡看世界，而不是用近視眼看世界。順境時要想著為自己找個退路，逆境時要懂得為自己找出路。

二、學習力強

學歷代表過去，學習力掌握將來，要懂得從任何的細節，所有的人身上學習和感悟，並且要懂得舉一反三。學習，其實是學與習兩個字。學一次，做一百次，才能真正掌握。學、做、教是一個完整的過程，只有達到教的程度，才算真正通透。而且在更多時候，學習是一種態度。只有謙卑的人，才真正學到東西。大海之所以成為大海，是因為它比所有的河流都低。

三、行動力強

只有行動才會有結果。行動不一樣，結果才不一樣。知道不去做，等於不知道，做了沒有結果，等於沒有做。不犯錯誤，一定會錯，因為不犯錯誤的人一定沒有嘗試。錯了不要緊，一定要善於總結，然後再做，一直到正確的結果出來為止。

四、要懂付出

要想傑出一定得先付出。斤斤計較的人，一生只得兩斤。沒有點奉獻精神，是不可能創業的。要先用行動讓別人知道，你有超過所得的價值，別人才會開更高的價。

五、有強烈的溝通意識

溝通無極限，這更是一種態度，而非一種技巧。一個好的團隊當然要有共同的願景，非一日可以得來。需要無時不在的溝通，從目標到細節，甚至到家庭等等，都在溝通的內容之列。

六、誠懇大方

每人都有不同的立場，不可能要求利益都一致。關鍵是大家都要開誠布公的談清楚，不要委曲求全。相信誠信才是合作的最好基石。

七、有最基本的道德觀

曾經有一個記者在家寫稿時，他的四歲兒子吵著要他陪。記者很煩，就將一本雜誌的封底撕碎，對他兒子說：「你先將這上面的世界地圖拼完整，爸爸就陪你玩。」過了不到五分鐘，兒子又來拖他的手說：「爸爸我拼好了，陪我玩！」

記者很生氣：「小孩子要玩是可以理解的，但如果說謊話就不好了。怎麼可能這麼快就拼好世界地圖！」兒子非常委屈：「可是我真的拼好了呀！」

記者一看，果然如此：不會吧？家裡出現了神童？他非常好奇的問：「你是怎麼做到的？」兒子說：世界地圖的背面是一個人的頭像。我反過來拼，只要這個人好了，世界就完整了。所以做事先做人。做人做好了，他的世界也就是好的。

4.4

【原文】

作《中庸》，子思[①]筆。中不偏，庸不易。
作《大學》，乃曾子[②]。自修齊，至平治。

4．4作《中庸》，子思①筆。中不偏，庸不易。作《大學》，乃曾子②。自修齊，至平治。

【譯文】

作《中庸》這本書的是孔伋，「中」是不偏的意思，「庸」是不變的意思。作《大學》這本書的是曾參，他提出了「修身、齊家、治國、平天下」的主張。

【注釋】

①子思：名孔伋，孔子的孫子，孟子的老師。傳說《中庸》是他所作。

②曾子：名曾參，字子輿，孔子的學生。相傳《大學》是他所作。

【評解】

《中庸》是由孔伋所著，孔伋既是孔子的孫子，有是孔子思想的繼承者。因此，該書反映的是正統的儒家思想。

《中庸》是關於人生哲學的一本書，它對華人的人生觀有著深遠的影響，華人在為人處世上一直推崇的「中庸之道」便是因為此書的教化。中庸之道要求我們時刻保持一顆平常心，使自己的生活健康快樂。

《大學》相傳是曾子所作，曾子是空門「七十二賢人」中的佼佼者，更是孔子思想的嫡傳者。

《大學》共有十章，闡述了一個人從格物致知開始，直至治國平天下，超凡入聖的八步功夫，是儒門修心修身的方法論。

【國學小百科】

何為中，何為庸

中庸者，肯定不是指平庸，碌碌無為，而是指待人接物恰到好處，適可而止。

孔子在《論語》中提出一個迄今為止備受推崇的最高哲學智慧論點：「中庸之為德也，甚至矣乎！民鮮久矣。」其意指中庸作為一種人性道德，可以說已經達到了頂點，無以復加，人們缺乏這種中庸的德行已經很久了。

簡單分析一下中庸的內涵，就是對任何事物在綜合評判後取兩個極端的中間，不偏不倚，陰陽正和。左和右都不可取，超出和不足都是缺憾。馬道宗先生在他的著作中對中庸的解釋為：「中，是做事之准，恰到好處，庸，是做事之狠，堅定不移。中，是智者，庸，是強者，中庸是智者加強者的哲學。」

【相關連結】

曾子殺豬

曾子深受孔子的教導，不但學問高，而且為人非常誠實，從不欺騙別人，甚至是對於自己的孩子也是說到做到。

有一天，曾子的妻子要去趕集，孩子哭著叫著要和母親一塊去。於是母親騙他說：「乖孩子，待在家裡等娘，娘趕集回來就殺豬給你吃。」孩子信以為真，一邊歡天喜地的跑回家，一邊喊著：「有肉吃了，有肉吃了。」

孩子一整天都待在家裡等媽媽回來，村子裡的小朋友來找他玩，他都拒絕了。他靠在牆根下一邊晒太陽一邊想像著豬肉的味道，心裡別提多高興了。

傍晚，孩子遠遠的看見媽媽回來了，他一邊三步作兩步的跑上前去迎接，一邊喊著：「娘，娘快殺豬，快殺豬油，我都快要餓死了。」

曾子的妻子說：「一頭豬能換我們家兩三個月的口糧呢！怎麼能隨隨便便殺豬呢？」

孩子哇的一聲就哭了。

曾子聞聲而來，知道了事情的真相以後，二話不說，轉身就回到屋子裡。過一會兒，他舉著菜刀出來了，

4．4作《中庸》，子思①筆。中不偏，庸不易。作《大學》，乃曾子②。自修齊，至平治。

曾子的妻子嚇壞了，因為曾子一向對孩子非常嚴厲，以為他要教訓孩子，連忙把孩子摟在懷裡。哪知曾子卻徑直奔向豬圈。

妻子不解的問：「你拿著菜刀跑到豬圈裡做什麼？」

曾子不假思索的回答：「殺豬。」

妻子聽了噗哧一聲笑了：「不年不節的殺什麼豬呢？」

曾子嚴肅的說：「妳不是答應過孩子要殺豬給他吃的，既然答應了就應該做到。」

妻子說：「我只不過是騙騙孩子，和小孩子說話何必當真呢？」

曾子說：「對孩子就更應該說到做到了，不然，這不是明擺著讓孩子學著大人撒謊嗎？大人都說話不算話，以後有什麼資格教育孩子呢？」

妻子聽後慚愧的低下了頭，夫妻倆真的殺了豬給孩子吃，並且宴請了鄉親們，告訴鄉親們教育孩子要以身作則。

雖然曾子的做法遭到一些人的嘲笑，但是他卻教育出了誠實守信的孩子。曾子殺豬的故事一直流傳至今，他的人品一直為後代人所尊敬。

【延伸閱讀】

現代交際中的中庸之道

一、不記前嫌心地寬

有句話叫做「君子報仇十年不晚」，可見人們記住的只是自己的仇人。人與人之間為何會有摩擦而結下過節呢？原因很簡單，由於對方的表現和我們的期望不符，所以會為兩人之間的關係留下陰影。舉個例子，你是不是發現，小孩子對你的態度很不好？當然，我們並不能指望小孩子永遠都很乖，如果你對小孩偶爾不乖的行為能以平常心來看待，或仍舊以愛的教育來對待他們，這樣，在小孩子的心裡才不會有恨的感覺，雖然，這並不表示你喜歡他們這樣子的表現，不過，多給他們一些包容，就像我們在冬天得了感冒一樣，除了忍耐之外，還能怎麼辦呢？你總不能怪自己為什麼會感冒吧！

如果你是那種會記仇的人，對於某些人的行為，即使令你不滿，你也不說出口，只把它們牢牢的放在心裡，久而久之，你心中的仇恨愈積愈多，一輩子都跟著你走。

時間久了，你才會逐漸發現，自己才是心中仇恨的最大受害者，被你恨得半死的那個人可能根本沒有感覺呢！所以，你所受到的傷害是雙重的：一開始你對對方的不滿及失望，讓你不愉快，這是第一層傷害；其次，你把這些不愉快放在心裡，讓自己在身心上都受到折磨，這是第二層傷害。很多人的個性是寧可死掉，也不會去原諒別人，仇恨世世代代相傳，很多時候，他們只記得恨的人是誰，至於為何而恨，可能因為時間太久而早已淡忘了。

二、處世之道不可過

老好人一直是許多人做人的目標，所以，《菜根譚》中說：「不責人小過，不發人陰私，不念人舊惡！三者可以養德，亦可以遠害」。意思是說不計較別人的小過失，不揭發別人的隱私，不記恨與別人間的過節！可以培養品行，避免禍害。所以老好人的人緣好，平時朋友愛幫忙。做老好人要求人心寬廣，大事化小，小事化了。記住有這樣的情況，事不關己時做好人易，而與己相關時則不易。

處世之中，不可過火，也不可過冷，這就是君子處世的中庸之道。中庸之道何以受到人們的推崇？這是由於它反映了一種合情合理的精神，它能「致中和」，達到中正和平，「使無事不達於和諧的境界」。

4．4作《中庸》，子思①筆。中不偏，庸不易。作《大學》，乃曾子②。自修齊，至平治。

歷史經驗證明，實施中庸之道，避免過激和片面性，有助於人際關係的改善和問題的正確處理。不過，要真正實施中庸之道，也並非輕而易舉之事。

講中庸之道的人，在處理一般人際關係中，應該要講厚道，注意與人為善，以誠、以寬、以禮待人。要具有不計較個人得失恩怨的廣闊胸懷，能夠團結各種不同意見，甚至是反對自己的人，共同把事情辦好。

講中庸之道的人，不偏聽偏信，在處理問題時，總要注意聽取各方面的意見，然後經過分析總結，去蕪存菁，變成自己的觀點。

三、要保全對方的面子

我們在人際交往中，當某件事用這種方法去處理不妥時，不妨改變一下策略，也許能收到異曲同工之效。保全對方的面子是十分重要的——許多人順著自己的感情，罔顧他人的自尊，結果鬧得不可收拾。這種教訓誰都有過。當你責罵下屬或孩子的時候，別忘了看看有沒有旁人在場，然後退一步替當事人想想，多說幾句體諒的話，效果會更大。

例如，要解僱一個人，無論他的工作能力如何，公司都很難過。依照往例，是這麼通知本人的：「某某先生，本公司的旺季已經過了，你的工作也告一段落，當初我們就說好的，這種工作是短期的，所以……」對方一聽到這句話，猶如晴天霹靂，彷彿已被公司一腳踢出大門外似的，只覺得公司一點人情味也沒有。而如採取下列方法效果就不同了：「某某先生，佩服您的工作態度，您出色的成績，使本公司深以為榮。你有這樣的實力，我相信您不論到哪裡工作，一定都沒問題。本公司今後若有借重您的地方，請您不要忘記了本公司的深情厚誼。」這樣，對方就不會有被拋棄的感覺。

這樣，事情既得到了圓滿的解決，又使對方能夠接受，還為公司留下了退路，為公司以後的發展創下了好的口碑，無形之中是對公司的一種宣傳。

4·5

【原文】

《孝經》[1]通，四書熟。如六經，始可讀。

【譯文】

孝經的道理弄明白了，把四書讀熟了，才可以去讀六經這樣深奧的書。

【注釋】

①《孝經》：儒家的經典之一，論述封建孝道，宣傳宗法思想。

【評解】

《孝經》是儒門十三部經典裡面的第一部，共有十八章。古人求學，一定是先讀《孝經》，後讀四書。《孝經》是曾子問孝，孔子回答，曾子退而與弟子研究討論，再由弟子整理而成的。

《孝經》十八章，只講了一個問題，什麼叫做孝。全書將社會上各階層人士，從國家元首到平民百姓分為五大類，就各類人的本位，提出實施孝親的方法和原則，所以是自古以來學者要讀的第一書。

古人求學，先讀《孝經》的目的就是為了先學會做人，因為孝道是做人的基礎，之後再度六經才能領會書中的真諦，而不被表面的東西所左右。

4．5《孝經》①通，四書熟。如六經，始可讀。

【國學小百科】

古代家諱是怎麼回事

家諱，是家族內部遵守的避父祖名的作法。凡父祖名某某，都必須在言行、作文章時避開以此為名的事物。它其實是國諱的一種延伸，同國諱一樣是封建等級、倫理觀念的展現。又稱私諱。

如淮南王劉安父名長，他主持編寫的《淮南子．齊俗訓》中引《老子》「長短相形，高下相傾」時，改為「高下相傾，短修相形」。

唐朝號稱「詩鬼」的李賀，就因為他父親名叫晉肅，「進」與「晉」音同而犯家諱，便不能參加進士考試，縱然他才華橫溢，也終無用武之地，終生不得志，二十七歲便鬱鬱寡歡而死。韓愈因此憤而作〈諱辯〉，質問道：「父親叫晉肅，兒子就不能考進士；那如果父親叫仁，兒子豈不是不能做人了嗎？」但他的這篇文章，卻遭到了士大夫的攻擊詆毀。

家諱並不全是避父親的諱，也包含避母親的諱，唐代大詩人杜甫被稱為詩聖，一生共寫了近三千首詩，各種題材十分廣泛，但據說因其母親名叫海棠，所以他雖寓居海棠頗負盛名的四川多年，卻從未寫過海棠詩。

子輩需要避長輩的諱，奴僕也要避開所有主子的諱。北齊的熊安，一次去見和士開、徐之才。徐父名熊，和父名安，他因為自己的名字和他們犯講諱，於是將自己的姓，名的第一個字都改了，自稱為觫觫生。為了討好主子，也不怕自己觸霉頭了。

《紅樓夢》中這樣例子很多。林之孝的女兒原名紅玉，因為犯了寶玉的諱，只好改為小紅。薛蟠的老婆叫夏金桂，更是厲害。她在家時，不許人口中帶出「金桂」兩字來，凡人有不留心，誤道一字者，他便定要苦打重罰才罷。一日她與香菱說話，香菱不小心忘了避諱，金桂的丫鬟便說：「妳可要死！妳怎麼叫起姑娘的名字來？」

凡避諱者，都須找一個意義相同的字來代替。司馬遷的父親諱談，《史記》中因此無一「談」字，連趙談都改成了趙同，廢棄了編著書字應求完備的宗旨。宋代大文學家蘇東坡因為諱「申序」，向來不為別人作序，如果必須作這類文字，則改為「敘」，後覺不妥，又改為「引」。這種辦法雖然勉強可行，但已經明顯的妨礙了文字的準確性。如避諱「長」字及同「長」相同的音，琴的長短還可勉強稱為「修短」，而腎腸則不能改為「腎修」了。因此那時的人們在避諱問題上真是費盡了心思。

家諱也是受法律保護的。《唐律》中規定：凡是官職名稱或府號犯了父祖的諱，不得「冒榮居之」，例如父祖中有叫安的，不得在長安縣任職；父祖名中有「常」的，不得任太常寺中的官職。如果本人不提出更改而接受了官職，一經查出後削去官職，並判一年的刑罰，無怪乎古時的人對名諱恐避之不及呢。但比起國諱，家諱中寄寓著對長輩的親敬、崇仰與懷念之情，帶有更多的自發性。

【相關連結】

曾子避席

「曾子避席」出自《孝經》，是一個非常著名的故事。

曾子是孔子的弟子，有一次他在孔子身邊侍坐，孔子就問他：「以前的聖賢之王有至高無上的德行，精要奧妙的理論，用來教導天下之人，人們就能和睦相處，君王和臣下之間也沒有不滿，你知道它們是什麼嗎？」曾子聽了，明白老師孔子是要指點他最深刻的道理，於是立刻從坐著的席子上站起來，走到席子外面，恭恭敬敬的回答道：「我不夠聰明，哪裡能知道，還請老師把這些道理教給我。」

在這裡，「避席」是一種非常禮貌的行為，當曾子聽到老師要向他傳授時，他站起身來，走到席子外向老師請教，是為了表示他對老師的尊重。曾子懂禮貌的故事被後人傳誦，很多人都向他學習。

【延伸閱讀】

家長如何加強對孩子的孝道教育

孝敬父母是中華民族的傳統美德。長期以來，一直被作為一切道德的基礎和教化的開始。而且讓孩子從小學會關心，學會理解，學會尊重，已經成進行孝道教育。為思想道德教育的基本內容和首要任務。而要學會關心，理解，尊重，首先就要學會孝敬父母，一個連自己的父母都不孝敬的人，何談對他人的關心，理解，尊重？

首先父母要言傳身教。托爾斯泰講過一則故事：一位爺爺老了，吃飯時口水鼻涕不斷，兒子媳婦嫌髒，把他趕到灶邊獨自吃，有一次，爺爺不小心把碗打碎了，兒媳破口大罵：「老不死的，以後用木盆吃算了。」過了幾天，夫妻倆忽然發現兒子在拿斧頭做一件東西。一問，兒子一本正經的說：「我正在做木盆等爸媽老了用，免得打破碗。」孩子的話使夫妻十分羞愧，從此使他們改變了對老人的態度。現實生活中，這種不孝的父母是不能教育出有孝心的孩子的。因此，要孩子有孝心，家長要身體力行，做出榜樣。

其次要正確引導。「家裡有一顆蘋果，每人都要有一份。」這在國外是一條重要原則，它可以防此孩子形成以自我為中心的小霸王性格。父母在這方面要正確引導，要讓孩子體察父母的慈愛和奉獻，要讓孩子從一些細節中產生對父母的敬慕之情和孝敬之心。

另外，在孩子心靈樹立英雄形象。孩子對影視中的英雄和自己身邊的「英雄」都饒有興趣，極力效法。家長就根據這一特點，利用身邊活生生的典型孝道事例對孩子進行正面教育，讓這些英雄的事蹟在孩子幼小的心靈扎上根。

當然新代的孝道並不是惟父母之命是從的愚孝，而是在明辨是非的基礎上做到「親有過，諫使更，怡吾色，柔無聲」，把孝道變成一種發自內心的情感。更要讓孩子明白：尊重長輩並不是迂腐，粗魯撒野並不是瀟灑，只有對長輩發自內心的尊重與愛戴，才是現代公民應有的素養與風範。只有家庭、學校、社會、媒體導向形成合力，孩子就會由愛父母和家人進而做到「老吾老以及人之老，幼之幼人之幼」的愛他人。

4 · 6

【原文】

《詩》、《書》、《易》，《禮》、《春秋》。號①六經②，當講求。

【譯文】

《詩》、《書》、《易》、《禮》、《春秋》，再加上《樂》稱六經，這是中國古代儒家的經典，應當仔細閱讀。

【注釋】

①號：號稱。

②六經：戰國以前的作品，其中《樂經》失傳，所以又叫《五經》。

【評解】

六經占了中國文化史上的六個第一：

《詩經》是中國第一部詩歌總集；

《書經》也叫《尚書》，是中國第一部歷史文獻；

《易經》是中國第一部經典，後世的諸子百家、一切學問都根源於此；

4·6《詩》、《書》、《易》，《禮》、《春秋》。號①六經②，當講求。

《周禮》是中國第一部組織管理與典章制度專著；

《禮記》是中國第一部文化資料彙編；

《春秋》是中國第一部編年史。

後世將《周禮》除去，稱「五經」。五經代表的是中國傳統文化，是上古時代文化思想的中心。六經分別從藝術、歷史、哲學、科學、宗教、制度、文化等不同的視角對儒家思想進行詮釋，內容豐富龐雜，包羅了社會生活的各個方面，具有珍貴的史料價值。

【國學小百科】

什麼是古籍

先解釋「古籍」的「籍」。「籍」在這裡就是書，「古籍」是古書的雅稱，這都不存在問題。問題是什麼樣的東西才算書，在某些人的頭腦中並不十分清楚。如有人談中國書的歷史，說最早的書是刻在甲骨上的，以後是鑄在青銅器上的，這就不對。

殷商時龜腹甲、牛肩胛骨上的文字只是占卜後刻上去的卜辭，並未構成書。商周時青銅器上的銘文即所謂「金文」，是王公貴族對鑄器緣起的記述，儘管有時為了誇耀自己的功勳，文字很長，但其性質仍和後世紀功頌德的碑刻相近似，也不能算書。殷商時已開始在竹木簡上寫文字，《尚書》的〈多士〉篇裡說：「惟殷先人，有冊有典。」「冊」的古文字就像兩根帶子束了一排竹木簡，「典」則像以手持冊或將冊放在几案上面。但這種典冊在當時仍不是書，而只是詔令之類的文字，保存起來猶如後世之所謂檔案。到西周、春秋時，檔案留下來的就更多了。

西周、春秋時人做了不少四言詩，草擬了貴族間各種禮儀的節目單或細則；還有周人用蓍草占卦的卦辭、文辭；春秋時諸侯國按年月日寫下來的大事記即「春秋」或「史記」。這些，當時都歸祝、史掌管。其中除大事記是後來史書的雛形外，其餘所有的仍都沒有編成書，只能算檔案，或稱之為文獻。

到春秋末戰國初，學術文化從祝、史手裡解放出來，孔子以及戰國時的學者才把過去累積的檔案文獻編成《詩》、《書》、《禮》、《易》、《春秋》等教材，做哲理化的講解。這些教材叫做「經」，講解經的紀錄編寫後叫做「傳」或「說」，經、傳、說以外的記載叫做「記」。同時，戰國各個學派即後人所謂先秦諸子也有不少論著，並出現了自然科學技術方面的專著。這些經、傳、說、記和先秦諸子論著、科技專著才是中國最早的書，最早的古籍。《漢書．藝文志》所著錄的最早的書也就是這一批古籍。以後收入列朝公私書目屬於經、史、子、集的各種著作，在今天也當然被公認為古籍。

【相關連結】

手不釋卷

三國大將呂蒙自幼家貧，很少讀書，但作戰屢建奇功，被提拔為將軍。

一次，他點兵三萬，用船八十餘艘襲擊荊州。水手一律身著白衣，大批精兵埋伏在船艙裡。黑夜，船到當陽江邊，烽火台的漢兵厲聲盤問。吳軍詐稱是商船，要求靠岸避風，漢兵信以為真。約至二更，船上吳軍突然襲擊，占據了烽火台。隨後，呂蒙帶兵長驅直入，輕取荊州。

呂蒙作戰勇猛，平時卻不肯讀書。

孫權見他年輕有為，勸他多讀書，成長知識。但呂蒙卻認為小時候沒有讀書，現在長大了也就算了，而且讀書應該是文人的事情，自己是武將毋須讀書。

孫權聽了嚴肅的說：「漢先武帝從前行伍出身，卻『手不釋卷』，你很聰明，又年輕，如果多讀些史書和

4·6《詩》、《書》、《易》，《禮》、《春秋》。號①六經②，當講求。

兵書，一定能取得更大的成就。」

呂蒙聽了很感動，從此勤奮學習，終於成為一代名將。

故事告訴我們，多讀書一定會成長見識。對於《三字經》中提到的這寫優秀傳統文化作品，我們每個人更應對其好好學習和研究。

【延伸閱讀】

利用春節讓孩子感受傳統文化

對於學生來說，學習了解傳統文化，春節是最好不過的時機。

進入二十一世紀以來，社會對傳統文化越來越重視，人們普遍意識到，傳統文化蘊含著優秀的民族特質，影響著我們的文化認同，使國家在社會轉型中仍保持著凝聚力和融合力。在中小學教材中歷史文化知識的比重加大了，有些地方的孩子開始誦讀《論語》、《三字經》等傳統經典，有的父母還專程送孩子參加傳統文化方面的各類輔導班。

但是，傳統文化不僅包含在經典著作中，更展現在社會生活的各方面，其中在年節習俗裡表現得尤為集中。相對於抽象的文字典籍，年節習俗文化更具體、更感性，對學生特別是未成年的孩子更有吸引力。在臺灣，春節是最重要的傳統節日，積澱了豐富的文化資訊，春聯、鞭炮、燈籠、年夜飯、拜年、壓歲錢等，都蘊含著一定的文化意義，反映了華人的思維特徵與行為方式。

學生在學校主要接觸書本知識，由於學習負擔重，他們無暇對社會生活進行深入的認識了解。寒假期間，家長和學校應該讓他們從功課中解脫出來，以放鬆快樂的心情去感知、體悟中華文化博大精深的內涵。

令人憂慮的是，由於社會生活方式的變遷，傳統的年節文化正在陷入前所未有的危機，不僅清明、端午、中秋等傳統節日受到冷落，就連春節的年味也變淡了。在不少地方，春節已淪為「吃喝節」、「電視節」、「麻將節」，變得越來越沒意思、越來越沒特色。與之形成鮮明對比的是，耶誕節、情人節等「洋節」大行其道，受到年輕人的追捧。很難想像，在這樣的環境中成長起來的人，對傳統文化還會有多深的感情。

文化是生生不息的過程，如何繼承、創新和豐富春節文化，是一個重大命題，這不僅是為了讓孩子有一個快樂的假期，也是為了我們的心靈有一個溫暖的歸屬。

【原文】

4．7

有《連山》，有《歸藏》。有《周易》，三《易》詳①。

【譯文】

《連山》、《歸藏》、《周易》，是中國古代的三部書，這三部書合稱「三易」，「三易」是用「卦」的形式來說明宇宙間萬事萬物循環變化的道理的書籍。

【注釋】

①詳：詳說。

【評解】

中國的《易經》本有三種，《連山易》、《歸藏易》和《周易》稱為三易，這是「三易詳」的第一層意思。《連山易》和《歸藏易》早已經失傳了，如今流傳下來的只有《周易》一種，是經周文王姬昌整理過的，故此稱為《周易》。

4．7有《連山》，有《歸藏》。有《周易》，三《易》詳①。

相傳伏羲氏畫八卦，始有卦象。其時還是結繩記事，沒有文字，只有圖形。直至近代，雲南的少數民族還是結繩記事，家裡門後面掛幾條繩子，有幾件要辦的事情就在不同的繩子上打幾個結。到神農氏時代發展出《連山易》，黃帝時代出現了《歸藏易》。三王時代的夏朝用《連山易》、商朝用《歸藏易》、周朝用《周易》。周文王著卦辭，周公旦著爻辭，又經過孔子整理後，繫易辭，加入十翼，也就是孔子研究《易經》的十篇論文。一部《周易》濃縮了四代聖人的智慧，故此《易經》名列為五經之首。

這三種易經有什麼不同呢？八卦中乾為天、坤為地，離為火、坎為水，艮為山、兌為澤，巽為風、震為雷。《連山易》以艮卦起首，《歸藏易》以坤卦起首，《周易》以乾卦起首，三易所畫八卦的位置不同。方位一變，六十四卦的卦體跟著變異，內部的三百八十四爻也隨之而變。

我們今天見到的《周易》，是周文王在羑里坐牢七年，研究易經的心得體會。《連山易》和《歸藏易》雖然失傳了，但是據南懷老研究，還是可以從象數裡面看到一些端倪。道家的術數之學，如丹道、醫藥、堪輿等學問，都有《連山》與《歸藏》兩種易學的東西，此外在《易緯》和《關朗易傳》中也還有一點依稀的影子。

那什麼叫做易呢？易字的甲骨文字形，上面是個日，下面是個月，太陽和月亮之間的關係就是易。《易經》是中國最早研究天文、自然的科學著作，其中提出了三個原則，就是三易，這是「三易詳」的第二層意思。

「三易」的第一易，是簡易，簡單的像太陽和月亮一樣，天天能看見、抬頭就看見。其實宇宙的法則根本就是至簡、至易的，真理總是最簡單、最平淡的，複雜是後天人為的。最簡單、最平凡的就是最美好、最偉大的；簡易的生活是最正常的生活，簡易的飲食是最健康的飲食，複雜的結果只能是勞民傷財。

第二易，是變易，世間的一切事物都像太陽和月亮一樣，永遠在運動、永遠在變異，所以學易先要明變。上智之人不但知變，且能適應變；中智之人跟著變、隨著變走；下智之人變過去了還不知道，還在那裡怨天尤人呢。

第三易，是不易，萬事萬物雖然隨時隨處都在變，但有一個不變的理體，理是永恆的、體是不變的。例如，太陽和月亮永遠在運動，但永遠不會撞到一起，因為有引力之理在，有太陽系的法則存在。哲學家把這個不變的理叫做本體，宗教家叫上帝、佛、主宰……，總之說的都是一回事。在內是不變的理，中間是簡易的數，外面就是千變萬化的象，這就是易的全體。

【國學小百科】

八卦的基本概念

教育部辭典對八卦的闡釋如下：

八卦：易經中的八種符號。相傳為伏羲氏所作，三爻成卦，爻有陰、陽之別，由陰、陽爻組成八種不同的形式，即為八卦，借以象徵自然現象及人事的變化。

每一卦形代表一定的事物。乾代表天，坤代表地，坎代表水，離代表火，震代表雷，艮代表山，巽代表風，兌代表沼澤。八卦互相搭配又得到六十四卦，用來象徵各種自然現象和人事現象。在《易經》裡有詳細的論述。

八卦相傳是伏羲所造，後來用來占卜。

【相關連結】

伏羲造八卦

傳說伏羲的母親是華胥氏，生活的西北部很遠的地方。有一次，她偶然看見沼澤邊有一個神祕的腳印，覺得很奇怪，就用自己的腳試，誰知剛一踩下，身子忽然有一種異樣的感覺，後來就懷孕生下伏羲。伏羲長有人的頭，蛇的身子，從小就很有神力，能沿著通天的大樹自由上下，長大後當了東方的天帝。

伏羲是一位聖明的天帝，也是一位了不起的文化始祖。他上知天文、下懂地理，並且熟悉人間萬物的自然法則。他發明了八卦，以（乾）這種符號代表天，（坤）代表地，（坎）代表水，（離）代表火，（艮）代表山，（震）代表雷，（巽）代表風，（兌）代表澤。伏羲教人民用這幾種符號記載萬事萬物。後來經過周文武的發揮，八卦被豐富為六十四個卦象，因此更是充滿了神祕和奧妙，它就是後人所說的《周易》。

【延伸閱讀】

學習易經的四個基本步驟

學習易經是個由表及裡、由淺入深的過程，應遵循基本的學習步驟，這樣學習會更有成效。

第一個步驟：讀熟易經的句子，了解句子的基本意義。

第二個步驟：研究易經字句間揭示的世界和人世的道理。

這個步驟要力求慢，戒除急功近利的思維方式，如慢火熬雞湯一樣把易經的道理領會透澈。

第三個步驟：研究易術，也就是運籌、算命、算事的基本方法。

這個步驟要快，簡單了解即可，沒必要深究，甚至沒必要相信。

第四個步驟：研究易經內涵的大道理，以及深層次的哲學，這個步驟的時間和領會程度，要看悟性和機緣。

4·8

【原文】

有《典》《謨》，有《訓》《誥》。有《誓》《命》，《書》之奧①。

【譯文】

《書經》的內容分為六個部分：一典，是立國的基本原則；二謨，即治國計畫；三訓，即大臣的態度；四誥，即國君的通告；五誓，起兵文告；六命，國君的命令。

【注釋】

①奧：奧祕。

【評解】

《書經》裡面收錄了六大類、五十八篇文章，類似現代的官方文體檔，學生要熟悉這六種文體，以備將來出仕時起草公文之需。

孔子刪定的百篇《尚書》被秦火焚毀。漢文帝登基後，昭告天下徵集《尚書》書稿，有一九十歲的伏生，口授《尚書》一部。至漢武帝時，魯恭王劉餘為擴建宮室，要拆除孔子故宅。在拆牆的時候，發現了夾層裡藏的竹簡，內有《尚書》五十八篇，史稱《古文尚書》。孔子十一代孫，經學家孔安國奉漢武帝昭，將古文改寫為隸書並為之作傳，史稱《今文尚書》五十八篇，較今天的《尚書》多出十六篇。

【國學小百科】

《尚書》簡介

《尚書》是中國古代最早的一部歷史文獻彙編。最早時它被稱為《書》，到了漢代被叫做《尚書》，意思是「上古之書」。漢代以後，《尚書》成為儒家的重要經典之一，所以又叫做《書經》。這部書的寫作和編輯年代、作者已很難確定，但在漢代以前就已又了定本。據說孔子曾經編纂過《尚書》，而不少人認為這個說法不可靠。

4·8有《典》《謨》，有《訓》《誥》。有《誓》《命》，《書》之奧①。

《尚書》所記載的歷史，上起傳說中的堯虞舜時代，下至東周（春秋中期），歷史約一千五百多年。它的基本內容是古代帝王的文告和軍臣談話紀錄，由此可以推斷作者很可能是史官。《尚書》作為中國最早的政事史料彙編，記載了虞、夏商、周的許多重要史實，真實的反映了這一歷史時期的天文、地理、哲學思想、教育、刑法和典章制度等，對後世產生過重要影響，是我們了解古代社會的珍貴史料。

《尚書》用散文寫成，按朝代編排，分成《虞書》、《夏書》、《商書》和《周書》。它大致有四種體式：一是「典」，主要記載當時的典章制度；二是「訓誥」，包括君臣之間、大臣之間的談話和祭神的禱告辭；三是「誓」，記錄了君王和諸侯的誓眾辭；四是「命」，記載了帝王任命官員、賞賜諸侯的冊命。《尚書》使用的語言、詞彙比較古老，因而較難讀懂。

流傳至今的《尚書》包括《今文尚書》和《古文尚書》兩部分。《今文尚書》共二十八篇，《古文尚書》共二十五篇。從唐代以來，人們把《今文尚書》和《古文尚書》混編在一起後來經過明、清兩代的一些學者考證、辨析，確認相傳由漢代孔安國傳下來的二十五篇《古文尚書》和孔安國寫的《尚書傳》是偽造的，因此被稱為《偽古文尚書》和《尚書偽孔傳》。這個問題在學術界已成為定論。

現存二十八篇《今文尚書》傳說是秦、漢之際的博士伏生傳下來的，用當時的文字寫成，所以叫做《今文尚書》（《古文尚》用古代文字寫成）。其中《虞夏書》四篇，《商書》五篇，《周書》十九篇。我們選錄的是《今文尚書》，不包括書《古文尚書》。原文主要依據清代阮元校訂的《十三經注疏》注釋和譯文廣泛參考了研究《尚書》的各種專著。

【相關連結】

壁經出世

秦始皇焚書坑儒，使各種書籍都遭到了毀滅性的破壞。漢文帝時，開始在全國尋找書籍，一個叫伏生的老儒生口授了《尚書》二十八篇，使《尚書》得以流傳。

到了漢武帝時，魯恭王想霸占孔子的故居改造花園，在拆房時，忽然從牆壁的夾洞中發現了一批竹簡，同時空中傳來一陣莊嚴的鐘磬之聲，魯恭王嚇壞了，忙下令停止拆房。在牆壁中發現的這批竹簡包括《尚書》、《孝經》等古典書籍，因為是在牆壁中發現的，所以這些書被稱為「壁經」。

這些典籍的發現，對校正一些典籍的真偽起到了重要作用。

【延伸閱讀】

學習《尚書》的途徑

學習《尚書》要認識途徑，不同的要求有不同的途徑。

對初學者說，首先要通讀。通讀的時候，可以利用一些附有譯文的讀本。這類讀本目前有三個：一是王世舜譯注的《尚書譯注》。一是江灝和錢宗武合著的《今古文尚書全譯》。三是周秉鈞譯的《白話尚書》。這三本書都有譯有注。第一種只譯了今文二十八篇，

第二種和第三種則今文和古文全部譯注了，內容大同小異。如果只為了通讀，上述三部書任擇一部就可以了。

對進一步研究者說，要求自然不同，還應該參考些舊時注本。舊時注本很多，可以根據各自不同的要求選讀下面這些。

4·8有《典》《謨》，有《訓》《誥》。有《誓》《命》，《書》之奧①。

一、《尚書注疏》這部書採用偽《孔傳》而加以解釋，闡說詳明，是一部很重要的注解。《孔傳》雖然不是漢代孔安國寫的，但是它是魏晉人寫的，有很重要的學術價值。焦循說得好：「《孔傳》之善有七，若置其偽託之孔安國，而以魏晉人之傳注視之，則當與何晏、杜預、郭璞、范甯之書並存。」讀《左傳》必須讀《杜注》，讀《尚書》就必須重視偽《孔傳》。孔穎達的《疏》，根據劉炫、劉焯等人的舊《疏》整理而成，保存了唐以前人的一些重要見解。它是魏晉以後唐以前人說解《尚書》的總匯。如果要了解這一時期解釋《尚書》的情況，應當參考它。

二、《書集傳》宋人蔡沈著。這部書分別標明今文古文的有無，辨明大小《序》的訛誤，改正偽《孔傳》的訓詁，刪除《孔疏》的繁複，簡明精當，比偽《孔傳》有所前進。如果要了解宋人《尚書》的注解，可以參考它。

三、《尚書今古文注疏》清人孫星衍著。經文方面，孫氏只取伏生所傳的經文，加上古書中所引《大誓》殘文，共二十九篇。注疏方面，孫氏取兩漢今古文之說，以它為注，然後自己替它作疏。他所錄的經文全是真的，他所錄的古注也很完備，是一部很好的書。皮錫瑞《經學通論》稱讚它搜羅完備，分析亦明，是研究《尚書》者應當先看的書。我們要了解漢人對《尚書》的解釋，可以參考它。

四、《尚書孔傳參證》王先謙著。這部書依據晚出《孔傳》本，參以他書，加上考證，對《尚書》的古今和真偽，分別很清晰。如果要了解《尚書》的今古文情況，可以參考它。

此外，在解釋《尚書》的疑難訓詁上，清代以來的學者取得了可喜的成績。王念孫、王引之著的《讀書雜志》、《經義述聞》和《經傳釋詞》，創獲最多。俞樾的《群經平議》、孫詒讓的《尚書駢枝》、章太炎的《古文尚書拾遺》，王國維的《觀堂集林》和《觀堂學書記》，也有許多貢獻。楊筠如的《尚書覈詁》、曾運乾的

《尚書正讀》、楊樹達的《尚書說》、于省吾的《尚書新證》，也提出了許多寶貴意見。要了解清代以來關於《尚書》的訓詁方面的進展，可以參考它們。

【原文】

4·9

我周公，作《周禮》。著六官①，存②治體。

【譯文】

《周禮》為周公所作，其中記載著當時六官的官制以及國家的組成情況。

【注釋】

①六官：周朝的官員的總稱。

②存：存放，放置。

【評解】

周公，姓姬，名旦，是周文王的四子，周武王的親弟弟。武王伐紂建立周朝以後病逝，十三歲的成王即位。小孩子怎麼治理國家呢？只好由叔叔周公協助理政。周公不但理政治國，還整理了周以前的文化，建典章、定國體，開創了周朝八百載天下的基業。

《周禮》一書分為「天地春夏秋冬」六章，敘述了周代的政治制度。相傳周公作《周禮》設計了六部官制的政府機構，每一官制下面再設不同的官職，每一官職都規定了具體的職務條例。這樣就奠定了中國的政治體制和行政體系，而六部制的行政體系一直沿用至今。所以這裡才讚揚周公，說他「著六官，存治體」。

4・9我周公，作《周禮》。著六官①，存②治體。

「六官」就是天官冢宰，明清叫吏部，相當於今天的人事處；地官司徒，明清稱戶部，相當於今天的財政部和警政署；戶籍管理部分，春官宗伯，為禮部，相當於今天的外交部、教育部和文化部；夏官司馬，為兵部，相當於今天的國防部；秋官司寇，為刑部，相當於今天的司法院和警政署；東官司空，為工部，相當於今天的經濟部、農業委員會等的綜合。

六官又稱六卿，是政府的職能部門，直到今天我們的政府序列、組織管理體制的架構也還是如此，沒有大的變動。

【國學小百科】

中國古代三個著名變法

中國歷代的變法很多，但成功的變法並不多，造成這一局面，更多是因為變法者沒有認真分析自己所處時代的外部形勢和內部形勢，所以最後才遭到了失敗。中國自夏商有文字記載的時代算起，到現在已有幾千年的歷史，這當中變法的次數是很多的，著名的變法也有很多，但大多數以失敗而告終，這裡我們選擇其中三個著名的變法來淺說一下其中成敗的原因，它們是商鞅變法、王安石變法和戊戌變法，那麼他們成功的原因在哪裡？失敗的根源在哪裡？

一、談商鞅變法

商鞅生於西元前三九〇年，卒於西元前三三八年，是衛國宗室子弟，所以歷史上又有人稱他為衛鞅，公孫鞅。曾任魏相國公叔痤的家臣，公叔痤臨終前向魏惠王薦舉他為相，未被採納。後來入秦遊說，得到秦孝公賞識，準備變法，針對反對派甘龍、杜摯「聖人不易民而教，知者不變法而治」和「法古無過，循禮無邪」的論調，旗幟鮮明的提出了：「治世不一道，使國不法古」。後出任左庶長，透過「立木求信」，推行新法，數年後，秦國國富民強，兵強馬壯，天下一度出現了「夜不閉戶，路不拾遺」的良好社會風尚。

考察商鞅變法取得成功的原因，不外乎有以下幾個方面：

第一、商鞅遇上了秦孝公這樣正準備有所作為的明君。當時秦孝公即位時，秦國的實力正在衰退，秦孝公為了使秦國強大起來，發出了「誰能讓秦國恢復昔日的強大，我就給他高官，給他封地」的命令。

第二、秦國有強大的歷史，秦穆公也曾是一位明主，他「修明德政，建立武力，向東平定晉國之亂，以黃河為國界，向西稱霸於戎狄，占地廣達千里，被周王賜與方伯重任，」所以秦國的百姓都希望變法使自己國家強大。

第三、他為了推行新法取得成功，在建立信用上花費了很大的心思與決心。最初在城門外「立木求信」，後來又殺掉了帶頭違反新法的太子的老師公子虔，使新法得以順利推行。

第四、他的新法改變了一些古老陳陋的舊習，在客觀上附合民眾與國家的利益，比如在他的新法中有「檢舉奸謀的人與殺敵立功的人獲同等賞賜……立軍功者，各按標準獲上等爵，私下鬥毆內訌的，以其輕重程度處以大小刑罰。致力於本業，耕田織布和生產糧食布匹多的人，免除他們的賦役；不務正業因懶惰的貧窮的人，全家收為國家奴隸。王親國戚沒有獲得軍功的，不能進入宗族的名冊，使有功勞的人獲得財富榮耀，沒有功勞的人即使富有也不能顯耀。」等等這些，都是對國家有利的，所以商鞅變法最終取得了成功。

雖然商鞅本人最後落得個「車裂」的下場，這卻是與他的變法無關的，關於他的下場，筆者在《資治通鑑中的寓言及哲理故事》一書中曾說過這樣一句話：「商鞅用詭計擒獲魏國公子印，這是不守信用的表現，當初他為了推行新法，為獲得信用花費了那麼大的心機，而在擒獲公子印這件事中信用一下丟失乾淨，他雖然獲得了一小利益，但這與『丟了西瓜，撿了芝麻』又有什麼不同呢？驕傲最終會使一個人失敗，只怕就是說商鞅這樣的人吧。」

二、王安石變法

王安石（西元一〇二一至一〇八六年），字介甫，號半山，後人又稱其臨川先生。北宋儒家學者，政治家、文學家、改革家，北宋「荊公新學」派的開創者，王安石於慶曆年間（西元一〇四一至一〇四八年）中進士。嘉三年上萬言〈言事書〉主張變法。神宗即位後，起知江寧府，初為翰林學士兼侍講，再上札子亟言變革，提出「天變不足畏，祖宗不足法，人言不足恤」，與神宗意見相合，擢為參知政事，主行新法，史稱「王安石變法」，次年拜相。新法遭到了司馬光為代表的許多大臣的強烈反對，步履艱難，後幾次罷相後又複相，晚年退居江寧，元佑元年卒。

王安石變法最終以失敗告終，他之所以失敗，有以下幾方面原因：

第一、他性格剛愎自用，不能容納反面意見，這一點從他的「天變不足畏，祖宗不足法，人言不足恤」中可以展現出現。而一個人一旦擁有了這樣的缺點，不論他做的是好事或是壞事，他都很難獲得成功。

第二、當時北宋王朝已正走向滅亡，正因為這樣，神宗皇帝才多方謀求變法，希望換回這一局面。當時的時局混亂，貪官汙吏，地主豪強組成了不可忽視的勢力，「時愈百年，望豪壟之於勢，若欲革弊，則傷其利也」，「瓦解之勢，時以變法，勢之不就，不如以守」。王安石的新法觸動了地主豪強勢力的利益，當然會遭到這部分勢力的強烈反對。而這部分勢力又是國內的主流勢力，所以王安石只有失敗。

第三、雖然王安石的新法是出於富國強兵，保護民眾利益，以緩和階級矛盾這一目的而推行的。但執行新法的人卻是新法要打擊那部分人，那麼，新法還能推行起走嗎？他的新法儘管在主觀上對人民大眾有利的，但由於實施者的原因，他的新法不但沒有保護到農戶的利益，反而更損害了農民的利益，引起了農民的一致反對，這也是他的新法遭致失敗的原因。

所以變法最關鍵一點，就是要認清形勢，看形勢允不允許自己這樣做。如果反對的勢力很強大，就不應該實施變法，因為這時候變法，不但自己不會有一個好的下場，而且還會加劇時局的動亂。

三、戊戌變法

戊戌變法是距離我們比較近的一次變法，他也是以失敗告終的。當然，這次變法的過程許多人都詳細的知道，這裡筆者也不準備累述，只談一點粗淺的看法。

戊戌變法的失敗，有幾個原因，最大一個原因是，雖然光緒皇帝也支持變法，但當時光緒皇帝不過是一個傀儡而已，大權全在慈禧太后手中，主張變法的康有為、梁啟超、譚嗣同等人都不過是一個儒生，手中沒有絲毫政權與軍隊，這樣的變法想要成功，那是比較困難的。其次，戊戌變法的失敗是因為當時清朝的江山已到了朝不保夕的地步，「土崩之勢，若欲革弊，唯有革權」，康、梁等人不知道這個道理，想透過變法使清朝昌盛起來，這種出發點也是錯誤的，所以他們只有失敗。

縱觀中國歷史數以千計的變法運動，要想使變法成功是一件困難的事，它要求變法者有卓遠的政治眼光，果斷的政治魄力，強硬的政治措施，變法的內容必須符合人民的根本利益，必須符合一個國家的民族利益，這是變法的要點，也是變法取得成功的先決條件。

【相關連結】

周公制禮

周公是儒家推崇的聖人，姬姓，名旦，為周文王第四子，因其采邑在周（在今陝西省歧山北），故稱周公。

周公輔佐周武王伐紂滅殷，武王死後，又輔佐其子成王治理國家。史書載「周公制禮作樂」，就是指周公為了鞏固周王朝的統治，加強對分封諸侯的控制，由政治及文化方面制定一套完整的典章制度。

周公依據周制，參酌殷禮，首先確立周王為天下共主，稱天子。又以天子為大宗，而與周天子同姓的諸侯，因與天子為叔伯、兄弟，為小宗，從而形成以血緣關係為連結的「宗法制」。天子之下有諸侯，諸侯內部又有爵位、等級之分，形成階梯式的等級制度。由宗法制和等級制結合，就產生出一套完整的、嚴格的禮儀制度，這就是後世所說的《周禮》。

《周禮》對中國封建社會的影響甚大，周公因此被歷代統治者稱為聖人。

【原文】

4·10

大小戴①，注《禮記》。述聖言，禮樂備。

【譯文】

戴德和戴聖整理並且注釋《禮記》，傳述和闡揚了聖賢的著作，這使後代人知道了前代的典章制度和有關禮樂的情形。

【注釋】

①大小戴：漢朝戴德，稱大戴，和他的姪子戴聖，稱小戴。二人先後把秦以前的儒家關於禮樂制度的論述彙編成《禮記》，現在通行的《禮記》是《小戴記》。

【評解】

整理《禮記》的是西漢學者戴德（大戴）和戴聖（小戴）叔姪二人。大戴刪定《禮記》八十五篇，小戴刪定禮記四十六篇，講述的都是孔子的言論。後人又加入《樂記》一篇，如此就禮樂具備了。

歷史上講授《禮記》最著名的是西漢學者后蒼，后蒼在曲台殿定《禮記》一百八十四篇，後傳授給戴氏叔姪。

今天的《大戴禮》僅存三十九篇，已經不通行了。《小戴禮》四十六篇俱在，後人又加入「明堂」、「月令」、「樂記」三篇，就是我們今天的四十九篇《小戴禮》，〈中庸〉是第三十一篇，〈大學〉是第四十二篇。《禮記》是中國文化的精髓，各個時代的人都能從中尋找思想資源，而且它其中很大的一部分內容對今人行為規範依然有益，因此，現代人學習《禮記》還是很有正面意義的。

【國學小百科】

古書的注釋方式

注釋，顧名思義，當然是解答疏導正文中不甚清楚的問題。古書的注釋大體可以分為兩大類，即隨文釋義的注疏和通釋語義的專著。

先說前者。隨文釋義的注疏向來有很多名稱，最初叫做「傳」，叫做「說」、「解」，也稱為「詁」、「訓」，後來又有「箋」、「注」、「詮」、「述」、「學」、「訂」、「校」、「考」、「證」、「微」、「隱」、「疑」、「義」、「疏」、「音義」、「章句」等別名。這些名稱有的名異實同，有的意義微殊，有的互相結合，成為新的名稱，如「訓詁」、「詁訓」、「解詁」、「校注」、「義疏」、「疏證」等，其用途各不相同。現試舉主要者一二：

傳，即傳授講解的意思，《春秋》有三傳（《左氏傳》、《公羊傳》、《穀梁傳》）。傳有的闡明大義，有的引申未言之意，有的逐句解釋。古語云「聖人作其書，賢者作其傳」。傳有內傳、外傳、大傳、小傳、補傳、集傳之分。

注，取義於如水注物，對文字古奧、文義艱深之處，略疏典故。注也是現在通用的注釋名詞。

注疏的內容大致有：

・解釋字義
・串講文意
・分析名讀
・校勘文字
・闡述語法
・說明修辭手段
・詮解成語典故
・考證古音古義
・敘事考史
・記述說訓
・發凡起例

再說通釋語義的專著。

所謂通釋語義的專著，是對隨文釋義的注疏說的。兩者都是釋義的書，但所釋的義和釋義的方法卻都有些不同。後者所釋的義被局限在某種語言環境中，即只是某一詞語在某一書或某一句中的意義，它和這個詞語在別的書或別的句中的涵義一定相同。就釋義的方法來說，注疏的釋義是隨文而釋，不必考慮這個詞語在別的書或別的句中所含的各種不同的意義。通釋語義的專著剛好相反，它所釋的義並不局限於某一書，更不局限於某一句中的涵義，而是某一詞語常用的、基本的或全部的涵義。因此，它的釋義方法就不應隨文而釋，而要一面研究各個詞語的涵義，融會貫通，予以準確的、簡明的解釋。但有些書既隨文釋義，又通釋群書，其體式介乎注疏與專著之間，如《經黃釋文》、《讀書雜誌》、《經義述聞》、《群經平議》、《諸子平議》等。還有一種情況，在隨文釋義的注疏著作中有通論、序錄，這種通論與序錄大部可以納入通釋語義一類。

通釋語義的專著有很多，按其內容看可分為專釋語義、音義兼注、形音義合解三大類。此種專著中多為工具書。從一部古書中挖掘出更多的精華，為後人易讀易懂，是歷代學者所付出的心血結晶。

古人曾說，著書難，注書更難。因為注釋者必須對一字一事追本溯源，多方考察，具有博大精深的學識，飽覽群書的閱歷，探微究疑的鑽研精神。他們所費的功夫要超出作者好幾倍，有的為此傾注了畢生的精力。酈道元為注《水經》，跋山涉水、考異辨難，訂正訛誤，使《水經》這部書煥然生色，而《水經注》本身也成為規模更為宏大的科學著作，這已經超出注釋的範圍了。

【相關連結】

穆公問禮

春秋末期，晉國有一個叫由余的人，因懷才不遇而流落到秦國。秦穆公為了顯示富有，陪著他遊覽自己的宮苑。由余見了豪華的花園卻直搖頭，秦穆公很詫異，認為晉國人不懂禮法，更不懂治國之道。由余卻認為禮法只不過是用來約束臣子和百姓的工具，對統治者卻毫無意義。晉國雖沒有禮法，人與人之間卻以淳樸之心相待，國家照樣治理得很好。由余是中國歷史上最早對封建禮制提出異議的人，他比別人都有先見之明。

4·10大小戴①，注《禮記》。述聖言，禮樂備。

【延伸閱讀】

如何理解文言文注釋中的「通」與「同」

在閱讀文言文時，對古詩文詞的注釋中，常有或「○同○」的訓釋句式，這裡的訓詁術語「通」與「同」是不是一回事呢？

有的人望文生義，誤認為「通」、「同」沒有區別，因為「通」、「同」後面的字都是對前面字的解釋，前面字是後面的通假字，後面的字是本字。其實，「通」、「同」表示的意思是不相同的。

要弄清這個問題，必須先了解一下古文學中的有關文字通假、古今字和異體字方面的一些常識。

文字通假是指音同或音近（古音）而意義不同的字的假借與通用。（有人把它分為假借字與通假字，裘錫圭認為區分它毫無意義，我們暫且不使用假借字這個術語。）先秦兩漢古文中，通假字的例子很多。

那麼，我們如何來判定通假字呢？首先，古人在使用通假字的字，是用「通」前面的字來代替後面的字，是假借的字的意義。「通」前後兩字（詞）讀音相同或相近（古音）。它並不是沒有這個字，它的特點是「本有其字」，是人們突破自行的約束，把表意的漢字當做標點符號來使用的結果。與所謂寫錯別字的情況是不同的。「其始書之也，倉卒無其字，或比方假借為之，趣於近之而已。」（《經典釋文·敘錄》）。因此，我們遇到這類字的時候，要擺脫字型的束縛，已聲求義，破其假借之字而讀以本字（依據古音）。由於通假字的使用有一定的習慣和範圍，有一定的語言環境，判定的時候，還要考慮其他的因素，有旁證資料。另外，我們要留意古書今注中，凡有「○通○」，舊注中「○讀為（日）○」，「古聲○○同」，「古字○○同」，一般是用來注明通假字的。

在分析通假字的時候，要注意它同古今字的區別：古今字是漢字在孳乳分化過程中形成的，主要是字形方面的問題：通假字是漢字在使用過程中產生的主要是語音方面的問題。這兩者本來是不同的，但人們往往不加區別，把古今字也視為通假字，所謂古今字，是指先後產生的，有區別意義作用的，形體不同的字，即古今區別字。產生前的稱為古字，產生後的稱為今字。

可見今字是在古字的基礎上分化出來的，分化出來的字大都是以形聲方法構成，形音義的關係非常密切。從字形方面看，今字大都是在古字的基礎上加注形符或更換形符而構成的。按道理，今字產生後就不再用古字，但事實並非如此。在分化過程中，古字今字通行不悖。今字產生後，人們在寫作時，還常常使用古字，除了有意仿古外，恐怕也是相沿成習吧。

異體字是指音、義完全相同而只是形體不同的字，也就是一個字有兩種或兩種以上的字，也就是一個字有兩種或兩種以上的不同寫法。異體字是等同關係，在任何情況下都可以相互代替。

綜上所述，縱觀文言文注釋，「通」與「同」真相已大白：「通」是表示通假，前後兩字詞義毫無關聯；「同」是表示某字與另一個字意義相同，「同」前後的字一般是古今字或異體字。因此，在閱讀文言注釋時須切實注意，對一些古詩文作注時「通」和「同」混用現象，應加以糾正。

4·11

【原文】

曰《國風》①，曰《雅》②《頌》③。號四詩，當諷詠。

【譯文】

《國風》、《大雅》、《小雅》、《頌》，合稱為四詩，它是一種內容豐富、感情深切的詩歌，實在是值

4．11曰《國風》①，曰《雅》②《頌》③。號四詩，當諷詠。

得我們去朗誦的。

【注釋】

①《國風》：春秋戰國時期各諸侯國的民歌。

②《雅》：春秋戰國時期各諸侯國的宮廷樂曲歌詞。

③《頌》：春秋戰國時期各諸侯國的宗廟祭祀的舞曲歌詞。

【評解】

《詩經》是中國第一部詩歌總集，先秦時代稱為「詩」或「詩三百」，孔子加以整理。漢武帝採納董仲舒「罷黜百家，獨尊儒術」的建議，尊「詩」為經典，定名為《詩經》。

《詩經》現存詩歌三百零五篇，包括西周初年到春秋中葉共五百多年的民歌和朝廟樂章，分為風、雅、頌三章。

「風」包括周南、召南、邶、鄘、衛、王、鄭、齊、魏、唐、秦、陳、檜、曹、豳十五國風，大部分為東周時期的作品，小部分作於西周後期，以民歌為主。（邶：周代諸侯國名，在今河南省。鄘：後來併入衛國，故城在今河南省汲縣東北。衛：諸侯國名，在今河南省北部、河北省南部一帶。王：周平王東遷後的國都地區，在今河南洛陽一帶。鄭：在今河南省新鄭縣一帶。齊：今山東省大部分地區。魏：古魏國在今山西省芮城縣東北。唐：晉的前身，在今山西省。秦：在今陝西省境內。陳：在今河南省淮陽、柘城以及安徽省亳州市一帶。檜：檜國後為鄭國所滅，二國領土相當於今河南省鄭州、新鎮、滎陽、密縣一帶。曹：在今山東省曹縣、荷澤、定陶一帶。豳：也作邠，在今陝西郴縣、旬邑縣一帶。）

「雅」包括大雅和小雅，共一百零五篇，是周王朝直接統治的王畿地區的作品，均為周代朝廷樂歌，多歌頌朝廷官吏。

「頌」包括周頌、魯頌和商頌，共四十篇。其中周頌為西周王朝前期的作品，均為西周統治者用於祭祀的樂歌，內容多歌頌周代貴族統治者及先公先王，共三十一篇；魯頌為西元前七世紀魯國的作品，歌頌魯國國君魯僖公，共四篇；商頌是西元前八世紀到西元前七世紀宋國的作品，共五篇。

《詩經》作為一部經典著作，對中國歷史文化的產生和發展有著極其廣泛而深遠的影響，是中華民族寶貴的精神文化財富。

【國學小百科】

古人因何重視詩的教育

古人非常注重詩的教育，因為詩可以使人端正思想。人不能沒有思想，不能沒有追求，思想就會產生問題，如果不教育，思想就會走上邪路。所以孔子說「詩三百，一言以蔽之，曰：思無邪」。《詩經》第一篇〈關雎〉，還不是引導人們理解什麼是正當的男女之愛嗎？其次人生在世就會有痛苦和煩惱，西方人用宗教來排遣，華人用「詩」、「樂」來排解心中的情感，使自己「樂而不淫，哀而不傷」。

孔子認為，學識修養的基本功是要先讀詩。讀詩並不是要人成為詩人，詩的教育，包括了文學、藝術、哲學、宗教等文化內涵，能使人溫柔敦厚，情感昇華。中國上古文化思想，直到孔子刪詩書、定禮樂時代的《詩經》，可以說是那個時代的百科知識大全。孔子培養的政治人才，首先是學識淵博的通才，不是只會一樣的專才。

《論語》中記載，孔子有一天問兒子孔鯉，有沒有研究「詩」的學問？孔鯉回答說：還沒有。孔子就告誡說：「不學詩，無以言。」不學詩，知識不淵博，就無法作出好的文章。後世據此，才有「學了詩經會說話，

4．11曰《國風》①，曰《雅》②《頌》③。號四詩，當諷詠。

學了易經會算卦」一語。

孔子刪詩，上取商下至魯，共三百一十一篇，秦始皇焚書以後，有六篇再也找不回來了。今天見到的只有三百零五篇。《詩經》的傳承順序，據說是：孔子傳子夏，子夏一路傳下來到荀子，荀子再傳毛亨就到漢朝了。毛亨再傳毛萇，故有《毛詩》傳世。

【相關連結】

一日不見如隔三秋

成語「一日不見如隔三秋」是說一天不見就好像過了三年，形容思念的心情非常迫切。出自《詩經．風．采葛》：「彼采葛兮，一日不見，如三月兮！彼采蕭兮，一日不見，如三秋兮！彼采艾兮，一日不見，如三歲兮！」

男子和他心儀的女子，剛剛分手一天，就感到無比的思念了，似乎是「三月（三秋、三歲）」沒見面了，雖是誇張，卻真實的反映出了度日如年的情思。可以想像，詩經裡描述的那對青年男女相親相愛是何等的如痴如狂。

【延伸閱讀】

如何提高古詩詞鑑賞能力

一、了解古詩詞特殊之處

古詩詞有不少特殊之處，了解這些特殊之處，可以幫助我們讀懂並進而鑑賞它們。如語法方面，倒裝是一種常見的現象。王維〈山居秋暝〉一詩中的「竹喧歸浣女，蓮動下漁舟」，這是「浣女歸而竹喧，漁舟下而蓮動」的倒裝，其目的，前一句讓人先聞其聲，後見其人，後一句讓人先見其動，後睹其物。先果後因，隱顯結合，寫得十分生動優美。

格律方面，近體詩要求頷聯和頸聯對仗。同樣拿王維的《山居秋暝》來說，其頷聯「明月松間照，清泉石上流」，形容詞對形容詞，名詞對名詞，動詞對動詞，偏正結構對偏正結構，方位結構對方位結構，主謂結構對主謂結構，上下詞性一樣，結構相同，對得非常工整。

二、了解古詩詞抒情方法

古詩詞大都是抒情詩。抒情方法有直接抒情和間接抒情之分。古詩詞的抒情方法以間接抒情為主，即透過「借景抒情」、「託物言志」等方法抒發詩人的思想感情，以情景交融為最高境界。

例如蘇軾的〈念奴嬌．赤壁懷古〉，上片描寫赤壁古戰場的「如畫」景色，下片由景而人，想到在此建功立業、年輕有為的儒將周瑜，又由周瑜想到自己被貶謫的處境，從而抒發了詩人理想不能實現的無限感慨。所以我們鑑賞古詩詞的時候，一定要弄清楚：

第一，這首詩寫了什麼——什麼人（包括作為抒情主人公的作者）？在什麼地方？在什麼時候？寫了什麼「物」「景」？抒發了什麼「志」「情」？

第二，怎樣寫——運用了什麼手法來寫這些「物」「景」？

第三，為什麼這樣寫——運用這種手法寫這些「物」「景」，對抒發這種「情」「志」有什麼作用（效果）？

三、學會寫賞析文章

寫賞析文章就是把我們對古詩詞的鑑賞成果用文字表達出來。寫賞析文章，首先遇到的一個問題是從哪裡切入，一般來說，可從詩歌的思想內容、表現技巧、語言風格等方面去考慮。每一方面又可以結合具體作品選擇某一個切入「點」。譬如思想內容方面的「悲」與「歡」，表達技巧方面的「顯」與「隱」，語言風格方面的「陰柔」與「陽剛」，等等。角度宜小不宜大，最好抓住作品比較突出的某一點，深入開掘下去，這樣可以說得細一點、透一點。

【原文】

4・12

《詩》①既亡，《春秋》②作。寓③褒貶，別④善惡。

【譯文】

後來由於周朝的衰落，《詩經》也就跟著被冷落了，所以孔子就作《春秋》，在這本書中隱含著對現實政治的褒貶以及對各國善惡行為的分辨。

【注釋】

①《詩》：即《詩經》，中國第一部詩歌總集。

②《春秋》：春秋戰國時期魯國的歷史，後孔子將魯國的歷史進行了一次休整，史稱《春秋》。

③寓：蘊涵，包含。

④別：區別。

【國學小百科】

中國古代十大諫臣

中國古代，一些勇於堅持真理和原則的仁人義士，剛正不阿，對上司甚至是帝王照樣敢實話實說，犯顏直諫。他們當中，少數僥倖得遇明主的能夠匡正時弊，青史留名；多數則沒那麼幸運，赤膽忠心最終換來的是暴君、昏君的血腥屠刀，非但不能有所作為，反而死於非命。

一、關龍逄

關龍逄是中國歷史上最早的諫臣。夏桀時大臣，關姓始祖，因忠諫而被桀所殺。據《韓詩外傳》記載，夏桀時，建造的酒池中可以運船；堆起的酒糟足有十里長，池中之酒可供牛飲者三千人。關龍逄向夏桀進諫說：古代的君王，講究仁義，愛民節財，因此國家久安長治。如今國王您如此揮霍財物，殺人無度，您若不改變，上天會降下災禍，那時定會有不測的結果。他懇請國王改變這種情況。說畢，立於朝廷不肯離去。夏桀大怒，命人把他囚而殺之。

二、比干

比干（西元前一〇九二至前一〇二九年），子姓，沫邑人（今河南省衛輝市北）。一生忠君愛國宣導「民本清議，士志於道。」商末帝辛（紂王）暴虐荒淫，橫徵暴斂，比干嘆曰：「主過不諫非忠也，畏死不言非勇也，過則諫不用則死，忠之至也。」遂至摘星樓強諫三日不去。紂問何以自恃，比干曰：「恃善行仁義所以自恃。」紂怒曰：「吾聞聖人心有七竅信有諸乎？」遂殺比干剖視其心，終年六十三歲。

三、汲黯

汲黯（生年不詳，西元前一一二年卒）西漢濮陽（今河南濮陽西南）人，字長孺。孝景帝時為太子洗馬，武帝即位後為謁者，並先後任滎陽令，東海太守，主爵都尉，位列九卿。

汲黯為人威武不屈，剛直不阿，不畏權貴，秉公事職，勇於犯顏直諫。一次武帝召集群儒說：「我欲振興政治，效法堯舜，如何？」汲黯說：「陛下內多欲而外施仁義，怎麼能效唐虞呢？」武帝聽了尖銳的批評，怒而罷朝。當時很多朝臣為他擔心，紛紛勸他明哲保身，他慨然說：「天子設公卿大臣，不是為了匡正錯誤難道是專作阿諛奉承的嗎？我既在其位，總不能只顧個人安危，見錯不說，使皇帝陷於不義之地。」

汲黯為官清正，廉潔奉公，死後家無餘資，在封建官吏濁多清少的環境中他可謂一佼佼者。然而他多次直諫，廷爭抗顏，又與權臣張湯不能相容，為此，張湯恨之入骨，常在武帝面前說他的壞話，武帝好大喜功，不分良莠，對汲黯先施之以疏，後繼之以貶，終被出為源陽太守，卒於任中。

四、魏徵

魏徵（西元五八〇至六四三年），中國歷史上最有名的諫臣，字玄成，唐初政治家，巨鹿（今屬河北）人。隋末參加瓦崗軍，李密敗，降唐。歸唐後跟隨李建成，為太子洗馬。太宗即位後，任諫議大夫。後任祕書監，參與朝政，封鄭國公。魏徵與李世民是封建社會中罕見的一對君臣：魏徵勇於直諫，多次拂太宗之意，而太宗竟能容忍魏徵「犯上」，所言多被採納。

玄武門之變以後，李世民由於早就器重他的膽識才能，非但沒有怪罪於他，而且還把他任為諫官之職，並經常引入內廷，詢問政事得失。魏徵喜逢知己之主，竭誠輔佐，知無不言，言無不盡。加之性格耿直，往往據理抗爭，從不委曲求全。魏徵死後，唐太宗非常悲痛惋惜，曾言「夫以銅為鏡，可以正衣冠；以人為鏡，可以知得失；以史為鏡，可以知興替。今魏徵猝逝，遂失一鏡矣！」並親書墓碑，下詔陪葬昭陵。

五、狄仁傑

狄仁傑（西元六三〇至七〇〇年）唐代并州太原（今山西太原）人，字懷英。武則天時期宰相，傑出的封建政治家。應試明經科（唐代科舉制度中科目之一），從而步入仕途。從政後，經歷了唐高宗與武則天兩個時代。初任并州都督府法曹，轉大理丞，改任侍御史，歷任寧州、豫州刺史、地官侍郎等職。狄仁傑為官，如老子所言「聖人無常心，以百姓心為心」，為了拯救無辜，勇於拂逆君主之意，始終保持體恤百姓、不畏權勢的本色，始終是居屈堂之上，以民為憂，後人稱之為「唐室砥柱」。他任掌管刑法的大理丞，到任一年，便處理了前任遺留下來的一萬七千多件案子，其中沒有一人再上訴申冤，其處事公正可見一斑。

六、胡銓

胡銓（西元一一〇二至一一八〇年），南宋政治家、文學家。字邦衡，號澹庵。廬陵（今江西吉安）人。建炎二年（西元一一二八年）進士，此科由高宗策士，胡銓答策萬餘言，授撫州軍事判官，轉承直郎。紹興五年（西元一一三五年），兵部尚書呂祉薦，賜對，升樞密院編修官；八年，上疏反對秦檜主和，乞斬王倫、秦檜、孫近，而且指責高宗。秦檜認為「狂妄凶悖」，於是下詔除名，貶昭州。由於朝臣營救，改監廣州鹽倉。十二年被劾，又貶新州，十八年又被謫移吉陽軍。直至秦檜死，才得徙移衡州。孝宗即位，復奉議郎。歷官至權兵部侍郎。由於始終反對和議，與朝廷政見分歧，於是力求去職。歸廬陵，從事著述。卒謚忠簡。

七、寇準

寇準（西元九六一至一〇二三年）北宋政治家。字平仲。華州下邽（今陝西渭南東北）人。自幼喪父，家境貧寒，發憤讀書，十九歲登進士第，當了一個時期地方官後即被召入朝任職，以其政治才能深得宋太宗趙炅器重。三十一歲時任樞密副使。後因剛直不阿，被排斥出朝廷。宋真宗趙恆即位後，召寇準回朝，先後任權知開封府、三司使等職。景德元年（西元一〇〇四）六月，任同中書門下平章事。其年冬，遼承天皇太后和遼聖宗耶律隆緒率大軍入侵宋境，直趨黃河沿岸的澶州（今河南濮陽附近）。宋廷大臣王欽若等多主張遷都以避敵鋒，唯寇準力排眾議，極力促成宋真宗親臨澶州前線抗擊，宋軍士氣為之一振，促使遼聖宗決意同宋議和，訂立和約後撤兵（見澶淵之盟）。後因受王欽若的挑撥，寇準逐漸失去宋真宗的信任，於景德三年罷相，到陝西等地任地方官。天禧三年（西元一〇一九年），因順應宋真宗意旨，奏言天書下降，再度被起用為宰相，不久罷為太子太傅，封於萊，故世稱寇萊公。後遭副相丁謂誣陷，被一再貶逐，直至雷州（今廣東海康）司戶。於宋仁宗天聖元年（西元一〇二三年）閏九月死於貶所。

八、包拯

包拯（西元九九九至一〇六二年），字希仁，廬州合肥人（安徽合肥），北宋政治家。宋景佑四年（西元一〇三七年），任天長（安徽天長）知縣，頗有政績。任滿後，調任知端州（廣東肇慶）。回京任監察御史里行，又改監察御史，為「言事官」，對處事不當，行事不法的官僚，都可以進行彈劾。為懲治貪官，慶曆四年（西元一〇四四年），他向仁宗上疏〈乞不用贓吏〉，認為清廉是人們的表率，而天贓則是「民賊」。包拯七次上書彈奏江西轉運使王逵，揭露他「心同蛇蠍」，殘害百姓。並嚴厲批評宋廷的任官制度。皇佑二年（西元一〇五〇年）至三年間，包拯知諫院，曾三次彈劾外戚張堯佐，審清妖人冷青冒充皇子的特大詐騙案，震撼朝野。

包拯請求仁宗虛心納諫，分辨是非，不要「先入為主」，偏聽偏信，而要愛惜人才，除去苛刻，嚴正刑禁，禁止妖言邪說，不隨意大興土木等等，朝廷多採納施行。

由於包拯在開封府執法嚴明，鐵面無私，勇於硬碰硬，貴戚宦官也不得不有所收斂，聽到包拯的名字就感到害怕。開封府廣泛流傳著這樣的話「關節不到，有閻羅包老」。用閻羅王比喻包拯的鐵面無私。

宋嘉佑六年（西元一〇六一年），他官至樞密副使，次年五月病逝。

九、海瑞

海瑞（西元一五一四至一五八七年），明代著名政治家。海南瓊山（今海口）人，回族，字汝賢，自號剛峰。他自幼攻讀詩書經傳，博學多才，嘉靖二十八年（西元一五五〇年）中舉。初任福建南平教渝，後升浙江淳安和江西興國知縣，推行清丈、平賦稅，並屢平冤假錯案，打擊貪官汙吏，深得民心。嘉靖四十五年任戶部雲南司主事，上書批評世宗迷信巫術，生活奢華，不理朝政等弊端，遭迫害入獄。世宗死後獲釋。隆慶三年（西元一五六九年）調升右僉都御史，他一如既往，懲治貪官，打擊豪強，疏浚河道，修築水利工程，並推行一條鞭法，強令貪官汙吏退田還民，遂有「海青天」之譽。後被排濟，革職閒居十六年。萬曆十三年（西元一五八五年），重被起用，先後任南京吏部右侍郎、南京右僉都御史，力主嚴懲貪官汙吏，禁止循私受賄，兩年後病死於南京。海端一生居官清廉，剛直不阿，深得民眾的尊敬與愛戴。

十、楊繼盛

比起海瑞，楊繼盛的在民間的知名度稍顯遜色，但是在歷史學家的眼裡，他的事蹟更為壯烈，影響更大，被稱為明朝第一諫官。

楊繼盛（西元一五一六至一五五五年），容城（屬今河北）人，字仲芳，號椒山。嘉靖進士，任兵部員外郎，因彈劾大將仇鸞對俺答畏怯妥協，被貶官，後起用為刑部員外郎、兵部武選司，上疏彈劾嚴嵩十大罪。世宗怒，下詔處死。人們聽說楊繼盛要處斬，四城百姓蜂擁趕到西市，為楊繼盛送行。沿街人山人海，哭聲震天，晴朗的天空突然天昏地暗。楊繼盛昂首挺胸，視死如歸，當眾高唱：浩氣還太虛，丹心照千古。生平未報國，留作忠魂補。

【相關連結】

一字褒貶

隨著周朝的滅亡，派官員進行采詩的制度也不存在了。為了記錄史實以教育後人，孔子著了一部《春秋》，書中透過讚揚或批評來區別善與惡。

4．12《詩》①既亡，《春秋》②作。寓③褒貶，別④善惡。

西周末年，周幽王因為貪戀女色而導致國家滅亡。平王遷都洛陽後，中國歷史便進入了諸侯紛爭的春秋時代。從此，周王室的地位一落千丈，社會也開始動盪不安。鑑於這種狀況，孔子寫了《春秋》這部書。由於該書影響甚大，再加上孔子的名聲，以致當時的士大夫都認為，能得到《春秋》一字的讚揚，要勝過天子的嘉獎；而得到《春秋》一字的批評，其恥辱則要超過殺頭。

於是，孔子不得不感嘆的說：「喜歡我的人是因為《春秋》，而恨我的人也是因為《春秋》呀！」

【延伸閱讀】

怎樣讓人容易接受你的批評

聖人說：聞過則喜。生活中有幾人可以如此？

所謂良藥苦口、忠言逆耳，不過，為什麼良藥一定要苦得讓人難以下嚥？忠言為什麼非得讓人聽了不好受？難道沒有其他的辦法嗎？

批評是一種人際互動，方法得當事半而功倍，方法不當事倍而功半。

批評是對人的一種否定，其實質是懲罰，在改善人的行為時，鼓勵總是比懲罰效果明顯，一定不能濫用懲罰，懲罰是負面的，尤其是過度懲罰非旦不能達到預期目的，還會扭曲行為，那個殺了父母的兒子就是如此。

批評人有一個原則：對事不對人。這樣可以緩和當事人的心理壓力，如果把矛頭直向當事人，就會無意之中造成傷害，進而於事無補。當你批評別人時，時時刻刻反問自己：「我是不是針對當事人了？」、「我是不是忽略失誤本身了？」、「我是不是在人身攻擊了？」等等。

還要注意方法妥當：

一、真誠

真實的東西永遠能夠打動人。「我也犯過這樣的錯誤」、「這件事情你也盡力而為，儘管結果還是出錯了。」、「或許你也不知道什麼地方出錯了？」

二、切勿指責

指責的時候會讓人陷入惡劣的情緒中，從而影響理智判斷力。「我跟你說了多少次了？」、「你為什麼犯同樣的錯誤？」、「你真是無可救藥！」

三、適度

點到為止，既往不咎。「事已至此，從中吸取教訓最重要。」

四、理解

沒有人願意犯錯誤，尤其內心已經很自責的時候，更需要別人的心理支援。「我想你可能很難過」、「找個時間我們一起分析一下失誤的原因。」、「我相信你下次會做得更好。」

五、澄清角色

了解自己在跟一個什麼樣的人溝通，是一個長輩還是晚輩，是男性還是女性，是朋友還是對手，是家人還是同事等等，如果角色混亂，就會說出不合適的話，批評的效果不僅達不到，反而傷了和氣。有很多話本身沒有問題，問題出在不分對象。

對一個很自卑的人，犯錯時，他本身就很自責，這時適當的安慰會勝過千言萬語。對一個很愛面子的人，一邊批評一邊給個台階，他會及時糾正自己的失誤。對於一個心服口不服的人，不必抓住不放，看他的行動就可以了。

很多溝通失誤，其癥結在於角色不清。

六、暗示

任何人面對直接批評，內心都會不舒服，因為批評就是懲罰。暗示就像苦藥丸外面的「糖衣」，用含蓄的、間接的方式，達到治病救人的最終目的。

七、注意場合和時機

批評的場合和時機非常重要，切忌批鬥會式的批評，不秋後算帳。

【原文】

4・13

三傳者，有《公羊》①。有《左氏》②，有《穀梁》③。

【譯文】

三傳就是公羊高所著的《公羊傳》，左丘明所著的《左傳》和穀梁赤所著的《穀梁傳》，它們都是解釋《春秋》的書。

【注釋】

①《公羊》：即《公羊傳》，又稱《春秋公羊傳》，它是對《春秋》的注解的書，偏重議論。

②《左氏》：即《左傳》，是中國第一部詳細完整的編年體歷史著作，為「十三經」之一。

③《穀梁》：即《穀梁傳》，又稱《春秋穀梁傳》，也是對《春秋》的注解，偏重議論。

【評解】

三傳是為《春秋》作注解的三部傳書，是齊國人公羊高的《公羊傳》、魯國人穀梁赤的《穀梁傳》，還有魯國人左丘明作的《左傳》，是三個人對孔子《春秋》做的演繹。左丘明是魯國的史官，與孔子是半師半友的關係。孔子沒有來得及為《春秋》作注釋就逝世了，弟子中以子夏的聰明才智亦不能為之續，於是左丘明就主動來為《春秋》作傳。左氏本來就是魯國的史官，與孔子又有師生關係，注解《春秋》當然是最合適不過了。左丘明其時已雙目失明，《左傳》是由他口述，經弟子記錄成書的。

《左傳》之後百餘年，才出現穀梁、公羊二傳，所以又稱《左傳》為古文經，《公羊傳》、《穀梁傳》為今文經。三傳各成一家，對《春秋》的解釋方法完全不一樣。

【國學小百科】

什麼是「四大名注」

「注」是注釋體例之一。其中有四部，不論從文學史還是史學的角度來看都具有很高的價值，分別是：

南朝宋裴松之注《三國志》；

南朝梁劉孝標注《世說新語》；

北魏酈道元注《水經》；

唐李善注《文選》。

這個說法出自錢穆的《中國史學名著》，流傳最廣。（一說是段注說文、酈注水經、劉注世說新語、李注文選）

一、裴松之注《三國志》

陳壽撰寫的《三國志》有些地方過於簡略，有些地方甚至是故意的歪曲歷史。晉以下一百三十餘年，到了南北朝時期，南朝（宋齊梁陳）的宋文帝已經發覺了這個不足，於是命中書侍郎裴松之進行增補、注解、糾錯。裴松之收集了大量的史料，最可貴的是他並沒有武斷的取捨，而是把存疑、矛盾的地方「並皆抄納，以備異聞」（裴《上三國志注表》）。

二、劉孝標注《世說新語》

劉孝標名峻，南朝梁時人。他的注為《世說新語》漫畫式的描寫補充了很多詳實的背景資料。以德行第一的第一段為例：

陳仲舉言為士則，行為世範，登車攬轡，有澄清天下之志。（一）為豫章太守，（二）至，便問徐孺子所在，欲先看之。（三）主簿曰：群情欲府君先入廨。陳曰：武五式商容之閭，席不暇煖。（四）吾之禮賢，有何不可？

注（一）：《汝南先賢傳》曰：陳蕃字仲舉，汝南平輿人。有室荒蕪不掃除，曰：大丈夫當為國家掃天下。值漢桓之末，閹豎用事，外戚豪橫，乃拜太傅，與大將軍竇武謀誅宦官，反為所害。

注（二）：《海內先賢傳》曰：蕃為尚書，以忠正忤貴戚，不得在台，遷豫章太守。

注（三）：謝承《後漢書》曰：徐稺字孺子，豫章南昌人。清妙高跱，超世絕俗。前後為諸公所辟，雖不就，及其死，萬里赴吊。常豫炙雞一隻，以綿漬酒中，曝乾以裹雞，徑到所赴塚隧外，以水漬綿，斗米飯，白茅為藉，以雞置前。酹酒畢，留謁即去，不見喪主。

注（四）：許叔重曰：商容，殷之賢人，老子師也。車上跽曰式。

注（五）：袁宏《漢紀》曰：蕃在豫章，為稺獨設一榻，去則懸之。見禮如此。

三、酈道元注《水經》

現在我們能找到的《水經》和《水經注》注的那本《水經》並不是同一部著作。按照時間順序來說就清楚了：學過歷史的都知道有《山海經》這本書吧？其中在《海內東經》的篇末記錄了二十六條河道的情況，約五百多字，後人把這一段摘出來，稱為《水經》，這就是較早的一部——秦《水經》。

後來漢代湧現了一批水利專家，終於在漢末形成了一部專著——漢《水經》，也就是酈道元作注的那一本了。漢《水經》記錄的河流有一百三十七條之多，為酈注奠定了基礎。不過漢《水經》已經散佚，找不到原書了，而且酈注中沒有提及作者，只能從《水經注》裡看到其中的一百二十三篇了。

不論秦《水經》還是漢《水經》，記述都極為簡略，而且以水文地理為主。而酈注中則涉及了更為廣泛的知識，例如土壤礦藏、農業水利、地理變遷、歷史故事、碑刻題記等等。

四、李善注《文選》

李善是唐高宗時人，為了注《文選》他引用了大量古籍，雖然《文選》並非賴李注而流傳至今，但李注《文選》對於保存其他古籍貢獻不小。

【相關連結】

關公讀左傳

在解釋《春秋》的三傳中，最著名的當屬《左傳》，它是春秋時期的左丘明所著，是後來人們必讀的書籍。古人認為，當大將的，如果不讀《左傳》，只不過是匹夫之勇。

歷史上最著名的例子是三國名將關羽讀《左傳》。

一次，關羽兵敗被迫投降曹操，曹操故意安排他和劉備的妻子同處一室，以此來考驗他的人品。誰知關羽守在房門口，舉著蠟燭，整夜讀《左傳》。直到現在，關羽夜讀《左傳》仍是一些雕塑和繪畫的內容。

【延伸閱讀】

如何讀古籍

讀古籍最好自《史記》開始，因為其文字淺顯而優美，所記的又是我們略有所知之事，讀來較有興趣。讀時不必從頭讀起，可以先選幾篇列傳來讀，一方面培養興趣，一方面訓練閱讀文言文的能力。此書有許多附有注釋和白話翻譯的版本，可以參看。

其他古籍，以《論語》最易讀，其次是《孟子》；《荀子》則辭繁，用典又多，較為不易，《韓非子》亦然；老莊玄奧，宜稍後讀。

古籍都有注釋，極為繁雜，且多差異。古籍之中被視為經典的，對不同讀者可以有不同的啟發，所以讀時並不一定要深究作者的「真意」，重要的是了解其要旨。至於了解的程度，則視每人自己的學識和天分而異。後者無法強求，前者可以多讀來補充——同一本書要反覆的讀，古人說「書讀百遍，其義自現」是有道理的。讀過一書之後，再多讀許多其他相關之書，眾端參觀，互相考究，對於一個問題的了解便可更加深入了。

讀書而取得知識，領悟智慧，是一件樂事，不要以功利之心去做，讀古籍更是如此，不要先存著為當今某些問題尋找答案之心，應該為了了解古人的觀點，欣賞他們的文采而去讀，讀多了再細細思考，對許多問題便可能悟出一些解決之道。

【原文】

4・14

經既明，方讀子①。撮其要，記其事。

五子者，有荀揚②。文中子，及老莊③。

【譯文】

經傳都讀熟了然後才能讀子書。子書繁雜，必須選擇比較重要的來讀，並且要記住每件事的本末因果。五子是指荀子、揚子、文中子、老子和莊子。他們所寫的書，便稱為子書。

【注釋】

①子：子書。古代凡是著書立說，自成一家之言的書，叫子書，就是諸子百家的書。

②荀揚：即《荀子》和《揚子》，《荀子》，戰國荀況著。《揚子》，漢朝揚雄著。

③老莊：《老子》和《莊子》。《老子》，春秋李耳著。《莊子》，戰國莊周著。

【評解】

「經既明，方讀子」仍然是按照學習的難以順序來進行的，將上面所列的儒家經典讀懂之後，才能去研習諸子百家的文章。

「搓其要，記其事」，就是要人們選擇重要的典籍，並且提綱挈領，掌握主要脈絡，把主要學術流派的主要觀點總結歸納起來，記住要點就可以了。

【國學小百科】

何謂「百家爭鳴」和「諸子百家」

百家爭鳴是指春秋（西元前七七〇至前四七六年）和戰國（西元前四七五至前二二一年）時期知識份子中不同學派的湧現及各流派爭芳鬥豔的局面。所謂「諸子百家」，其實主要有儒家、墨家、道家和法家，其次有

4．14經既明，方讀子①。撮其要，記其事。五子者，有荀揚②。文中子，及老莊③。

陰陽家、雜家、名家、縱橫家、兵家等等。「百家爭鳴」反映了當時社會激烈和複雜的政治鬥爭，特別是新興地主階級和沒落奴隸主之間的階級鬥爭。這個時期的文化思想，奠定了整個封建時代文化的基礎，對中國古代文化有著非常深刻的影響。

一、儒家

儒家的創始人是孔子，其理論的核心是「仁」，而展現仁的制度或行為的準則是「禮」。戰國中期儒家學派的代表人物是孟子，孟子宣揚「仁政」，認為「民貴君輕」，主張「法先王」。儒家的代表人物還有荀子，他讚揚富國強兵的制度或政策，尤其讚揚秦國。

二、墨家

墨家學派創始人是墨子，他的主張和儒家是針鋒相對的。他主張「尚賢」，反對世卿世祿制度，要求打破舊的等級觀念；主張「非攻」，要求有一個安定的政治局面，反對互相侵犯；他提出「兼愛」的理論，對卑賤的人也要給予平等的地位，當然這在當時只能是一種理想。

三、道家

道家學派的創始人是老子，反映他思想的書為《老子》，又名《道德經》。《老子》一書提出了禍福相依等樸素的辯證法觀點。老子主張「無為而治」，宣導「小國寡民」的理想境界。

道家在戰國時期的代表人物是莊周，他著有《莊子》一書。莊子認為宇宙萬物的本源叫做「道」。事物萬變無常，沒有什麼是非標準；他還認為要想社會安定太平，除非把一切都毀滅，還說人生只是一場大夢。

四、法家

法家學派代表新興地主階級的利益。早期代表人物有李悝、吳起、商鞅、慎到、申不害等人，後期法家韓非是專制主義中央集權理論集大成者。

韓非出身於韓國的貴族家庭，《韓非子》一書是他總結前期法家思想的成果。韓非提出了「法」、「術」、「勢」相結合的法治理論，認為「法」是根本，「術」是政治鬥爭的策略手段，「勢」是君王的地位和權力，只有將這三者結合起來，才能建立起中央集權的封建國家。韓非曾為秦所用，他的學說也成為秦代的官學，對秦始皇統一六國、鞏固政權起了正面作用。

【相關連結】

韓非的故事

韓非不僅是一位思想家，還是一位哲學家。他提出了唯物主義的自然觀和無神論思想，反對迷信鬼神。在哲學上韓非是中國較早使用「矛盾」一詞的人，他曾用一個寓言故事來說明矛盾的道理。韓非是戰國末期韓國人，出身於貴族家庭。他從小口吃，不善於言談，有點木訥。他拜儒學大師荀子為師，刻苦鑽研，認真學習古代文化，政治，經濟各方面的知識，文章寫得出色，洋洋灑灑，辭鋒犀利，論理透徹，氣勢不凡。他的學識為他以後創立法家思想體系奠定了基礎。

韓國是戰國七雄中較弱的一個國家，再加上腐敗，國力日漸衰弱，韓非針對韓國的現狀，提出了許多有利的建議和主張，但都沒有被採納，韓非壯志未酬便發憤著書立說，把自己的思想和觀點用文章表達出來，他的著作很快便流傳到其他各國。有一天秦王讀了韓非的〈孤憤〉和〈五蠹〉之後讚不絕口，非常想得到他。於是秦王以武力相威脅，使韓國交出了韓非。秦王與韓非親切的交談，向他請教治國道理。秦王了解了韓非的觀點和主張之後，非常贊同，想要重用韓非讓他在全國範圍內改革時政。這時，李斯發現韓非的能力在自己之上，非常嫉妒，想要除掉韓非，在秦王面前詆毀韓非說：「大王，韓非是韓國的貴族子弟，你要統一天下，滅掉六國，韓非自然先為他們韓國考慮，你把他留在身邊，將來肯定會對我們不利呀。」秦王覺得李斯說的很有道理，便把韓非關進了大牢，李斯趁機給韓非送去毒藥，逼他自殺，韓非萬般無奈之下，帶著無限遺憾，服毒而亡。

韓非是中國兩千多年來第一個提出以法治國的人。他的法治思想被歷代封建統治者所治用，形成君主專制的中內集權制度，統治了中國上千年，對歷史的發展產生了深遠影響。

【延伸閱讀】

諸子百家對企業管理的啟示

在企業管理中人們常遇到一些管理尺度與方法上的問題。比如和員工相處太過親密，本以為可以和下屬打成一片，方便管理與溝通，可結果卻是走的越近，越難管理，失去了威信，員工隨意妄為，有令不從；而嚴厲點吧，員工又覺得你很苛刻，產生了牴觸情緒，依然工作效率不佳。此時，管理者不妨借鑑一下歷史文化流傳下來的智慧。

一、借鑑傳統文化

中華傳統文化豐富而高深，其中爭鳴的諸子百家文化理論對今天的企業管理具有很高的借鑑意義。其中主要代表有：法家、儒家、墨家、道家等。靈活運用則可打造一種和諧的企業管理模式。

儒家文化在中國盛行了兩千多年，一直為歷代君王治理天下所用，而儒家文化更普及於民間。在中國歷史上，乃至現在依然是大到治理天下，小到人際交往，無處不展現著儒家文化的以仁德為本，和諧處事的思想觀。和諧關係，仁德載物，這種管理思想不能說不對，但是運用這種理論思想的時機是否正確才是關鍵。有這樣一句話：事情本無對錯，只是看是否做對了時間。

我們先來看看法家的哲學。法家主張「以法治國」。秦國就是依靠法家的思想，訓練出了強大的軍隊，統一了六國。法家提倡：有功則賞、有過則罰、賞罰分明的獎懲制度；提倡人無高低貴賤，觸犯法律則一律同罪；「定分止爭」，明確物的所有權；「不法古，不循今」，推崇不斷創新、改革等。

歷史上法家一系列的觀點思想，應用到今天的企業管理中，尤其是初創基業的企業，十分有借鑑意義。一個國家如果法律不健全，社會就會變得混亂，一間公司也是同樣道理，若行事無法可依，公司很快就會出現混亂，推諉、踢皮球、徇私、越權、貪汙等問題會紛至遝來，而此時更糟糕的卻是沒有一個法度、規矩去管理與整治。沒有律法，即使是再輕的處罰，當事人也會覺得重，而且不滿於為什麼要拿自己開刀。若有明確的規章制度，觸及了這條高壓線，自然按規定處理，也就沒人會有怨言，因為大家是接受了公司的規定後才加入公司的。所以，在公司成立之初要用法家的思想，建立起嚴明合理的公司規章制度。

確立了嚴謹的制度後，此時除依法管理外，就要運用第二種思想——儒家思想。在共同遵守規章制度的氛圍中，與大家和諧相處，創造基於律法為前提的情感管理。做到以威懾天下，以德安天下。

待公司在以上兩種思想下和諧平穩發展成熟了，導入第三種思想——道家思想。道家推崇「虛靜無為」、「無為而治」。很多人覺得道家的思想有些消極，不適合用在管理上，其實道家的哲學內涵是以柔克剛，以退為進，具有強大的韌性力量，可以說是無人可以摧毀的。到此階段，企業已經變成了一個可以自行運轉的、堅強的、高度智慧的、不可動搖的組織。

二、思想和方法的互補

以上三種中國傳統哲學思想各有特色，但獨立開來，便顯出了缺點與不足，只有組合運用，威力才會強大，但切不可顛倒了順序或過分強調某一種思想，凡事過猶不及。

過於依靠律法治理企業，容易造成員工忠誠度低，無歸屬感，甚至覺得不平等，受壓迫，與公司貌合神離，

4．14經既明，方讀子①。撮其要，記其事。五子者，有荀揚②。文中子，及老莊③。

完全是利益驅使。這樣的企業一旦遇到重大的危機或困境極容易轟然倒塌，土崩瓦解；而過於注重儒家的思想，又極容易導致員工不遵循公司規章制度，紀律混亂，沒有律法；道家思想更要在前兩種思想已經充分奠定公司扎實基礎的時候才能導入。曾經有過某個企業的老闆在管理上大談無為而治，可現實卻是，現在這家企業連罰款制度都沒有成熟完善。此時想憑無為而治管理企業，只能是天下大亂。

前文闡述的僅是思想層面，而非管理方法。其實，西方科學嚴謹的管理方法、流程，非常值得東方企業學習與借鑑，一個是思想層面，一個是方法層面，兩者並不衝突。

用法家思想治天下，用儒家思想安天下，用道家思想持天下，或許可以為臺灣企業管理思想拓開一片新的視野。

第五章 朝代興衰篇

【原文】

5．1

經子通①，讀諸史。考②世系，知終始。

【譯文】

經書和子書讀熟了以後，再讀史書。讀史時必須要考究各朝各代的世系，明白他們盛衰的原因，才能從歷史中記取教訓。

【注釋】

①通：通曉，明白。

②考：考察，考究。

【評解】

「經子通，讀諸史」，意思是說，要先學習儒家經典和諸子學說之後，接下來就可以學習歷史了。沒有經子的基礎，上來就讀史，多數人都會走錯路。歷史既不是文學也不是科學，而有其自己的規律，有其特定的原則與方法。

「考世系」是考察帝王家族，世代相承的關係和顯貴家族的家世，「知終始」是了解歷代王朝興衰的始末因由。這裡的「世」指時間，是橫向關係，「系」指族系的血緣分支，是縱向關係。中國歷史上每個家族都有自己的家譜和族譜，詳細考察歷史人物的世系，再參考各種文獻和資料，並且融會貫通，才能更精準的掌握最真實的歷史，才不會為看似結論性的東西所束縛。

【國學小百科】

中國第一部紀傳體通史是什麼

《史記》是中國第一部通史，它在史學和文學方面的價值成為後世的光輝典範。《史記》中的十表和八書是集中表達古今之變的篇章，表的序文概括了古今之變的大勢，八書主要論述各項典章制度的發展變化。「綜其終始」、「原始察終」、「見盛觀衰」、「承敝通變」，是司馬遷「通古今之變」的基本寫法，「綜其終始」和「原始察終」就是把歷史事件的起因、經過、結果都講述清楚，並進行全過程的綜合考察；「見盛觀衰」和「承敝通變」就是力求透過事情的表象，看出它的發展趨勢。

西漢時期司馬遷所著的《史記》，是中國歷史上最偉大的史學著作之一，是中國第一部紀傳體通史。

《史記》原名《太史公書》，包括十二本紀、十表、八書、三十世家、七十列傳，分五大部分，共計一百三十卷，五十二萬六千五百字，是一部組織嚴密、內容豐富的百科全書式的通史。它是中國史學上一個劃時代的標誌，是一部偉大的文學著作，也是一部具有深刻思想性的著作。

《史記》包括的時代和記載的內容之廣，是前所未有的。它上起傳說時代的黃帝，下至漢武帝約三千年的歷史；它所記載的地理範圍，西至中亞，北至大漠，南至越南，東至朝鮮、日本，把通史的時空界限第一次擴大到前所未有的範圍。

《史記》在廣闊的時空間裡，展開了博極天地、囊括古今的人類社會史的完整畫卷。人類社會生活的各個方面，如政治、經濟、文化、科技、交通、民族、民俗、宗教等，構成社會的各個階層，如皇帝、貴族、官吏、將士、學者、遊俠、卜者，以至農、工、商、賈，都得到了較全面的反映。

《史記》把本紀、表、書、世家、列傳五種體裁有系統的聯繫起來，以和它所反映的社會生活相適應。本紀，主要是以能左右天下大勢的代表人物為主體，連續而集中的記述了夏、商、周三代到漢武帝時期的政治大事，以反映朝代的興衰和更迭。

表，以譜列帝王、諸侯、貴族、將相大臣的世系、爵位和簡要政績，形象、直觀，起到提綱挈領的作用，便於閱讀。

書，主要記載歷代曆法、禮樂、封禪、水利、經濟等各項典章制度的發展過程，具有專史的性質。

世家，記載王侯封國、開國功臣和對社會起過突出作用的人物及大事。

列傳可分為兩大類，一類是人物傳記，按人物性質排列立傳，另一類是對他國或中國少數民族的記載，涉及中外關係史和中華民族關係史。

這五種體裁各自獨立，又交織配合，相輔相成，構成了一個完整的記述人類社會史的體系。以後所有的正史，都毫無例外的沿襲了《史記》著作形式，被簡稱為「紀傳體」史書。

司馬遷在著作《史記》時，在選材上最重視真實的原則。他所收集的資料都經過嚴格的考證，主要來自於先秦的史籍和司馬遷遊歷時的所見所聞。

【延伸閱讀】

我們學習歷史的意義在哪裡

歷史是一種永恆的記憶。挖掘和發揮歷史教育的社會功能，具有重要的意義。

5．1經子通①，讀諸史。考②世系，知終始。

一、更好的培養公民的民族認同感和自信力

中華民族有著引以自豪的幾千年文明史，只有了解中華民族的發展歷史，我們才能形成正確的社會認識。中華民族擁有共同的經濟生活和社會意識，以及共同的文化環境和情感意識。伴隨著中華民族的發展歷史，形成了世界四大文明中唯一沒有間斷的中華文化系統，它充分顯示出中華文化具有鮮明的民族性、繼承性、包容性和時代性的特色，中華文化精神是增強國民自信力的動力之源。這種文化精神曾鼓舞和鞭策我們去維護正義，在特定的歷史時期曾喚起民眾抵禦侵略，復興中華，這種文化精神同樣會引領我們走向充滿希望的未來。充分發掘歷史教育的社會功能，能夠讓中華民族的優秀文化、民族自尊心、自豪感和歷史責任感代代相傳。

二、更好的培養公民的發展視野和創新意識

歷史教育能夠幫助公民理解本國文化和世界文化，能夠說明公民正確認識社會的發展變化，具備現代人的素養，即具有發展的視野和創新的意識。

歷史是一個過程，現實社會是歷史的延續，文化作為歷史的存在方式，塑造了群體的社會心理，展現了被社會群體所共同遵循或認同的價值觀念和行為模式；而歷史知識的思辨性又能夠為人們提供一種過去的體驗，由此可以延伸人們對社會、文化和環境變化的思考，提高對傳統文化的鑑別能力。

歷史教育的啟發性和現實性能夠為人們提供寬闊的視野，提高人們對人類社會發展過程的理解能力，培養人們對現代文化的透視力，理解現實社會的文化風俗和道德觀念的本質。

從一定意義上說，歷史講述的是過去的傳統，而傳統又是社會的一種生存機制和創造機制，歷史教育應該具有現代理念，培養公民的社會性、獨立性和創造性，歷史教育所追求的現實目標是提高整個民族的生存能力和發展能力。傳統也是創新的基礎，沒有傳統也就無所謂創新，只有創新才有發展，停留於傳統就是固守。歷

史教育能夠培養公民批判性的思考能力，從而能夠以理性的思維和創新的意識解決現實的問題。

三、更好的培養人格健全的社會公民

歷史承載著民族或人類的精神財富，歷史教育的現實意義就在於挖掘這種精神財富回應時代的要求。教育是一個事關國家國力興衰的大事業，它能夠幫助國民提高水準，挖掘人的潛在能力，使其成為全面發展的有益於社會的人。

歷史教育是人文素養教育的重要組成部分。人是社會的靈魂，歷史教育貴在培養社會公民能夠具有個體與個體、個體與社會、個體與自然的和諧意識，把外化的社會文化內化為個體的自覺行為，這也有助於我們創造一個和諧發展的社會。

四、更好的培養公民的世界意識

二十一世紀的歷史教育，強調民族認同、文化尊重、自主選擇能力等等，培養合格的世界公民。二十一世紀的人類社會已經進入經濟全球化、知識資訊化的時代。人類作為社會活動的主體，具有豐富的知識結構，良好的人文素養，開放的思想意識，積極的參與意識，良好的溝通與合作能力，是時代的要求。歷史教育作為公民教育的主管道之一，其現實性要求是具有全球視野，幫助公民了解本國歷史和世界歷史，培養公民的世界意識和多元文化觀，運用歷史思維能力和實際運用能力分析人類社會的變遷史，確立正確的社會認識，積極面對和努力解決當前存在的困惑。以人為本的歷史教育，其現實性和思想性有助於培養公民的道德觀念、發展觀念和價值觀念，有助於培養公民具有深遠的歷史視野和寬闊的世界視野。

如今，我們正在為構建一個民主法治、公平正義、誠信友愛的和諧社會而努力，歷史教育能夠為我們提供人類經年累代的人生思考和成敗得失，能夠為我們塑造高尚的人文精神和品格提供寶貴的歷史文化資源。史學

中所蘊含的智慧，是人類社會生生不息的思想源泉。

【原文】

5．2

自羲農①，至黃帝②。號三皇，居③上世。

【譯文】

自伏羲氏、神農氏到黃帝，這三位上古時代的帝王都能勤政愛民、非常偉大，因此後人尊稱他們為「三皇」。

【注釋】

①羲農：羲，即伏羲氏，中國遠古時期的人類首領，傳說他開創了中華民族從愚昧無知到文明的過渡。農，即神農氏，傳說他發明農具以木製耒，教民稼穡飼養、製陶紡織及使用火，被後世尊為農業之神。

②黃帝：華夏文明的始祖，他與炎帝合稱為炎黃。從此之後中華子孫就自稱炎黃子孫。

③居：居住，這裡引申為生活。

【評解】

中國歷史最早可以追溯到盤古氏開天地、天地人三皇，但這個時期太久遠、太古老了，沒有文字記載，只有傳說，所以遠古史無法考證。那時的人是穴居，住地窖、棲山洞，既潮溼又不安全，經常遭到野獸的襲擊，於是在樹上搭窩蓋屋，吃水果、穿戴樹葉，就進入有巢氏時代。接著學會了鑽木取火，進入燧人氏時代。

有了火，人類才告別了黑暗，進入了光明的文明時代。再下來就到了伏羲氏、神農氏和黃帝這「三皇」代表的上世古史，所以稱為「居上世」。

伏羲也寫作「伏犧」，是制伏野獸的意思，這個時期就是歷史學上劃分的「狩獵階段」。

神農氏姓姜，號炎帝，他自稱是太陽神、火德王，兩個火字為炎，建都曲阜。神農氏興貨利、製耒耜、嘗百草、做醫藥、選五穀，教民稼穡，製陶打井，在位一百四十年。他是農業的始祖、又是醫藥之王，藥王廟供奉的藥王就是神農氏。

黃帝被尊為「人文初祖」，從黃帝開始，人類的人文文明的進程才正式開始。黃帝姓姬，名軒轅，號有熊氏，以土德王，建都涿鹿，在位一百年，享年一百二十一歲。從黃帝開始，中國歷史開始記年，從甲子年開始記起，至今有五千年，所以說中國有五千年的文明史。

【國學小百科】

為何說我們是「炎黃子孫」

黃帝是傳說中中原各族的共同祖先。《史記》曾說黃帝「生而神異才智周遍」，有「治五氣，……撫萬民，度四方，諸侯成歸」的功勳。

今天，人們常用「炎黃子孫」來稱呼華人，而華人也以自己是「炎黃子孫」為榮。這是為什麼呢？

「自從盤古開天地，三皇五帝到如今」，古代人們一直認為盤古是開天闢地的英雄，而三皇五帝把很多生產與生活技能傳授給人們，使人類擺脫了茹毛飲血的原始生活，進入了文明發展的時期。炎帝和黃帝就是三皇五帝中相當了不起的人物。

三皇五帝是中國古代傳說中的帝王，關於他們的說法自古就不一樣。中國古書上，習慣把伏羲、女媧、神農稱為「三皇」，把太皞、炎帝、黃帝、少皞、顓頊稱為「五帝」。那麼，三皇五帝僅僅是傳說中的人物，還是真有其人呢？

很多學者認為，三皇五帝是古代人民想像中的氏族部落或部落聯盟的領袖，都是象徵性的人物。關於三皇五帝的記載，儘管只是一些美麗動人的神話，卻也充分的反映了中國古代原始社會氏族和部落的歷史。

相傳在上古的時候，人們靠打獵、捕魚、採摘野果為生，過著原始游牧生活，以至於經常挨餓、受凍、遇險。炎帝看到人們備受折磨，心裡極為不安，於是日思夜想，要大家過上豐衣足食的好日子。

如果有一種草結出的果子又多又能吃，人們就不用四處採摘野果了嗎？炎帝不辭辛苦，冒著生命危險，走遍了名山大河，決心尋找這種「草」。他嘗盡了無數千奇百怪的果子，有一次誤吃了毒果差點送了命。後來，炎帝終於在南方一個山青水秀的地方，找到了他心目中能結出很多果子又能吃的草，這就是禾苗。經過試種，炎帝收到了很多黃澄澄、又脆又香的果實。一傳十，十傳百，炎帝種穀的技術傳遍了天南地北。

為了減輕人們耕作的勞苦，炎帝又教會人們耕作技術。炎帝還教會人們按季節栽培農作物，教人們製陶、繪畫、射箭、獵獸、製琴、音樂、舞蹈等。

炎帝種穀給人類帶來了光明和希望，為了紀念他的功績，人們把炎帝敬為「神農」。明朝崇禎年間，炎帝尋禾種禾的地方被取名為「嘉禾」，即今湖南省郴州市嘉禾縣。

黃帝是中國原始社會末期一位偉大的部落首領。傳說黃帝族原先居住在西北方，過著不定居的游牧生活。後來，黃帝和炎帝展開了幾場大戰，並澈底擊敗了炎帝部落。從此，黃帝部落進入了黃河流域，並很快發展起來，形成了強大的部落聯盟。

黃帝打敗炎帝後，蚩尤仍然繼續作亂，不聽從黃帝的命令。黃帝於是率領各部落的聯軍與蚩尤在涿鹿（今屬河北）擺開戰場，經過幾次大戰，最終活捉了蚩尤，並將他斬首示眾。天下從此又太平起來，於是各部落都尊黃帝為天子。

黃帝統一了黃河流域後，制定了很多禮儀、法規等，派官員到各地治理天下。黃帝還指導百姓種植百穀草木，馴服猛獸，他的妻子教會人們養蠶、織布、做衣服等。後人把許多發明創造都歸於黃帝，如養蠶、舟車、文字、音律、醫學、算術等，傳說都始於黃帝時期。黃帝死後，他的子孫繼承他的事業，都把國家治理得很好。

炎帝神農氏首先發明了種穀技術，黃帝首先統一了中華民族，他們對人類的發展做出了偉大的貢獻，是開創中華民族古代文明的先祖。中華兒女為了世世代代永遠紀念他們，就自稱是「炎黃子孫」。

【相關連結】

黃帝戰蚩尤的傳說

數千年前，中國黃河、長江流域一帶住著許多氏族和部落。其中黃帝是黃河流域最有名的一個部落首領。另一個有名的部落首領叫炎帝。黃帝和炎帝是兄弟。在長江流域有一個九黎族，他們的首領名叫蚩尤，十分強悍。

蚩尤有八十一個兄弟，他們個個獸身人面，銅頭鐵臂猛無比。他們擅長製造刀、弓弩等各式各樣的兵器。蚩尤常常帶領他強大的部落，侵略騷擾別的部落。

有一次，蚩尤侵占了炎帝的地方，炎帝起兵抵抗，但他不是蚩尤的對手，被蚩尤殺得一敗塗地。炎帝沒辦法，逃到黃帝所在的地方涿鹿請求幫助。黃帝早就想除去這個部落的禍害，於是聯合各部落首領，在涿鹿的田野上和蚩尤展開一場大決戰，這就是著名的「涿鹿之戰」。

戰爭之初，蚩尤憑藉著良好的武器和勇猛的士兵，連連取勝。後來，黃帝請來龍和其他奇怪的猛獸助戰。蚩尤的兵士雖然兇猛，但是遇到黃帝的軍隊，加上這一群猛獸，也抵擋不住，紛紛敗逃。

黃帝帶領兵士乘勝追殺，忽然天昏地黑，濃霧迷漫，狂風大作，雷電交加，天上下起暴雨，黃帝的兵士無法繼續追趕。原來蚩尤請來了「風神」和「雨神」來助戰。黃帝也不甘示弱，請來天上的「旱神」幫忙，驅散了風雨。一剎那之間，風止雨停，晴空萬里。

蚩尤又用妖術製造了一場大霧，使黃帝的兵士迷失了方向。黃帝利用天上北斗星永遠指向北方的現象，造了一輛「指南車」，指引兵士衝出迷霧。

經過許多次激烈的戰鬥，黃帝先後殺死了蚩尤的八十一個兄弟，最終活捉了蚩尤。黃帝命令把蚩尤帶上枷鎖，然後處死他。因為害怕蚩尤死後作怪，將他的頭和身子分別葬在相距遙遠的兩個地方。蚩尤戴過的枷鎖被扔在荒山上，化成了一片楓林，每一片血紅的楓葉，都是蚩尤的斑斑血跡。

蚩尤死後，他勇猛的形象仍然讓人畏懼，黃帝把他的形象畫在軍旗上，用來激勵自己的軍隊勇敢作戰，也用來恐嚇勇於和他作對的部落。後來，黃帝受到了許多部落的支持，漸漸成為所有部落的首領。

【延伸閱讀】

神話的起源及正面意義

什麼是神話？神話是「在人民幻想中經過不自覺的藝術方式所加工過的自然界和社會形態」。我們可以引申來說，神話是遠古時代的人民，對其所接觸的自然現象、社會現象，幻想出來的具有藝術意味的解釋和描述的集體口頭創作。

神話是怎樣產生的呢？在原始時代，由於生產力的低下限制了人們的知識水準，他們在和自然（指一切對象言，也包括社會在內）鬥爭的過程中，不可能了解並掌握自然的規律，在自然的力量面前，顯得十分無能。因此，就把自然界各種變化的動力都歸之於神的意志和權力。他們認為這些變化莫測的現象都有一個神在指揮著、控制著。於是在他們心目中，一切自然力都被他們的想像形象化、人格化了。隨後他們又在生活中依照自己的英雄人物形象，創造了許多神的故事，在口頭流傳，這就是神話的起源。

神話雖由於人們的幻想所構成，但這種幻想不是毫無根據的，而是有現實生活做基礎的；它的種種解釋和描述雖不免荒唐可笑，但絕不是純意識和心理的活動，而是客觀現實和生活鬥爭的反映。比如《山海經》所載的精衛填海、夸父追日的神話（見《北山經》、《海外經》、《大荒北經》），就明顯的反映原始人在實際生活中和自然鬥爭的堅決意志。他們在生活的經驗中堅信人們的力量可以征服自然，因此在任何情況下都抱有克服困難的信心。又如羽民國的人身上生羽翼，讙頭國的人有翼、鳥喙，在海中捕魚，杖翼而行（見《山海經．海外南經》、《大荒南經》）。這一類的想像，顯然也是生活鬥爭的反映。因為原始人尚未發明網罟等工具，他們看見水鳥捕魚，非常便利，不禁發生羨慕之心。於是設想人也可能有長翅膀的，嘴也可能同鳥喙一樣，在海上以捕魚為生，何等靈活、輕便。在生產中減少困難，減輕勞動，是人們普遍的願望和要求，所以這些幻想的產生是極其自然的。

幻想是人類社會生產進步的一大推動力。為了突破種種限制，增加走路的速度，縮短走路的時間，原始人很早就幻想飛。《博物志》載奇肱國的人「能為飛車，從風遠行」（注：見《博物志》，但《山海經．海外西經》奇肱國下郭璞注亦有此文。又郭璞《山海經圖贊》「奇肱國贊」云：「妙哉工巧，奇肱之人！因風構思，製為車輪。」是《博物志》本據《山海經》，而今本經文佚之。），便是這種幻想的具體化。飛在原始人看來，是認為最能解決問題的。從最初的飛的幻想意識到「飛車」的具體概念，是人類思維進一步的發展。人類的智力水準發展到同一階段時，有許多想法往往會不約而同，所以我們的「飛車」也就同西方神話的「飛毯」和「快靴」等等的性質差不多，都反映了原始人對現實生活的迫切要求。

至於人們在生活經驗中所發明、製造的許多器物，如網罟、竹彈、弓箭、耒耜、車船等，又如發現五穀和藥草，馴養牲畜，製作衣裳，建築房屋，創造文字等，都是千百萬人在生活中長期努力的結果。而在神話傳說中卻把無數人民的經驗和智慧加以總結、集中，創造了不少偉大的英雄人物形象，如伏羲、神農、黃帝、嫘祖、倉頡等，把各種創造發明都歸功於他們身上，再用以指導自己的生活實踐，使社會不斷的向前推進，向前發展，這就是神話的正面意義。

【原文】

5．3

唐①有虞②，號二帝。相揖遜，稱盛世。

【譯文】

黃帝之後，有唐堯和虞舜兩位帝王，堯認為自己的兒子不肖，而把帝王傳給了才德兼備的舜，在兩位帝王治理下，天下太平，人人稱頌。

【注釋】

①唐：即唐堯，黃帝之後的一位部落領袖，傳說他很受人愛戴，德行很高，後傳位於舜。

②虞：即虞舜，堯之後的又一位聖賢領袖。

【評解】

「唐有虞」說的是堯、舜二帝，他們是三皇五帝的最後兩位。堯帝，姓伊祁，號放勳，因為他的封地在陶和唐（今天的山東一帶），所以史書上稱他為唐堯。舜帝，姓姚，名重華，號有虞氏，故人們稱他為虞舜。

堯帝和舜帝，他們都能使九族和睦，民風質樸。在位時克勤克儉的為百姓做事，年老了，做不動了，就把自己的位子和管轄的國土遜讓給賢能的人。

歷史上常有先皇死了，屍身停著沒人管，皇子卻在為爭皇位大打出手的事，所以歷史上真正能夠退位讓國的，只有堯和舜。這個時期是中國歷史上的所謂「太平盛世」，所以這裡才「稱盛世」。

【國學小百科】

中國古代的禪讓制

禪讓制，是中國上古時期推舉部落首領的一種方式，即部落各個人表決，以多數決定。相傳堯為部落聯盟領袖時，推舉舜為繼承人，堯對舜進行三年考核後，使幫助辦事。堯死後，舜繼位，用同樣推舉方式，經過治水考驗，以禹為繼承人。禹繼位後，又舉皋陶為繼承人，皋陶早死，又以伯益為繼承人。這是部落聯盟推選領袖的制度，史稱「禪讓」。據說首領要躲在樹林中，然後由族人擁戴他出來。但另一種說法是，禪讓制只是到禹就終止了，他建立第一個朝代——夏朝。

中國上古時期的禪讓制度，最早記載於《尚書》之中，但其真實性一直存在爭議。後來中國的王朝更替，也有以禪讓之名，行奪權之實的。這些「禪讓」包括：

西元八年，西漢的孺子嬰禪讓給新朝的王莽；

西元二二〇年，東漢獻帝劉協禪讓給曹魏文帝曹丕；

西元二六五年，曹魏元帝曹奐禪讓給西晉武帝司馬炎；

西元四二〇年，東晉恭帝司馬德文禪讓給南朝宋武帝劉裕；

西元四七九年，南朝宋順帝劉准禪讓給南朝齊高帝蕭道成；

5・3唐①有虞②，號二帝。相揖遜，稱盛世。

西元五〇二年，南朝齊和帝蕭寶融禪讓給南朝梁武帝蕭衍；

西元五五七年，南朝梁敬帝蕭方智禪讓給南朝陳武帝陳霸先；

西元五八一年，北周靜帝宇文衍禪讓給隋朝文帝楊堅。

【相關連結】

堯舜讓位

傳說黃帝以後，先後出了三個很出名的部落聯盟首領，名叫堯、舜和禹。他們原來都是一個部落的首領，後來被推選為部落聯盟的首領。

那時候，做部落聯盟首領的，有什麼大事，都要找各部落首領一起商量。

堯年紀老了，想找一個繼承他職位的人。有一次，他召集四方部落首領來商議。

堯說出他的打算後，有個名叫放齊的說：「你兒子丹朱是個開明的人，繼承你的位子很合適。」

堯嚴肅的說：「不行，這小子品行不佳，專愛跟人爭吵。」另一個叫讙兜（音ㄏㄨㄢ　ㄉㄡ）的說：「管水利的共工，工作倒做得挺不錯。」

堯搖搖頭說：「共工能說會道，表面恭謹，心裡另是一套。用這種人，我不放心。」

這次討論沒有結果，堯繼續物色他的繼承人。有一次，他又把四方部落首領找來商量，要大家推薦。到會的一致推薦舜。

堯點點頭說：「哦！我也聽說這個人不錯。你們能不能把他的事蹟詳細說明？」

大家便把舜的情況說開了：舜的父親是個糊塗透頂的人，人們叫他瞽叟（音ㄍㄨˇ　ㄙㄡˇ，就是瞎老頭的意思）。舜的生母早死，繼母很壞。繼母生的弟弟名叫象，傲慢得無法無天，瞽叟卻很疼愛他。舜生活在

免死記！過目不忘三字經
你與古文的距離，只差一塊美味的翻譯年糕

這樣一個家庭裡，卻仍然孝順他的父母、友愛他的弟弟。所以，大家都認為舜是個德行好的人。

堯聽了很高興，決定考驗一下舜。他把自己兩個女兒娥皇、女英嫁給舜，還替舜築了糧倉，分給他很多牛羊。那繼母和弟弟見了，又是羨慕，又是嫉妒，和瞽叟一起用計，幾次三番想暗害舜。

有一回，瞽叟叫舜修補糧倉的頂。當舜用梯子爬上倉頂的時候，瞽叟就在下面放起火來，想把舜燒死。舜在倉頂上一見起火，想找梯子，梯子已經不知去向。幸好舜隨身帶著兩頂遮太陽用的笠帽。他雙手拿著笠帽，像鳥張翅膀一樣跳下來。笠帽隨風飄蕩，舜輕輕的落在地上，一點也沒受傷。

瞽叟和象並不甘心，他們又叫舜去挖井。舜跳下井後，瞽叟和象就在地面上把一塊塊土石丟下去，把井填沒，想把舜活活埋在裡面，沒想到舜下井後，在井邊挖了一個孔道，鑽了出來，又安全的回家了。

象不知道舜早已脫險，得意洋洋的回到家裡，跟瞽叟說：「這一回哥哥肯定死了，這個妙計是我想出來的。現在我們可以把哥哥的財產分一分了。」說完，他往舜住的屋子走去，哪知道，他一進屋子，舜正坐在床邊彈琴呢。象心裡暗暗吃驚，很不好意思的說：「哎，我多麼想您呀！」

舜也假裝若無其事，說：「你來得正好，我的事情多，很需要你的幫忙呢。」

之後，舜還是像過去一樣和和氣氣對待他的父母和弟弟，瞽叟和象也不敢再暗害舜了。

堯聽了大家介紹的舜的事蹟，又經過考察，認為舜確是個品德好又能幹的人，就把首領的位子讓給了舜。這種讓位，歷史上稱做「禪讓」。其實，在氏族公社時期，部落首領老了，用選舉的辦法推選新的首領，並不是什麼稀罕事情。

舜繼位後，也是又勤勞，又儉樸，跟老百姓一樣工作，受到大家的信任。過了幾年，堯死了，舜還想把部落聯盟首領的位子讓給堯的兒子丹朱，可是大家都不贊成。舜才正式當上了首領。

【原文】

5．4

夏有禹①，商有湯。周文武，稱三王。

【譯文】

夏朝的開國君主是禹，商朝的開國君主是湯，周朝的開國君主是文王和武王。這幾個德才兼備的君王被後人稱為三王。

【注釋】

①禹：即大禹，他因為把黃河的水患治理好了而受到人民的愛戴，因此舜把首領之位傳於他。大禹死前把首領之位傳給了他的兒子，從而結束了禪讓制。

【評解】

這幾句話引出了中國上古的「三王」，也就是禹王、湯王、文王和武王，他們四人是夏商周三代之王，是三個時代的代表。

這裡的「王」字，不是指哪一個具體的帝王，而是特指「王道」。中國傳統的政治制度，歷來就有「王道」與「霸道」之別。王道指的是先王之道，即夏商週三王的統治方法。三王的統治用的是仁義道德，其結果就是無為而治，天下太平，這種政治體制是王道。歷史上描繪這個時期，是五日一風，十日一雨，萬民樂業，天下太平。

【國學小百科】

商朝為何又叫殷商

我們都知道，商朝又稱作殷商，或者殷朝，這是為什麼呢？

商朝的國都開始設在亳（今河南商丘），後來由於王族內部經常爭奪王位，發生內亂；再加上黃河下游常常鬧水災，人們不得不搬家，商朝的都城也就幾次搬遷。

西元前十四世紀，商朝的第十八代君王陽甲去世，陽甲的弟弟盤庚繼承王位。

早在盤庚繼承王位之前，商朝的政治就已經開始腐敗。身為奴隸主的王公貴族，整天只顧吃喝玩樂，不理國家大事，甚至經常為了爭權奪利而大打出手，互相攻擊。奴隸生活在水深火熱之中，紛紛起來反抗，社會動盪不安。

盤庚是個能幹的君主，他知道如果再不進行改革，商朝勢必走向衰亡。即位之後，盤庚立即召見官員商討大計，最後決定再一次遷都。

可是，大多數王公貴族貪圖安逸，都不願意搬遷。一部分有勢力的貴族甚至煽動奴隸起來鬧事。

面對強大的反對勢力，盤庚並沒有動搖遷都的決心。他把反對遷都的貴族找來，耐心的勸說他們：「我要你們搬遷，是為了讓人民安居樂業，讓我們的國家安定團結。如今許多王公貴族整天只顧吃喝玩樂，而不管人民的死活，再這麼下去，老百姓是要造反的啊！」

盤庚見大臣沒有反對，就接著說：「我準備把都城遷到殷。大家都知道，殷這個地方不但土地肥沃，而且自然災害也少得多，如果把都城遷到殷，農業將會發展得更好，這樣老百姓不就能安居樂業了嗎？社會不就安定了嗎？我已經下定了決心，誰也不能改變我的主意。」

那些王公貴族們心裡雖然還有些不情願，但看到盤庚態度堅決，也就不敢再反對了。於是，商朝遷都的決定就這樣定了下來。

盤庚帶著平民和奴隸，渡過黃河，搬遷到殷（今河南安陽小屯村）。盤庚在那裡整頓商朝的政治，使衰落的商朝出現了復興的局面。在以後的200多年裡，商朝一直沒有遷都。所以商朝又稱作殷商，或者殷朝。

三千多年後的今天，人們在安陽小屯村一帶發掘出大量古代的遺物，後來證明那裡曾經是商朝國都的遺址，就稱它為「殷墟」。

【相關連結】

武王伐紂

商朝最後一個君主叫紂，他是中國歷史上有名的暴君。他興建寵麗的瓊樓瑤台，整日「以酒為池，以肉為林」，和愛妃妲己以及貴族宴飲酒池，為了滿足自己的享受，紂王就加重賦稅，使社會矛盾越來越尖銳。百姓起來反抗，他就用重型鎮壓。他設置了「炮烙」酷刑，把反對他的人綁在燒得通紅的銅柱上活活烙死。叔父比干規勸他，他竟兇狠的挖出了比干的心。紂王的殘暴統治激起了人們的反抗，動盪不安的社會如燒開的水那般沸騰。

這個時候，活動在渭河流域的姬姓周部落逐漸強大起來，首領周武王姬發正在積極策劃滅商。他繼承父親文王遺志，重用姜尚等人，使國力增強。當商的軍隊主力遠在東方作戰，國內軍事力量空虛之時，周武王聯合各個部落，率領兵車三百輛，虎賁（衛軍）三千人，士卒四萬五千人，進軍到距離商紂王所居的朝歌只有七十里的牧野（今河南淇縣西南），舉行了誓師大會，列數紂王罪狀，激勵軍隊和紂王決戰。

周文王在完成翦商大業前夕逝世，其子姬發繼位，是為周武王。他即位後，繼承乃父遺志，遵循既定的戰略方針，並加緊予以落實：在孟津（今河南孟津東北）與諸侯結盟，向朝歌派遣間諜，準備伺機興師。

當時，商紂王已感覺到周人對自己構成的嚴重威脅，決定對周用兵。然而這一擬定中的軍事行動，卻因東夷族的反叛而化為泡影。為平息東夷的反叛，紂王調動部隊傾全力進攻東夷，結果造成西線兵力的極大空虛。與此同時，商朝統治集團內部的矛盾呈現白熱化，商紂飾過拒諫，肆意胡為，殘殺王族重臣比干，囚禁箕子，逼走微子。武王、姜尚（姜子牙）等人遂把握這一有利戰機，決定乘虛蹈隙，大舉伐紂，經過牧野之戰，一戰而勝，結束了商王朝的統治。

【延伸閱讀】

如何做個「現代聖王」——「四開」領導人

一、開明的思維

開明是指思想比較開通進步，不頑固守舊。如果你不是一個開明的領導人，你很難受到下屬的擁戴。時代的發展，領導者的思維方式和工作風格必須要有更新轉變。否則：你總是一副嚴肅的面孔和僵化的思維模式，除了讓人對你敬而遠之外，下屬還會懷疑你的能力，從而產生信任危機。

當然，開明並不意味著放棄原則，更不是可以隨心所欲，而是要你更新知識，講究方法，增強向心力，做到事半功倍！

二、開朗的性格

開朗是指心胸舒展；心底透亮；性格坦率；豁達寬敞。一個領導者，如果總是處於自我封閉和自我壓抑狀態；或者遇事患得患失斤斤計較；戒備與防範心理過強；危機意識過大；每晚靠藥物維持睡眠，該拿的拿不起，該放的放不下，那你不是活的太累了嗎？

開朗與否是一個人心理承受能力的最直接體驗。周圍環境可能是影響開朗的重要因素，但關鍵還是領導者的自身應變能力。

三、開闊的視野

開闊是指寬廣，站的高看的遠，不被任何事物遮擋視線。腳踏實地並不意味著只管埋頭拉車，領導者必須要站在高起點去思考問題。工作猶如下棋，走一步算一步與走一步看三步，顯然後者更具有開闊的視野。有時為了長遠利益和全域利益，就要捨得放棄一時的得失。大胸懷才有大視野，大度量才有大擴展，大氣魄才有大勝利。

當然，要做到這些，你必須要有一雙慧眼，能夠在各種複雜的局面下高瞻遠矚，去偽存真，才能立於不敗之地。

四、開拓的氣魄

開拓是指開闢及擴展的意思。無論你有多開明的思維，多開朗的性格，多開闊的視野，最終要看你是否具有開拓的氣魄，要靠你的具體行動來體驗。前三項是基礎，後一項是關鍵。唯唯諾諾不是開拓，因循守舊不是開拓，逃避風險同樣不是開拓。沒有敢為人先的氣魄，你永遠不會出人頭地。開拓是一種自我挑戰，能最大發揮人的潛能。氣魄不完全憑勇氣，更多的是靠智慧。

5・5

【原文】

夏傳子，家①天下。四百載，遷②夏社。

【譯文】

禹把帝位傳給自己的兒子，從此天下就成為一個家族所有的了。經過四百多年，夏被湯滅掉，從而結束了它的統治。

【注釋】

①家：以……為家，這裡是把名詞當做動詞用。

②遷：變遷，改變。

【評解】

史書上記載，與大禹一起治水的皋陶之子伯益功勳卓著，理應是禹的繼承人，但禹死後人們愛屋及烏，擁戴了禹的兒子啟繼承了王位。這樣，夏朝就成了中國歷史上第一個世襲王朝，開了中國世襲王朝「家天下」的歷史。

而夏朝的最後一個君主桀大言不慚的說：我與太陽共存亡。《尚書．湯誓》中記載，夏代臣民都指著太陽詛咒說：「時日曷喪，予及汝偕亡」。意思是說：你這個太陽啊，怎麼還不滅亡？我們寧願與你同歸於盡。同時，四方的諸侯也多背叛，夏王朝面臨內外交困的局面。

此時，商族的勢力已經日漸強盛，正在暗中做滅夏的準備。商湯對內勵精圖治，輕賦薄斂；對外廣行仁義，交好四方，使「諸侯皆歸商」。看到夏桀已眾叛親離，就在伊尹的輔佐下，起兵伐夏。最終，夏桀措手不及，被圍於鳴條，商湯全殲了夏軍，桀被流放至南巢，最後死於該地。

商湯凱旋班師，建立商朝，夏朝正式宣告滅亡。夏朝的歷史由禹算起，至桀結束，共傳十四世，歷十七王，共計四百三十九年，所以說「四百載，遷夏社」。

5．5夏傳子，家①天下。四百載，遷②夏社。

【國學小百科】

夏朝都城為何在鄧地

夏朝為中國歷史上建立的第一個朝代，夏朝的都城曾一度設在鄧地。據《路史．國名記四》記載：「鄧，中康子國，楚之北境，史云阻之以鄧林者，今之南陽。故杜佑以為禹都。」這是唐代杜佑著述的《通典》中稱鄧為「禹都」，是為其一；其二，從現存於西安碑林的中國最早的石刻地圖之一——《華夷圖》上看，以及北宋地理總志《太平環宇記》的記載，也可以認定夏朝的都城在鄧。

鄧地怎麼會成為夏朝的都城了呢？原來，大禹接替父親鯀治理洪水的職務後，「勞身焦思，三過其家門而不入。」終於思索出因勢疏導之法，代替其父親修堤堵水之方，將大地上的洪水引入東海，消除了水災。因為他治水有功，帝舜就把天子之位傳給了他。可是到了大禹年老時，沒有將天子之位禪讓給德高賢能的人，而是傳給了自己的兒子啟當天子。

啟繼位之後建立了中國歷史上的第一個朝代——夏朝。啟也自然成為夏朝的第一代朝廷君主。但他不像大禹那樣「薄衣食，卑宮室」，而是整天吃喝玩樂，荒淫無度，把一個原來民眾安居樂業的夏朝，弄得怨聲載道，危機四伏，歷史上稱為「夏啟荒政」。啟又傳位給長子太康，這個浪蕩公子太康即位後，比啟有過之而無不及，昏庸淫樂從不過問朝政，終於惹起公憤，被有窮氏部落的君長后羿為首的一幫人，驅逐出夏朝都城，跑到洛水一帶過著流亡生活。歷史上稱其為「太康失國」。

太康死後由他的弟弟中康即位，但他只是徒有虛名，實際上他和幾個弟兄一起，流浪於洛水一帶。到了中康死後，其兒子相繼繼承王位時，后羿和寒浞正為爭奪夏朝的王位，長期征戰殺戮不休。帝相只得攜帶妻子逃奔到岳父有仍氏部族，直到生下兒子少康，長大成人即位之後才中興了夏朝。自太康失國至少康中興近百年間，王權旁落於異族部落長之手。中康流亡在外期間，寒浞打敗后羿占領京都，篡奪了夏朝王權。流亡的中康與兄弟及同姓貴族合議，都一致認定鄧地是禾稼茂盛、便於累積實力、光復夏朝基業再好不過的重地，於是他便將另一個有志氣又能幹的兒子封於鄧，並確定鄧為夏朝都城。直到少康中興了夏朝，還都帝丘時，鄧地始終為夏朝京都。中康的後裔子孫在鄧地沃土經營八百多年，含辛茹苦的繁衍生息於此，並在夏朝中興後，作為同姓屬國而屹立於諸侯國之林。

司馬遷在《史記．貨殖列傳》中曾稱道鄧國，是夏王朝遺民居住之地。夏人為政，崇尚忠厚樸實。至今，鄧州還保留有夏朝先民的傳統風尚。

【相關連結】

少康中興

少康中興乃中國史上首個出現「中興」二字的時代。據史籍記載，夏啟死後，將帝位傳給了兒子太康。太康終日不理政事，宴飲遊樂，東夷有窮氏的首領后羿乘機把太康趕下台。不久，后羿又被他的親信寒浞殺掉，寒浞取得王位。太康死後，他的弟弟中康得立，中康的兒子相，投靠同姓斟灌氏和斟尋氏，但仍然被寒浞所殺。相的妻子無以為計，只好逃到有仍氏娘家，生下了兒子少康。

少康成人後又被寒浞所打敗，投奔有虞氏。有虞氏國君見少康年輕有為，就把自己的兩個女兒嫁給他，為他修建了綸（音ㄌㄨㄣˊ）邑（今禹州順店康城）讓他居住。綸邑西有嵩山，北有具茨，南臨潁水，土地肥沃，氣候宜人，有田一成（方圓十里），有眾一旅（五百人），少康從此有了安身之地。少康便以綸邑為根據地，撫恤招納散亡的夏遺民舊部，發展生產，積蓄力量。又召集自己的親信氏族及對寒浞不滿的部族，合力消滅了寒浞及其餘黨，葺宮室，修鈞台，視九鼎，天下諸侯紛紛擁戴。

5．5夏傳子，家①天下。四百載，遷②夏社。

夏帝太康失國數十年後，少康終於「坐鈞台而朝諸侯」，重登天子之位，歷史上稱之為「少康中興」。☒

【延伸閱讀】

做人做事不可太絕情

人生在世，要面對很多的事情，做人要講求「度」，才能夠把事情處理好，千萬不能像夏朝暴君夏桀那樣，把事情做絕，最終弄得眾叛親離，沒有好下場。俗話說：「家有餘糧，日子好過。」所以，一個人無論做什麼事，都不可以做得太絕。要留出一點餘地，留夠足夠迴旋的空間。有時候給別人留餘地就是給自己留出路。

一、給別人留缺口，正是給自己留餘地

有必要的時候，我們留個缺口給他人，但是這一點並不是說自己的能力不強。實際上，這是一種管理的智慧，是一種更高層次上帶有全域性的圓滿。也許，這就是企業管理用人的最高境界。

《羊的門》中的主人公呼伯。當任縣長的姪子呼國慶碰到困難回村裡討教時，呼伯對他說：「做事不能滿打滿算，應給自己留點餘地。這就像挑擔子一樣，你能挑一百斤，你一下子挑了一百三，一時看是好看，但走不到多遠你就會累趴下。如果你能挑一百斤只挑八十，走起路來優哉游哉，不累還能哼曲小調，多好啊！你為什麼非要一下子把自己逼上沒有退路的死角裡呢？」

都說「退一步海闊天空」，如果真的能做到「退三步」，那真的能退出一片廣闊的天地來，廣闊天地，大有可為。「退三步」，你不妨試試看。

二、把握一個「分寸」

不能太滿，不能太缺。人生不過一個詞，那就是——「分寸」。

凡事有度，進退自如，這個字也許太圓滑，太世故，太中庸，但世事紛繁，人生艱難，只能把握這個詞，不得不把握這個詞。

分寸是和煦的春風，不冷不熱；是知時節的細雨，不遲不早；是烹調名師放的鹽，不鹹不淡；是煎熬中藥燒的火，不強不弱；是得體的衣，不肥不瘦；是合適的鞋，不大不小。分寸其實就是萬事萬物都需要把握的，不過分也不能有所欠缺。

對於一個人來說，如果太軟弱就會太過溫柔了，沒有力度；太銳則剛，易折斷。生活中這樣的道理很普遍，網路裡這樣的道理也一樣的。做事做人都應當恰如其分，讓分寸如一條絲帶，穿綴著人生許多美好的珍珠，連接著網路裡真誠的朋友。從一定意義上講，把握好人生的分寸，也就能夠把握好人生的命運了。

三、做事切忌貪圖

某些人在追求某些事情的時候往往會窮追不捨，看到自己獲得了某些利益以後，還想著是否能夠獲得更多的利益，貪圖更多的利益。這樣就會出現那種「吃著碗裡，看著鍋裡」的一種貪圖心理，一旦有這種心理出現，就會對自己的現狀非常不利。

法國人從莫斯科撤走後，一位農夫和一位商人在街上尋找財物。他們發現了一大堆未被燒焦的羊毛，兩個人就各分了一半捆在自己的背上。

歸途中，他們又發現了一些布匹，農夫將身上沉重的羊毛扔掉，選些自己扛得動的較好的布匹；貪婪的商人將農夫所丟下的羊毛和剩餘的布匹統統撿起來，重負讓他氣喘吁吁、行動緩慢。

就在他們走了不遠的地方，他們又發現了一些銀質的餐具，農夫將布匹扔掉，撿了些較好的銀器背上，商人卻因沉重的羊毛和布匹壓得他無法彎腰而作罷。

突降大雨，飢寒交迫的商人身上的羊毛和布匹被雨水淋溼了，他踉蹌著摔倒在泥濘當中；而農夫卻一身輕鬆的回家了。他變賣了銀餐具，生活富足起來。

所以有時候放棄一些也是非常有必要的，如果一味的貪，只會讓自己到頭來身敗名裂，成功也是不可能的事情了。

四、為他人留點空白，為自己留點餘地

做人還是要為自己留點空白，只有為他人留點空白，我們才能友好的相處，為自己留點空白，才會快樂度日。

當你春風得意時不要忘了形，此時為思考留點空白，莫讓得意沖昏頭腦；當你痛苦時，為安慰留點空白，莫讓痛苦窒息心靈；當你煩惱時，為快樂留點空白，煩惱就會煙消雲散；當你孤獨時，為友誼留點空白，真誠的友情也就是第二個自我。人就是這樣，痛苦的時候，可以忍受，淚水可以恣情，但絕對不能灰心、低頭，停滯不前。當生活把你逼進狹窄的小路，留點空白、光亮給心境，就會變小路為寬廣大道。

留有餘地，就是留有退路，留一片藍天。不管是什麼人，做什麼事情，這一點都是很有必要的。因為這裡面有著對自己一時莽撞的彌補，有著對自己一時糊塗的反思，有著對客觀情況發生的迴旋。為自己留下了一條合情合理的退路。

五、趕盡殺絕，不如放人一馬

這是發生在戰國時期的一個故事。某國國君在帳內宴請眾將士，酒到酣處，一陣疾風捲進來刮滅了所有的蠟燭，帳內頓時漆黑一片。這時王妃感覺有人親了一下她的臉，情急中她扯落此人頭盔上的紅纓，並讓國君懲治那個頭上無纓之人。國君沒有照王妃說的去做，而是在未掌燈之前，讓宴席上所有將士都把頭上之纓摘去。那個輕薄王妃的將士感君王之大義，在戰場上屢建奇功。在一次慘烈的戰役中，他捨命救主，報答了君王的寬厚之恩。

在生活中，每個人都不可避免的會犯一些錯誤，犯了錯誤倘若不給對方改過自新的機會，勢必會讓矛盾越演越烈，造成不良後果。寬以待人是門藝術，掌握了這門藝術，你也許會取得意想不到的收穫。面對別人的錯誤，有時，寬容比懲罰更有力量。

【原文】

5・6

湯伐①夏，國號商。六百載，至紂②亡。

【譯文】

成湯伐滅夏桀，建立商朝。到殷紂王被周武王伐滅，大約經過了六百年。

【注釋】

①伐：討伐。

②紂：即商紂王，他當政期間非常殘暴，是歷史上有名的暴君。

【評解】

商湯滅夏以後，建立了商朝，是商朝的第一代君主，以水德王，改年號為祀，建都西亳（今河南洛陽偃師），在位十三年，後因病而亡。

商朝最後一個帝，就是歷史上有名的暴君紂王。商紂為人聰穎，靈敏多才，膂力過人，能空手鬥野獸。即位之初也是個不錯的帝王，曾大舉攻伐東夷，取得勝利，對中原文化的傳播有一定的貢獻。但商紂為人殘暴，

5．6湯伐①夏，國號商。六百載，至紂②亡。

荒淫無度，弄得民不聊生。

與此同時，渭水流域的周族正在崛起。西伯侯姬昌，就是日後的周文王，拜姜尚姜子牙為軍師，使「天下三分，其二歸周」。文王在位五十年，為滅商做好了充分的準備工作。在攻占了商朝在渭水中游的重要據點崇的第二年，便將周的都城遷至關中的膏腴之地豐邑（今陝西西安西南），完成了對商都的包圍之勢。

文王死於遷豐的次年，其後武王即位，開始了武王伐紂的貴族革命。牧野一戰，紂軍土崩瓦解，商王朝眾叛親離，紂王逃回商都，登上鹿台自焚而死。

商朝始於湯，終於紂，歷三十帝，享國六百四十四年，故稱「六百載，至紂亡」。

【國學小百科】

骨文是現代漢字的鼻祖嗎

甲骨文最初出土於河南安陽小坉村的殷墟，清光緒二十五年（西元一八九九年）才被學者發現，三十年孫詒讓著《契文舉例》，始作考釋。一九二八年後作了多次發掘，先後出土達十餘萬片。在可識的漢字中，甲骨文是最古老的文字體系。

甲骨文，是商朝（約西元前十七世紀至前十一世紀）時的文字，距今已經有三千多年的歷史了。這些文字因為刻在獸骨或龜甲上，所以叫做甲骨文。

商代的人們怎麼會把文字刻在甲骨上呢？這是因為商代的統治者迷信鬼神，占卜之風盛行，不論大事小事，如戰爭的勝負、打獵的收穫、疾病的輕重、莊稼的收成、有無風雨、生孩子是男是女等等，奴隸主貴族都要進行占卜，向鬼神詢問吉凶禍福。

占卜結束後，他們把占卜日期、占卜者的名字、所占卜的事情用刀刻在這些龜甲、獸骨上邊，有的還把過若干日後的吉凶應驗也刻上去。這些刻劃的文字就是甲骨文，又叫做「卜辭」或「占卜文字」。此外，因為甲骨文出土的地方在河南省安陽縣，這裡是商代的都城，所以甲骨文又叫做「殷墟文字」。

甲骨文的內容涉及到商代社會的各個領域。從甲骨文中有關商代階級和國家的資料可以看出，當時的奴隸主和貴族、各級官吏、奴隸和平民都由不同身份的人組成。甲骨文還記載了商朝的軍隊、刑罰、殉葬等方面的情況。

甲骨文中有關商代社會生產的內容很豐富。在農業方面，甲骨文中記載了黍、稷、麥、稻等不同的農作物的名稱，同時還記載了風雨、降水對農業收成的影響。在畜牧業方面，記載了馬、牛、羊、雞、犬等各種動物的名稱，還記載了貴族祭祀時常殺掉大批牛羊。甲骨文中還記載了鹿、麋、豕、象、虎、狐等各種獵物和各種狩獵方法等等。

在天文曆法方面，甲骨文中有日食、月食的記載。在氣象方面，有不少卜雨、卜風以及雲、雷、雹、雪、虹等方面的記載。在醫學方面，有頭痛、牙痛、鼻痛、肘痛、足痛等疾病的記載。

到目前為止，已經發現的甲骨數目相當龐大，大多數都是商朝的。所以，甲骨文對於研究商代的社會狀況具有很高的歷史和文化價值。目前，對商朝甲骨文的研究，已經形成了一門學問，這就是「甲骨學」。

甲骨文是中國現存的最古老的文字，在體勢上屬於篆書體，大約有四千五百字，目前已經釋讀的字有三分之一。甲骨文的基本詞彙、基本語法、基本字形結構跟後代漢語言文字是一致的，所以它已經是成熟的文字。

甲骨文的書法風格因時代的不同也出現較為明顯的差異。早期的甲骨文線條勁挺，有許多方折的筆劃，字形較大，體勢粗獷；中期的字形比較整齊，體勢娟秀自然；晚期的線條纖細柔弱，字形小如玉粒，結字緊密。甲骨文的字形結構雖然有些不穩定，但都符合「六書」的規則。

5．6湯伐①夏，國號商。六百載，至紂②亡。

從甲骨文中某些常用字的變化，我們可以領會許多中國文字發展的規律。如簡化，甲骨文中形體複雜的字，筆畫逐漸減少，越來越簡單；形聲化，甲骨文中的象形字增加聲符，假借字增加形符，變成形聲字。

甲骨文已經是一種具有嚴密規律的完整的文字體系，它是現代漢字的鼻祖。它和古代埃及的紙草文書、巴比倫的泥版文字、印第安人的瑪雅文字一樣，是整個人類文化的瑰寶。

【相關連結】

成湯滅夏

商原是夏朝東部一個以燕子為圖騰的部落，始祖叫契。當禹建立夏朝的時候，商族剛剛進入到父系氏族階段，到商湯當部族首領時，剛好處於夏代最後一個國王桀統治時期。夏桀統治黑暗，不修國政，驕侈淫逸。

據說桀體格健壯，力大無比，能夠把堅硬的獸角一手折斷，敢赤手空拳與猛獸搏鬥，曾獨自一人深入潭中斬殺水怪，似乎像個了不起的英雄，然而他骨子裡卻極端腐朽暴虐。在他統治時期，多次舉兵討伐周圍小國，使臣服於夏的諸小國離心離德。夏桀為了加強對周圍諸方國的控制，曾舉兵討伐有施氏，有施氏自知抵禦不過，為避免方國滅亡，便選了一名叫妺（ㄇㄛˊ）喜的絕色美女，獻給夏桀。夏桀看到這位傾國傾城的美女妺喜後，就罷兵而歸，終日與妺喜廝守一起，寸步不離，從此不再理政。為了討好妺喜，夏桀在國內大征民夫，特為妺喜修建了一座宮殿，因此宮高大無比，看上去就像要傾倒下來，所以叫「傾宮」，宮中有瓊室、瑤後，象牙嵌的走廊，白玉雕的床榻，他整日和妺喜在宮中尋玩作樂，荒淫到了極點。夏朝百姓對桀的統治深惡痛絕，沒有人再願意為夏桀這樣的荒淫暴君賣命出力，夏統治集團內部也分崩離析，矛盾重重。

面對夏桀的暴政，商族首領成湯採取「寬以待民」的政治策略，籠絡民心，擴大自己的影響，遇到哪個方國有災難，就主動救濟，並積極籠絡人才，收集有關夏桀政權的情報資訊，為進一步消滅夏朝做準備。

夏桀看到商族一天天壯大起來，成湯的政治影響力與日俱增，已嚴重威脅到了自己的統治，心中十分害怕，就聽信佞臣趙梁的計謀，假意召成湯入朝，趁機將他囚禁在夏台。成湯被夏桀囚禁後群龍無首，商部族滅夏大業受到了嚴重影響。於是，商部族在伊尹的主持下在國內搜羅到許多美女珠寶進獻給夏桀，又暗中重金賄賂趙梁，使貪財的趙梁在桀面前為成湯開脫，最後夏桀仍然聽信了趙梁之言，竟然放了成湯。

成湯被放回以後，堅定了滅夏決心，加力準備滅夏戰爭。他首先滅掉了與夏關係密切的韋、顧、昆吾諸小國，在力量準備充足以後，於西元前一六〇〇年領導了滅夏戰爭。在商軍出征以前，成湯進行了誓師動員，歷數夏桀的罪行，說明自己出兵滅夏是替天行道，號召部眾勇敢作戰，一舉消滅夏桀的黑暗統治。

誓師以後商軍戰旗飄揚，軍容齊整，士氣高昂的向夏朝都城前進，成湯手持大斧，坐在戰車上，指揮三軍。此時的夏桀再也顧不上尋歡作樂，連夜調集軍隊，設下幾道防線，阻止商軍的進攻。然而連年來夏桀的統治十分不得人心，軍隊紀律渙散，又指揮不靈，兩軍交戰，夏軍很快就被擊潰。夏桀見勢不妙，就帶著殘兵敗將逃到了鳴條，雙方軍隊在鳴條進行了決戰，結果商軍大獲全勝，據說桀後來被流放並死在了安徽巢縣，夏王朝宣告滅亡。

成湯滅夏以後，建都於亳，自稱武王，並進一步營建其奴隸制文明大國。

【延伸閱讀】

得人心者事竟成

讀史對我們的公司管理大有益處，透過各個朝代君王從建朝到滅都，都有我們可以反思的地方。所謂「得人心者得天下」，做企業做管理也是得人心者事竟成。那麼，以史為鑑，身為管理者，我們應做到哪幾點才能保障我們的事業順暢發展呢？

一、要考慮溝通對象的感受

日本企業之所以能走在世界的前列，是因為它有比較優秀的企業文化。在這種文化薰陶下，人們具有了相近的思維，處事、待人接物的方式，甚至你會感覺到：日本人看起來似乎都很像，這就是一種文化烙印。這種文化的融合，使企業裡凝聚著一個和諧的工作氣氛。

日企文化中有很重要的一點，就是很看重溝通、協商的方式和方法，會很重視這方面的細節。同時，無論是談事情還是做事情，往往會站在對方的角度去思考一下對方的感受：這麼表達會不會太偏激？會不會引發別的問題？他是否能完全理解我的意思？會不會提出什麼疑問？同理心、嚴謹和認真，都是日企文化精髓的重要內容。

其實，在企業文化中起決定作用的還是經營者的人生觀、價值觀、待人處事的方式和思維方式，這是構成所有企業文化的基石，企業文化的發展也是根據他的觀點完善起來的。

二、要善於引導自己的下屬

我們可以理解和接受下屬在工作中，會有一些失誤或者失敗。在這種情況下，一般不要過分的去發脾氣，因為沒有這個必要。發脾氣只會讓人的情緒變得更壞，更失去理智。而且，人發脾氣的時候，很可能會說出一些原本不該說的話。也許你說出來痛快了，但是聽者又會如何感受呢？他也許會牢牢記住你這句話。所以一般來說，身為管理者的你，要學會盡量克制自己的情緒。

同時，你應提出對下屬的要求是：如果有失敗和失誤的話，一定要勇敢的承認。因為誰都有失誤的時候，一定要誠實、坦誠的承認。因為只有坦誠，彼此才能靜下心來分析為什麼失敗和失誤。這時，每個人都是先從自己的身上找問題，經過深層分析後，這個責任就分清了，但這不是最終的目的。我們的目的是要透過發現問題，然後有針對性的對某些工作環節、流程進行改進，避免下一次出現同樣的失誤。

企業的中層管理者，首先就是要適時的指導部下，以把握下屬做事的方向是否正確，這樣才能達成一個好的最終結果。

三、讓不滿情緒在萌芽狀態中消失

你應讓你的的下屬意識到，如果有什麼想不開或不愉快的事情，一定要隨時和你溝通。這種隨時溝通的效果非常不錯，很多員工會時常來找你談心，比如：工作繁忙、壓力大、感覺委屈了，或者你說過的哪些話讓他接受不了了，或者是有點不順心的事情想找人訴說，都會找你來談談心。這種隨時溝通的方式就不會給矛盾茁壯的機會，更不會到無法挽回的地步。

你也可以嘗試和下屬共進午餐，大家一塊聊聊天。聊的內容既有與工作有關的，也有完全與工作無關的話題。大家在輕鬆的狀態下，更願意把自己的真實想法表達出來，加大了資訊的溝通量。這樣，彼此之間的關係就更近一步，增加了解必然就減少了發生衝突的可能。

5・7

【原文】

周武王，始誅①紂。八百載，最長久。

【譯文】

周武王起兵滅掉商紂，建立周朝，周朝的歷史最長，延續了八百多年。

5．7周武王，始誅①紂。八百載，最長久。

【注釋】

①誅：殺。

【評解】

周武王姓姬，名發，他誅討暴君商紂，建立了周朝，是周朝的第一位君主。

武王繼位後，積極進行滅商準備。為驗證自己的號召力以及各方諸侯是否同心同德，武王率師東進，觀兵盟津（今河南孟津）的黃河渡口，會盟各路諸侯。

不期而會的諸侯達八百之眾，大家公推武王為盟主，進行了伐紂前的總動員。

次年，商朝統治核心嚴重分裂，商紂王被澈底孤立，伐紂時機成熟。趁商軍主力遠攻東夷，朝歌城空虛之時，周武王親率大軍，在盟津會合各路諸侯，並聯合西南地區和江漢流域的少數民族。武王做「泰誓」歷數商紂的暴虐，宣布「維共行天罰」的號令。大軍從盟津渡黃河，殺奔商都朝歌，與商軍戰於商都郊外七十里的牧野。

商軍的主力在外，臨時拼湊的兵士多為囚犯、奴隸等罪人，這些人既無鬥志又無訓練，不少人還臨陣倒戈，致使商軍全線潰敗。紂王見大勢已去，慌忙逃回殷都朝歌，自焚於鹿台。武王用銅鉞砍下商紂的頭，懸掛在大旗上示眾，正式宣告商朝滅亡了。

武王占領殷都後，把紂王存在鹿台的錢財和藏在鉅橋的糧食發給窮苦的百姓，深得民心。周王朝是中國歷史上最長久的朝代，子孫承繼共三十七帝，享國八百六十七載，所以說「八百載，最長久」。

【國學小百科】

歷史上的周公

西周初年的政治家。姬姓，名旦，出生於西元前一一〇〇年，到現在已有三千多年歷史。周武王弟。被封於周（今陝西岐山北），因稱周公。曾助武王滅商。武王死後成王年幼，由他攝政。其兄弟管、蔡、霍叔等聯合武庚（商紂王子）及東夷進行反抗，他出師東征，經三年征戰，平定叛亂。又分封諸侯，營建東都洛邑（今河南洛陽）。傳說他求賢若渴，廣招人才，並制禮作樂，建立典章制度。

從周公開始，中國社會進入了人文社會，神不再重要了，家庭和人才是最重要的。這種文化傳統一直保持至今。

周公讓華人早在西元前一一〇〇年就開始進入人文社會了。西方人直到三百年前，仍然有君權神授的觀念，因些西方人在此之前，缺少人文意識和家庭觀念，很少有農民起義。直到三百年前，才開始有了啟蒙運動，打破神權思想，才開始進入人文社會。

【相關連結】

國人暴動

在成王、康王統治的時期，周朝政局比較安定。後來，由於奴隸主貴族加重剝削，加上不斷發動戰爭，平民和奴隸的不滿情緒也隨著成長。周朝的統治者為了鎮壓人民，採用十分嚴酷的刑罰。周穆王的時候，制定了三千條刑法，犯法的人受的刑罰有五種，叫做「五刑」。像額上刺字、割鼻、砍腳等等。但是，刑罰再嚴，也阻止不了人民的反抗。

到了西周第十個王周厲王即位後，對人民的壓迫更重了。周厲王寵信一個名叫榮夷公的大臣，實行「專利」，他們霸占了一切湖泊、河流，不准人民利用這些天然資源謀生；他們還勒索財物，虐待人民。

那時候，住在野外的農夫叫「野人」，住在都城裡的平民叫「國人」。周都鎬京的國人不滿厲王的暴虐措施，怨聲載道。

大臣召公虎聽到國人的議論越來越多，進宮告訴厲王說：「百姓忍受不了啦，大王如果不趁早改變做法，出事了就不好收拾了。」

厲王滿不在乎的說：「你不用急，我自有辦法對付。」

於是，他下了一道命令，禁止國人批評朝政，還從衛國找來一個巫師，要他專門刺探批評朝政的人，說：「如果發現有人在背後誹謗我，你就立即報告。」

衛巫為了討好厲王，派了一批人到處察聽。那批人還敲詐勒索，誰不服他們，他們就隨便誣告。

厲王聽信了衛巫的報告，殺了不少國人。在這樣的壓力下，國人真的不敢在公開場合裡議論了。人們在路上碰到熟人，也不敢交談招呼，只交換了一個眼色，就匆匆的走開。

厲王見衛巫報告批評朝政的人漸漸少了下來，十分滿意。有一次，召公虎去見厲王，厲王洋洋得意的說：「你看，這下不是已經沒有人議論了嗎？」

召公虎嘆了一口氣說：「唉，這怎麼行呢？堵住人的嘴，不讓人說話，比堵住河流還要危險哪！治水必須疏通河道，讓水流到大海；治國家也是一樣，必須引導百姓說話。硬堵住河流，就要潰堤；硬堵住人的嘴，是要闖大禍的呀！」

厲王撇撇嘴，不予理會，召公虎只好退下。

厲王和榮夷公的暴政越來越厲害，過了三年，也就是西元前八四一年，國人忍無可忍，終於舉行了一次大規模的暴動。起義的國人圍攻王宮，要殺厲王。厲王得知風聲，慌慌張張帶了一批人逃命，一直逃過黃河，到彘（音ㄓˋ，今山西霍縣東北）地方才停下來。

國人打進王宮，沒有找到厲王。有人探知厲王的太子靖逃到召公虎家躲了起來，又圍住召公虎家，要召公虎交出太子。召公虎無可奈何，只好把自己的兒子冒充太子送出去，總算把太子保護了下來。

厲王出走後，朝廷裡沒有國王，怎麼辦呢。經大臣商議，由召公虎和另一個大臣周公主持貴族會議，暫時代替周天子行使職權，歷史上稱為「共和行政」。從共和元年，也就是西元前八四一年起，中國歷史才有了確切的紀年。

【延伸閱讀】

如何讓企業長盛不衰

周朝之所以能長久保持江山，與周朝國君的治國之道有著密切的關聯。俗話說：打江山容易，守江山難。對於企業來講，讓企業守住江山，長盛不衰更是一件難上加難的事。它不僅取決於企業自身經營管理的「與時俱進」，還有賴於長治久安的社會政治環境。一個國家統治那麼強有力，最長不過幾百年。一個企業與之相比變數顯然多於國家。從主觀到客觀、從內部到外部，任何變數都可能使這個脆弱的群體產生變故。

一個企業長盛不衰至少需要有這樣幾個條件：

一、用人唯能不唯親。企業規模不大的情況下，特色經營可以實行集權制，選用的人必須保持艱苦奮鬥傳統，而不奢靡。

二、能夠公平處理企業內部各利益問題，不頻繁改換管理招數，使人對未來穩定可期，上下一條心，任何時候能同舟共濟。

三、建立一套穩定有效的企業文化。使公司上下都能認同並自覺遵守。

四、企業達到一定規模，應建立財產權擁有、繼承、轉讓規則。在第一代創業期就保證財產權適度分享（分散），利益獨占是最大的風險。

五、以部門管理為主，類似英國的文官制度。總裁可以更迭，但企業成熟的規章制度不能任意取捨和廢黜，形成一套部門菁英管理體系，確保體系的嚴密性、公正性、穩定性、法治化，絕不能變成個人權威主義。

六、財富達到一定程度後就把企業當做公益事業辦，不要只當做個人私產，企業內等級差異不能過於懸殊，要讓員工有歸屬感、成就感。

【原文】

5・8

周轍①東，王綱②墜。逞干戈，尚遊說。

【譯文】

自從周平王東遷國都後，對諸侯的控制力就越來越弱了。諸侯國之間時常發生戰爭，而遊說之士也開始大行其道。

【注釋】

①轍：車輪的痕跡。周轍東，指周平王從鎬京東遷洛邑，史稱東周。

②王綱：指綱維、綱紀，即國家的政治制度。

【評解】

「周轍東，王綱墜」，就是指周平王遷都以後，周天子權力衰落，王室的綱紀和政治制度逐漸瓦解，國家雖然名義上尚有天子主宰，實際上卻是各諸侯國在各自為政。

為了擴張勢力，諸侯彼此干戈相向，天下從此變得紛亂不堪。說客、謀士之類的投機分子相繼登場，來「尚遊說」，最有代表性的人物就是蘇秦和張儀。

【國學小百科】

何謂縱橫家

先秦至漢初各思想學術學派及其代表人物的總稱，縱橫家是戰國時以從事政治外交活動為主的一派，《漢書．藝文志》列為「九流」之一。

《韓非子》說：「縱者，合眾弱以攻一強也；橫者，事一強以攻眾弱也。」他們朝秦暮楚，事無定主，反覆無常，出謀劃策多從主觀的政治要求出發。合縱派的主要代表是蘇秦，連橫派的主要代表是張儀。

「縱」與「橫」的來歷，據說是因南北向稱為「縱」，東西向稱為「橫」。六國結盟為南北向的聯合，故稱「合縱」；六國分別與秦國結盟為東西向的聯合，故稱「連橫」。「縱」指「合縱」，即合眾弱以攻一強，指戰國時齊、楚、燕、韓、趙、魏等六國聯合抗秦的外交策略。「橫」指「連橫」，即一強連一弱以破獲眾弱，指以上六國分別與秦國結盟的外交策略。

所謂「縱橫家」，指鼓吹「合縱」或「連橫」外交策略的人物。縱橫家，其實是一類傑出的謀士和辨家，一直是戰國社會舞台上的活躍分子，並且舉足輕重，被形容為「翻手為雲，覆手變雨」，操縱著戰國鬥爭的局勢。

【相關連結】

烽火戲諸侯

烽火台通訊，源於奴隸制國家在政治和軍事方面對通訊的需求。據歷史記載，早在三千多年前，中國就有了利用烽火台通訊的方法。現在每當我們提到烽火台，就會自然而然的想到長城，實際上烽火台築在長城沿線的險要處和交通要道上。一旦發現敵情，便立刻發出警報：白天點燃摻有狼糞的柴草，使濃煙直上雲霄；夜裡則燃燒加有硫磺和硝石的乾柴，使火光通明，以傳遞緊急軍情。

本來，只有萬分危急的時候才點燃的烽火，卻被一個帝王拿來買美人一笑。結果是國破家亡，千古間留下一聲悠長的嘆息。故事是這樣的，周朝有個周幽王，這是一個非常殘暴而腐敗的君主，他有個愛妃名叫褒姒，長得非常美麗，《東周列國志》中有這樣一段話來形容褒姒：「目秀眉清，唇紅齒白，發挽烏雲，指排削玉，有如花如月之容，傾國傾城之貌。」

褒妃雖然很美，但是「從未開顏一笑」。為此，周幽王發布了一則公告：「誰要能讓娘娘一笑，就賞他一千斤金子。」（當時銅被稱為金子）於是有人想出了一個點起烽火戲諸侯的辦法，來換取娘娘一笑，一天傍晚，周幽王帶著愛妃褒姒登上城樓，命令四下點起烽火。臨近的諸侯看到了烽火，以為西戎（當時西方的一個部族）來犯，便領兵趕到城下救援，但見燈火輝煌，鼓樂喧天。一打聽才知是周幽王為了取樂於娘娘而做的荒唐事，各諸侯敢怒不敢言，只好氣憤的收兵回營。

褒姒見狀，果然淡然一笑。但事隔不久，西戎果真來犯，雖然點起了烽火，卻無援兵趕到。原來各諸侯以為周幽王又是故伎重演。結果都城被西戎攻下，周幽王也被殺死了，從此西周滅亡了。

【延伸閱讀】

怎樣有效與上級溝通

古代謀士、說客之所以「大行其道」，與他們的溝通技巧密不可分的，尤其是他們與國君的溝通。現代社會，有效的與上級主管溝通是一門「臣道」之術，重視「君道」而不重視「臣道」，這是當今管理學的一大誤區。作為下屬，只有保持與上級領導有效的溝通，產生良好的互動，方能得到有效的指導與幫助，提高自身工作效率與業績，另一方面也能在「企業資源配置」中保持良好的敏覺性，為開拓市場爭取到更多的「糧草」。作為下屬如何有效與上級溝通，進而有效影響上級、有效「管理」上級？關鍵要做到如下幾點：

一、要有向上級溝通的主動性。有人說「要當好管理者，先要當好被管理者」。作為下屬，要時刻保持主動與主管溝通的意識，主管工作往往比較繁忙，而無法面面俱到。這時我們就要保持主動與主管溝通，不要僅埋頭於工作而忽視與上級的主動溝通，還要有效展示自我，讓你的能力和努力得到上級的高度肯定。

二、真誠並尊重主管。主管能做到今天的位置，大多是其自己努力的結果，但主管不可能事事都能做出「聖君名主」之決斷，主管時有失誤，在某些方面可能還不如你，千萬不要因此而有居高臨下之感而滋生傲氣，只會為工作徒增阻力，尊重主管是「臣道」之中的首要前提原則。

三、要有效表達反對意見，懂得有智慧的說「不」！第三要有同理心。如果我是主管我該如何處理此事，而尋求對上級主管處理方法的理解！

四、尋找合適的溝通方法與管道。被管理者要善於研究上級主管的個性與做事風格，根據主管的性格找出一種有效且簡潔的溝通方式是溝通成功的關鍵！當溝通管道被外因所阻隔時，要及時建立起新的溝通管道，時刻讓主管知道你在做什麼？做到什麼程度？遇到什麼困難？需要什麼幫助？一定要讓你的主管知道。

五、要掌握良好的溝通時機，善於抓住溝通契機，不一定非要在正式場合與上班時間，也不要僅僅限於工作方面上的溝通，偶爾溝通溝通其他方面的事情也能有效增進你與主管的默契！

六、有效的溝通技巧。與主管溝通不等同於拍馬屁，溝通中首先要學會傾聽，對主管的指導要加以領悟與揣摩，在表達自己意見時要讓上級感到這是他自己的意見，巧妙藉主管之口陳述自己的觀點，贏得主管的認同與好感，讓溝通成為工作有效的潤滑劑而不是誤會的開端。

七、及時解開誤會。日常工作中有時侯由於溝通方式或時機等不當，而出現溝通危機，讓主管產生誤會與不信任時，要及時尋找合適的時機積極主動的解釋清楚，從而化解主管的「心結」。

向上溝通不同於普通的與下級和同級的溝通，很多溝通的技巧和方法要因人因時因地而定，多總結多累積，方能達成有效的溝通效果，成為管理的高人！

【原文】

5・9

始春秋①，終戰國②。五霸強，七雄出。

贏秦氏③，始兼併。傳二世，楚漢爭。

【譯文】

東周分為兩個階段，一是春秋時期，一是戰國時期。春秋時的齊桓公、宋襄公、晉文公、秦穆公和楚莊王號稱「五霸」。戰國的「七雄」分別為齊、楚、燕、韓、趙、魏、秦。

戰國末年，秦國的勢力日漸強大，把其他諸侯國都滅掉了，建立了統一的秦朝。秦傳到二世胡亥，天下又開始大亂，最後，形成了楚漢相爭的局面。

【注釋】

①春秋：指的是西元前七七〇年至前四七六年。

②戰國：指的是西元前四七五年至前二二一年。

③嬴秦氏：秦國的國君姓嬴，這裡指歷代秦國國君。

【評解】

平王東遷之始為春秋，孔子絕筆之後為戰國，整個東周的歷史為五百一十五年，其中春秋兩百四十二年，戰國兩百七十三年。劃分的依據是依據兩部史書而來，就是孔子做的《春秋》和無名氏著的《戰國策》。

東周之時，五霸七雄各據一方。春秋時期，歷史資料裡有名錄的國家有一百七十個，到孟子時代就只剩下「魯齊宋晉，楚鄭曹陳，衛燕秦蔡」十二國了。

戰國末年，秦朝強大起來，吞二洲、滅六國、平定中原，統一天下，使眾多的種族和文化融合為一個統一的民族。秦的統治者秦始皇十三歲繼承王位，二十一歲親自執政。他在西元前二三〇年首先滅了韓國，又用了十年時間，滅掉六國，統一了天下，於西元前二二一年建立起中國歷史上第一個統一集權的專制主義王朝。

西元前二一〇年七月盛暑季節，秦始皇於巡視途中死於沙丘平台（今河北廣宗境內），年僅五十歲。他在秦王位二十五年，稱皇帝十二年，共計執政三十七年。

之後歷史進入秦二世時期，但是不久，反秦的呼聲一浪高比一浪，各地民眾紛紛揭竿而起，而最終推翻秦王朝的則是西楚霸王項羽和漢王劉邦。這兩者為了爭奪最後的王權，又發動了連年的戰爭，這就是「楚漢相爭」。

5・9始春秋①，終戰國②。五霸強，七雄出。嬴秦氏③，始兼併。傳二世，楚漢爭。

【國學小百科】

何處是中原

先秦時期，中國史書上曾有洛邑（今洛陽）和陶（今山東定陶）是「天下中心」的說法。當時的中原係指洛陽到定陶一帶。

中國古代曾將國土分為冀、兗、青、徐、揚、荊、豫、梁、雍九個州。豫州被認為是居九州之正中，故名「中州」。河南簡稱「豫」，因而也叫「豫州」。古豫州不僅包括河南全省，也包括湖北省的北部。所以，古代的「中原」是指河南省和湖北省的北部地方。

隨著漢族祖先活動地區的擴大，「中原」的範圍也越來越廣了，後來擴大至全中國。《北史・王澄傳》云：「因茲大舉，無望中原」。這裡的「中原」就是全中國之意。陸游所說的「北定中原」，係指長江以北的廣大地區。

今天，地理中和有關書籍中所說的「中原」，是指黃河中下游地區，包括河南省大部、山東省西部、河北和山西省的南部、陝西省的東部。

【相關連結】

揭竿而起

秦朝統治時期，全國人口不過二千萬，但是被徵發築長城、守衛開發南方、修築奢華的阿房宮、造秦始皇大墓等等勞役，合起來共用了兩三百萬人之多，耗費了不知多少人力財力。百姓的負擔太重了，生活得很苦很慘。

西元前二〇九年陽城（河南省登封縣東南）的地方官派了兩名軍官押送九百名民工到漁陽（北京市密雲縣

西南）防守。他們每天都急著趕路，怕誤了日期。因為秦朝的法令很嚴酷，誤了期限，就要被殺頭。

這些人走到大澤鄉（安徽省宿縣東南）時，趕上連日大雨，路被淹沒，無法通行。他們只好停下等待，眼看著時間一天天過去了。

民工中有一個叫陳勝的，他和朋友吳廣偷偷商量：「這裡離漁陽有幾千里遠，怎麼走也趕不上期限了，難道我們白白去送死嗎？」吳廣說：「我們逃跑吧。」陳勝說：「不行，逃走被抓回來也是死，反正都是死，不如起來造反，就是死了也比白白送死強，百姓吃秦朝的苦也吃夠了。聽說秦二世是小兒子，該當皇帝的是他哥哥扶蘇。還有楚國的大將項燕是條好漢，我們打著扶蘇和項燕的名義，號召天下人去打二世，楚國的人一定會來幫助我們的。」

於是陳勝把大家召集起來說：「男子漢不能白白去送死，死要死出個名堂。王侯將相，難道是命中注定的嗎？」

大家贊成，一致推選陳勝、吳廣為首領，九百人一下子把大澤鄉占領了，他們打起了「楚國」的旗號。臨近的農民聽到消息紛紛回應，沒有武器，他們就砍木棒做刀槍，削了竹子做旗竿，隊伍很快壯大起來，歷史上把這叫做「揭竿而起」。

這支起義軍打下了陳縣（河南省淮陽），陳勝被擁戴為「王」，國號叫「張楚」。

在這支起義軍的帶動下，各地百姓紛紛殺了官吏，回應起義，風暴襲捲了大半個中國。

但是因為起義軍的戰線太長，號令不統一，在秦軍的猛烈反擊又孤立無援的情況下，僅維持了三個月就失敗了，陳勝也被叛徒殺害了。但是由他們點起的反秦烈火到處燃燒起來，導致了秦朝的滅亡。

5．9始春秋①，終戰國②。五霸強，七雄出。嬴秦氏③，始兼併。傳二世，楚漢爭。

【延伸閱讀】

測試：職場競爭，你是否會被淘汰

職場如戰場，職位之爭無時無刻都在發生，殘酷的淘汰賽每時每刻都在進行。在潮起潮落、更迭不息的職場上，稍不留神就可能被淘汰。本次測試將重點圍繞職場人士最關注的話題，透過以下二十道測試題目，看看自己是否已深陷職場危機之中。

一、你在工作職位中是「非你莫屬」的人物嗎？

二、你是有敬業精神、認真工作的員工嗎？

三、你和你的工作團隊配合默契嗎？

四、你的老闆是否不愛挑剔而且對你的態度很好？

五、你與頂頭上司是否很合得來？

六、如果你以前一直被邀請參加公司或部門重大決策的討論，而現在還被邀請嗎？

七、公司關鍵人物決策時還在徵求你的意見嗎？

八、公司有意培養你擔任一個更重要的職務，並告知你是下一個人選，那麼他們最終是否選用了你？

九、你仔細想想，最近公司管理層是否發生了人事變動？你屬於新管理層想任用的「自己人」嗎？

十、你的老闆表示歡迎員工提意見，那麼，他對你的建議是否持歡迎態度？

十一、你是否常常遭遇這樣的事情：你是業務骨幹，但每次有挑戰性的任務或是好差事，上司總是分派給別人，而讓你在部門中擔任低級別的工作？

十二、公司管理層的每個人都沒有向你透露消息，但他們看見你的時候是否有些神祕兮兮，甚至繞路而行？

十三、以前，你總是因為出色的工作受到表揚，而現在，每當你完成一個項目，是否會被告知沒有達到預期效果？

十四、你對工作不再充滿樂趣，是否向別人透露過自己的工作狀態？

十五、你是否經常在上班時偷偷聊 LINE 或是經常請假？

十六、公司裡，你是否屬於那種「只是低頭拉車，而不抬頭看路」的員工？

十七、你是個菁英人物，周圍有不少人嫉妒你，其中有與管理層相處甚密的人嗎？

十八、你不停的提出對本部門的改進意見，結果你的意見總是石沉大海？

十九、公司調整薪資，你覺得自己業績不錯，卻沒輪到加薪，為此你是否發過牢騷？

二十、你的辦公室裡，有沒有專門挖掘「黑色隧道」的辦公室小人？

評分標準：

一到十題答「是」得一分，答「否」得零分；十一到二十題答「是」得零分，答「否」得一分。然後將總分統計出來。

專家分析：

總分在零到七分：你目前的狀況已經非常危險，幾乎已沒有挽回的餘地，等待你的不是被炒魷魚，就是你不堪忍受而自動離職。所以，未雨綢繆是你明智的選擇。首先，明確自己的問題到底出在哪裡，從問題下手，你要是不了解並改正自己的問題，即使換了公司也很危險；然後，到人才市場上去吧，透過各種途徑關注與你有關的各類職業資訊，機會只青睞那些有準備的人。

總分在八到十四分：你的職業狀態在模稜兩可之間，有危險，但也不乏生機。在目前就職的公司，你也許能夠留下來，但是需要你正視一些問題，並及時調整自己的狀態。要想獲得新的發展機會，最關鍵的是從現在開始，好好反思，要從各個環節檢討自己，包括人際關係、專業能力、職業操守、工作態度等；在反思中發現自己存在的問題，吸取教訓，及早處理，把所有的不利都消除在萌芽狀態。

總分在十五到二十分：你的職業發展暫時還沒有出現危險，但是世事難料，面對風雲變化的職場，你絕不能掉以輕心。俗話說「小心駛得萬年船」，要想坐穩眼前的位置，並獲得更為寬廣的發展空間，你要繼續努力工作，謹慎言行，保持在同事及上司眼中「好員工」的形象。

【原文】

5．10

高祖興，漢業建。至孝平，王莽篡①。
光武興，為東漢②。四百年，終於獻。

【譯文】

漢高祖打敗了項羽，建立漢朝，漢朝的帝位傳了兩百多年，到了孝平帝時，就被王莽篡奪了。

漢光武帝劉秀復興，建國號東漢。東漢延續四百年，到漢獻帝的時候滅亡。

【注釋】

①篡：篡奪。

②東漢：劉邦的後代劉秀建立的漢王朝，建都洛陽。史學家把它稱為「東漢」，把劉邦建立的王朝稱為「西

漢」。

【評解】

西元前二〇二年，劉邦正式即了皇帝位，就是歷史上的漢高祖（西漢紀年從西元前二〇六年劉邦稱漢王時算起）。劉邦建都洛陽，後來遷至長安，從那時候開始的兩百一十年，漢朝的都城一直在長安。歷史上把這個時期稱為「西漢」，也叫「前漢」。

由漢高祖劉邦算起，至惠帝、文帝、景帝、武帝、昭帝、宣帝、元帝、成帝、哀帝為前十帝。傳到第十一代漢孝平帝，孝平帝繼位時只有九歲，被外戚王莽一杯鴆酒毒死了。王莽篡位，改國號為新，西漢王朝至此而亡。

西元八年，王莽正式繼皇帝位，改國號為新，都城仍在長安。從漢高祖稱帝開始的西漢王朝，統治了兩百一十年，到這時候結束了。

漢朝的第二個時期建都於洛陽，因此史稱「東漢」或者「後漢」。王莽篡位後，實行了不和民意同時、逆時代潮流發展的復古改制運動，最終斷送了剛剛建立起來的王朝。東漢就是在漢光武帝劉秀推翻往王莽統治的基礎上建立的。

光武帝建立東漢王朝以後，採取了休養生息的政策，例如輕稅賦、釋奴婢、減少差役等，還不止一次的大赦天下。因此，東漢初年的經濟得以快速的恢復和發展。

東漢自光武帝開始，傳至明帝、章帝、和帝、殤帝、安帝、懿帝、順帝、沖帝、質帝、桓帝、靈帝，最後到獻帝，共歷十三帝，兩百三十一年

兩漢的歷史，加起來共計四百四十一年，到漢獻帝時，漢朝結束，三國時代開始了。

5．10高祖興，漢業建。至孝平，王莽篡①。光武興，為東漢②。四百年，終於獻。

【國學小百科】

「退功臣，進文吏」是什麼意思

東漢初年，劉秀認為他的功臣多是戎馬出身，不熟悉典章制度，不懂得治理國家；可是他們多自恃功高，不聽命令，或不遵守法紀。為了表彰他們的功勳，並籠絡他們的人心，劉秀封其中功勞最大的三百六十多人為列侯，給予他們尊崇的地位；但卻解除了他們的實權。除高密侯鄧禹、固始侯李通、膠東侯賈復三人參與議論軍國大事外，其餘大多數列侯成為閒員，只是「以列侯奉朝請」。這些列侯的食封數量，如鄧禹、吳漢二人，都食四縣，其餘為縣侯、鄉侯、亭侯，小的只食數百戶。整體說來，比西漢少得多，也是衣食租稅而已。此為「退功臣」的意思。

同時，劉秀很重視隱居山林、不仕王莽的士人。他認為這些人既熟悉典章制度，懂得治理國家；又情操高尚，不趨炎附勢。所以就多方訪求，重禮徵聘。此為「進文吏」的意思。

【相關連結】

光武中興

王莽政權末年，爆發了綠林軍起義。劉秀和哥哥起兵回應，並在昆陽之戰中重創王莽主力軍，表現出傑出的政治軍事才能。西元二十五年，劉秀稱帝，史稱東漢。之後，劉秀消滅各路豪強勢力，統一了中國。

劉秀在位期間，以「柔道」治天下，採取一系列措施，恢復、發展社會生產，緩和西漢末年以來的社會危機。建武二年至十四年（西元二十六至三十八年）頒布六道釋放奴婢詔令，規定戰爭期間被賣為奴婢者免為庶人，未釋放的官私奴婢必須有基本的人身保障。建武十一年，連下三次詔令，規定殺奴婢者不得減罪；炙灼奴婢者依法治罪；免被炙灼的奴婢為庶人；廢除奴婢射傷人處極刑的法律。恢復西漢較輕的田稅制，實行三十稅一。遣散地方軍隊，廢除更役制度，組織軍隊屯墾。簡政減吏，裁併四百多縣。放免刑徒為庶民，用於邊郡屯田。建武十五年，下令度田、檢查戶口，加強封建國家對土地和勞動力的控制。加強中央集權，對功臣賜優厚的爵祿，但禁止他們干政；排斥三公，加重原在皇帝左右掌管文書的尚書之權，全國政務經尚書台總攬於皇帝，在地方上廢除掌握軍隊的都尉。

種種措施，使東漢初年出現了社會安定、經濟恢復、人口成長的局面，因此劉秀統治時期，史稱「光武中興」。

【延伸閱讀】

找對人才能做對事

劉邦戰敗項羽後，有一次在洛陽南宮大宴群臣，喝到高興時就問大臣：你們都說實話，為什麼朕能得天下、而項羽卻失天下？

有大臣就回答說：陛下你是「慢而侮人」、項羽是「仁而愛人」。可陛下您讓人攻城掠地，得了好處能分給這些人，跟大家利益一體；項羽卻妒賢嫉能，害功臣、疑賢者，打仗贏了不分好處給大家，所以最後還是失了天下。

漢高祖劉邦哈哈大笑，說：各位卿家是只知其一、不知其二。要論運籌帷幄之中、決勝千里之外，朕比不上張良；要論安撫百姓、保障供給，朕比不上蕭何；要論指揮千軍萬馬，戰必勝、攻必取，朕又比不上韓信——這三位都是出類拔萃的人，朕能用好他們，所以朕能得天下。可你們看項羽，好不容易有個范增還不能用，所以他最後輸給我了。

談到劉邦，連《史記》裡面都很大膽的說他是「好酒及色」，當個小官，把同事都狎侮了一遍，出去喝酒

5．10高祖興，漢業建。至孝平，王莽篡①。光武興，為東漢②。四百年，終於獻。

經常欠債不還，典型的一個無賴。可司馬遷同時也客觀說他「喜施，意豁如也」——是個大方而大度的人。論才幹，他自己也說了，比不上手下的一干人等，可最終卻是劉邦戰敗了「力能扛鼎，才氣過人」的項羽，創建了漢王朝。

劉邦論本事都比不上自己手下的一幫能人、也比不上敗給他們的競爭對手。可為什麼是這樣的一個人，在歷史舞台上成為最重要的角色呢？

人的通病是喜歡有意或無意的賣弄自己擅長的東西——否則就不會有「技癢」這個詞了。本來，讓人做自己擅長的事情，是提高效率的好途徑。但是，如果是領導者，總在技能的層面上做自己擅長的事情，更大的問題就出現了——你部屬的空間會受到極大的擠壓。項羽論帶兵打仗，那是絕對的高手，所以韓信在他的手下最終沒有什麼出路，只好跳槽去了劉邦手下。劉邦帶兵打仗不行，韓信到了劉邦手下就有了一個很大的發展空間，最終成為輔助劉邦得天下的棟梁之一。

開國如此，創業和管理亦然。矜伐己能的毛病很難避免，很多人依靠自己的一技之長，當了或坐到了企業的領導者，可坐在了這個位置上，仍然有意或無意的愛賣弄自己的這「一技之長」。俗話說「文人相輕」，愛賣弄自己一技之長的領導者，看自己的屬下這裡也不對、那裡也不好（其實屬下也這麼看他們，可就是不太敢充分表達出來而已），扼殺了有才幹的屬下的空間、也扼殺了他們的積極性，最終落得韓信去楚，剩下一幫只會逢迎的「太監」天天用語言或行動誇你文才武略無人能比，失敗就成了必然的結果——此類的案例比比皆是。

領導者要有領導者的樣子，當領導者最重要的事情是管理好你的屬下。「依靠團隊力量」的說法都被說爛了，可一馬當先、衝鋒陷陣的主管仍然俯仰可拾，可見要克服矜伐己能的毛病是一件多麼不容易做到的事情。

老子曰：「夫唯弗居，是以不去。」總依戀和依賴過去成就的領導者，永遠不會是成功的領導者。項羽帶兵打仗厲害，每每都靠自己的這點本事；劉邦雖然自己沒有「三傑」的那些本事，卻依靠「三傑」的團隊力量最終戰勝了項羽。

找對人、用好人，領導之道說起來其實原本就是如此簡單。

5．11

【原文】

魏蜀吳，爭漢鼎①。號三國，迄②兩晉。

宋齊繼③，梁陳承④。為南朝，都金陵。

【譯文】

東漢末年，魏國、蜀國、吳國爭奪天下，形成三國相爭的局面。後來，魏滅了蜀國和吳國，但被司馬父子篡奪了軍政大權，後來由司馬懿的兒子司馬炎代魏自立，統一了中原，建立了晉朝，晉又分為東晉和西晉兩個時期。

晉朝王室南遷以後，不久就衰亡了，繼之而起的是南北朝時代。南朝包括宋、齊、梁、陳，國都都建在金陵。

【注釋】

①漢鼎：鼎是傳國的寶器，象徵著國家和地位。漢鼎指漢朝天下。

②迄：完結。

③繼：繼承。

④承：繼承。

5．11魏蜀吳，爭漢鼎①。號三國，迄②兩晉。宋齊繼③，梁陳承④。為南朝，都金陵。

【評解】

魏主曹丕，曹操之子，篡漢獻帝位，國號魏，建都洛陽。其前的蜀漢劉備、東吳孫權、北魏曹操三家，已經在爭奪漢朝的天下。三國時期的歷史並不長，只有六十年的時間，其中蜀漢歷劉備、劉禪二主，四十三年；東吳歷孫權、孫亮、孫休、孫皓四主，五十二年；北魏曹氏勉強支撐了五代，四十六年「五馬同曹」的局面。至司馬師廢曹芳，戮曹爽，刺曹髦，到司馬炎手裡，乾脆逼著曹奐禪位，又滅蜀滅吳，統一了天下。

司馬炎立晉，建都洛陽，史稱晉武帝，開始了西晉王朝五十一年的歷史。

西晉王朝，由司馬氏陰謀篡奪曹魏政權開始，經過祖孫四代，總共才維持了五十一年，其結局比曹魏還要淒慘。西晉滅亡之後，北方的匈奴、鮮卑、羯、氐、羌五個少數民族起兵作亂，前後一共出現十六個割據政權，史稱「五胡十六國」。

西晉的國都長安雖被攻陷，但南方還在晉朝掌握之中，於是北方的士紳貴族紛紛逃到江南避難。鎮守建康（今江蘇南京）的琅琊王司馬睿，挑選有名望的士紳一百零六人輔佐，於西元三一七年在建康即位，重建晉朝，稱為晉元帝。為與司馬炎建立的西晉相區別，歷史上把這個朝代稱為東晉。

兩晉的歷史，西晉五十一年，東晉一百零四年，共計一百五十五年。

東晉滅亡後的一百七十年時間裡，出現了南北政權對峙的局面。南朝先後換了宋、齊、梁、陳四個朝代，北朝的北魏，分裂為東魏與西魏。東西魏又分別被北齊、北周所代替，歷史上把這段時期稱為南北朝。

東晉的晉安帝在位二十二年，被將軍劉裕謀殺，繼位的晉恭帝又被他毒殺。西元四二〇年，劉裕篡位做了皇帝，改國號為宋，是為宋武帝。劉裕只做了三年皇帝，就病死了。七代六十年以後，傳到宋孝武帝時，又被禁軍統領蕭道成照樣翻版篡位，滅宋稱齊。

西元四七九年，蕭道成稱帝，建立南齊，是為齊高帝。南齊王朝也只經歷了二十四年，就又被同宗的雍州刺史蕭衍所廢，改國號為梁，就是歷史上吃素學佛的梁武帝。

梁武帝是個書生，他是文學家兼哲學家，他的長子蕭統就是中國文學史上著名的昭明太子，編輯了流傳後世的《昭明文選》。梁武帝在位四十八年，除了喜歡學當和尚以外，還沒有太多的過錯，壽命也活到八十六歲。

接著蕭梁篡位稱帝的，是陳高祖陳霸先。西元五五七年，陳霸先在建康稱帝，史稱陳朝。

南朝的最後一個朝代，陳朝歷五主，三十三年，如此滅亡。整個南朝的歷史加起來，共計一百六十八年。

【國學小百科】

臥龍茶與諸葛亮的傳說

一、「諸葛亮祭茶」。諸葛亮出山之後輔佐劉備光復漢室。當時群雄割據邊關不安，丞相焦急萬分，事無鉅細都要親自過問，不久便積勞成疾，累出癆病來。經夢中老人指點，取定軍山千年古茶樹之嫩葉焙製泡飲，數日之後癆疾漸癒並更加聰明，操勞國家大事精力充沛。漢中王劉備為諸葛亮加號孔明。孔明感戴茶樹恩德不已，親往茶山設壇，拜祭茶樹除疾迪智之功。

二、「煎茶嶺」。三國諸葛亮身居褒漢，志在伐魏，為團結一致共同對敵，在勉縣去略陽的一座山上設坊煮茶，每派使者到接官亭邀請當時軍力強大的駐寧羌興州的羌氏族首領上山品茶議事，諸葛亮談茶論道，欲借談茶性和中之特點以謀求與羌氏和合攜手共討曹魏。羌首在品茶中得益，深受諸葛亮人品與才幹的感化，親帥數十萬大軍歸漢共同北伐。為祝賀這一功事，諸葛亮賜其山名為「煎茶嶺」，延傳至今，已成為諸葛亮以茶睦鄰的紀念。

三、「手杖生根」。三國時期西南地區多居少數民族，諸葛孔明深懂攘外必先安內之理，親自到少數民族

5．11魏蜀吳，爭漢鼎①。號三國，迄②兩晉。宋齊繼③，梁陳承④。為南朝，都金陵。

居住的「夷蠻之地」治亂安民。大西南地區山高路險，征途坎坷，厚得茶恩的諸葛亮，便用能夠除惡揚善，祛病啟智的巴山嘉木茶樹，製作一根手杖攜帶在身。大西南平定之後孔明大喜，把手中拐杖頓地感嘆，欲趕回漢中，不料手杖定根不拔。逾年之後茶杖發枝萌芽，長出葉片，開花結果，籽播群山。有了茶，西南夷蠻得以教化和進步，取得長治久安的好效果。百姓從傳說中悟得茶的原產地在大巴山的勉縣。引為漢中茶事的驕傲。後雖經茶技幹部多年用科學論證傳教茶的原產地在雲貴高原，而後川、陝。可漢中人總是不願改口，仍說先祖教誨，漢中才是世界茶葉之源。

【相關連結】

「和尚皇帝」梁武帝餓死宮中

「千里鶯啼綠映紅，水村山郭酒旗風。南朝四百八十寺，多少樓台煙雨中。」這是唐代詩人杜牧的名作，詩中以生動的語言描繪了南朝佛教的興盛。

南北朝時，佛教大盛，南朝梁武帝蕭衍是位吃齋信佛、極力宣導發展佛教的皇帝，他曾四次捨身到同泰寺（今南京雞鳴寺）當和尚。所謂捨身，一是舍資財，即把自己的所有身資服用，捨給寺廟。還有一種是捨自身，就是自願加入寺廟為眾僧服役。梁武帝於西元五二七年、五二九年、五四七年三次捨身。捨身第一次是四天，最後一次長達三十七天。而每一次都是朝廷用重金將其贖回。寺廟因他又獲得了可觀的收入。他在位時，佛教在梁朝盛極一時，光當時的建康城內外就有佛寺五百多所，僧尼十幾萬人。西元五〇四年，他親自率領僧俗兩萬人在重雲殿的重雲閣，撰寫了《舍道事佛疏文》。

梁武帝一心崇佛，荒廢了朝政，社會矛盾愈演愈烈。梁武帝早年無子，過繼姪子蕭正德為嗣子做太子，後來梁武帝生了個兒子，取名蕭統，隨即被立為太子，而姪子蕭正德被改封為西豐侯。這讓蕭正德心裡憤憤不滿。

正在此時，東魏大將侯景因與政敵高歡不合，轉投了梁朝，梁武帝封他為河南王。侯景為人陰險奸詐，他看到皇族矛盾重重，認為有機可乘，於是勾結蕭正德起兵發動政變，答應事成之後讓蕭正德做皇帝。

最後叛軍攻進了建康城，困住了宮城，後又引武湖水去漫宮城。梁武帝這位和尚皇帝被困在宮裡。一籌莫展，也沒有人去過問他，這位皇帝最後竟被活活餓死在宮裡。

【延伸閱讀】

今朝南京——昔日六朝古都

從三國的吳國開始近四百年間，連續有六個朝代（吳、東晉、宋、齊、梁、陳）在南京建都，後人稱南京為「六朝古都」。此外，南唐、明（洪武）、太平天國，以及中華民國也曾建都於此，因此，歷史上盛稱為「六朝勝地、十代都會」。

一、關於南京的城市

就城市而言，南京應該說是中國最像都城的城市，無論從城市規劃、市政建設、道路交通、園林綠化、環境保護等等各個方面來說。南京的街道不算寬大，沒有北京長安街的氣派，布局也不是那麼橫平豎直。走在南京的街上，路旁粗壯的梧桐樹排排的像張開雙臂的綠色巨人，把一條條街道圍成一條條綠蔭隧道，心情頓覺得輕鬆自在。車在林洞中流動，人在林蔭間穿行。明故宮前一片平平的草地上，經常可見風箏在上空飄蕩。筆者沒有查過相關權威資料，但就筆者所到過的城市中，南京的綠化率的確是最高的。南京的腳踏車很多，一到上下班時間，每個路口的車龍往往都有十幾公尺甚至幾十公尺，卻一點也不亂，更不會有腳踏車占用機動車道的情況發生，這不能不歸功於南京道路設置的合理。南京其實更像是一個點綴了一些現代建築的古城，幾百年的明城牆還在發揮著它原有的功能，十裡秦淮的雕梁畫棟、流水小橋也依然如故，人流如織。市區內散布的不計其數的古跡是那麼自然的融入現代的繁華中，一點都不刻意。不像北京，界限那麼分明。也不像洛陽，至今還像是在唐朝。

二、關於南京的風景

就風景而言，南京也一樣是不可多得的得天獨厚。正如國父孫中山先生在《建國方略》中所說的，南京「有高山、有深水、有平原」，三種天工，「鐘毓一體」。長江，為南京帶來的另一寶貴資源就是這種山水相依的大江風貌。長江南京段蘊藏著豐富的自然和人文景觀資源。從上游順江而下，有沿江而臥的三山磯、西控長江的獅子山、雄偉險峻的幕府山、峭壁突兀的燕子磯、壯觀秀麗的棲霞山；還有大自然賦予的江心洲、八卦洲和沿江蜿蜒的老山、頂山等等……可偏偏蒼天走眼，這樣一個完美的城市，竟然是中國的四大火爐之一。夏天的南京，足以把人熱暈過去。溼悶高溫的夏日南京簡直就是個大蒸籠，最適合在南京居住的外國人應該是芬蘭人了，天天都可以隨時隨地的享受免費的桑拿。

三、關於南京的經濟發展

作為江蘇省的首府，南京的地位也是非常尷尬的。在中國經濟發展的大棋盤上，南京注定只能是大上海的一個陪襯，在長江三角洲，不可能需要那麼多的國際大都市。當上海在國際化、現代化方面已經走到了中國城市最前端的時候，當蘇、錫、常等小城市無拘無束的發揮自己的特色時，南京真的沒有什麼合適的路可以走了。經濟總產值上，南京已經落後於蘇州、無錫，而且還有繼續下滑的趨勢。南京人說起來，免不了心裡有點不是滋味。

不過，經歷過千年坎坷風霜洗禮的南京人平和文靜、處變不驚、忍耐克己，經歷過千年都城文化薰陶的南京人文雅有禮、落落大方、不亢不卑。南京人小心謹慎，不愛惹是生非，又不乏高雅情調。可偏偏又被有「幸列」為中國四大「八卦」城市，與成都、武漢、長沙共用次殊榮。

四、關於南京的飲食

作為「京蘇菜」的大本營，南京自然也是可以大飽口福。「京蘇菜」以鮮、香、酥、爛、嫩為主，形硬而質軟，湯濃而香醇，肥而不膩，淡而不薄，南北口味的人都能適應，所以便極受歡迎。在老正興、馬祥興、綠柳居、曲園，都可以吃到很道地的南京美食。

當然，夫子廟的小吃也是不能錯過，不然就會是一個遺憾。六鳳居的豆腐腦、蔥油餅；沁園春的餛飩、麵點；蓮湖的蘇式糕點還有蔣有記的鍋貼，說不定就是當年媚香樓裡香君曾品，桃葉渡口敏軒所好呢。南京最著名的，自然還是鴨子。南京的製鴨據說已有一千五百年的歷史，除板鴨、鹽水鴨外，還有金陵烤鴨、燒鴨、金陵醬鴨、香酥鴨、八寶珍珠鴨、鹹鴨肫等，都各具特色，令人垂涎欲滴，流連忘返。

【原文】

5·12

北元魏，分東西。宇文周，與[1]高齊。迨[2]至隋，一土宇。不再傳，失統緒。

【譯文】

北朝則指的是元魏。元魏後來也分裂成東魏和西魏。西魏被宇文覺篡了位，建立了北周；東魏被高洋篡了位，建立了北齊。

楊堅重新統一了中國，建立了隋朝，歷史上稱為隋文帝。他的兒子隋煬帝楊廣即位後，荒淫無道，隋朝很

5．12北元魏，分東西。宇文周，與①高齊。迨②至隋，一土宇。不再傳，失統緒。

快就滅亡了。

【注釋】

①與：和。

②迨：等到。

【評解】

北魏本是北朝的鮮卑人拓跋圭建立的國家，西元四三九年，北魏太武帝拓跋燾滅了十六國中最後一個小國北涼，統一了北方。長達一百多年，十六國紛擾的亂世才澈底結束。

三代以後傳至拓跋宏，就是歷史上著名的魏孝文帝。孝文帝是個很有作為的人，他認為要鞏固北魏的統治，一定要吸收先進的中原文化，改革本民族的陋習。他首先把國都從平城（今山西大同東北）遷到洛陽，又實行漢化政策，例如：改說漢語、改穿漢人服裝、改用漢姓、鼓勵鮮卑族與漢族通婚等。北魏皇室本姓拓跋，孝文帝帶頭改姓為元，故此這裡稱為「北元魏」。

其後北魏內部發生大亂，大權落到高歡和宇文泰手裡。西元五三四年，魏孝武帝逃到長安投靠宇文泰被殺，宇文泰另立了魏文帝；與此同時，高歡立了魏孝靜帝，遷都鄴城（今河北臨漳縣西）。從此，北部中國分裂為兩魏：建都在長安的叫西魏，建都在鄴城的叫東魏。所以這裡才說「北元魏，分東西」。

西元五五〇年，東魏高歡的兒子高洋篡位，建立了北齊，也叫高齊；西元五五七年，西魏宇文泰的兒子宇文覺篡位，建立了北周，又稱宇文周。北齊和北周又互相攻戰。

北齊的幾位皇帝，都是荒淫殘暴，到了齊後主更是不理政事。西元五五七年，北周武帝滅了北齊，統一了北方。

周武帝死後傳至周宣帝，周宣帝死後，他的岳父楊堅就篡了靜帝位，於西元五八一年，建立了隋朝，是為隋文帝。但是楊堅不應該滅了前主宇文氏的全族，這個惡因致使隋朝的天下僅維持了三十八年，又被宇文化及所滅。

從西元三一六年西晉滅亡算起，經過兩百七十幾年的南北朝時期，中國至隋朝才又重新被統一。北周宣帝死後，他的岳父楊堅接受了靜帝的「禪位」，於西元五八一年，建立了隋朝，是為隋文帝。楊堅起兵東征西殺，結束了南北朝分裂的局面，重新統一中國，「迨至隋，一土宇」就是此意。

楊堅帝位雖是篡位所得，但是他卻是一位深知民間疾苦、一生勤儉的好皇帝。雖然隋文帝雄才大略，但可惜識人不明，因該立次子楊廣為太子，種下禍因。

楊廣即隋煬帝，他荒淫無道，最終眾叛親離，被其寵臣宇文化及所殺，隋朝只傳了一代，因此才稱「不再傳，失統緒」。

統一中原的隋王朝，只傳了兩代三十八年就宣告滅亡了。

【國學小百科】

隋朝與哪個朝代極為相似

隋朝與秦朝的時代特徵最為接近，以下為兩個朝代的相同與不同之處：

一、相同之處：

（一）都結束了長期分裂割據局面，實現了國家統一。

（二）都開創了新的政治經濟制度並被後世所沿用。

（三）都進行了大規模的工程建設，都有聞名世界的著名建築。

5．12北元魏，分東西。宇文周，與①高齊。迨②至隋，一土宇。不再傳，失統緒。

（四）都因暴政被農民起義推翻。

（五）都是二世而亡的短命朝代。

（六）都為後繼朝代提供了經驗教訓，為以後的長期繁榮奠定基礎。

（七）都具有承上啟下的特點。

二、不同之處：

（一）所處時代不同。秦朝處於封建社會初步發展時期；隋朝處於封建社會繁榮時期。

（二）取得政權的方式不同。嬴政是繼承王位，後兼併六國，建立統一的秦王朝；楊堅則以外戚身份掌握大權．奪取政權，建立隋王朝，之後滅陳完成統一。

（三）開國皇帝治理國家的重點和影響不同。秦始是注重政治，集中精力建立和鞏固中央集權制國家；隋文帝除注重政治外，還重視經濟。

（四）對知識份子政策不同。秦朝焚書坑儒，鉗制思想，摧殘文化；隋朝則實行科舉制，籠絡讀書人。

【相關連結】

瓦崗起事

隋文帝楊堅死後，楊廣即位，他追求荒淫腐化的生活。他命人開鑿運河，三次派兵征討高麗，耗盡了大量的物力和財力。

老百姓走投無路，只好拿起武器，對行朝廷，全國範圍的農民起義風起雲湧。瓦崗軍是隋末農民起事軍隊中戰鬥力最強的隊伍。早在大業七年（西元六一一年），東郡韋城縣（今河南滑縣）人翟讓因罪逃亡到瓦崗寨

（今滑縣南），繼而聚眾起事。不久同郡的王伯當、單雄信、徐世績紛紛加入，勢力漸強。其時徐世績建議西上鄭、宋（今鄭州商丘一帶）發展。大業十二年（西元六一六年），王伯當引薦曾參加楊玄感起兵反隋的李密加入瓦崗軍。李密有膽略，多智謀，在他的策劃下，瓦崗軍很快就壯大起來，並成為中原地區起事軍隊的主力。

之後瓦崗軍攻克了滎陽（今河南鄭州）諸縣，又殺死了前來討捕的隋將張須陀，聲威大振。大業十三年（西元六一七年）二月，瓦崗軍攻克了興洛倉，並將儲存的大批糧食分給飢民。隋留守東都的越王侗急忙派劉長恭、裴仁基兵分兩路合擊瓦崗軍。李密先擊破劉軍，後又招降了裴仁基。於是李密成了瓦崗軍首領，統眾至數十萬人，幾乎控制了河南全境。四月，瓦崗軍進逼東都，煬帝遂派王世充堅守之。但這時瓦崗軍卻發生了嚴重的內訌，李密殺了翟讓，並堅持在東都城外與隋軍相峙的錯誤戰略。

大業十四年（西元六一八年）三月，煬帝在江都被殺，宇文化及引兵西歸，在洛陽城下與瓦崗軍相遇，瓦崗軍被宇文化及軍和王世充軍前後夾擊，大敗。九月，李密西走，降於唐朝，瓦崗起事軍隊終於潰散。

【延伸閱讀】

讓孩子學會承擔責任

楊廣儘管繼承了皇位，但是由於他迂腐無能，最終也沒能做得了江山。他沒能承擔起先皇交給他的責任，沒能把他的天下管理的更好，也最終走向了滅亡。

現實生活中，我們的孩子不是太子、公主，但是對孩子的一顆渴望成長的心，想必也是和皇帝楊廣的心情沒有區別的。很多家長總是過於擔心孩子的脆弱，認為他（她）們還是小孩子，還不能承擔太多的壓力，進而一切由家長幫助其承擔行為責任，最終讓孩子喪失了自我成長的機會。

對於孩子表現出的畏懼、退縮，家長不必過於擔心，而應適當放手，讓孩子承擔一定的責任。

膽怯，是很正常的一種行為。孩子在這方面表現尤為明顯，其實這在成人中也很常見，只不過成人更善於掩飾罷了。

一、不要隨意替孩子「貼標籤」

很多父母在談到孩子膽怯時，常常憂心忡忡：擔心孩子不敢大聲說話，社會競爭如此殘酷，將來怎麼闖天下，憂慮孩子難訴委屈，將來可能不會保護自己，懷疑孩子的退縮會無法面對未來激烈的競爭。

雖然做父母的顧慮是完全可以理解的，但是，這些對膽怯的認識有失偏頗。家長需要的是把孩子當成孩子，用孩子能夠接受的方式來對待他們，用孩子的標準來判斷衡量他們。孩子講話小聲並不一定代表膽怯自卑，講話大聲並不一定代表勇敢自信，否則，何以解釋孩子一時的靦腆、害羞呢？孩子對周圍環境的認識相當有限，一時的迴避退縮在所難免。只要膽怯沒有使孩子感到不快樂，沒有使孩子失去自信，沒有使孩子裹足不前，沒有阻礙孩子求知探索，都是可以理解和接受的。

如果孩子很多時候在很多事情上常表現得畏懼、退縮，不願主動去嘗試，不能表達自己的想法和觀點的話，那麼，這個孩子也許存在一定程度的膽怯。即使如此，我們也不必不知所措，更不需要為孩子貼上膽怯的「標籤」，因為「貼標籤」無濟於事。做父母的更不能大聲指責、嘲笑孩子，因為孩子已經面臨困惑，這樣做只是雪上加霜。唯一能做的就是想辦法幫助孩子克服膽怯、勇敢起來。家長千萬不要為孩子一時的膽怯而大加批評，否則，會強化孩子的膽怯行為。兒童的情緒易波動，高興時高聲說笑，生氣時低聲怯怯，這些是正常的情緒反應。我們要給孩子低聲說話或保持沉默的權利。

二、用鼓勵來消除孩子的緊張感

膽怯的孩子，在家或幼稚園易受到外界的忽視或歧視，孩子會感到自卑，越是自卑越不敢抬頭大聲說話，以致惡性循環。我們可以耐心的告訴孩子：「沒關係，有我們幫助你，你會好起來的。」孩子會從家長的話中感受到關愛和信任，這對孩子消除自卑非常重要。而耐心的傾聽孩子的感受，了解孩子對各種問題的看法，才能做到有的放矢，切忌說一些損傷孩子自尊心的話。

消除孩子的膽怯，需要更多鼓勵。只要孩子有進步，哪怕不如家長所期望的，也要給予熱情和真誠的鼓勵。孩子在我們的鼓勵中，產生被認可、被接受的感覺，加強了大聲講話的信心，有助於消除緊張感。

多與老師溝通，爭取老師的幫助也很重要。請老師給予孩子必要的關懷，多鼓勵孩子。膽小的孩子在群體中易被忽視，而且孩子最相信老師的權威，最相信老師的評價。所以，盡量爭取老師的幫助就非常必要。

三、用責任心來驅散膽怯心理

用多種方式引導孩子與同齡人接觸。可用請進來走出去的辦法，如請鄰居或同班較熟悉的小朋友到家裡玩，或與孩子一同走進大自然，積極創造一種輕鬆、歡快的氛圍。在這種氛圍中，孩子的個性可以盡情展露，也利於他大聲講話、笑鬧、蹦跳，無所顧忌。另外，還可以讓孩子打電話給親朋好友，詢問超市中物品擺放何處，外出旅遊時詢問坐車路線等。

培養孩子的責任心有利於克服膽怯行為。日常生活中，我們都有這樣的體會，讓孩子照顧弱小或年幼的孩子時他會很感興趣，完全忘記了膽怯。有的女孩子膽怯，可一旦成為母親，要肩負保護、照顧孩子的責任時，膽怯一掃而光。所以，我們不必事事搶在孩子前面，不必把他們照顧得無微不至。我們可以明白的告訴孩子他們應負的責任。我們有時不妨故意表現出無助，非常需要孩子的照顧，逐漸讓孩子擔負起一定的責任，把責任的接力棒傳到孩子的手中，有責任心的人能自覺克服膽怯行為。

另外，我們還可以利用角色遊戲讓孩子理解自己在日常生活中所能扮演的角色，因勢利導，避免枯燥乏味的說教。天下沒有引導不好的孩子，只有不會引導的家長和老師。

【原文】

5·13

唐高祖，起義軍。除①隋亂，創②國基。
二十傳③，三百載。梁滅之，國乃改。

【譯文】

唐高祖李淵起兵反隋，最後隋朝滅亡。他戰勝了各路的反隋義軍，取得了天下，建立起唐朝。

唐朝的統治近三百年，總共傳了二十位皇帝。到唐哀帝被朱全忠篡位，建立了梁朝，唐朝從此滅亡。為和南北朝時期的梁相區別，歷史上稱為後梁。

【注釋】

①除：消除，剷除。

②創：創立。

③傳：傳遞，傳承。

【評解】

西元六一八年三月，隋煬帝在江都被殺。五月二十日，李淵在起兵反隋一週年之際，廢黜隋恭帝楊侑，自己登基稱帝，建立唐朝，年號武德，是為唐高祖。

唐王朝在玄宗時代達到極盛，就是所謂的「開元之治」。其後就發生了持續八年的「安史之亂」，大唐的國勢自此由盛轉衰。到了唐朝後期，經過藩鎮割據、宦官專權和朋黨之爭，朝政越來越混亂。唐宣宗算是一個比較開明的皇帝，也沒能改變這個局面。唐宣宗死後，繼位的懿宗李漼、僖宗李儇，更是奢侈糜爛，腐朽透頂。

唐僖宗死後，其弟李曄繼位，是為昭宗。唐昭宗不滿宦官亂政，動手除宦失敗，竟被宦官軟禁起來。朱溫於是以勤王除宦為藉口，趁機將昭宗挾持到洛陽。唐昭宗還想祕召各地的藩鎮來救他，但救兵還沒到，就被朱溫給殺了。十三歲的李祝被立為傀儡皇帝，就是昭宣帝。

西元九〇七年，朱溫廢了唐昭宣帝，自立為帝，改國號為梁，建都汴（今河南開封）。唐朝歷史就此徹底結束，從李淵創國基開始算起，李唐王朝傳了二十代，共計兩百九十八年。

【國學小百科】

中國古代四大美女之羞花

羞花（西元七一九至七五六年），唐代蒲州永樂人（陝西華陰縣人）。通曉音律，能歌善舞。最初為唐玄宗的第十八子壽王的王妃，唐玄宗見楊玉環的姿色後，欲選入宮中，著為女道士，號太真。

天寶四年（西元七四五年）入宮，得唐玄宗寵倖，封為貴妃，（時玄宗年六十一，貴妃年二十七）父兄均因此而得以勢傾天下。貴妃每次乘馬，都有大宦官高力士親自執鞭，貴妃的織繡工就有七百人，更有爭獻珍玩者。嶺南經略史張九章，廣陵長史王翼，因所獻精美，二人均被升官。於是，百官竟相仿效。楊貴妃喜愛嶺南荔枝，就有人千方百計急運新鮮荔枝到長安。

後安史之亂，唐玄宗逃離長安，途至馬嵬坡，六軍不肯前行，說是因為楊國忠（貴妃之堂兄）通於胡人，而致有安祿山之反，玄宗為息軍心，乃殺楊國忠。六軍又不肯前行，謂楊國忠為貴妃堂兄，堂兄有罪，堂妹亦難免，貴妃亦被縊死於路祠。安史之亂與楊貴妃無關，她成了唐玄宗的代罪羔羊。

5．13唐高祖，起義軍。除①隋亂，創②國基。二十傳③，三百載。梁滅之，國乃改。

【相關連結】

貞觀之治

貞觀之治是指唐朝初期出現的太平盛世。由於唐太宗能任人為賢，知人善用；開言路，虛心納諫，重用魏徵等；並採取了一些以農為本，減輕徭賦，休養生息，厲行節約，完善科舉制度等政策，使得社會出現了太平盛世的局面。當時年號為「貞觀」（西元六二七年至六四九年），史稱「貞觀之治」這是唐朝的第一個盛世，同時為後來的開元盛世奠定了基礎。

唐太宗李世民在位二十三年，使唐朝經濟發展，社會安定，政治清明，人民富裕安康，出現了空前的繁榮。由於他在位時年號為貞觀，所以人們把他統治的這一段時期稱為「貞觀之治」。「貞觀之治」是中國歷史上最為璀璨奪目的時期。

太宗從波瀾壯闊的農民戰爭中認識到人民力量的偉大，吸取隋朝滅亡的原因，非常重視老百姓的生活。他強調以民為本，常說：「民，水也；君，舟也。水能載舟，亦能覆舟。」太宗即位之初，下令輕徭薄賦，讓老百姓休養生息。唐太宗愛惜民力，從不輕易徵發徭役。他患有氣疾，不適合居住在潮溼的舊宮殿，但他一直在隋朝的舊宮殿裡住了很久。他還下令合併州縣，革除「民少吏多」的弊利，有利於減輕人民負擔。

貞觀之初，在唐太宗的帶領下，全國上下一心，經濟很快得到了好轉。到了貞觀八、九年，牛馬遍野，百姓豐衣足食，夜不閉戶，道不拾遺，出現了一片欣欣向榮的太平景象。

【延伸閱讀】

領導者應該防範的五種「小人」

一個朱全忠就篡奪了唐哀帝的皇位，進而結束了唐朝的近三百年的統治，可見奸佞小人足以壞了一個大好局面，害掉一個缺乏防範意識的領導者，哪怕這個人是個皇帝呢，他也敢躍躍欲試。那麼，現實生活中，領導者應防範哪幾種「小人」呢？

一、野心家

野心如同人體內的膽汁，是一種使人奮發行動的體液，但是當它被阻撓而不能實現時，它就有害於人。領導者必須善於駕馭有野心的人，引導他們前行而不要讓他們感到失意，否則他們會把自己與其承擔的事業一同毀掉。當然，對待這種人還是不使用為好，若必須使用，一是要分清對方的野心是為了濟世，還是為了個人私欲；二是提拔新人來恰當制約富有野心的人。

二、搬弄是非的人

喜歡在背後說別人壞話的人，也極有可能有一天去領導者的上司面前說你的壞話，這種人所帶來的風氣必須得到有效的制止：一是只在眾人面前談論工作，背後不聽此類匯報；二是對到自己面前挑撥的人反應冷淡，不與其過多交往；三是聽到關於自己的是非後保持冷靜，可以這樣說：「是嗎？讓他們去說好了。」或者說：「謝謝你告訴我這些，請放心，我不會與他們一般見識的。」

三、城府深的人

指的是那種不願讓別人輕易了解其心思，總是透過多種方式保護自己，深藏不露的人。這種人往往說話不著邊際，對任何問題都不明確表態，含糊其辭，顧左右而言他。這類人通常有三種：第一種，工於心計，為了獲得主動，總是試探別人，包括上司。對待這種人，要防範為先，不要成為他的工具，對他的言行要縝密觀察與思考，也不讓他知道你的底細。第二種，可能承受過挫折和打擊，為了避免受更多傷害的一種消極反應。對這種人應坦誠相見，以誠感人。第三種，為了掩飾自己的無知，而裝出城府很深的樣子。對這種人不必抱什麼

5・13唐高祖，起義軍。除①隋亂，創②國基。二十傳③，三百載。梁滅之，國乃改。

期望，也不必要求他什麼。總之要認真分析，區別對待。

四、喜好爭鬥的人

對喜歡攻擊和指責別人的好鬥之人，應弄明白你所遇到的是不是真正的攻擊。下面幾種情況很容易被誤認為是攻擊：

（一）由於對某種事物持不同的看法，對方提出了比較強硬的質疑或反對意見。此時，如果你能夠給予必要的解釋和說明，矛盾很可能會得到很好的解決。

（二）由於自己對某事處理不當，而對方在利益受損的情況下表示不滿，提出抗議。如果的確是自己處理不當，或雖然並非失誤，但確有不完善之處，而對方又言之有理，那麼儘管對方在態度和方式上有出格的地方，也不能看成是攻擊。

（三）由於某種誤解，致使他人發脾氣，或出言不遜。在這種情況下，只要耐心的、心平氣和的把問題加以澄清，事情自然也會過去。如果領導者忽視了去判別與區分真假攻擊的不同，往往會鑄成大錯。其次，即便你完全能夠確定他人在對你進行惡意攻擊，也不必統統給予回擊。在與下屬的交往中，對付惡意攻擊最好的方式莫過於不理睬他。

如果你不理睬他，他仍不放鬆，那也不必對著幹。因為這樣恰恰是「正中下懷」。不難發現那些喜歡攻擊他人的人，大多善於以缺德少才之功，消耗大德大智之勢。你對著幹，他不僅喜歡奉陪，還頗會來場持久戰，非把你拖垮不可。所以在這種時候，你應果斷的甩袖而去。

中國古代哲學名著《老子》中，曾經有這樣一句話：「天下莫柔弱於水，而堅強者莫之能先。」攻擊者並不屬於真正的強者。所以，對那些冒牌的強者，採用對攻，是很不值得的。

領導者與富於攻擊性的人打交道，不管他是否懷有敵意，頭一條是要勇於面對他的進攻。此外，還應注意以下要點：

1. 給對方一點時間，讓對方把怒火發洩出來。
2. 對方說到一定程度時，打斷對方的話。隨便用哪種方式都行，不必客氣。
3. 如果可能，設法讓其坐下來，使他不那麼好鬥。
4. 以明確的語言闡述自己的看法。
5. 避免與對方鬥嘴。
6. 如果需要並且可能，休息一下再和他私下解決問題。
7. 在強硬後做一點友好的表示。

五、喜歡打小報告的人

「小報告」是指一種不正當的檢舉行為，或是內容不正當，或是動機不正當，或者手段不正當，或者幾者兼而有之。「小報告」古已有之，不過那時還沒有這個名稱，人們一般習慣稱之為「進讒」。所謂「讒」就是說別人的壞話。把讒言講給地位高的人聽，所以稱之為「進」。在公司裡，「小報告」都是打給主管聽的，如果被你得罪的人是「小人」之輩，你不得不防他在主管面前進你的「讒言」：

（一）先發制人。被「暗箭」傷害的人往往由於疏於防範，棋輸後手，大多處於的不利地位，有些人甚至連辯誣的機會都不可得，白白的被人陷害。如果被誣陷的人事先採取措施，積極進行自我保護，或者是一聞風吹草動，就立刻展開行動，自己搶得了先機，局勢可能就完全改變。

（二）針鋒相對。採取「針鋒相對」的對策防範，反擊「小報告」最為關鍵之處是選對目標，採取公開論戰的方法，對其所散播的流言進行大膽揭露和堅決批駁，貶斥其所做的這種卑劣行為。這就要求：首先，主動出擊，把所發生的事情的原委詳細客觀的告訴大家，使人們對此都有一定知曉；其次，與打「小報告」的奸人進行公開論戰，把客觀事實與那些偷偷摸摸上報的「黑料」以及背後的各種不實之詞等都擺到桌面上來；最後，幫助和引導人們把正確的客觀事實與「黑料」相互對比、推敲，進行參照。這樣一來，那些所謂某些人所提供的「資料」、「報告」、「證明」和「肺腑之言」等等的真假虛實也就昭然若揭了。

(三)利用第三者。利用第三者來對付「小報告」，可以給人們一種真實可靠的印象。

(四)不留把柄給小人。有些人打「小報告」、「告黑狀」誣陷他人，總是想方設法抓住被害者身上的一點把柄，然後無限誇大，使勁攻擊。

俗話說：「身正不怕影子歪。」如果為人辦事都做到實事求是，口說老實話，身行老實事，襟懷坦蕩，正直無私，做一個值得信賴的、值得重用的人，那麼，奸邪之人就不敢有非分之心了。

5・14

【原文】

梁唐晉，及漢周。稱五代，皆有由①。
炎宋興，受周禪②。十八傳，南北混③。

【譯文】

後梁、後唐、後晉、後漢和後週五個朝代的更替時期，歷史上稱為五代，這五個朝代的更替都有著一定的原因。

趙匡胤接受了後周「禪讓」的帝位，建立宋朝。宋朝相傳了十八個黃帝之後，北方的少數民族南下侵擾，結果又成了南北混戰的局面。

【注釋】

①由：原因。

②禪：禪讓。

③混：混亂。

【評解】

從朱溫建立梁朝開始，中國北方前後換了五個王朝——梁唐晉漢周，為與前朝有別，史稱後梁、後唐、後晉、後漢、後周。南方和巴蜀地區也有九個稱帝、稱王的割據政權（前蜀、吳、閩、吳越、楚、南漢、南平、後蜀、南唐），加上北漢一共是十國，所以這一時期又稱為「五代十國」。

五代十國的壽命都很短暫，五代沿續了五十三年，十國七十七年，加來只有一百三十年的歷史，其存亡興衰各有其因由，所以「稱五代，皆有由」。

朱溫建立後梁朝，在位僅六年就被自己的兒子所弒。另一個兒子友貞繼位十年，史稱後梁末帝。接著，便是後唐主李存勖，他因襲其父李克用的晉王爵號，打出為李唐復仇的大旗，破契丹、滅朱梁，統一了北方。李存勖自稱皇帝，改國號為唐，建都洛陽，為「後唐莊宗」。可惜，這位愛唱戲的票友莊宗好景不長，當了三年的皇帝卻死在伶人（戲子）手裡。

繼他而起的，是後唐明宗李嗣源。

跟著稱帝的，是歷史上有名的「兒皇帝」石敬瑭。他本是李嗣源的女婿，因與唐末帝不合投靠了契丹，借

5．14梁唐晉，及漢周。稱五代，皆有由①。炎宋興，受周禪②。十八傳，南北混③。

契丹兵滅了後唐，建立後晉。石敬瑭甘心拜契丹國主為「父皇帝」，並將雁門關以北的燕雲十六州割讓給契丹，造成宋朝開國以後，黃河以北成了遼金元三朝的根據地，形成中國歷史上第二次南北對峙的局面，而有宋一朝夢想了三百年，始終都沒能收復。但是石敬瑭的後晉也只有十二年的時間，就轉入他的部將劉知遠手中。

劉知遠在太原稱帝，趕走契丹人，定都汴京，改國號為後漢。劉知遠只做了十個月皇帝就死了，他的兒子後漢隱帝劉承祐即位以後，發生了動亂。漢隱帝派人刺殺大將郭威，激起郭威兵變，結果是郭威篡位稱帝，改國號為周。

太祖郭威稱帝三年就死了，由於沒有兒子，於是由他的養子柴榮，也就是皇后柴氏的內姪繼位，稱為世宗。柴榮精明幹練，在位期間實行了一系列改革措施，使後周的國力不斷增強。西元九五九年，周世宗在位六年，死於征遼途中，由只有七歲的兒子柴宗訓繼位，是為周恭帝。

周恭帝即位，提升趙匡胤為殿前都點檢（禁軍部隊的統帥），要他出兵抵禦北漢國與遼朝的侵擾。大軍離京城僅僅二十里，就在陳橋驛發生兵變。周家柴氏的孤兒寡母沒有辦法，只好拱手讓位。趙匡胤「受周禪」，改國號為宋，定都東京（今河南開封），是為宋太祖。因為他以火德王自居，故稱「炎宋興」。

趙匡胤又花了十三年時間，滅了南方五國，但對北方的燕雲十六州和雲南大理，始終無力統一。其後由趙匡胤的弟弟趙光義繼位，是為宋太宗。

趙匡胤開國稱宋，只做了十六年皇帝就死了。

但是趙光義並沒有遵照母后的遺囑，將帝位傳給兄弟、姪子，而是傳位給自己的三兒子趙恆（宋真宗）。宋真宗採取金錢外交的弱國政策，對遼金元低首自卑，才有後來的靖康之恥，徽宗、欽宗雙雙被虜，囚死在金人的「五國城」。接著就是康王趙構南渡，終於又在江南杭州重建朝廷，史稱南宋，是為南宋高宗。

兩宋一共傳了十八代，歷十九帝，共計三百一十九年歷史。其中，北宋一百六十七年，南宋是一百五十二年。

【國學小百科】

北宋五子是指哪五位

周敦頤：宋代理學宗祖，湖南道縣人。
邵雍：北宋哲學家。字堯夫。河北涿州。
張載：北宋哲學家。字子厚，陝西郿縣人。
程頤：北宋思想家，理學創立者之一。字正叔。河南洛陽人。
程顥：北宋哲學家、教育家。字伯淳。河南洛陽人。人稱明道先生。

【相關連結】

戲子黃帝李存勖

五代時期，頻繁的戰爭使得百姓民不聊生，各國統治者昏庸腐敗，後唐皇帝李存勖就是一個典型的例子。李存勖在戰場上出生入死，不惜生命，是員勇將；但是在政治上，卻是一個昏暗無知的蠢人。稱帝後，他認為父仇已報，中原已定，不再進取，開始享樂。他自幼喜歡看戲、演戲，即位後，常常面塗粉墨，穿上戲裝，登台表演，不理朝政；並自取藝名為「李天下」。

有一次上台演戲，他連喊兩聲「李天下」！一個伶人上去搧了他耳光，周圍人都嚇得出了一身冷汗。李存勖問為什麼打他，伶人阿諛的說：「『李』（理）天下的只有皇帝一人，你叫了兩聲，還有一人是誰呢？」李存勖聽了不僅沒有責備，反而予以賞賜。伶人受到皇帝寵幸，可以自由出入宮中和皇帝打打鬧鬧，侮辱戲弄朝臣，群臣敢怒而不敢言。有的朝官和藩鎮為了求他們在皇帝面前美言幾句，還爭著送禮巴結。李存勖還用伶人做耳目，去刺探群臣的言行，置身經百戰的將士於不顧，而去封身無寸功的伶人當刺史。

此外，李存勖還下令召集在各地的原唐宮太監，把他們作為心腹，擔任宮中各執事和諸鎮的監軍。將領受到宦官的監視、侮辱，讀書人也斷了進身之路。同時，李存勖又派伶人、宦官搶民女入宮，有一次，竟搶了駐守魏州將士的妻女一千多人，弄得眾叛親離，怨聲四起。

西元九二六年，李存勖聽信宦官讒言，冤殺了大將郭崇韜。另一戰功卓著的大將李嗣源也險遭殺害。是年三月，李嗣源在將士的擁戴下，率軍進入汴京，準備自立為帝。李存勖得訊，忙拿出內府的金帛賞給洛陽的將士，逼他們開赴汴水。軍到中牟縣，聽說李嗣源已進入汴京。李存勖知道大勢已去，急返洛陽，路上兵逃走一半。回到洛陽後，他試圖抵抗李嗣源的進攻。

四月，李嗣源先鋒石敬瑭帶兵逼進汜水關（河南滎陽汜水鎮），李存勖決定自己率軍去扼守。丁亥日，軍隊按照他的命令在洛陽城外等候出發，李存勖正用早餐。這時，被提升為直御（親軍）指揮使的伶人郭從謙趁軍隊都調到城外候命之機發動兵變，帶著叛亂的士兵亂殺亂砍，火燒興教門，趁火勢殺入宮內，在混亂中射死了前來帶領侍衛抵抗的李存勖。

李嗣源攻入洛陽，派人從灰燼中找到了李存勖的一些零星屍骨，葬於雍陵。李嗣源自己則當上了皇帝。

【延伸閱讀】

領導者該具有怎樣的胸懷

作為帝王天子，能將整個天下裝在心裡，並能時時體察到百姓的疾苦才能算是一個及格的「領導人」，在當今的企業裡，領導人扮演著這個角色，領導人應該具有怎樣的胸懷呢？

一、持續提升修養層次，不斷提高能力水準

人的思想、知識和能力不是與身俱來的，是注重內心修練和不斷學習得來的。一個企業領導要具備大胸懷，首先就要將自己放在「大胸懷」中掂掂分量，看還差多少，需要補多少！不能封閉，不能自滿。

二、延攬天下英才、敢用天下將才、愛惜天下帥才

一個優秀的企業決不僅僅只有一個優秀的領導人，而是有眾多捧月之星。要想成就事業，大胸懷的企業領導必須延攬天下英才而善用之，這是大胸懷和優秀領導人的起碼要求。大胸懷的企業領導人，胸懷百萬兵，必須敢用獨當一面的將才，才能將百萬兵用好。將不好駕馭，能不能善用之是大智慧必須解決的事，但敢不敢用，卻是有沒有大胸懷的問題。一個大胸懷的企業領導人不會只將眼光集中在比自己低一層次的人物上，他們會放眼天下，與天下英雄惺惺相惜，相互砥礪。

三、事業和自我的權衡

企業領導人大胸懷的最高境界，就在於尊重企業的發展需求，在事業發展和自我感情之間做抉擇。當企業發展到一定階段時，當企業領導人的人生到一定階段時，就是企業領導人大胸懷的最後，也是最嚴格的考驗！

事業和自我的權衡包括在兩個重要關頭企業如何取捨。一是作為企業創始人的領導人不再適合企業的發展，企業領導人在自我情感和企業發展之間的權衡結果展現了企業領導人的大胸懷；二是當企業領導人的人生到了一定階段，企業領導在企業接班人和機制上的安排展現了企業領導人是以事業為重，還是以自我為重。

【原文】

5．15

遼與金，皆稱帝。元滅金，絕①宋世。

蒞②中國，兼③戎狄。九十載，國祚廢。

【譯文】

北方的遼人、金人和蒙古人都建立了國家，自稱皇帝，最後蒙古人滅了金朝和宋朝，建立了元朝，重新統一了中國。

元朝入主中原後，兼併了邊疆各民族。歷時九十七年，最後被明朝取代，它的國統便結束了。

【注釋】

①絕：滅。

②蒞：來到。

③兼：停止。

【評解】

在南北宋時代，中國北方已經先後興起了遼、金兩個王國。遼國是契丹族，金國是女真族，他們並不是入侵中國的外族，而是早已歸化居住在北方的少數民族。

建立遼國的是耶律阿保機，他在北京（古稱東丹）建立了遼國。金族姓完顏，完顏阿骨打在聖京（今瀋陽）建立金國。遼國的歷史有兩百一十年，金國維持了一百一十七年，以後金滅了遼，元又滅了金。到元世祖忽必烈，元兵南侵，先與南宋軍隊配合，滅了金國。

西元一二七一年，忽必烈稱帝，改國號叫元，是為元世祖。元世祖藉口南宋不履行和約，派元兵進攻襄陽，宋軍連戰連敗。宰相賈似道向元求和，反而促使南宋早亡。襄陽城在被圍五年後，終於被元兵攻破，元兵乘勝南下，進逼臨安。

西元一二七六年三月，元軍逼近臨安東郊，四歲的小皇帝恭帝趙顯與皇太后請降，被虜往元大都。恭帝的兩個哥哥，九歲的趙昰和六歲的趙昺逃到福州。趙昰即位，為端宗，但不久就死於逃難的海船之上。張世傑和陸秀夫等朝臣又擁立衛王趙昺繼位，轉移到厓山（今廣東新會南）繼續抗元。

元軍分為四路，圍攻宋軍水師。

西元一二七九年二月，元朝統一了中國，宋世澈底宣告滅亡。

西元一二〇六年，蒙古各部落首領在斡難河（今鄂嫩河）邊集會，公推鐵木真為蒙古大汗，即成吉思汗。汗漢同音，有仰慕漢王朝的意思。

成吉思汗打敗了金朝，兵力更強大了。西元一二一九年，成吉思汗率二十萬蒙古大軍滅了回回國，又繼續向西逼近印度，占領了現在的中亞細亞各國。前鋒部隊一直打到歐洲東部，大破歐洲聯軍；又打到伊朗北部，滅大食國，才班師回國。元朝的中國版圖，是有史以來最廣大的，南至臺灣（澎湖），東到東海（幾次渡海征日本都未成功），西至多瑙河，北到沙漠，兼併了諸多的種族，所以稱「蒞中國，兼戎狄」。

窮兵黷武的元朝只傳了十代，九十八年的歷史，最後亡在元順帝手裡，應了老子「兵強則滅滅」的名言。

忽必烈死後，由他的三兒子鐵木耳「元成宗」繼位，接著便有方國楨、張士誠、陳友諒、朱元璋等人趁此刻時局混亂而起，加速了元朝的滅亡。

5・15遼與金，皆稱帝。元滅金，絕①宋世。涖②中國，兼③戎狄。九十載，國祚廢。

【國學小百科】

明朝時期名作《天工開物》

《天工開物》初刊於西元一六三七年（明崇禎十年）。是中國古代一部綜合性的科學技術著作，有人也稱它是一部百科全書式的著作，作者是明朝科學家宋應星。

宋應星在任分宜縣教諭期間，將他平時所調查研究的農業和手工業方面的技術整理成書，在崇禎十年，由其朋友涂紹煃資助出版。

《天工開物》是世界上第一部關於農業和手工業生產的綜合性著作，被歐洲學者稱為「技術的百科全書」。它對中國古代的各項技術進行了系統的總結，構成了一個完整的科學技術體系。對農業方面的豐富經驗進行了總結，全面反映了工藝技術的成就。書中記述的許多生產技術，一直沿用到近代。

天工開物先後被翻譯成多種文字，但是在中國卻由於清朝的文字獄長期失傳。在一九二〇年代才從日本傳回來。後來也在浙江寧波發現了初刻本。

【相關連結】

一代天驕成吉思汗

成吉思汗，名鐵木真，蒙古乞顏氏孛兒只斤人。元朝追謚太祖。

西元一一六二年出生於蒙古部貴族世家，父也速該，母斡額侖。鐵木真九歲時，父遭世敵下毒身亡，少年時代經歷艱難坎坷，煉鑄了他堅毅勇敢的性格。

其時，蒙古高原部落林立，蒙古人、塔塔兒人、克烈人、乃蠻人、篾兒乞人、斡亦剌人相互攻戰殺伐不息。鐵木真依靠亡父的盟友收集舊部，在西元一一八〇年代建立了斡耳朵，稱汗。歷經多年征戰，鐵木真先後消滅了塔塔兒、篾兒乞、克烈、乃蠻等部。西元一二〇六年，鐵木真在斡難河源召開忽里台大會，建大蒙古國，即大汗位，號成吉思汗。

成吉思汗將整個蒙古國劃分為九十五個千戶，並建萬人怯薛軍，作為政權的武力支柱。設斷事官，掌管行政司法事務。他在全國推行維吾爾體蒙古文，使之成為本民族的文字。在成吉思汗的統治下，蒙古高原各部落之間界限逐步消失，蒙古民族共同體開始形成。

成吉思汗即位後，先後向西夏、西遼、金朝用兵。西元一二一五年蒙古軍占領金中都。一二一八年滅西遼。一二二七年滅西夏。

西元一二一九至一二二四年間成吉思汗大舉進攻花剌子模，征服了亞歐大片領土，先後建立四大汗國。

成吉思汗以其卓越的才能，成為中國歷史上傑出的政治家、軍事家。他戰略上重視聯遠攻近，力避樹敵過多；用兵注重詳探敵情，善於運用分割包圍、遠程奇襲、佯退誘敵、運動中殲敵等戰法，史稱「深沉有大略，用兵如神」。他知人善任，曾起用一大批傑出的軍事、政治人才。

成吉思汗統一蒙古各部，對蒙古民族的形成有很大意義；攻金滅夏，為中國一統王朝元朝的建立奠定了基礎；建立橫跨亞歐的大帝國，打開了東西方的大通道，推動了東西方經濟文化的交流。

【延伸閱讀】

領導人應具備的的六大氣魄

元朝時期中國的版圖擴展最大，與當時領導者的野心與氣魄是密不可分的。但凡成大事者，氣魄非凡，具體來說，都有如下的共性：

5・15遼與金，皆稱帝。元滅金，絕①宋世。蒞②中國，兼③戎狄。九十載，國祚廢。

一、立意高遠

一個人的成就可能有多大，一個企業的發展空間有多大，關鍵在於目標是否遠大、超凡。這就是企業領導人或公司領袖與一般管理者、一般員工成就不同、行為不同、生活方式不同的根本原因所在。立意高遠的人生境界和企業追求框架一搭，氣魄就顯現出來了，與那些沒有高遠立意的人和企業就有了質的差別，這樣的人才能出眾，因為他的韌性持久的努力；這樣的企業才能聚人，因為他的遠大的目標和理想。

二、氣魄奪人

氣魄奪人包括兩個層面的意思，一是企業領導人自身的氣質、魄力和人格魅力，能夠贏得各方面的支持，凝聚人心；另一層意思則是指領導人能將自己的這種氣質、魄力和魅力移植到企業中，讓企業透過具體人的行為張揚這種魅力，而要這樣，領導人就必須是教練，透過言傳身教和培訓體系建設來實現這種移植。

三、決斷

一個大氣魄的企業領導人，必須有相當強勢的決斷力。分析利弊是參謀的事，權衡利弊是領導人的事。事情往往不能兩全，有利必有弊。領導者大氣魄的最集中展現就在於：適時決斷（不一定準確）。這個大氣魄，不是豪賭，而是在充分考慮可選選擇的利弊後作出的。當斷不斷，反受其亂，不成功的領導人，往往敗在猶豫，而不在選擇，因為他的猶豫為任何一個選擇方案留下的準備時間都不夠。

四、堅持

一個大氣魄的企業領導人，決策時必充分考慮理智和感性，一旦決斷，就不會輕易動搖。這時的大氣魄就在於他全力督促執行，堅持自己的選擇，不懷疑，引領跟隨者前進。

五、承擔責任

一個決策，有利就有弊，兩害相權取其輕。領導人不但要在需要拍板時勇於拍板，而且必須承擔決策的後果，勇敢的承擔責任。一個決策，其結果不一定與初衷一致，因為影響結果的因素太多！一個大氣魄的領導人，必須勇於承擔決策責任，勇於積極應對決策後果，而不是埋怨當初。

六、承認錯誤

人非聖賢，孰能無過！不論在重大決策回顧、總結和檢討上，還是工作中的細小環節的討論爭議上，能否實事求是、坦然承認錯誤是企業領導人事業成功的關鍵。雖然這樣可能使企業領導人損失「面子」，但能在一定程度上挽回人心，否則可能會使企業領導人的教練工作澈底失敗。

5．16

【原文】

太祖興，國大明。號洪武，都①金陵。迨成祖，遷燕京。
十七世，至崇禎。權閹②肆，寇如林。至李闖，神器焚。

【譯文】

明太祖朱元璋滅元，建立了明朝，國號為洪武，建都南京。到明成祖時，將國都遷到北京。

明朝延續了十七世，到了崇禎皇帝，太監專權的情況十分嚴重。同時，農民起義遍布全國，闖王李自成建立了政權，推翻了明王朝。

【注釋】

①都：建都。

5·16太祖興，國大明，號洪武，都①金陵，迨成祖，遷燕京。十七世，至崇禎，權閹②肆，寇如林，至李闖，神器焚。

②閹：太監。

【評解】

明太祖朱元璋是繼劉邦之後，歷史上第二位平民皇帝，所不同的，劉邦是布衣登帝位，朱元璋則是和尚做皇帝。但他沒有劉邦的豁達大度，也沒有李世民的雄才大略，因此有明一代雖也是山河一統，但遠遠沒有漢唐開國的規模和氣勢。

西元一三六八年，朱元璋建立大明王朝，定都金陵（南京），年號洪武，史稱明太祖。

西元一三九八年，朱元璋過世，太孫朱允炆繼皇帝位，改元建文，是為明惠帝。

朱元璋開國後，一直對異姓功臣深懷疑忌，所以軍事大權都在朱氏諸王手中，尤以燕王朱棣為最。朱允汶為了解除諸王「尾大不掉」帶來的威脅，一登基就開始削番。先從朱棣的胞弟朱肅下手，逮捕了幾個朱姓王並將其廢為庶人。又下令諸王不得節制文武官吏，進一步限制了諸王的權力。就在要削除燕王朱棣的權力時，朱棣趁機起事，釀成為期四年的「靖難之變」。

西元一四〇三年，朱棣登上皇帝的寶座，改元永樂，定都北京，是為明成祖。

西元一四〇六年，朱棣明令遷都，次年開始修建北京城，歷時十三年才告竣工。

大明王朝從朱元璋開國，傳了十六世，歷十七帝，到崇禎皇帝朱由檢結束，共計兩百七十七年。其後雖有五王復建南明，畢竟大勢已去，所以僅苟延殘喘了十六年。

明朝由興而衰、由盛而亡，也是重蹈元朝的覆轍，蔡東藩總結為「骨肉相殘、權閹迭起、奸賊橫行、宮闈恃寵，以及流寇殃民」五條，尤以「權閹肆，寇如林」為最甚。

西元一六四四年（崇禎十七年），李自成攻進北京。

崇禎十七年甲申三月十九日，崇禎皇帝於煤山壽皇亭自縊，時年三十五歲，太監王承恩與帝對縊。

李自成占據京城，在武英殿稱帝，國號大順。接著便嚴刑拷打前朝降臣，追脅金銀寶物，使得已降之人復生反意，才有山海關總兵吳三桂勾結清兵，一片石大破李自成。李自成兵敗，經陝西退至湖北，死於湖北銅山縣九宮山。

其時清兵只占據中國的北方，江南的前明殘部，繼續擁戴福王朱由崧在南京繼位，改元弘光。督師史可法領兵抗清，無奈人心已散，回天無力。史可法戰死在揚州，福王朱由崧被俘，統治中國兩百七十六年的明王朝澈底滅亡。

【國學小百科】

宦官的起源

宦官最早起源於古埃及。閹割源於割禮，是一種最古老的風俗。

宦官在中國出現的很早，據可考史料推測，大約早在夏商周的宮廷中可能就有了宦官的存在。

宦官，俗稱太監或「老公」。文書上的稱謂很多，例如有閹人、閹宦、宦者、中官、內官、內臣、內侍、太監、內監等等。這些男子生殖器官被閹割後失去性功能而成為不男不女的中性人，這批人是歷代王朝在宮廷內侍奉皇帝及其家屬的奴僕。

據記載，中國先秦和西漢時期的宦官並非全是閹人；自東漢開始，才全部用閹人。這是由於在皇宮內廷，上自皇太后、太妃，本朝后、妃以及宮女等，女眷較多，如果允許男侍出入，難免會發生穢亂宮帷的事。所以絕不允許有其他成年男性在宮內當差。

東漢、唐、明三個朝代，宦官專權的現象比較嚴重。史料中說到宦官在明朝猖獗，是大患的為數不少。明

5．16太祖興，國大明。號洪武，都①金陵。迨成祖，遷燕京。十七世，至崇禎。權閹②肆，寇如林。至李闖，神器焚。

代的宦官，雖無東漢之末和晚唐時期那些宦官那般氣焰囂張，更不像漢唐的宦官那樣把皇帝也操縱在自己手中，但明代的宦官人數之多，用事最久，權力之大，在中國宦官史上也是罕見的。

【相關連結】

朱元璋的戎馬一生

明太祖朱元璋（西元一三二八至一三九八年），字國瑞，明朝的開國皇帝，濠州人。

朱元璋生在一個普通農民的家庭，十七歲那年，家鄉流行瘟疫，他的父母及兄長都在這場災難中死去，青年朱元璋只得出家當和尚，以求溫飽。誰知和尚也並不好當，不久後的飢荒使得他不得不離開寺院外出化緣。這次外出可以說對朱元璋的一生影響非常大，不僅鍛鍊了他的意志，身體，同時也使他初步接觸了一些反元的思想。

回到家鄉後不久，由小時的玩伴湯和介紹，朱元璋參加了郭子興的紅巾軍。由於他的睿智與勇敢，很快成為了郭子興的心腹，並娶了郭子興的義女馬氏為妻。在郭子興部下期間，朱元璋不斷擴大自己的勢力，並掌握了一隻真正屬於自己的隊伍，這使得在郭子興死後，朱元璋很輕易的就打敗了郭子興的兒子，取得了這隻隊伍的控制權。

朱元璋並不滿足已得的地盤，他認為要大占宏圖就要有穩定的根據地，這樣南京（集慶）就走入了他的視線。西元一三五六年，朱元璋攻占集慶，並改名應天府，自稱吳國公。同時採納朱升的建議「高築牆、廣積良、緩稱王」大力發展生產，為今後的更大的戰爭打下了堅實的基礎。

接下來他在南京周邊大敗陳友亮，鄱陽湖血戰澈底擊潰比自己強大的陳友亮軍團，消滅浙江的張士誠，沉殺韓林兒，派徐達、常遇春北伐。逐一消滅了各方勢力，西元一三六八年，朱元璋在應天稱帝，國號大明。同年將元順帝趕出北京。

建國後，他採取與民安息的政策，減免賦稅，頒布《大明律》穩定社會秩序。同時他廢除丞相，實行六部制，改御史台為督察院，實行衛所制，使武將與兵權分離，設立錦衣衛，對朝臣和百姓進行監督，這一系列的措施都使皇權得到大大的加強。

朱元璋的屢興大獄在歷史上也留下了重重的一筆，洪武時期的功臣除了耿並文等少數幾個外，其餘全部被殺。胡惟庸一案，牽連被殺者達三萬人，朱元璋晚年的藍玉案又牽連了一萬五千人。以至於到了靖難之役，南京朝廷竟無將可派，可以說朱元璋的分封外藩和大殺功臣直接導致了靖難之役中建文帝的失敗。西元一三九八年五月，明太祖朱元璋病死於南京，在位三十一年，終年七十一歲。

【延伸閱讀】

如何提升消極員工的積極性

明朝由於太監專權而直接導致了滅亡，如果將明朝看成為一個企業，可以說，這個企業讓沒有能力的「消極員工」獲得了領導權。在當今的很多企業裡，由於各方面的問題，都會存在著許多這樣的「消極員工」，那麼，如何提升他們的積極性呢？

一、摸清「家底」

鼓勵理論揭示，有效鼓勵的前提：摸清每個員工的現實需求、對未來的期望和效價、對公平現狀的評價。

二、率先垂範

欲鼓勵別人，先鼓勵自己；要求員工創造業績，領導者必須先有先行創造佳績的決心和信心。這樣，領導者就可以一種無形的人格魅力感染大家，鼓勵大家。

5·16太祖興，國大明，號洪武，都①金陵。迨成祖，遷燕京。十七世，至崇禎。權閹②肆，寇如林。至李闖，神器焚。

三、公道

公道就公平、合理，它要求領導者對員工一視同仁，不能有親疏、有厚薄。領導者是否公道，對員工的積極性有著根本性的影響。

四、信任

一個組織缺乏信任到頭來是會致命的。任何一種鼓勵措施依賴中的信任表現為領導者對下屬的信任，以及下屬對領導者的信任。信任是雙方，在一個相互信任的環境中，每個員工都會成為重要的工作者。

五、物質鼓勵與精神鼓勵

從管理學的鼓勵理論中可以看到，物質鼓勵是基礎，精神鼓勵是關鍵。領導者應關注物質利益和精神待遇上的公平，否則就會影響員工的積極性。

六、民主管理，不要當統治者

統治者形象會引起員工的不滿，長久必然影響員工的積極性。克服的辦法就是民主管理，營造「我們一起做」的境界。對影響全體的事、目前讓人不滿的地方，乃至於處內的專案分工，均可採用匿名方式徵求大家的意見，使每人都有「參與其事」使命感。

七、成人成事

拋棄傳統的恩威並施鼓勵方式，鼓勵每一人成為人才，成就一項事業，滿足每人實現自我價值的高層次需求。充分信任員工，大膽放手使用，讓下屬承擔具有挑戰性工作，這是一種強大的鼓勵手段。大膽使用幹部就是一種藝術性「施壓」。但信任不等於放任，領導者應向下屬明顯什麼時間、什麼事項、什麼情況下必須向上匯報。

八、溝通中的鼓勵

透過溝通產生鼓勵效果，首先是要尊重員工，而尊重他們是對他們最大的欣賞。尊重的方法是要做到五點要求：純粹傾聽、不帶批評、接納差異、不指責、肯定其獨特的品格、多往好的方向去看、以關懷之心告訴他們你的真正想法。若能夠做到這五點，對方便會覺得受到尊重，甚至覺得得到了關懷。做起事來不光有真心，也會更加謹慎。

九、讚美

讚美的祕訣是：與其讚美對方本身，不如稱讚他過去的成就。讚美既成的事實與交情的深淺無關，對方和其他員工也比較容易接受，避免親疏有別之嫌。

5·17

【原文】

清太祖，膺景命。靖四方，克大定。

廿二史，全在茲[2]。載治亂，知興衰。

【譯文】

清軍入關後，清世祖順治皇帝在北京登上帝座，平定了各地的混亂局面，使得老百姓可以重新安定的生活。

二十二史書，全在這裡，它們記載著歷代的治和亂，讀了這些就知道歷史上興衰的道理。

【注釋】

①靖：平定，治理。

5·17清太祖，膺景命。靖四方，克大定。廿二史，全在茲②。載治亂，知興衰。

②茲：這，這裡。

【評解】

清太祖福臨就是入關稱帝的順治皇帝，他的祖父努爾哈赤姓愛新覺羅，為女真族人，建立了後金。順治的父親是皇太極，他在聖京（今瀋陽）稱帝后，改國號為清，改族名為滿。順治皇帝福臨是皇太極的九兒子，即位時年僅六歲，不得不由多爾袞攝政。正當清廷孤兒寡母當政的危機之中，適逢吳三桂乞師，清廷趁勢乘時而起，由吳三桂為先驅，名正言順的入關稱帝。

滿族人自認為與大明並無奪社稷之仇，滿人入關是因為李闖滅明，漢人無法收拾殘局才請清兵入關的。所以滿清入主中原，打著「仰承天命，弔民伐罪」的旗號，又修復被李闖燒毀的明陵，為崇禎皇帝發喪。這就是此處說的「膺景命」，也就是順應天命的意思。

福臨在北京登基稱帝之時，除了京北以外，中國的大部分地區尚未被清廷統一。除李自成、張獻忠的殘餘勢力外，南方還有南明的臨時政權存在，各地反清復明的征戰皆未平息。所以順治在位的十八年時間裡，全國都還兵荒馬亂，干戈未息，清室皇權還處在安危未定的局面之中。入關前後的八旗子弟，全數不過四萬人，加上科爾沁蒙古的蒙旗在內，總兵力不足十萬。「靖四方，克大定」的功績，是以漢人漢軍作為代理戰爭的先驅，利用洪承疇、吳三桂、尚可喜、孔有德、耿仲明等藩王才平定了南方，統一了中國。

到了康熙一朝，除鰲拜、平三藩、定北疆，中國才真正安定下來。在康雍乾三朝一百多年時間裡，國家富強，人民生活安定，是清朝最鼎盛的時期。道光以後，則一代比一代弱。自順治入關至宣統退位，滿清共傳了九代十帝，共計兩百六十七年的歷史。

悠久的中國歷史全都在此濃縮介紹了，它詳細記載了一個朝代是如何從治到亂，如何從興旺走向衰亡的。

【國學小百科】

清代的民族政策

清代是滿洲入主中原後建立的一個少數民族國家。

滿人在入關前就和蒙古結盟，他們相互通婚，政治軍事上相互支持，後建立蒙古八旗，實現滿蒙一體。

定鼎中原後，清政府注意加強對藏疆的統治。改革西藏的政教體制，創立金瓶掣籤制度，確立中央政府對達賴和班禪活佛的冊封權。設立駐藏大臣，加強中央和西藏的連結。新疆對整個清代是比較頭痛的地方，直到清末左宗棠才算是基本平定新疆。這可算是清代的一大歷史功績。

對廣西雲南等南方邊疆少數民族比較多的地方實行改土入流的政策。削弱土司權力，設立官府進行管理。

清朝的這些做法都有利於鞏固邊疆維護國家統一，但清朝的統治者很清楚，關鍵是處理好與漢人的關係才能實現長治久安。所以清政府提出「滿漢一家」的口號。

為了收買漢人的心，特別是讀書人的心，清朝採納了洪承疇等漢人官僚的建議，採取了一系列政策加強滿漢連結。為崇禎發喪，保留漢人的文化傳統，開科取士，確立孔子為文聖人，關羽為武聖人（岳飛因為抗金打過清的祖先而落選，但岳飛的後人岳鍾琪卻是滿清的紅人）等。

為了保證漢人能積極參與國家的管理，清朝規定：旗人不得參加科舉考試，把名額全留給漢人。中央六部的堂官（尚書和侍郎）一律按一滿一漢的名額設置，上書房大臣和後來的軍機大臣也基本保持滿漢平衡。有趣的是滿人見到主子稱「奴才」漢人則稱「臣」，這是規矩不能弄錯的。

漢人還可以辦理一些手續成為旗人，即抬旗。這只有少數人才能享受，比如范文成、曹寅。

當然，滿人也提防著漢人。撤藩（即平定平西王吳三桂、平南王尚可喜、靖南王耿精忠三個漢王）後清代

5·17清太祖，膺景命。靖四方，克大定。廿二史，全在茲②。載治亂，知興衰。

規定漢人不得封王。為了防止漢人掌握地方軍政大權，沒有一個漢人能當上總督、巡撫和提督。當然，在後來的平定太平天國的戰爭中，漢人卻大批成了地方的軍政要員。

滿清的統治也發展了中國的傳統文化，比如，滿漢官員在應酬時創造了「滿漢全席」的飲食文化，旗袍則乾脆成了國粹。

【相關連結】

清太祖努爾哈赤的雄霸一生

努爾哈赤出生在建州左衛奴隸主之家。祖先有多人受明廷冊封，其本人歷任明朝建州左衛指揮使、都督僉事、都督等職，深得明廷信任。青年時，採松子、挖人參到撫順馬市售賣。後投明遼東守將李成梁，「每戰必先登，屢立戰功，成梁厚待之。」他對遼東漢區有較深了解，受漢文化一定影響。

明萬曆十一年（西元一五八三年），被明廷任命為建州左衛（今遼寧新賓境）都指揮使。同年，以祖、父遺甲十三副起兵，對建州女真各部展開了兼併戰爭。他採取「恩威並行」、「順者以德服，逆者以兵臨」的方針，歷時十年，統一了建州各部。明萬曆十七年（西元一五八九年），受封為都督僉事、龍虎將軍。其後，經過二十多年征伐，統一了松花江流域和長白山以北的諸部女真。在統一戰爭中，將女真各部遷至渾河流域。為適應當時政治、經濟需要，建立了軍政合一的八旗制度。設議政王大臣，與八旗旗主共議朝政，形成政治、軍事的中樞決策機構。命人以蒙古文字與女真語音結合，創制滿文。隨著軍事力量的日益強大，另立國號的時機成熟。

萬曆四十四年（西元一六一六年），於赫圖阿拉（今遼寧新賓西南）建立「大金」國（後金），自立為汗，建元天命，設官建署。天命三年（西元一六一八年）起兵反明。在薩爾滸之戰中，採取集中兵力、各個擊破的作戰原則，大敗明軍，勢力進入遼河流域。在相繼攻克瀋陽、遼陽和遼河以東七十餘城後，於天命六年（西元一六二一年）遷都遼陽。天命十年（西元一六二五年）遷都瀋陽，占領了遼東大部地區。

次年，揮軍進攻寧遠（今遼寧興城）。時寧遠明守軍僅一萬餘人。守將袁崇煥激勵將士，誓守孤城。努爾哈赤勸降不果，命奮力攻城。激戰中，努爾哈赤被明軍炮火擊傷。在撤圍敗退瀋陽途中，患痛疽病死。

又過了十九年，才由他的孫子福臨率清軍入關，完成了統一大業，建立了清王朝。

【延伸閱讀】

白領如何應對變化多端的職場

縱觀歷史，朝代的變遷與社會意識的轉型是如此的變化之快，而在當今相對長期穩定的社會裡，所有的事物都推向了市場的競爭中，包括人力資源也可以自由流動。而對於人才面對的職場，也再隨社會的變化而不斷變化。作為白領，如何在千變萬化的環境中得以良好的生存呢——四字方針要記牢，那就是「嚴、實、快、新」。無論職場如何複雜多變，只要你按四字要求用心去做，就一定會成功！

一、嚴

所謂「嚴」，指的是積極進取，增強責任意識。責任心和進取心是做好一切工作的首要條件。責任心強弱，決定執行力度的大小；進取心強弱，決定執行效果的好壞。

二、實

所謂「實」，指的是腳踏實地，樹立實幹作風。天下大事必做於細，古今事業必成於實。雖然每個人職位可能平凡，分工各有不同，但只要埋頭苦幹、兢兢業業就能幹出一番事業。好高騖遠、作風漂浮，結果終究是一事無成。

三、快

所謂「快」，指的是只爭朝夕，提高辦事效率。「明日復明日，明日何其多。我生待明日，萬事成蹉跎。」因此，要提高執行力，就必須強化時間觀念和效率意識，弘揚「立即行動、馬上就辦」的工作理念。堅決克服工作懶散、辦事拖拉的惡習。

四、新

所謂「新」，指的是開拓創新，改進工作方法。只有改革，才有活力；只有創新，才有發展。面對競爭日益激烈、變化日趨迅猛的今天，創新和應變能力已成為推進發展的核心要素。

第六章 勤學範例篇

6・1

【原文】

讀史者，考實錄。通古今，若親目。

【譯文】

讀歷史的人應該更進一步的去翻閱歷史資料，了解古往今來事情的前因後果，就好像是自己親眼所見一樣。

【注釋】

①若：好像。

【評解】

讀歷史要注意史料的可靠性，前朝的歷史都是後朝人編定的，是否靠得住都成問題。僅讀史書是不夠的，還要同時參考實錄、十通、帝王起居注、歷代奏議等具體的史料，就可以通曉古今，好像親眼看見一樣，也就不會以偏概全了。

【國學小百科】

中國歷史知識集萃

【四大文明古國】古巴比倫、古埃及、古代中國、古印度

6．1讀史者，考實錄。通古今，若親目。

【五代】後梁、後唐、後晉、後漢、後周

【五貢】恩貢、拔貢、歲貢、副貢、優貢

【六朝】吳、東晉、宋、齊、梁、陳

【六家】陰陽家、儒家、墨家、名家、法家、道德家

【六部】禮部、戶部、吏部、兵部、刑部、工部

【六曆】《黃帝曆》、《顓頊曆》、《夏曆》、《殷曆》、《周曆》、《魯曆》

【六法】規、矩、權、衡、準、繩

【六禮】冠、婚、喪、祭、鄉飲酒、相見

【六藝】禮、樂、射、御、書、數

【六義】風、賦、比、興、雅、頌

【八旗】鑲黃、正黃、鑲白、正白、鑲紅、正紅、鑲藍、正藍

【十惡】謀反、謀大逆、謀叛、謀惡逆、不道、大不敬、不孝、不睦、不義、內亂

【九流】儒家、道家、陰陽家、法家、名家、墨家、縱橫家、雜家、農家

【四大發明】造紙術、印刷術、火藥、指南針

【四大美女】西施、王昭君、貂蟬、楊玉環

【十大名醫】秦越人（戰國）、華佗（東漢末）、張仲景（東漢末）、孫思邈（唐）、劉河間（金）、李東恆（金）、張子和（金）、朱丹溪（元）、李時珍（明）、王肯堂（明）

【中國歷史十大猛將】項羽（秦）、霍去病（西漢）、英布（西漢）、呂布（三國）、馬超（三國）、冉

閔（南北朝）、斛律光（南北朝・北齊）、史萬歲（隋）、楊再興（南宋）、李文忠（明）

【隋唐名將】（四猛）羅世信、來忽爾、尚師徒、辛文禮；（八大錘）李元霸、裴元慶、秦用、梁士泰；（十三傑）李元霸、宇文成都、裴元慶、雄闊海、伍雲召、武天錫、羅成、楊林、魏文通、楊義臣、秦用、梁士泰、秦瓊、尉遲恭

【名將十哲】田穰苴（春秋）、孫武（春秋）、吳起（戰國）、樂毅（戰國）、白起（戰國）、張良（漢初）、韓信（西漢初）、諸葛亮（三國）、李靖（唐初）、李勣（唐初）

【滿清十二帝】太祖［武］高皇帝・天命（努爾哈赤）、太宗文皇帝・天聰（皇太極）、世祖章皇帝・順治（福臨）、聖祖仁皇帝・康熙（玄燁）、世宗憲皇帝・雍正（胤禛）、高宗純皇帝・乾隆（弘曆）、仁宗睿皇帝・嘉慶（顒琰）、宣宗成皇帝・道光（旻寧）、文宗顯皇帝・咸豐（奕詝）、穆宗毅皇帝・同治（載淳）、德宗景皇帝・光緒（載湉）、遜帝・宣統（溥儀）

【相關連結】

韋編三絕

「韋編三絕」故事出自《史記・孔子世家》，形容讀書刻苦勤奮。

孔子小的時候非常勤奮好學，十七歲時就以學識淵博聞名於魯國。雖然孔子的知識很多，可他一生都沒有鬆懈過。那時，還沒有發明紙張，書都是用竹簡做成的，然後後牛皮繩編聯起來。

孔子到了晚年，喜歡讀《周易》。《周易》文字艱澀，內容隱晦，孔子就翻來覆去的讀，這樣讀來讀去，把編聯竹簡的牛皮繩子磨斷了許多次。

即使讀到了這樣的地步，孔子還是不滿意，說：「如果我能多活幾年，我就可以多理解些《周易》的文字

和內容了。」

【延伸閱讀】

白領如何在工作和生活中學習

學習不能迷信於課本上的知識，更重要的是在實際工作和生活中的經驗總結。在一個人才的成長歷程中，學習是永無止境的。在大學期間，要打好基礎，培養自己各方面的素養和能力；工作以後，應當努力在實際工作中學習新的技術並累積相關經驗；即使走上了管理職位，我們也應當不斷學習，不斷提高自己。

每個人都需要根據自己特殊時期從事職位的不同，不斷為自己補充新知識，這些新知識不僅僅指的是必要的技能知識，同時還有一些如何與人溝通，如何管理，如何與團隊成員合作等多方面的技能。

或許你不是很聰明的人，但只要你是一個非常努力學習的人，能適應不斷成長的工作範圍的需要，你就能把握職業發展的機會。

根據統計發現，職場人有效學習的八成是在工作中發生，只有兩成是他們離開工作後學習到的。所以，對一個企業來說，合格的人才是那些能在工作中發現自己的欠缺，並努力在工作中彌補自己所欠缺知識的人。「在工作當中學習」和「把學習放在工作中」是兩種最有效的學習方式，它們能使承擔某項業務的「門外漢」最迅速的轉化成「合格者」，並最終成為一個很「專業的」人才。

【原文】

6・2

口而誦，心而惟①。朝於斯②，夕於斯。

【譯文】

我們讀書學習，要有恆心，要一邊讀，一邊用心去思考。只有不分日夜的把心思放在學習上，才能真正學好。

【注釋】

①惟：思考。

②斯：這個。

【評解】

這幾句話講的是學習方法和提高學習效率的三個關鍵。

第一個關鍵是「口而誦」，現代語言就是「要讀書不是看書」。古人讀書有講究五到的，就是「眼到、口到、耳到、心到、手到」，也就是這裡說的「口而誦，心而惟」，口與心就代表了這「五到」。讀書一定要「口而誦」，不誦怎麼能叫讀書呢？我們現代人改了稱呼，叫「看書」，雖然一字之差，結果可完全不一樣。

第二個關鍵就是「心而惟」。惟是動詞，有思考、思索的意思，心裡面要反覆思考，就是「心而惟」。

第三個關鍵是，「朝於斯，夕於斯」。人做任何事情都要專一，像挖井一樣，選好一點就要深入下去，如此求學才能有所得。有任何疑問，先不要在外面尋找答案，把這個問題作為一個話頭，「朝於斯，夕於斯」的誠心問自己，答案就出來了。

如果我們能夠接受這三點教誨，並且落實到我們的生活中，相信我們的智慧一定能夠開發出來。

【國學小百科】

古代詩人稱號大全

一、詩骨——陳子昂

其詩詞意激昂，風格高峻，大有「漢魏風骨」，被譽為「詩骨」。

二、詩傑——王勃

其詩流利順暢，宏放渾厚，獨具一格，人稱「詩傑」。

三、詩狂——賀知章

秉性放達，自號「四明狂客」。因其詩豪放曠放，人稱「詩狂」。

四、詩家天子，七絕聖手——王昌齡

其七絕寫的「深情幽怨，音旨微茫」，因而舉為「詩家天子」。

五、詩仙——李白

詩想像豐富奇特，風格雄渾奔放，色彩絢麗，語言清新自然，被譽為「詩仙」。

六、詩聖——杜甫

其詩緊密結合時事，思想深厚。境界廣闊，人稱為「詩聖」。

七、詩囚——孟郊

作詩苦心孤詣，慘澹經營，無好問，曾稱之為「詩囚」。

八、詩奴——賈島

一生以作詩為命，好刻意苦吟，人稱其為「詩奴」。

九、詩豪——劉禹錫

其詩沉穩凝重，格調自然格律粗切，白居易贈他「詩豪」的美譽。

十、詩佛——王維

這種稱謂除了有王維詩歌中的佛教意味和王維的宗教傾向之外，也表達了後人對王維在唐代詩壇崇高地位的肯定。

十一、詩魔——白居易

白居易寫詩非常刻苦，正如他自己所說：「酒狂又引詩魔發，日午悲吟到日西。」過分的誦讀和書寫，竟到了口舌生瘡、手指成胝的地步。所以人稱「詩魔」。

十二、五言長城——劉長卿

擅長五言詩，他的五言詩作是全部詩作的十分之七八，人稱其為「五言長城」。

十三、詩鬼——李賀

其詩善於熔鑄詞采，馳騁想像，運用神話傳說創造出璀璨多彩的鮮明形象，故稱其為「詩鬼」。

十四、杜紫薇——杜牧

曾寫過〈紫薇花〉詠物抒情，借花自譽，人稱其為「杜紫薇」。

十五、溫八叉——溫庭筠

才思敏捷，每次入試，八叉手即成八韻，人稱他為「溫八叉」。

十六、鄭鷓鴣——鄭谷

以〈鷓鴣詩〉而聞名，故有「鄭鷓鴣」之稱。

十七、崔鴛鴦——崔珏

賦〈鴛鴦詩〉，別具一格，人稱「崔鴛鴦」。

十八、詩神——蘇軾

蘇軾詩，揮灑自如，清新剛健，一幟獨樹，人稱詩神。

【相關連結】

賈島推敲

唐朝的賈島是著名的苦吟派詩人。什麼叫苦吟派呢？就是為了一句詩或是詩中的一個詞，不惜耗費心血，花費工夫。賈島曾用幾年時間做了一首詩。詩成之後，他熱淚橫流，不僅僅是高興，也是心疼自己。當然他並不是每做一首都這麼費工夫，如果那樣，他就成不了詩人了。

有一次，賈島騎著毛驢在長安朱雀大街上走。那時正是深秋時分，金風一吹，落葉飄飄，那景色十分迷人。賈島一高興，吟出一句「落葉滿長安」來。但一思索，這是下一句，還得有個上句才行。他就苦思冥想起來了，一邊騎驢往前走，一邊唸唸叨叨。對面有個官員過來，不住的鳴鑼開道。鑼敲得很響，賈島卻沒聽見。那官員不是別人，正是京兆尹，用今天的職務來說就是市長。他叫劉棲楚，見賈島闖了過來，非常生氣。賈島忽然來了靈感，大叫一聲：「秋風生渭水。」劉棲楚嚇了一跳，以為他是個瘋子，叫人把他抓了起來，關了一夜。賈島雖然吃了不少苦頭，卻吟成了一首詩〈憶江上吳處士〉：

「閩國揚帆去，蟾蜍虧復圓。
秋風生渭水，落葉滿長安。
此地聚會夕，當時雷雨寒。

蘭橈殊未返，消息海雲端。」

賈島吃了一回虧，還是不長記性。沒過多久，他又一次騎驢闖了官道。他正思索著一句詩，全詩如下：

閒居少鄰並，
草徑入荒園。
鳥宿池邊樹，
僧推月下門。
過橋分野色，
移石動雲根。
暫去還來此，
幽期不負言。

那就是「僧推月下門」。可他又覺得推不太適合，不如敲好。嘴裡就推敲推敲的唸叨著。不知不覺就騎著驢闖進了大官韓愈的儀仗隊裡。

韓愈比劉棲楚有涵養，他問賈島為什麼亂闖。賈島就把自己做了一首詩，但是其中一句拿不定主意是用「推」好，還是用「敲」好的事說了一遍。韓愈聽了，哈哈大笑，對賈島說：「我看還是用『敲』好，萬一門是關著的，推怎麼能推開呢？再者去別人家，又是晚上，還是敲門有禮貌呀！而且一個『敲』字，使夜靜更深之時，多了幾分聲響。靜中有動，豈不活潑？」賈島聽了連連點頭。他這回不但沒受處罰，還與韓愈結交為朋友。

推敲從此也就成了為了膾炙人口的常用詞，用來比喻做文章或做事時，反覆思索，反覆斟酌。

【延伸閱讀】

如何培養孩子的思考能力

人們通常認為聰明的孩子與生俱來就思維敏銳，其實不然，孩子的思維能力很大程度上取決於後天家長的培養。如何培養孩子的敏銳思維的能力呢？

一、**寓教於樂**

從小時候開始家長就要及時引發孩子的思考能力。有位母親透過朗讀簡單的詩詞引導她五歲的孩子思考問題。她先讀一首詩：如果世界上堆滿了餡餅，如果海水全部化為墨水，如果所有的樹都結滿麵包和乳酪，那麼，我們怎麼吃到東西？然後，她問孩子：「一個句子以『如果』開頭，是不是意味著它不是真的？」由此引起孩子聯想出一連串問題。培養孩子邊讀書邊思考的習慣，將使孩子終生受益。

二、**多提問題給孩子**

領孩子去博物館，與孩子一同閱讀，同孩子一起看電視的時候，要有意識的提出問題促使孩子發揮想像力。參觀博物館時不要走馬觀花，簡單的欣賞作品，不妨提出「恐龍如果復活了，地球會變成什麼樣」之類的問題。

三、**全家參與**

只要引導妥當，在自己家的小天地中即可取得良好思維習慣的最佳效果。孩子的年齡不論大小，也應創造機會使他們說出值得一聽的主意來，這並不需要安排正式課程。一家人圍聚一桌共進晚餐，議論一天中發生的種種事情，這就是一個指導孩子最好的機會。

四、講笑話

幽默風趣能在笑聲中使孩子懂得對事物的評判標準遠非僅有一種。一個奇妙的雙關語之所以能引起哄堂大笑，就因為它從不同的側面去理解詞意。

五、打破傳統觀念

人類進步的歷史是不斷澈底改變傳統觀念的歷史。孩子很少受傳統觀念的束縛，更敏銳於對「從來如此」的事情提出質疑。父母應該鼓勵孩子一輩子都保持大膽質疑、勤奮探索的習慣。

六、提出違背常理的問題

能提高孩子思維能力的問題是趣味性強、令人迷惑。激發想像力、沒有固定答案的問題。要激發孩子的想像力可以試試提出這類問題：要是所有汽車全部漆成黃顏色的，會有什麼樣的正面效果與反面效果？」

七、準確表述

準確表述不僅能防止誤解，而且能使思維更敏銳。準確辨別詞意是項艱鉅的智力訓練。這裡介紹一個家庭遊戲：蒙住家長的眼睛，讓孩子在兩幅相似的畫中挑選一幅進行描述。然後解開蒙布，讓被蒙住眼睛的家長指認出所描述的是哪幅畫。那些描述往往很模糊，讓人搞不清究竟是哪幅畫。這種遊戲既可教會孩子更準確的表達，又可教會孩子更細緻的觀察事物。

八、盡可能的聽取不同意見

小孩子大多數只顧說出自己的想法，沒有耐心去等待別人把話說完和簡單的重複說過的內容。由於聽不進別人的意見，就容易忽略那些能開闊視野的見解。因而要引導孩子聽取別人的意見。例如孩子說鄰居家的小孩是「壞人」，就要讓他去問問其他人對那個孩子的評價。這就可能使孩子看到自己未曾想過的部分。

【原文】

6・3

昔仲尼，師項橐。古聖賢，尚勤學。

【譯文】

從前，孔子是個十分好學的人，當時魯國有一位神童名叫項橐，孔子就曾向他學習。像孔子這樣偉大的聖賢，尚不忘勤學，何況我們普通人呢？

【注釋】

①師：拜師。

【評解】

歷史上確有孔子向項橐請教有關音樂問題的記述，《戰國策》、《史記》中均有記載，但「三難」則純屬傳說故事。山東紀城碑廓鎮東北八公里處有一山，名叫躲子山，傳說項橐就是在此山避難時遇害的。

項橐三難孔子的故事盛傳之後，各國諸侯都派人打探項橐的住處，以便為我所用。為避禍項橐就藏到山裡，但被吳國、齊國的武士發現了。兩國武士為爭奪項橐打鬥起來，吳人看劫持不成就將項橐刺死了，時年項橐年僅十二歲。

【國學小百科】

中國古代老師的稱謂

由於學校名稱的繁雜，受教育的對象不同，在中國古代各個不同歷史時期，對老師的稱謂不盡相同。

【夫子】最初孔子的門徒尊稱孔子為夫子，後來夫子成為對老師的尊稱。

【師】泛指老師、教師。

【師傅】老師的通稱。

【師保】古時擔任教導貴族子弟的官，有師有保，統稱「師保」。

【先生】古時對老師的一般稱謂。

【宗師】掌管宗室子弟訓導的官員。

【老師】教授學生的人。明清兩代生員和舉子稱主試的座主和學官為「老師」。

【教習】學官名。明代選進士入翰林學習，稱庶起士，命學士一人任教，稱為教習。清末興辦學堂，其教師也沿襲教習。

【教諭】宋代在京師設立的小學和武學中的教官。元明清縣學皆置教諭，掌文廟祭把，教育所屬生員。

【教授】宋代除宗學、律學、醫學、武學等置教授傳授學業外，各路的州、縣學均置教授，掌學校課試等事。元代諸路散府及上中州學校和明清的府學亦置教授。

【助教】國子監教師，西晉咸寧二年（西元二七六年）立國子學，始設助教，協調國子祭酒、博士傳授儒家經學。

【學博】唐代府郡置經學博士一人，以五經教授學生，後泛稱教官為「學博」。清代時又成為州縣學官的別稱。

【學正】宋元明清國子監所屬學官，協助博士教學，並負訓導之責。元代路、州、縣及書院也設學正，明清州學設學正，負責教育所屬生員。

6．3昔仲尼，師項槖。古聖賢，尚勤學。

【學錄】宋元明清時國子監所屬學官。掌執行學規，協助博士教學、元代路學設學錄，協助教授教育所屬生員。

【學官】又稱「教官」。指舊時主管學務的官員和官學教師。

【監學】清代中等學堂以上設監學；掌稽察學生出入。考察學生功課勤惰等事。

【司業】隋以後國子監設司業協助祭酒掌儒學訓導之政。歷代沿置，為學官，至清末廢。

【祭酒】漢平帝時始置六經祭酒。後置博士祭酒，為博士之首，屬大學中教言（主管官）。隋唐以後稱國子監祭酒，至清末廢。

【學政】宋代太學的教官。

【講郎】講授經書的官員。

【太保】指太子太保，為輔導太子的官，也稱太師太傅。

【相關連結】

孔子拜七歲項槖為師

孔子說過，「人有生而知之者，有學而知之者，有學而不知者」。即使是生而知之者還是要學習，有的人天分很高很聰明，但是不認真求學問，倚仗自己的天才胡作非為，就把自己給毀了。孔子是聖人，也還是活到老學到老，他曾向七歲的項槖請教問題，為後人做了好榜樣。

項槖是春秋時期的神童，孔子曾經向他請教過問題，所以被後世尊為「聖公」。相傳，孔子有一次與弟子東遊。待車馬行至齊地紀障城的時候，大道邊上有幾個戲耍的玩童，有一童子立於路中不動。子路見狀，停車呵斥道：「小孩子怎麼不讓車呢？撞到你怎麼辦？」

免死記！過目不忘三字經

你與古文的距離，只差一塊美味的翻譯年糕

童子說：「城池在此，車馬安能通過？」孔子探身道：「城在何處？」童子說：「築於足下。」孔子下車觀看，果見小兒立於石子、瓦片擺成的「城」中。童子問：「是城讓車馬，還是車馬讓城？」孔子笑道：「好伶俐的童子！請問你叫什麼名字，幾歲了？」

小兒答道：「我叫項橐，年方七歲。請問您是哪一位？」孔子答道：「我是魯國孔丘。」

項橐驚道：「您就是鼎鼎大名的孔夫子！那麼我請教您三個問題，答的出來我就讓城讓路，答不出來就請繞城而過」。

孔子覺得項橐這孩子很有意思，於是笑道：「一言為定！」

項橐說：「天地人為三才，夫子可知天有多少星辰、地多少五穀、人有多少根眉毛？」

孔子搖頭說：「我還真的不知道。」項橐得意道：「我來告訴你，天有一夜星辰，地有一茬五穀（在古代，莊稼一年只能種一茬），人有黑白兩根眉毛。」

項橐再問：「請教什麼水沒有魚？什麼火沒有煙？什麼樹沒有葉？什麼花沒有枝？」孔子答道：「江河湖海，水中都有魚；柴草燈燭，是火就有煙；沒有葉不成樹，沒有枝又哪裡有花呢？」項橐聽後搖著頭說：「不對，是井水沒魚，螢火沒煙，枯樹沒葉，雪花沒枝。」

項橐又問：「什麼山上無石？什麼車子無輪？什麼牛無犢？什麼馬無駒？什麼男人沒有妻子？什麼女人沒有丈夫？孔子逗他道：「啊呀，我還是不知道。」項橐又道：「土山無石，轎車無輪，泥牛無犢，木馬無駒，神仙無妻，仙女無夫。」

孔子心中實在是敬佩這個七歲的孩子，於是向項橐行禮，繞城而過。這就是後世傳說的「項橐三難孔夫子」的故事。

【延伸閱讀】

如何做到謙虛為人

謙虛是古往今來被人們公認的美德；它是人生成功的奠基石，是黑暗中指引方向的路標，是乘風破浪前行的有力武器。《尚書》有云：「滿招損，謙受益。」〈出師表〉中有云：「虛心以納下。」〈諫太宗十思疏〉中提議「開門納諫」。做人到底應當怎樣才能做到謙虛為人呢？這並不是一個好回答的問題。不過有一點可以確定的是，做人要保持謙虛，不能自作聰明，不要以為自己比別人多一點智慧。謙虛的目的，並不是使我們覺得自己的渺小，而是為了更好的了解自己。在我們身邊，成功的人都是謙虛的人，他們能給自己一個準確的定位。

怎樣成為謙虛的人呢？具體如下：

（一）要嚴於律紀，誠以待人；

（二）了解自己所需，了解他人所需；

（三）保持自我的本色，不要隨波逐流；

（四）提高聆聽與學習的能力；

（五）建立自我的內在價值感，忠於這份情感；

（六）建立心靈的平和，不浮躁；

（七）尋求新境界、新目標、並付諸行動。

【原文】

6・4 趙中令，讀《魯論》。彼既仕，學且勤。

【譯文】

宋朝時趙中令——趙普，他官已經做到中令書了，天天還手不釋卷的閱讀《論語》，不因為自己已經當了高官，而忘記勤奮學習。

【注釋】

①《魯論》：即論語。《論語》有三種本子，分別是《魯論》、《齊論》、《古論》。現在我們通常讀的論語是《魯論》。

【評解】

宋朝的開國丞相趙普，雖然已經位極人臣，但是依然手不釋卷，經常手捧《論語》認真研讀。而趙普能夠以宰相之尊仍如此好學，可見學習與地位沒有什麼必然的關聯，只能說明，地位越高需要越有堅實的知識基礎作為支撐，否則自己的位子是坐不久的。

天道酬勤，趙普的故事告訴人們：人的學問是永無止境的，無論處於什麼樣的地位和人生狀態，都要抱持活到老，學到老的精神。

6．4趙中令，讀《魯論》。彼既仕，學且勤。

【國學小百科】

中國古代職官稱謂

【爵】即爵位、爵號，是古代皇帝對貴戚功臣的封賜。舊說周代有公、侯、伯、子、男五種爵位，後代爵稱和爵位制度往往因時而異。

【丞相】是封建官僚機構中的最高官職，是秉承君主旨意綜理全國政務的人。有時稱相國，常與宰相通稱，簡稱「相」。

【太師】指兩種官職，其一，古代稱太師、太傅、太保為「三公」，後多為大官加銜，表示恩寵而無實職，如宋代趙普、文彥博等曾被加太師銜。其二，古代又稱太子太師、太子太傅、太子太保為「東宮三師」，都是太子的老師，太師是太子太師的簡稱，後來也逐漸成為虛銜。

【太傅】參見「太師」條。古代「三公」之一。又指「東宮三師」之一，如賈誼曾先後任皇子長沙王、梁懷王的老師，故封為太傅。

【少保】指兩種官職，其一，古代稱少師、少傅、少保為「三孤」，後逐漸成為虛銜，如全祖望〈梅花嶺記〉「文少保亦以悟大光明法蟬脫」，文天祥曾任少保官職，故稱。其二，古代稱太子少師、太子少傅、太子少保為「東宮三少」，後也逐漸成為虛銜。

【尚書】最初是掌管文書奏章的官員。隋代始沒六部，唐代確定六部為吏、戶、禮、兵、刑、工，各部以尚書、侍郎為正副長官。

【學士】魏晉時是掌管典禮、編撰諸事的官職。唐以後指翰林學士，成為皇帝的祕書、顧問，參與機要，因而有「內相」之稱。明清時承旨、侍讀、侍講、編修、庶起士等雖亦為翰林學士，但與唐宋時翰林學士的地位和職掌都不同。

【上卿】周代官制，天子及諸侯皆有卿，分上中下三等，最尊貴者謂「上卿」。

【大將軍】先秦、西漢時是將軍的最高稱號。如漢高祖以韓信為大將軍，漢武帝以衛青為大將軍。魏晉以後漸成虛銜而無實職。明清兩代於戰爭時才設大將軍官職，戰後即廢除。

【參知政事】又簡稱「參政」。是唐宋時期最高政務長官之一，與同平章事、樞密使、樞密副使合稱「宰執」。

【軍機大臣】軍機處是清代輔佐皇帝的政務機構。任職者無定員，一般由親王、大學士、尚書、侍郎或京堂兼任，稱為軍機大臣。軍機大臣少則三、四人，多則六、七人，被稱為「樞臣」。

【軍機章京】參見「軍機大臣」條。是軍機處的辦事人員，軍機大臣的屬官，被稱為「小軍機」。

【御史】本為史官，秦以後置御史大夫，職位僅次子丞相，主管彈劾、糾察官員過失諸事。

【樞密使】樞密院的長官。唐時由宦官擔任，宋以後改由大臣擔任，樞密院是管理軍國要政的最高國務機構之一，樞密使的權力與宰相相當，清代軍機大臣往往被尊稱為「樞密」。

【左徒】戰國時楚國的官名，與後世左右拾遺相當。主要職責是規諫皇帝、舉薦人才。

【太尉】元代以前的官職名稱。是輔佐皇帝的最高武官，漢代稱大司馬。宋代定為最高一級武官。

【上大夫】先秦官名，比卿低一等。

【大夫】各個朝代所指的內容不盡相同，有時可指中央機關的要職，如御史大夫、諫議大夫等。

【士大夫】舊時指官吏或較有聲望、地位的知識份子。

【太史】西周、春秋時為地位很高的朝廷大臣，掌管起草文書、策命諸侯卿大夫、記載史事，兼管典籍、曆法、祭祀等事。秦漢以後設太史令，其職掌範圍漸小，其地位漸低。

【長史】秦時為丞相屬官，如李斯曾任長史，相當於丞相的祕書長。兩漢以後成為將軍屬官，是幕僚之長。

【侍郎】初為宮廷近侍。東漢以後成為尚書的屬官。唐代始以侍郎為三省（中書、門下、尚書）各部長官（尚書）的副職。

【侍中】原為正規官職外的加官之一。因侍從皇帝左右，地位漸高，等級超過侍郎。魏晉以後，往往成為實質上的宰相。

【郎中】戰國時為宮廷侍衛。自唐至清成為尚書、侍郎以下的高級官員，分掌各司事務。

【參軍】「參謀軍務」的簡稱，最初是丞相的軍事參謀。晉以後地位漸低，成為諸王、將軍的幕僚。隋唐以後逐漸成為地方官員。

【令尹】戰國時楚國執掌軍政大權的長官，相當於丞相。明清時指縣長。

【尹】參見「令尹」條。又為古代官的通稱。

【都尉】職位次於將軍的武官。

【冏卿】太僕寺卿的別稱，掌管皇帝車馬、牲畜之事。

【司馬】各個朝代所指官位不盡相同。戰國時為掌管軍政、軍賦的副官。隋唐時是州郡太守（刺史）的屬官。

【節度使】唐代總攬數州軍政事務的總管，原只設在邊境諸州；後內地也遍設，造成割據局面，因此世稱「藩鎮」。

【經略使】也簡稱「經略」。唐宋時期為邊防軍事長官，與都督並置。明清兩代有重要軍事任務時特設經略，官位高於總督。

【刺史】原為巡察官名，東漢以後成為州郡最高軍政長官，有時稱為太守。

【太守】參見「刺史」條。又稱「郡守」，州郡最高行政長官。

【都督】參見「經略使」條。軍事長官或領兵將帥的官名，有的朝代地方最高長官亦稱「都督」，相當於節度使或州郡刺史。

【巡撫】明初指京官巡察地方。清代正式成為省級地方長官，地位略次於總督，別稱「撫院」、「撫台」、「撫軍」。

【撫軍】參見「巡撫」條。

【校尉】兩漢時期次於將軍的官職。

【教頭】宋代軍中教練武藝的軍官。

【提轄】宋代州郡武官的官名，主管訓練軍隊、督捕盜賊等事務。

【從事】中央或地方長官自己任用的僚屬，又稱「從事員」。

【知府】即「太守」，又稱「知州」。

【縣令】一縣的行政長官，又稱「知縣」。

【里正】古代的鄉官，即一里之長。

【里胥】管理鄉里事務的公差。

6．4趙中令，讀《魯論》。彼既仕，學且勤。

【相關連結】

勤奮的趙普

趙中令是宋朝的中書令（宰相）趙普，這段話講的是趙普半部《論語》治天下的故事。趙普與趙匡胤是小時候的同學兼朋友，他出身比較艱苦，少年時期沒有好好讀過書，之後跟隨趙匡胤打天下。宋朝開國後，趙普歷任宋太祖趙匡胤和宋太宗趙匡義兩朝的宰相，自稱半部《論語》幫助趙匡胤打天下，另外半部《論語》幫助趙匡義治理天下。

趙普白天忙於處理國家政務夜晚則讀《魯論》，所謂「魯論」就是魯國通行的《論語》二十篇。據說每當遇到重大問題，趙普總是說：「明天再做決策。」晚上回家以後，他從箱子裡面拿出一本書仔細的讀，第二天都能夠提出一個很高明的見解。

時間久了大家都很奇怪，覺得趙普家裡一定藏有什麼祕笈寶典，於是買通他的家人打探這個祕密。有一天，家人趁他不在家把書拿出來一看，原來是《論語》。可是誰也不相信，怎麼可能是人人皆知的《論語》呢？趙匡胤得知此事，親自到他家來探問，趙普就把那本《魯論》拿了出來。趙匡胤說：「此為朕幼年所習，如今卿家還在讀嗎？」趙普回答說：「齊家、治國、平天下的道理盡在其中。」宋太宗繼位以後仍然想用趙普為宰相，有人說趙普的壞話，說他只能讀《論語》。太宗如實以告，趙普說：「臣實不知書，只能讀《論語》。我輔助太祖定天下只用了半部《論語》，尚有半部可以輔助陛下致太平。」

【延伸閱讀】

管理者要學習的八種能力

越是高位，越要培養自己的學習能力。以下這些行為能力是管理者必須學習的。

一、尊重別人

管理者要展現出對員工的尊重，就要對員工以禮相待，滿懷體諒的認真聆聽，並保持目光交流。經理人應避免對員工說教，避免用一種居高臨下或嘲諷的口氣說話。

二、授權賦能

「賦能」就是給予員工做好工作所需的知識和技能；「授權」就是支持員工自我負責。未經培訓，員工可能一事無成；失去責任感，員工往往只管做，而不願去動心思。被賦能的人對自己具有良好的感覺，因為他們有機會表現卓越的知識和技能；被授權的人也具有良好的自我感覺，因為他們能對自己的一生負責，得到他們所需要的能量，展現他們的才華、智慧和許多方面的能力。

三、言行和諧一致

如果管理層的言行不一致，輕則引起員工的困惑，重則會失去員工的信任。管理者只有對員工表現真誠、坦誠不欺，才能在員工中贏得信賴。要是他們從不開誠布公的和員工交流，又怎麼指望員工向他們敞開心扉？

四、營造安全感

在一個「安全」環境裡，人們感到他們可以暢所欲言，不必擔心受到嘲諷或譴責。他們感到可以放心的承認「我犯了一個錯誤」。艾科卡在他的《直言不諱》一書中建議：「只有主管才能創造一種氛圍，讓員工可以放心的說出『我不知道』和『但我會弄明白的』這些富有魔力的字眼。」

五、表現個人的處事原則

經理人不能出現過火行為，為員工做出表率。有時，他們需要提醒出言不遜的員工：「你的行為我完全不能接受。」對此，經理人所面臨的挑戰，是如何不卑不亢的表現自己的原則，以免傷害別人的人格或獨斷專行。

六、查明員工業績滑落的原因

員工業績差強人意時，即實際業績與期望業績之間產生差距時，首先要努力了解業績出現差距的原因。採取措施糾正問題之前，應先弄清楚問題，切忌不要在不明真相的情況下在全體人員面前講，那樣只能影響經理自己的形象，因為，這樣的員工可能在私下和別的員工講過真實的原因，只是你不知道而已。

七、認真觀察員工的行為

一種最有效的培訓方式是對員工的業績及時給予富有建設性的回饋。經理人應抓住一切可能的機會具體了解員工的業績強項，然後提出具體的業績改進回饋，對員工不應先入為主。員工得知這種不切實際的評價時，就會感到自己受到輕視，心生不滿。

八、培育員工的潛力

員工越是不敢正視自己的潛力，對經理人耐心的考驗就越大。正如《走在水上》一書的作者鮑爾博士所說的：「要學會與人為善，因為你所遇到的每個人都不好欺負。」

6・5

【原文】

披①蒲編，削竹筒。彼無書，且知勉。

頭懸梁，錐刺股②。彼不教，自勤奮。

【譯文】

西漢時路溫舒把文字抄在蒲草上閱讀，公孫弘將春秋刻在竹子削成的竹片上。他們兩人都很窮，買不起書，但還不忘勤奮學習。

晉朝的孫敬讀書時把自己的頭髮拴在屋梁上，以免打瞌睡。戰國時蘇秦讀書每到疲倦時就用錐子刺大腿，他們不用別人督促而自覺勤奮苦讀。

【注釋】

①披：劈開。

②股：大腿。

【評解】

在西漢，還沒有出現紙張，那時的字主要寫在絹帛皮筒上面，但是貧窮的路溫舒是買不起的，於是就將割回來的蒲草截成與竹筒一樣尺寸，並將其編聯在一起，將借來的書抄在蒲席上，然後用牧羊的時間閱讀。最後官至臨淮太守，並且成為西漢著名的法律專家。

「削竹簡」的是西漢的公孫弘。他出身貧賤，二十幾歲時曾經當過縣監獄的小官，後因過錯被免了職。公孫弘本來就不甘心平庸，因為家境貧寒只好替別人放豬。他五十幾歲的時候，經常跑到竹林裡把竹子削成竹簡，把借來的《春秋》和各家的注解，抄在竹簡上面。

歷史上的公孫弘與董仲舒齊名，都是漢武帝的丞相，也都是「罷黜百家，獨尊儒術」的奠基人。幾年後公孫弘官至左內史、丞相，封為平津侯。

孫敬和蘇秦都是從布衣位列卿相，名揚四海的，都是得自於刻苦追求與勤學不輟，這種刻苦精神很值得我們學習。

苦讀固然重要，但還應該講求學習效率。現代的教育理論就極不贊成「苦讀」，林語堂在〈論讀書〉中就

6．5披①蒲編，削竹筒。彼無書，且知勉。頭懸梁，錐刺股②。彼不教，自勤奮。

批評蘇秦的做法是「愚不可當」並且說「不睡覺只有讀壞身體，不會讀出書的精彩來。」但是這兩位苦讀的代表並非一無所成，蘇秦「終以酬壯志，功名傳千古」，孫敬最終也是學有所成。

很多人都有這樣的體會，自己的書不好好讀，借別人的書卻看得很快，因為要還給人家。可見人讀書是有惰性的，非逼著自己讀不可，自己原諒自己就懈散了。由此可見，「苦讀」並非要不得。孫敬和蘇秦的做法或可商榷，但苦讀的精神是一定要學習的，我們做家長的應該時刻鼓勵小孩子立志苦學，懈怠散漫是難成大器的。

【國學小百科】

中國古代對讀書人的稱謂

在古代，一般形容讀書人的稱謂如下：

【書種】讀書種子的意思，意為世代相承的讀書人。

【書痴】即書呆子。

【書簏】諷喻讀書雖多但不解書義、獲益甚少的人。

【書庫】喻博學飽識之士。

【書淫】比譬稱好學不倦、嗜書入迷的人。

【書癲】比喻讀書入迷、忘形似癲的人。

【書櫥】一是比喻學問淵博之人。

【書生】指儒生。

【書迷】心迷戀於書的人。

【學究】古代泛稱儒生，後常諷刺腐儒為學究。

【白衣秀士】指沒有功名的讀書人。

【掉書袋】有貶義，諷喻愛好廣征博引炫耀自己學問淵博的讀書人。

【蠹書蟲】字面意為咬書的害蟲，轉喻讀死書的人。

【小兒學士】稱北周宗懍。

【不櫛進士】櫛乃男子束髮的梳篦。

【鬥酒學士】指唐代王績。

【尺二秀才】首見於南宋孫奕《履齋示兒編．聲畫押韻貴乎審》：「初，誠齋先生楊公（楊萬里）考校湖南漕試，同寮有取易義為魁。先生見卷子上書『盡』字作『盡』，必欲擯斥。考官乃上庠人，力爭不可。先生云：『明日揭榜，有喧傳以為場屋取得個尺二秀才，則吾輩將胡顏？』竟黜之。」

【著腳書樓】宋代趙元考的綽號。

【書倉】後漢的曹平，積石為倉以藏書，號曰「曹氏書倉」。

【書窟】五代人孟景翌，一生勤奮讀書，出門則藏書跟隨，終日手不釋卷。讀書所坐之處，四面書籍卷軸盈滿，時人謂之「書窟」。

【書巢】南寧著名詩人陸游，在山蔭家居時建造了一個書房，自命為「書巢」。

【書櫃】明代文人丘瓊勤奮好學，才思敏捷，故有「書櫃」的美稱。

【相關連結】

路溫舒與公孫弘的故事

西漢時候有個人叫路溫舒，字長君，山西潞州人，小時候替人放羊，家貧沒有錢買書。中國在漢以前，非

6．5披①蒲編，削竹簡。彼無書，且知勉。頭懸梁，錐刺股②。彼不教，自勤奮。

世家沒有藏書，非自己下功夫抄錄，就無書傳學。那時候還沒有紙張，非絹帛皮簡無以為書，所以家貧就自然沒有書可讀了。

路溫舒放羊時經常路過一片池塘，他注意到池塘邊上長的蒲草很茂盛，就背回家一大捆，截成與竹簡一樣尺寸，並將其編聯在一起，然後借來《尚書》工工整整的抄到上面。有了蒲編書，他就一邊放羊一邊讀書。因為他精通漢書、熟悉法律，以後做了獄吏，最後官至臨淮太守，成為西漢著名的法律專家。

「削竹簡」的是西漢的公孫弘。他出身貧賤，二十幾歲時曾經當過縣監獄的小官，後因過錯被免了職。公孫弘本來就不甘心平庸，因為家境貧寒只好替別人放豬。他五十幾歲的時候，經常跑到竹林裡把竹子削成竹簡，把借來的《春秋》和各家的注解，抄在竹簡上面。漢武帝時期，公孫弘官至左內史、丞相，封為平津侯。

孫敬與蘇秦的故事

「頭懸梁」的是晉朝人孫敬。孫敬，字文質，漢代信都（今河北冀州）人。好學，後入洛陽，在太學附近一小屋安頓母親然後入學。他曾採楊柳為簡，加以編聯，用來寫經，這是歷史上「輯柳」的典故。《太平御覽》上記載：孫敬「好學，晨夕不休」，常年閉門謝客，攻讀詩書，人稱「閉戶先生」。他苦讀詩書，常常通宵達旦，困倦得眼皮都睜不開了，就弄根繩子把頭髮綁起來吊在房梁上。打瞌睡低頭的時候，扯一下頭髮就驚醒了，繼續讀下去。

孫敬憑藉其獨特的「頭懸梁」的苦讀精神，終能通今博古、滿腹經綸，成為晉時知名的大儒。後人對孫敬的苦讀精神極為敬仰，並將此與戰國時蘇秦「讀書欲睡，引錐刺其股」的故事並談，用以教育孩童。

戰國時候的洛陽人蘇秦，遊說秦惠王，上書十次而遊說不成。黑貂皮衣穿破了，百斤黃金用光了，回到家裡「妻不下紝，嫂不為炊，父母不與言」，家裡人都不理睬他。蘇秦下了狠心，日夜苦讀姜太公的《陰符經》，研究其中的奇謀策略。至更深夜半，頭迷眼閉，但一想到自己所受的奇恥大辱，就拿一把錐子自刺其股，在大腿上刺一下，醒了以後再讀。如此苦讀，一年以後出山，說服六國聯合抗秦，完成了合縱大計，自己也腰掛六國相印，成為歷史上著名的縱橫家。

【延伸閱讀】

如何布置書房

良好的學習環境對學習是很重要的，對於專門用於學習的書房，在裝修與裝飾上應該注意些什麼呢？

一、用素淨的布幔隔離書桌與床鋪，讀書時拉起能夠有效杜絕倒床而睡的誘惑；

二、空間過多的色彩，會令人眼花撩亂，心浮氣躁，因此最好以單純而簡雅的色系。

三、利用有隔音效果的材質，能夠有效隔絕噪音。以磚牆代替玻璃、以實木門代替空心門。

四、書桌通常以面對窗戶最適合，光線充足，在疲乏之餘觀賞風景而稍事休息。至於書櫃，考慮取拿的便利性，放於書桌左右為佳。

五、充足的燈光是書房家具配備個重點，除了吸頂燈外，燈泡式或日光燈式台燈搭配使用。

六、家具宜選擇自然色系；白色容易對眼睛造成炫光。書櫃過深的色彩在視覺上造成壓迫感。

七、抽屜可以不同顏色的色板做重點式的凸顯，藉以表示各種考卷、資料、檔案。

6．6 如囊螢，如映雪。家雖貧，學不輟①。 如負②薪③，如掛角。身雖勞，猶苦卓。

【原文】

6．6

如囊螢，如映雪。家雖貧，學不輟①。
如負②薪③，如掛角。身雖勞，猶苦卓。

【譯文】

晉朝人車胤，把螢火蟲放在沙袋裡照明讀書。孫康則利用積雪的反光來讀書。他們兩人家境貧苦，卻能在艱苦條件下繼續求學。

【注釋】

①輟：停止。
②負：背。
③薪：柴。

【評解】

囊螢、映雪的故事隨著他們的成功而成為千古美談，更成為鼓勵青年人勤奮上進的典範。學習不能怨天尤人，更不要找藉口，不要說自己沒有條件，條件都是自己創造出來的。

囊螢、映雪的故事啟示人們：若想要學習並獲得真知就不要受客觀條件影響，沒有什麼是不能克服的，難以克服的只是人的惰性和依賴性。

朱買臣邊賣柴邊讀書，李密邊放牛邊讀書。他們都能在艱苦的環境下利用一切時間讀書，而現代人往往以

「沒時間」作為不好好讀書的藉口。

的確，在強大的工作壓力下，要騰出時間繼續學習、閱讀好的資料廣泛學習是不太實際的事情，但是每天擠一擠時間，還是會有剩餘時間的。

現代社會發展如此迅速，每個人在學習中不斷充實自己也是必須要做的功課。

【國學小百科】

奇書《論衡》

東漢著名唯物論思想家王充，自幼聰穎過人，青午時，曾遊學洛陽，因家境不富，買不起書，便經常到書市上閱覽，王充讀書能過目成誦，所以，很快便「博通眾流百家之言」。王充性格耿直，勇於堅持真理，一生清苦，曾做過小官，但不久去官回到家鄉，在家鄉一面教書，一面勤奮著作。他以畢生的心血寫下了四部哲學巨著：《譏俗》、《政務》、《養生》、《論衡》。其中，《論衡》一書是王充用了三十年時間寫就的。他為此書題名《論衡》，「衡」是古代對天平的稱號，涵義是對古往今來的一切思想和學說，都要加以秤量和品評，辨別真偽，權其輕重。書名表明了王充不隨世俗、追求真理的精神。

《論衡》共八十五篇，內容非常豐富，全書閃爍著唯物主義思想的光輝，是中國古代唯物論的寶貴遺產，被稱為奇書。

西元一八九年，同時代的著名學者蔡邕來到浙江，看到《論衡》一書，如獲至寶。密藏而歸。蔡邕的友人發現他自浙江回來，談吐不同凡響，學問突有大進，猜想他可能得了奇書，便去他房間尋找，果然在帳間隱蔽處發現了《論衡》一書。他不等蔡邕同意，搶了幾卷就走，蔡邕急了，急忙叮囑：「此書只能你我共讀，千萬別讓人家知道了。」友人讀過此書，也拍案叫絕，連稱奇書！

6．6如囊螢，如映雪。家雖貧，學不輟①。如負②薪③，如掛角。身雖勞，猶苦卓。

【相關連結】

車胤與孫康的故事

「囊熒」的典故說的是晉朝的車胤，「映雪」講的是晉朝人孫康的故事。他們雖然家境貧寒生活艱苦，卻能立志苦讀，沒有因為讀書的條件不好就停止學習。唐朝李渤有詩說：「次兄一生能苦節，夏聚流螢冬映雪。」說的就是此二人的典故。曾國藩也說過：「讀書乃寒士本業，切不可有官家風味。吾於書箱及文房器具，但求為寒士所能各者，不求珍異也。」

車胤，字武子，晉代南平（今湖北公安市）人，他的祖父車浚，三國時期當過東吳的會稽太守。因災荒請求賑濟百姓，被昏庸的吳主孫皓處死，此後車胤的家境就一貧如洗了。車胤立志苦讀，太守王胡之曾對他的父親車育說：「此兒當大興卿門，可使專學。」因家中貧寒，晚上看書沒錢點燈，他就捉些螢火蟲放在紗布縫製的袋子裡面，借著螢火蟲發出的微弱燈光苦讀。

在他父親的指導下，車胤終於成了一個很有學問的人，一生中做過吳興太守、輔國將軍、戶部尚書等官職。唐朝楊弘貞、楊番、蔣防都著有〈螢光照學賦〉，均是談車胤之事。

孫康，晉代京兆（今河南洛陽）人，晉祕書監孫盛的曾孫、長沙太守孫放之孫。孫康幼時酷愛讀書，常常感到時間不夠用。他想夜以繼日的攻讀，可此時家道中落，沒錢買油點燈。一到天黑，便沒有辦法讀書了。特別到了冬天，長夜漫漫，他有時輾轉很久難以入睡。實在沒有辦法，只好白天多看書，晚上躺在床上默誦。

一天夜裡，他一覺醒來忽然發現從窗外透進幾絲白光。開門一看，原來下了一場大雪，大地閃閃發光使他眼花撩亂。孫康心中一動，映著雪光可否讀書呢？他急急忙忙跑回到屋裡，拿出書來對著雪地的反光一看，果然字跡清楚，比昏黃的油燈要亮得多！

整個冬天，孫康都夜以繼日的苦讀，從沒有中斷過。孫康砥礪求進，學有大成，終成晉時很有名望的學者，南朝宋景平年間官至尚書左丞相，封德陽縣侯。

朱買臣與李密的故事

「如負薪」的典故，說的是漢武帝時代官拜會稽郡太守朱買臣的故事。《漢書．朱買臣傳》記載：「朱買臣，字翁子，吳人也。家貧，好讀書，不治產業。常艾薪樵，賣以給食，擔束薪，行且誦書。其妻亦負載相隨，數止買臣毋歌謳道中。買臣愈益疾歌，妻羞之求去。買臣笑曰：『我年五十當富貴，今已四十餘矣。汝苦日久，待我富貴報汝功。』妻恚怒曰：『如公等，終餓死溝中耳，何能富貴？』買臣不能留，即聽去。其後買臣獨行歌道中，負薪墓間。」

朱買臣未仕前，住在蘇州城西穹窿山麓，因家貧又好讀書，不得不靠賣薪度日。每次賣柴，他都是且行且誦古書，怡然自得。妻子崔氏見了覺得很丟人，跟他鬧離婚。朱買臣勸說妻子：「我年五十當富貴，現已逾四十，俟吾富貴，當報汝功。」崔氏再也熬不下去了，就改嫁他人而去。

其後，經同鄉嚴助推薦，朱買臣為漢武帝「說春秋，言楚詞」。武帝大悅，封朱買臣為中大夫、文學侍從。朱買臣曾為武帝征伐東越出謀劃策，後官至會稽太守。

朱買臣至會稽任太守時，「入吳界，見其故妻、妻夫治道」，就停車帶回太守府中，供他們食宿。其妻十分差愧，自縊而死。元代有無名氏《朱太守風雪漁樵記》的雜劇，講的就是朱買臣的故事。

「如掛角」的典故，說的是隋朝李密的故事，他曾當過瓦岡山反隋義軍的首領。李密，字法主，京兆長安人，祖籍遼東襄平（今遼寧遼陽南），祖上是北周和隋朝的貴族。李密少年時代，曾在隋煬帝的宮廷裡當侍衛。他生性靈活，在值班的時候左顧右盼，被隋煬帝發現了，認為這孩子不大老實就免了他的職。李密並不懊

6．6如囊螢，如映雪。家雖貧，學不輟①。如負②薪③，如掛角。身雖勞，猶苦卓。

喪，回家後發憤讀書，因以放牛為生，故此常坐在牛背上讀書。

有一次，李密聽說緱山有一位名士包愷，就前去向他求學。李密騎上一頭牛出發了，牛背上鋪著用蒲草編的墊子，牛角上掛著一部《漢書》。李密一邊趕路一邊讀《漢書》，正巧越國公楊素騎著快馬從後面趕上來，勒住馬讚揚他：「這麼勤奮的書生真是少見！」李密一看是越國公，趕緊從牛背上跳下來行禮。為此《新唐書．李密傳》記載：「聞包愷在緱山，往從之。以蒲韉乘牛，掛《漢書》一帙角上，行且讀。」

【延伸閱讀】

上班族如何擠時間學習

繼續學習，成長見識和加強能力是每個上班族的願望，尤其是對於工作和生活都很有壓力的白領族來說，要處理好自己擔當的各方面角色都很不容易，學習簡直成了奢望。魯迅曾經說過：「時間，就像海綿裡的水一樣，只要願擠，總還是有的。」正是這短短二十個字，鼓勵了魯迅，鼓舞了寒窗苦讀的文人，同時，又給了我們多少充滿光明和力量的啟迪。所以，我們要從分分秒秒中擠出時間來學習。

學習目標不同學習的方法也不一樣。如果是要參加考試的，那你可先列一個計畫，每天學多長時間，不要太長，一天就一兩個小時就夠了，你可比家人早起一點，趁家裡安靜的時候學習，而且早上記憶力也好；或者去參加補習班，每天趁晚上的時間參加集體學習，在那種學習氛圍中學習效果更好。如果是學英語，可以利用零碎時間，將要背的單字、句子等記在小紙條上，上下班坐車時、上廁所時都可拿出來看看，時間一長養成了習慣，自己的知識也就默默成長了。

其實說找不到時間學習只是一個沒有下定決心學習的藉口罷了。試問所有有上進心有成就的人，誰又是靠著學校裡學的那點東西吃一輩子的，他們都是在參加工作和成家後邊做邊學出來的。

如果想學，就要抓緊時間，再拖下去，慢慢的，連這點想學習的念頭都會消失。只要你有毅力，一切都不是問題。

6·7

【原文】

蘇老泉①，二十七。始發憤，讀書籍。彼既老，猶②悔遲。爾③小生，宜早思。

【譯文】

蘇洵，號大泉，小時候不想唸書，到了二十七歲的時候，才開始下決心努力學習後來成了大學問家。像蘇老泉上了年紀，才後悔當初沒好好讀書，而我們年紀輕輕，更應該把握大好時光，發奮讀書，才不至於將來後悔。

【注釋】

①蘇老泉：即蘇洵，宋朝著名的散文家、政論家，「唐宋八大家」之一。

②猶：才。

③爾：你。

【評解】

北宋時期，四川有一個名叫蘇洵的人，從小不愛讀書，晚年卻讀起書來，還寫了不少詩。最初，蘇洵的兩個哥哥高中進士，對蘇洵來說應是一個有力的鞭策，但蘇洵還是遊蕩四方，不用功讀書。十八歲上蘇洵赴京趕

6．7蘇老泉①，二十七。始發憤，讀書籍。彼既老，猶②悔遲。爾③小生，宜早思。

考，名落孫山，十九歲結婚以後乾脆就不再讀書了。

蘇洵的妻子程氏，是大理事承程文應之女，書香門第受過良好的教育，頗有學識涵養。她對蘇洵的所作所為，非常憂心，常常為此悶悶不樂，擔心她的夫君會從此斷送了前程。蘇洵也察覺到妻子的憂慮，開始悔其少時不學之過。二十七歲的時候，他終於幡然悔悟，終日端坐，奮發力學，不再出遊。蘇洵在二十九歲時再度赴京考進士，儘管他為人聰慧，辯智過人，但因其所學與科舉考試要求的章句、名數、聲律之學不合，結果還是沒有考上。三十七歲時，宋仁宗舉辦特考，他再度赴試還是沒有考上。就在此時，他在異鄉接到父親蘇序的死訊，急急趕回家中奔喪，心中非常難過。

一般人受到這樣的刺激，通常都會放棄讀書。但是蘇洵卻由此領悟到，人不應該為了考試而讀書，故此絕意功名不再走此科舉之路，開始為自己而讀書了。蘇洵毅然燒掉過去為考試而做的幾百篇文章，重新閱讀古書。他忽然發現不為考試而讀書，書中的精華反而盡赴眼底，真正嘗到了讀書的樂趣了。

讀書在人的一生中，有最佳「黃金期」，也就是十三歲之前。在這段時間裡讀的東西，一輩子都不會忘記。如果錯過了人生的前十三年，無論你今後多麼努力的彌補，無奈大腦與神經系統的發育已經定型了，再背書記不住了，那時就「猶悔遲」了。

【國學小百科】

中國古代年歲的別稱

【總角】指童年。語出《詩經》，如《詩·衛風·氓》「總角之宴」。以後稱童年為「總角」。陶淵明〈榮木〉詩序：「總角聞道，白首無成。」

【垂髫】古時童子未冠，頭髮下垂，因而以「垂髫」代指童年。

【束髮】指青少年。一般指十五歲左右，這時應該學會各種技藝。

【及笄】指女子十五歲。語出《劄記．內則》「女子……十有五年而笄」。「笄」，謂結髮而用笄貫之，表示已到出嫁的年紀。

【待年】指女子成年待嫁，又稱「待字」。語出《後漢書．曹皇后記》「小者待年於國」。以後稱女子待嫁的年齡為「待年」。

【弱冠】指男子二十歲。語出《禮記．曲禮上》「二十日弱，冠」。古代男子二十歲行冠禮，表示已經成年。

【而立】指三十歲。語出《論語．為政》「三十而立」。以後稱三十歲為「而立」之年。

【不惑】指四十歲。語出《論語．為政》「四十而不惑」。以後用「不惑」作四十歲的代稱。

【艾】指五十歲。語出《禮記．曲禮上》「五十日艾」。老年頭髮蒼白如艾。蔡東藩《歷朝通俗演義》三十七回：「……我年已及艾，還有什麼不滿意的事？」

【花甲】指六十歲。以天干地支名號錯綜參互而得名。

【古稀】指七十歲。語出杜甫〈曲江〉詩：「酒債尋常行處有，人生七十古來稀。」亦作「古希」。

【皓首】指老年，又稱「白首」。《後漢書．呂強傳》：「故太尉段潁，武勇冠世，習於邊事，垂髮服戎，功成皓首。」

【黃髮】指長壽老人。語出《詩經》，老人頭髮由白轉黃。陶淵明〈桃花源記〉：「黃髮垂髫，並怡然自樂。」

【期頤】指百歲。語出《禮記．曲禮上》「百年日期，頤」。謂百歲老人應由後代贍養。蘇軾〈次韻子由三首〉：「到處不妨閑卜築，流年自可數期頤。」

6．7蘇老泉①，二十七。始發憤，讀書籍。彼既老，猶②悔遲。爾③小生，宜早思。

【延伸閱讀】

如何培養幼兒自主學習能力

自主不是意味著讓幼兒自己作主、不受限制，也不是讓幼兒隨著自己的意願高興做什麼就做什麼。自主學習並不等於自由、放羊式的學習，它有更深的內涵：在學習過程中，學習主體本身具有「渴望學習」的意識，能自發性的活動——專心看、堅持做、主動想，積極探究遇到的問題。

一、拓展選擇的空間

在日常生活中傾聽、關注、研究幼兒的個體需求，敏感的從幼兒的興趣中發現對幼兒有意義的、能夠激發幼兒主動學習的活動，讓幼兒選擇學習的內容。如發現幼兒很喜歡玩紙，家長就可以根據其愛好，延伸成項目活動：小實驗——水與紙、手工——染紙、折紙、撕紙，參觀造紙廠等等。

二、讓幼兒選擇學習的材料。

幼兒的思維以具體形象為主，他們必須透過直接接觸，充分感知，才能累積經驗。如想教孩子數學中的排序的時候，在教孩子前就可以和孩子一起製作可以組合的小彩旗、高樹和矮樹，做好後在數學活動中操作。充實、豐盈的材料本身就是學習資源，幼兒準備、利用材料，就是在觸摸、感知材料，認識、比較材料。因此，選擇的過程也是他們自主學習能力發展的過程。

三、讓幼兒選擇學習方法。

蘇霍姆林斯基說過：把自己的教育隱蔽起來。講的是教育要含蓄，只有含蓄的教育，才能給孩子自我修正的時空，才能成為孩子自我誘導的力量。因此，和孩子在一起的時候，多徵求孩子的意見：這個主題可以怎麼做？我們怎樣來展開活動？變「要我做」為「我要做」。如在學習歌曲時，家長可以問孩子：這首歌可以用什麼方法學唱？是用整體學唱法、分段學唱法還是逐句學唱法？這樣，既讓幼兒根據自己認識理解的需求，對學習方法做出自我的選擇，以獲得自身發展的能力，又幫助幼兒逐步樹立起自主學習的信心。

6・8

【原文】

若梁灝，八十二。對大廷①，魁②多士。
彼既成，眾稱異③。爾小生，宜立志。

【譯文】

宋朝有個梁灝，在八十二歲時才考中狀元，在金殿上對皇帝提出的問題對答如流，所有參加考試的人都不如他。梁灝這麼大年紀，尚能獲得成功，不能不使大家感到驚異，欽佩他的好學不倦。而我們應該趁著年輕的時候，立定志向，努力用功、發憤圖強。

【注釋】

①大廷：皇宮大殿。
②魁：奪魁。
③異：驚奇。

【評解】

歷史上的梁灝為北宋太宗時的進士，中狀元時年方二十三歲。遼軍攻打宋朝時，梁灝曾上書朝廷獻策，宋人陳正敏著《遁齋閒覽》中說：「梁灝八十二歲中狀元。」所以後人將梁灝畫成白鬚皓首的樣子。

6．8若梁灝，八十二。對大廷①，魁②多士。彼既成，眾稱異③。爾小生，宜立志。

梁灝（西元九六三至一〇〇四年）字太素，宋朝山東須城（今山東東平縣）人。宋雍熙二年（西元九八五年）中狀元，人稱父狀元，曾任峽路安撫使、關右安撫使、翰林學士等職，在任開封府尹時暴病卒，年四十二歲。梁灝的兒子梁固，宋大中祥符元年（西元一〇〇八年）中狀元，人稱子狀元，曾任著作郎、戶部勾院等職。天禧元年（西元一〇一七年）病逝，時年三十三歲。

宋代名儒張載，橫渠先生有四句名言：「為天地立心，為生民立命，為往聖繼絕學，為萬世開太平。」這四句話已成為宋代以後知識份子共同的目標，後世學者都以此立志向學，事實上也應該如此讀書求學。

【國學小百科】

古代皇族稱謂

【皇帝】西元前二二一年，秦王嬴政統一六國後，自認為「德兼三皇，功高五帝」，稱「始皇帝」，從此歷代封建君主都稱皇帝。

【萬歲】皇帝的代名詞，一種說法認為在朝賀時對君主經常使用，久而久之，便成了皇帝的尊稱；另一種說法認為是從西漢元封元年（西元前一一〇年）漢武帝登華山後，由他開始用「萬歲」自稱，而相沿下來的。

【天子】古代君王的尊稱。夏、商、周代，天子的正號是王，如周武王即可被稱天子；在秦漢至清代，天子則指皇帝。所謂「天子」，意指君主君臨天下，猶天之子。

【皇后】皇帝的正妻稱皇后。秦漢以後歷代沿稱。

【太上皇】帝王尊其父為太上皇；歷代皇帝傳位於太子，並自稱太上皇；天子之父參與國政，稱太上帝。

【皇太后】皇帝的母親稱皇太后，秦漢以後歷代沿稱。

【皇太子】皇帝所指定的繼承人，一般為皇帝的嫡長子，但常有例外，由皇帝選定冊立。清代自雍正以後不立皇太子。一般稱預定繼承君位的長子為「太子」。

【貴嬪】嬪妃的稱號。漢元帝時始置，原為妃嬪中之第一級。自魏晉至明均設置，但地位已經下降。

【昭儀】嬪妃的稱號。三周魏文帝時始置，僅次於皇后，晉及南北朝多沿置。

【才人】嬪妃的稱號。始設於晉武帝，自南北朝至明多曾沿置。唐制，才人初為宮中之正五品，後改正四品。

【貴妃】嬪妃的稱號。南朝宋武帝時始置，位次於皇后，自隋至清多沿置。

【七子】女官名，位在美人、良人下，在長使、少使上。

【良人】西漢嬪妃的稱號。

【美人】嬪妃的稱號。

【貴人】嬪妃的稱號。東漢位次於皇后，清代貴人已降在嬪妃之下。

【世子】帝王的正妻所生的長子，也稱太子，清代則封親王的嫡長子為世子。

【孺子】太子嬪妃名，太子有妃、良娣、孺子，共三等；古代貴族的妾也稱孺子。

【太孫】皇帝的長孫稱太孫。歷代王朝往往於太子歿後冊立太孫為預定之皇位繼承人。

【公主】帝王之女的稱號。始於戰國，漢制規定，皇帝之女稱公主，帝之妹稱長公主，帝之姑稱大長公主，後歷代大致沿用。

【翁主】漢代制度，諸王之女稱翁主，即後世的郡主。

【駙馬】皇帝的女婿稱駙馬，非實官。清代稱「額駙」。

【帝姬】古代對皇帝女兒、姐妹、姑姑等的稱呼。

6．8若梁灝，八十二。對大廷①，魁②多士。彼既成，眾稱異③。爾小生，宜立志。

【相關連結】

梁灝奪魁

北宋年間有個文人叫梁灝（西元九六三至一〇〇四年）字太素，宋朝山東須城（今山東東平縣）人，少年時曾立下誓言不考中狀元誓不甘休。結果時運不濟屢試不中，受盡別人譏笑。

梁灝對此並不在意，他總是自我解嘲的說：「考一次就離狀元近一步。」梁灝從後晉天福三年開始應試，歷經後漢、後周，直到宋太宗雍熙二年才考中狀元。為此，他曾寫過一首自嘲詩：

天福三年來應試，雍熙二年始成名。
饒他白髮頭中滿，且喜青雲足下生。
觀榜更無朋儕輩，到家惟有子孫迎。
也知少年登科好，怎奈龍頭屬老成。

【延伸閱讀】

如何培養孩子的毅力

梁灝將中狀元當成自己一生奮鬥的目標，從年輕到白頭，終於實現了夢想。這與他堅定的意志和信念是勞不可分的。很多孩子在做事情的時候都興趣盎然，但是總是虎頭蛇尾，缺少毅力堅持。家長還如何在此方面幫助孩子呢？

一、鼓勵孩子一心一意的做某件事

孩子的興趣常常會很快轉移，因而不少孩子今天學鋼琴、明天學電腦、後天再學繪畫，到頭來卻什麼都沒有學好。心理學家指出，這種「三天打魚，兩天晒網」式的學習對培養毅力往往起負面影響。不妨鼓勵孩子一心一意專心致志的做某件他感興趣的事，在獲得成功之前絕不歇手。由於目標明確，孩子自己會要求自己克服困難堅持到底。即使遇到挫折也會不打退堂鼓，實際上孩子堅持一件事本身，即是對自己意志力的培養和考驗。

二、加強體育鍛鍊

積極參加體育鍛鍊，不僅可以強身健體，而且還可以增加抗壓性，即培養了堅強的毅力，尤其是那些需要堅持才能完成的運動項目，如慢跑、遊戲、爬山、登樓等，對鍛鍊孩子的意志力更有效。當然家長的要求也不能過高，因為運動水準的提高是循序漸進的，逼迫孩子「一步登天」往往事與願違，不僅達不到鍛鍊意志的目的，反而挫傷孩子的身體和寶貴的自信心，最終使孩子視「堅持」為洪水猛獸。

三、有意識的讓孩子吃點苦頭

在物質條件過分優裕環境中長大的孩子大多缺乏毅力，由此可有意讓孩子吃點苦，如上學擠公車，在烈日炎炎下趕路，或冬泳等等。

四、家長做出表率

如果家長自己都缺乏毅力，那麼要求孩子有毅力基本上是一句空話。很難想像一個冬泳時因怕冷而半途而廢的父親能培養出不屈不撓練長跑的兒子，要求孩子做到的家長自己首先也得做到，要知道，榜樣的力量是無窮的。

五、遇到困難多多鼓勵

對尚未「經過風雨見過世面」的孩子，在接受意志力考驗的過程中，遇到困難或挫折時意志消沉往往是難免的。此時，來自家長、老師乃至朋友的鼓勵至關重要，一旦在他人的幫助和支持下，鼓起勇氣渡過了難關，意志力即打鐵似的得到了有效的鍛鍊。

【原文】

6・9

瑩八歲，能詠①詩。泌七歲，能賦②棋。
彼穎③悟④，人稱奇。爾幼學，當效之。

【譯文】

北齊有個叫祖瑩的人，八歲就能吟詩，後來當了祕書監著作郎。唐朝有個叫李泌的人，七歲時就能以下棋為題而作出詩賦。他們兩個人的聰明和才智，在當時很受人們的讚賞和稱奇，現在我們正是求學的開始，應該效仿他們，努力用功讀書。

【注釋】

①詠：詠吟。
②賦：賦詩。
③穎：聰明。
④悟：領悟。

【評解】

祖瑩，字元珍，南北朝時後魏人。《魏書．祖瑩傳》中記載：祖瑩「八歲能通《詩》、《書》」，父母恐其成疾，禁之不能止，常於父母寢睡之後燃火讀書。由是聲譽甚盛，時號為聖小兒。李泌，字長源，唐朝中期趙郡中山人，自幼時以「奇童」得到唐玄宗的賞識。之後歷事玄宗、肅宗、代宗和德宗四帝，其間四落四起，位至宰相，封鄴縣侯。他們的聰明才智，人人都稱奇、羨慕。

而現代教育體系下的學者，很少有為自己的理想而做研究的，差不多的都是為了學歷、職稱、工作而讀書。表面上看是為社會讀書，實際是根據社會上的需求，為了自己的「錢途」奮鬥而已。真的是自己對於某一項學問有興趣，想深入研究的人本就不多，在今日的現實社會中，這種人更是極為少有了。

【國學小百科】

中國古代對女子的稱謂

自古至今，中國女性為中華民族的繁衍和進步，做出了很大的貢獻，贏得了廣泛的尊敬和愛戴。由此，在古籍詩文中出現了許許多多對她們的尊稱、敬稱，美稱和雅稱。

【女士】源於《詩經》「厘爾女士」，孔穎達疏「女士，謂女而有士行者」，比喻女子有男子般的作為和才華，即對有知識、有修養女子的尊稱。

【女流】《儒林外史》第四十一回記載：「看她是個女流，倒有許多豪傑的光景。」這是對舊時女人的泛稱。

【女郎】古樂府〈木蘭辭〉中有「同行十二年，不知木蘭是女郎」之句。寓有「女中之郎」的壯志之意，也是對年輕女子的代稱。

【巾幗】源自《晉書》，是古代婦女頭上的裝飾物，藉以代表女性。當時諸葛亮伐魏，多次向司馬懿挑戰，對方不應戰，諸葛亮便把婦女的頭飾遺下，以此辱笑他不如一個女人。後來，人們常把婦女中的英雄豪傑稱之為「巾幗英雄」。

【女史】指古代有學問並當過掌管宮廷王后禮儀、典籍、文獻工作官員的女子。

6．9瑩八歲，能詠①詩。泌七歲，能賦②棋。彼穎③悟④，人稱奇。爾幼學，當效之。

【裙衩】是古代婦女的衣著裝飾，泛稱女性。多在小說、戲劇中出現此詞。《紅樓夢》第一回：「我堂堂鬚眉，誠不若彼裙衩。」「淑女」，指溫和善良美好的女子，文學作品中常見此稱謂。《詩經．周南．關雎》：「關關雎鳩，在河之州。窈窕淑女，君子好逑。」

【妙齡少女】指正值青春年華的女子。「絕代佳人」，指當世無雙的美人。

【燕趙多佳人，美者顏如玉】，故對年輕美麗的女子總是冠以「玉人」、「璧人」、「佼人」、「麗人」、「玉女」、「嬌娃」、「西施」、「尤物」、「青娥」等稱。

【掃眉才女】指有文才的女子。

【不櫛進士】指才華橫溢的女子。

【冶葉倡條】指輕狂嬌豔的女子。

【軟玉溫香】指溫柔年輕的女子。

【道旁苦李】指被人拋棄的女子。

【小家碧玉】指小戶人家的美貌女子。古樂府〈碧玉歌〉有「碧玉小家女，不敢攀貴德」之句。

美麗而堅貞的婦女被稱為「羅敷」。

貌醜而有德行的婦女被稱為「無鹽」。

尊稱別人的女兒為「千金」、「令媛」、「女公子」。

稱別人的妻子為「太太」、「夫人」，此外還有「會閫」、「室人」、「令閭」之稱。稱自己的妻子為「賤內」、「內子」、「內助」、「中饋」、「糟糠之妻」等等。

在女子稱謂中，「母親」是最偉大而高尚的。清《冷廬雜識》中載：《爾雅》對母親稱「妣」，《詩經》

稱「母氏」，《北齊書》稱嫡母為「家家」，《漢書》列侯子稱母為「太夫人」。其他記載還有：帝王之母稱「太后」，官員之母稱「太君」，一般人之母稱「媽媽」。

【相關連結】

祖瑩與李泌的故事

北齊的祖瑩七歲的時候就能夠詠詩，能背誦《詩經》、《尚書》等經典。祖瑩好學，十二歲為中書學生，時時沉浸於書籍，夜以繼日的苦讀。父母擔心他身體會出毛病，禁止他讀書，晚上不給他火種。他暗將火種藏在灰裡，等到父母都睡熟了，就用被子把窗戶遮蓋起來，點起燈讀書。中書監高允讚嘆說：「此子才器，遠非諸生所及，必當前程遠大。」

有一次，中書博士張天龍講《尚書》，祖瑩被選為主講。學生都已經到齊了，祖瑩因為夜裡讀書太晚，睡過了頭。他慌忙之中誤將同房學生李孝怡的一本《曲禮》當成《尚書》，登上講台才發現拿錯了書。張天龍很嚴厲，祖瑩不敢再回去換書，就將錯就錯把《曲禮》放在面前，誦讀《尚書》三篇，不漏一字。李孝怡發現了這一情況，報告給張天龍，所有的人都極為驚異。

另外一個人就是唐朝的李泌，他七歲的時候下棋，就能夠以此為題，當場賦詩。李泌是宋朝以前最大的藏書家，在他父親李承休一輩已有藏書兩萬餘卷，到李泌相德宗、封鄴侯的時候，藏書已過萬餘卷。韓愈有詩說：「鄴侯家多書，插架三萬軸。」後世將藏書之處稱「鄴架」。

【延伸閱讀】

家長如何幫助孩子養成學習的好習慣

家長在指導孩子的學習習慣上，可以著重從以下幾個方面著手：

6．9瑩八歲，能詠①詩。泌七歲，能賦②棋。彼穎③悟④，人稱奇。爾幼學，當效之。

一、預習的習慣

預習能夠讓孩子聯想以前的知識，發現新問題，思考怎樣解決問題，能把自己理解不了的問題帶到課堂上聽老師講解。這樣既能培養孩子的自學能力，又能提高孩子聽講的興趣和效果。

二、記筆記並事後整理的習慣

隨著課程內容的增多和複雜化，記筆記有助於抓住重點。如果因時間限制，當堂記的東西較零亂，那麼課後還要進行整理，使之全面、有條理。整理的過程是一個很有效的過程，而且還能鍛鍊自己分析、歸納的能力，一舉多得。所以應養成整理筆記的習慣。

三、課後複習的習慣

複習的目的是「溫故而知新」。複習要與遺忘作鬥爭，遺忘是有規律的，即先快後慢，剛記住的東西最初幾小時內遺忘速度最快，兩天後就較緩慢。因此，要鞏固所學知識，必須及時複習，加以強化，並養成習慣。

四、獨立解決問題的習慣

孩子學習上有困難請求家長幫助時，家長不能置之不理或敷衍了事，應用熱情的語言鼓勵孩子自己「試一試」。孩子實在無法獨立解決時，也不能包辦代替，而要一步一步耐心啟發，使他能在你機智而不露痕跡的引導下，覺得是靠他自己的力量完成的，讓他嘗到勝利的甘甜，對自己增加信心，勇敢的迎接下一個問題的挑戰。

五、及時改錯的習慣

讓孩子準備一支紅筆。隨時改正自己練習本、試卷上面的錯誤，以鮮豔的紅色加深錯誤在腦海中的印象，然後用一個本子，將這些錯誤收集起來，用「錯別字舉例」、「錯題彙編」等形式分類記載，以警示自己，避免出現類似錯誤。

六、認真觀察、思索的習慣

觀察要求學生不僅能感知事物的外部特徵，還要能抓住事物的本質特徵。光看不想難以得出結論，因此，還需要養成邊觀察邊思索的習慣，勤於觀察的同時還要勤於思考。家長要引導孩子從身邊的生活小事開始觀察，經常向孩子提出問題並與之討論，促使他去觀察思索，並能自己發現問題，提出問題，解決問題。

七、養成有條理的習慣

學習用具的收拾要有規律，書本存放在書包或書桌上要有一定的次序，做各科作業要預先安排好時間等等。東西存放無規律，要用時東尋西找，心煩意亂，極易影響學習情緒；做作業不講條理，東一榔頭西一棒子，學習效率就低。

八、培養孩子主動學習的習慣

習慣的養成不是一朝一夕的事。需要家長的耐心培養，要訂計畫訂要求，勤檢查嚴督促，直到孩子的良好習慣漸漸養成。

【原文】

6．10

蔡文姬，能辨①琴。謝道韞，能詠吟。
彼女子，且聰敏。爾男子，當自警。

【譯文】

在古代有許多出色的女能人，像東漢末年的蔡文姬能分辨琴聲，晉朝的才女謝道韞能出口成詩。像這樣的

6・10蔡文姬，能辨①琴。謝道韞，能詠吟。彼女子，且聰敏。爾男子，當自警。

兩個女孩子，一個懂音樂，一個會作詩，天資如此聰慧，身為一個男子漢，更要是時刻警醒、充實自己才對。

【注釋】

①辨：分辨。

②警：警醒，警惕。

【評解】

蔡文姬，名叫蔡琰，東漢著名音樂家，史書上說她「博學而有才辨，妙於音律」，她的父親蔡邕是曹操的摯友。

蔡文姬博學多才，音樂天賦過人。

謝道韞，陳郡陽夏（今河南太康縣）人，東晉女詩人。晉朝宰相謝安之姪女，安西將軍謝奕之女，王羲之之子王凝之之妻。

謝道韞的作品，今僅存散文〈論語贊〉一篇和〈泰山吟〉、〈擬嵇中散詠松詩〉二首。〈泰山吟〉已經成為傳世名篇，在此詩中，可以一睹謝道韞的風采：

峨峨東嶽高，秀極衝青天。
巖中間虛宇，寂寞幽以玄。
非工復非匠，雲構發自然。
器象爾何物？遂令我屢遷。
逝將宅斯宇，可以盡天年。

蔡文姬、謝道韞的事蹟在《後漢書》、《晉書》的〈列女傳〉部分均有記載。

中國歷史上的女才子很多，最著名的四大才女，就是蔡文姬、謝道韞、卓文君與李清照。

【國學小百科】

音樂文娛名詞的古代稱謂

【五聲】也稱「五音」，即中國古代五聲音階中的宮、商、角、徵（ㄓˇ）、羽五個音級。五聲與古代的所謂陰陽五行、五味、五色、五官、五穀等樸素的理論形式一樣，是中國早期整體化的美學觀，被西方人視為整個東方音樂的基本形態。

【宮調】音樂術語。古代稱宮、商、角、變徵、徵、羽、變宮為七聲，其中以任何一聲為音階的起點，均可構成一種調式。凡以宮聲為音階的起點的調式稱「宮」，即宮調式，而以其他各聲為主者則稱「調」，如商調、角調等，統稱為「宮調」。

【十二律】古代樂律學名詞，是古代的定音方法。即用三分損益法將一個八度分為十二個不完全相同的半音的一種律制。各律從低到高依次為：黃鐘、大呂、太簇、夾鐘、姑洗、仲呂、蕤賓、林鐘、夷則、南呂、無射、應鐘。

【俗樂】古代各種民間音樂的泛稱。宮廷中宴會時所用的俗樂，稱為「燕樂」。「雅樂」是統治階級制定的典禮樂舞，尋根究底，幾乎都來自民間音樂，只不過改變了它的內容和情調而已。

【雅樂】古代帝王祭祀天地、祖先及朝賀、宴饗等大典時所用的樂舞。周代雅樂是指「六舞」（雲門、咸池、大磬、大夏、大鑊、大武，前四種屬文舞，後兩種屬武舞）。

【春江花月夜】樂府吳聲歌曲名。相傳為陳後主（陳叔寶）所創，原詞已佚。隋煬帝、溫庭筠等都曾作有

6．10蔡文姬，能辨①琴。謝道韞，能詠吟。彼女子，且聰敏。爾男子，當自警。

此曲。唐代張若虛所作的〈春江花月夜〉最為出名。

【霓裳羽衣舞】即〈霓裳羽衣曲〉，簡稱〈霓裳〉。唐代宮廷樂舞。

【十面埋伏】琵琶大曲。明代後期已在民間流傳。樂曲描寫西元前二〇二年楚漢戰爭在垓下最後決戰之情景，運用了琵琶特有的表現技巧，表現古代戰爭中千軍萬馬衝鋒陷陣之勢，十分生動。此曲是傳統琵琶曲的代表作品之一。

【五射】古代的五種射技。這五種射技為：白矢、參連、剡注、襄尺、井儀。白矢，箭穿靶子而箭頭發白，表明發矢準確而有力；參連，前放一矢，後三矢連續而去，矢矢相屬，若連珠之相銜；剡注，謂矢行之疾；襄尺，臣與君射，臣與君並立，讓君一尺而退；井儀，四矢連貫，皆正中目標。

【文房四寶】舊時對筆、墨、紙、硯四種文具的總稱。

【書法】中國傳統藝術之一，是以漢字為表現對象、以毛筆為表現工具的一種線條造型藝術。

【六書】古人分析漢字的造字方法而歸納出來的六種條例，即象形、指事、會意、形聲、轉注、假借。

【永字八法】「永」字具有漢字的八種基本筆畫：點、橫、豎、撇、捺、折、鉤、提。

【陽文陰文】中國古代刻在器物上的文字，筆畫凸起的叫陽文，凹下的叫陰文。

【歲寒三友】指古詩文中經常提到的松、竹、梅。

【花中四君子】古詩文中常提到的梅、竹、蘭、菊。

【相關連結】

蔡文姬與謝道韞的故事

蔡文姬，名叫蔡琰，東漢著名音樂家，史書上說她「博學而有才辨，妙於音律」，她的父親蔡邕是曹操的摯友。

蔡文姬博學多才，音樂天賦過人。她六歲的時候，有一天父親蔡邕在大廳中彈琴，忽然看到庭院裡面有一隻貓和老鼠在打架。蔡文姬在房中問父親：「您的琴聲之中為何伏有殺機之聲？」蔡文姬能從琴聲中聽出吉凶之兆，所以說她「能辨琴」。

謝道韞，陳郡陽夏（今河南太康縣）人，東晉女詩人。晉朝宰相謝安之姪女，安西將軍謝奕之女，王羲之之子王凝之之妻。西元三九九年王凝之為孫恩起義軍所殺後，她一直寡居在會稽。

謝道韞識知精明，聰慧能辯，叔叔謝安曾問她：「《毛詩》何句最佳？」答：「吉甫作頌，穆如清風。仲山甫永懷，以慰其心。」謝安稱讚她有「雅人深致」。有一次謝安召集子姪講論文義，剛好大雪驟下。謝安問道：「白雪紛紛何所似？」謝安八歲的姪子謝朗回答道：「撒鹽空中差可擬。」七歲的謝道韞說：「未若柳絮因風起」，對仗工整，比喻恰當。謝安大悅。這一詠雪名句，盛為時人所傳誦。

【延伸閱讀】

如何培養孩子的寫作能力

只有當孩子在情緒高漲，不斷要求向上，想把自己獨有的想法表達出來的氣氛下，才能使其作文中產生出那些豐富多彩的思維，感情和詞語。興趣將促使學生迸發強烈的求知欲，從內心產生一種自我追求，去學習、探索。那麼，怎樣才能培養和提高孩子的寫作興趣呢？抓住根本，培養素養，打好基礎。如果你有興趣，不妨按照下面的方法試一試。

一、彌補課堂教育的限制

主要是針對學生課堂教育的限制，在家裡進行輔導，打好孩子的寫作基礎。比如讓孩子背誦古詩、默寫課文、解釋成語等。

二、培養孩子的語言表達能力

要教會孩子說話，要讓孩子說出話來有條理性，詞不達意的語言要及時糾正，讓孩子養成良好的語言表達習慣。

三、讓孩子多接觸成語

這裡的成語不光是詞典上的成語，還包括一些常用語、習慣語、歇後語、名言、警句、諺語等，孩子大腦裡詞彙豐富了，寫作能力自然就會提高。

四、系統的培養孩子寫作

從字、詞、句的認知到語言的表達，從對周圍事物的觀察，到場面、情節的描寫，由淺入深，系統的培養孩子寫作，這樣，孩子的寫作能力會漸漸提升。

【原文】

6・11

唐劉晏，方七歲。舉①神童，作正字。

彼雖幼，身已仕②。爾幼學，勉③而致。

有為者，亦若④是。

【譯文】

唐玄宗時，有一個名叫劉晏的小孩子，才七歲，就被推薦為神童，並且當了一名負責勘正文字的官。劉晏雖然年紀這麼小，但卻已經做官來擔當國家給他的重任，我們應該像他一樣在幼小時就發憤學習，直至成功。要想成為一個有用的人，只要勤奮好學，也可以和劉晏一樣名揚後世。

【注釋】

①舉：推舉。

②仕：做官。

③勉：努力，盡力。

④若：如。

【評解】

新舊《唐書．劉晏傳》上載：劉晏，字士安，曹州南華（今山東東明縣東南）人。《新唐書．宰相世系表》中也有記述。劉晏的高祖自彭城（今江蘇徐州）遷徙曹州南華，高祖以下世代為官。曾祖劉郁為弘文館學士，劉晏的祖父做過縣令，他的父親沒有做過官。

劉晏有兄弟三人，長兄劉星，次兄劉暹為御史大夫。可見，劉晏生長在一個世系的官宦家庭之中，自幼受到良好的培養與教育。

唐開元十三年（西元七二五年）十月，唐玄宗下旨授八歲的劉晏為祕書省正字郎，工作是校對藏書，校勘正誤，抄寫典籍。這在當時也是一大轟動奇聞，劉晏因此被稱為「神童」。劉晏從此走上仕途，最後成為自桑弘羊之後，唐代著名的理財家、經濟改革謀略家。

劉晏年齡雖然只有八歲（歷史上的記載是八歲，不是七歲）就已經走上了仕途。我們只要勤勉奮進，也同樣能夠達到這樣的成就。

6．11唐劉晏，方七歲。舉①神童，作正字。彼雖幼，身已仕②。爾幼學，勉③而致。有為者，亦若④是。

【相關連結】

劉晏正字

劉晏（西元七一八至七八〇年）是唐代著名的理財家。唐開元十三年（西元七二五年）十月，唐玄宗赴泰山封禪。祭典結束後，唐玄宗在帳殿接受朝覲。禮官進帳殿上奏：「有一八歲童子劉晏，敬獻〈東封書〉。」玄宗非常喜悅，下詔命見。八歲的劉晏進帳後，毫不膽怯，跪頌自作的〈東封書〉：「吾皇英主，封祀東嶽，告成功於昊天上帝，為萬民把福，開元之禮，仁及天下，人情所望，人心所歸……」玄宗雖然驚嘆八歲童子的文采，但又不相信是真的，於是命宰相張說鑑別真偽。

張說是當時的文壇領袖，於是以圍棋為題，對賦圍棋的方圓動靜。張說道：「方若棋局，圓若棋子，動若棋生，靜若棋死。」

劉晏回對：「方若行義，圓若用智。動若騁才，靜若得意。」玄宗甚為高興，當即下旨授八歲的劉晏為祕書省正字郎，工作是校對藏書，校勘正誤，抄寫典籍。這在當時也是一大轟動奇聞，劉晏因此被稱為「神童」。劉晏從此走上仕途，最後成為自桑弘羊之後，唐代著名的理財家、經濟改革謀略家。

【延伸閱讀】

如何生一個聰明健康的孩子

媒體中經常有關於某某處「神童」的報導，其實「神童」也無非再某一方面擁有特別的天分，或者與後天家長全力教育有關係。為了你的孩子健康、聰明，母親在懷孕時就應該打好基礎，注意以下問題：

一、忌偏食

孕婦長期挑食、偏食，可造成營養不良，影響胎兒生長，所以，孕婦應富含蛋白質、維他命和鈣、鐵等營養物質和易消化食物，如雞蛋、瘦肉、豆製品、鮮魚、花生、新鮮蔬菜和水果等。

二、忌飲可樂

孕婦飲用過多碳酸飲料，會損害胚胎，因為碳酸飲料主要是用可樂果配製而成，而可樂含有百分之二點六咖啡因等生物鹼。可透過胎盤進入胎兒體內，危害胎兒的腦、心、肝和胃腸等器官的正常發育。

三、忌營養過剩

孕婦進食太多肉類、魚類、蛋類和甜食等，可使體內兒茶酚胺平均值增加，使胎兒發生唇裂、顎裂；孕婦進食過多運動肝臟，體內維他命A明顯增加，會影響胎兒大腦和心臟發育，以及出現生殖器畸形。因此，孕婦對營養豐富的食物不宜吃得過多過飽。

四、忌常喝咖啡

咖啡中的咖啡因可作用於胚胎，與細胞中去氧核酸結合引起突變。孕婦常喝咖啡，還有造成流產和畸胎的危險。

五、忌抽菸

香菸的煙霧中有數百種有害物質，孕婦吸菸或吸二手菸後，會嚴重影響胎兒的發育。據統計，世界上每年有八千多名胎兒死於菸害。這是由於煙霧中的一氧化碳和尼古丁透過胎盤影響胎兒，致使胎兒在宮內缺氧，心跳加快甚至死亡。

六、忌食農藥汙染的果菜

孕婦吃了被農藥汙染的蔬菜、水果後，基因正常控制過程發生轉向或胎兒生長遲緩，從而導致先天性畸形；嚴重的可使胎兒發育停止而死亡，發生流產、早產。

七、忌常飲濃茶

孕婦常喝濃茶，對胎兒骨骼的發育會有不良影響，嚴重時導致胎兒畸形。

八、忌菜餚過鹹

孕婦常吃過鹹的食物，可導致體內鈉滯留，引起浮腫，影響胎兒的正常發育。

九、忌飲酒

孕婦嗜酒，會導致胎兒宮內發育遲緩，增加早產率和周產期死亡率。

十、忌多吃罐頭食品

罐頭食品中的化學添加劑對健康人無多大影響，但對孕婦有時影響甚大，它可影響胎兒的細胞分裂，造成發育障礙。

【原文】

6．12

犬守夜，雞司晨。苟不學，曷①為人。

蠶吐絲，蜂釀蜜。人不學，不如物②。

【譯文】

狗在夜間會替人看守家門，雞在每天早晨天亮時報曉。人如果不能用心學習、迷迷糊糊的過日子，有什麼資格稱為人呢？

蠶吐絲供我們做衣服，蜜蜂釀製蜂蜜供人們食用。人要是不懂得學習，以自己的知識、技能來展現自己的價值，真不如小動物。

【注釋】

①曷：怎麼。

②物：指文中提及到的這些小動物。

【評解】

萬事萬物都有自己的特質，如過看門、雞報曉。動物尚且各司其職，而作為萬物之靈的人類，更應把握有限時光，做好自己的分內之事。

蠶和蜜蜂是渺小的，然而牠們卻最為勤奮。人與動物有著本質的區別，動物的活動處於本能，而人卻有著自己的思想，可以主宰自己的人生。

自己的命運自己把握，而不斷學習是改變人類自身命運的致勝法寶。

【國學小百科】

古人為詩文集命名的方式主要有哪些

一、以作者姓名命名。如《孟浩然集》、《李清照集》、《陶淵明集》。

二、以官爵命名。如《王右丞集》（王維）、《杜工部集》（杜甫）。

三、以諡號命名。如《范文正公集》（范仲淹）、《歐陽文忠公集》（歐陽脩）。

四、以書齋命名。如《七錄齋集》（張溥）、《飲冰室合集》（梁啟超）、《惜抱軒文集》（姚鼐）。

五、以作者字、號命名。如《李太白全集》（李白）、《文山先生全集》（文天祥）、《王子安集》（王勃）、《蘇東坡全集》、《稼軒長短句》（辛棄疾）、《徐霞客遊記》（徐宏祖）。

6．12犬守夜，雞司晨。苟不學，曷①為人。蠶吐絲，蜂釀蜜。人不學，不如物②。

六、以居官地或居住地命名。如《樊川文集》（杜牧）、《賈長沙集》（賈誼）、《長江集》（賈島）、《夢溪筆談》（沈括）。

七、以出生地命名。如《臨川先生文集》（王安石）、《柳河東集》（柳宗元）。

八、以帝王年號命名。如《白氏長慶集》（白居易）、《嘉祐集》（蘇洵）。

【相關連結】

聞雞起舞

晉代的祖逖是個胸懷坦蕩、具有遠大抱負的人。可他小時候卻是個不愛讀書的淘氣孩子。進入青年時代，他意識到自己知識的貧乏，深感不讀書無以報效國家，於是就發奮讀起書來。他廣泛閱讀書籍，認真學習歷史，從中汲取了豐富的知識，學問大有長進。他曾幾次進出京都洛陽，接觸過他的人都說，祖逖是個能輔佐帝王治理國家的人才。祖逖二十四歲的時候，曾有人推薦他去當官，他沒有答應，仍然不懈的努力讀書。

後來，祖逖和幼時的好友劉琨一起擔任司州主簿。他與劉琨感情深厚，不僅常常同床而臥，同被而眠，而且還有著共同的遠大理想：建功立業，復興晉國，成為國家的棟梁之才。

一次，半夜裡祖逖在睡夢中聽到公雞的鳴叫聲，他一腳把劉琨踢醒，對他說：「別人都認為半夜聽見雞叫不吉利，我偏不這樣想，我們乾脆以後聽見雞叫就起床練劍如何？」劉琨欣然同意。於是他們每天雞叫後就起床練劍，劍光飛舞，劍聲鏗鏘。春去冬來，寒來暑往，從不間斷。皇天不負苦心人，經過長期的刻苦學習和訓練，他們終於成為能文能武的全才，既能寫得一手好文章，又能帶兵打勝仗。祖逖被封為鎮西將軍，實現了他報效國家的願望；劉琨做了都督，兼管并、冀、幽三州的軍事，也充分發揮了他的文才武略。

【延伸閱讀】

如何培養孩子對學習的興趣

具備學習的動力是孩子學好知識的源泉，所以做父母的責任，並不在於強迫孩子學這一樣，不學那一樣，而是應該多給孩子一些自由寬鬆的空間，讓他們自己去選擇感興趣的、喜歡的事。

很多家長從孩子一入學開始，就千方百計想孩子學得好，懂得多，所以家長把孩子的週休二日、節假日都安排得滿滿的。事實上，孩子多學點東西是好的，家長這個出發點也是好的。但孩子自己是否喜歡學呢？家長就不顧及孩子的感受，使孩子學得非常辛苦、吃力，不想學。孩子好比各種的樹苗，有的像松柏苗，有的像楊柳苗，有的像榕樹苗等，不論是什麼樹苗，都可以長成各式各樣的大樹。所以做父母的責任，並不在於強迫孩子學這一樣，不學那一樣，而是應該多給孩子一些自由寬鬆的空間，讓他們自己去選擇感興趣的、喜歡的事。例如，有些孩子喜歡動手操作，製造一些小東西。而家長就認為這與讀書無關，就加以阻止，限制他們，不准他們做。其實，孩子在製作的過程中也需要動腦，不懂的時候，他們就去查閱相關的資料和書籍，這就是學習的過程，這樣的學習孩子還會習得自覺、開心，況且在這樣的活動中，不僅使孩子的思維能力得到發展，又能提高他們的動手操作能力。家長不但不應該阻止他們做，還要根據孩子的這個興趣特點，為他們提供相關的書籍，創造機會讓孩子參加一些有益的活動和比賽。

許多事實證明了，小時候培養的興趣往往為一生的事業奠定了基礎。有些做父母的對孩子寄託了很大的希望，但他們往往按照自己的主觀意志去「規定」孩子的興趣，而不是尊重孩子自身的學習興趣的發展規律培養孩子，這樣往往會延誤孩子的發展。

【原文】

6・13

幼而學，壯而行。上致①君，下澤②民。
揚名聲，顯父母。光於前，裕於後③。

【譯文】

我們要在幼年時努力學習不斷充實自己，長大後才能夠學以致用，替國家效力，為人民謀福利。如果你為人民做出應有的貢獻，人民就會讚揚你，而且父母也可以得到你的榮耀，為祖先增添了光彩，也為後世留下了好的榜樣。

【注釋】

①致：學以致用的意思。
②澤：福澤。
③裕於後：為後代留下豐厚的遺產。

【評解】

古代的「致君」是輔助君王，治理天下；現代的「致君」是報效國家，安定社會。杜甫有詩曰「致君堯舜上，再使風俗淳」即有此意。

孔子在《論語》中反覆強調「學而時習之」的重要。學了知識，要能夠隨時思考、隨時見習，隨時要有體悟，要能夠反省，這就是學問。如此，你才有能力上報國家，下安黎庶，恩澤百姓，造福人群。

「揚名聲，顯父母」，是孔子在《孝經》中的話。孔子說：「身體髮膚，受之父母，不敢毀傷，孝之始也。立身行道，揚名於後世，以顯父母，孝之終也」。

立身就是立命，所以傳統教育的第一關就是要幫助學生化性。人的命如車輪，性如車軸，性子不正，命輪一定會跑偏，所以韓愈才說「師者，所以傳道、受業、解惑也」。傳道就是幫助學生化性立命，教他做人之道。

「裕於後」是向下，為子孫後代累積福德，就是《千字文》中講的「川流不息，淵澄取映」。自己這一輩人，要在祖先建立的德業之上立身行道，讓自己的德行如奔騰不息的江河水一般，一代代的川流下去。前人植下的道德之樹，會成為庇佑後人的福蔭，能做到「光於前，裕於後」，人的一生才沒有虛度。

【國學小百科】

古人仕途之路為何如此坎坷

孔子是大思想家，滿腹經綸，卻無法施展自己的政治抱負。原因很簡單，他沒有做官，沒有政治舞台，只做說客，遊說列國，結果無功而返，晚年蟄居家鄉編纂（春秋）了事。

孔子的教訓是深刻的，但步其後塵者卻不乏其人。唐詩人孟郊主動出擊，把自己的詩給皇帝看，皇帝一看他那兩句「不才明主棄，多病故人疏」就惱火了，說：「我並沒有拋棄你呀，你怎麼能誣賴我呢？」結果一下子砸了鍋，只好一輩子享受「交隨島寒」的虛名。宋詞人柳永，詞中有一句「忍把浮名，換了淺斟低唱」，宋仁宗看罷，微微一笑，說：「卿且去填詞。」從此，柳永再也沒有立腳仕途的機會了，只好硬著頭皮四處「奉旨填詞」。

躋身官場的也不是一帆風順，在險惡、殘酷的官場，大有人碰得鼻青臉腫、焦頭爛額。

唐朝大詩人李白和杜甫，恐怕當官時間最短，任職都不到三年，而且是極不重要的散職小官。「但是詩人

6·13幼而學，壯而行。上致①君，下澤②民。揚名聲，顯父母。光於前，裕於後③。

最薄命，就中淪落莫如君」，白居易的這兩句話道出了李白身後的無限悲涼。杜甫沒有李白的「飄逸豪放」，只有「沉鬱忠厚」，自己出身於士大夫家庭，有「致君堯舜士，再使風俗淳」的崇高政治理想，他曾回憶他的自負心情說：「自謂頗挺出，立登要路津」，但因李林甫從中作梗，他參加進士考試落第，又因處在唐朝由興盛急遽走向衰敗的時代，連年戰爭，他的政治抱負就這樣在長期的漂泊中慢慢的稀釋了。

在中國的天宇上，蘇軾是一顆光芒四射的行星，他多才多藝，詩詞文賦以至書畫，樣樣皆精，成就傑出。然而宦海沉浮幾十載，不是因犯顏直諫遭貶逐，就是因政見不一遭陷害，或者被忌賢妒能遭流放……最後客死在從流放地召回開封的路上。

陸游是南宋著名的愛國詩人。「數篇零落從軍作，一寸淒涼報國心」，在浩翰的九千三百首詩作中，閃耀著強烈的愛國主義的思想光芒。他一生志在恢復中原，抗擊金人入侵，卻因「喜論恢復」，遭秦檜打壓，北伐失利，又以「鼓唱是非，力說張浚用兵」的罪名，罷官還鄉，屢遭打擊，宦海時浮時沉，壯志難酬。

王維仕途遭冷遇；孟浩然因「朝端無親故」不得用世；王昌齡貶謫嶺南，放逐江寧、龍標；岑參罷官，客死成都旅舍；柳宗元貶逐柳州，病死任所；韓愈指斥朝政，貶為陽山令，諫迎佛骨事，貶潮州刺史，移袁州；白居易得罪權貴，貶江州司馬；……哪一個逃脫得了仕途的羈絆？哪一個不栽一個或大或小的跟頭呢？唐詩人劉禹錫身居官位，卻嚮往「無絲竹之亂耳，無案牘之勞形」的清淨生活。這就不難讓我們理解了。

中國封建文人注意修身、治學，擁有才識、肚量、膽識、威儀、氣節，但因皇帝昏庸，權臣奸詐，小人讒誣，風習奢靡，所以他們仕途坎坷，命途多舛。

【相關連結】

韓億訓子

宋朝時有個叫韓億的人，不僅為官十分清廉，而且教育孩子有獨特的方法，就連皇帝都讓他當太子老師。韓億有八個兒子，地位都很高，名聲也都很好。

一次，他在陝西當通判的二兒子回家探親時，韓億向他問起最近發生的一樁疑案，他卻一時回答不出來。韓億大怒，罵他失職，而且還舉起手杖要打他。二兒子連忙認錯，從此在自己的工作中兢兢業業，不敢有一點馬虎。

由於韓億教子有方，當地人都把他家作為學習的榜樣。

【延伸閱讀】

家長如何輔助孩子學習

孩子小的時候，學習還沒有很強的自主性，這就需要家長來給予必要的輔導。而創建一個「學習型家庭」是很有必要的。所謂「學習型家庭」，是指在家庭中有濃厚的學習氛圍，家庭成員都能自覺的學習，學習成為家庭生活的重要活動；在家庭中有較豐富的學習資源，能提供給大人和孩子學習，而且能做到學習資源不斷充實，不斷更新；家庭中有固定的學習場所等。

我們認為，要創建「學習型家庭」，必須確保「三優先」：為孩子創造安靜的學習環境優先，在家庭中創造濃厚的學習氣氛優先，增加教育投入優先。

一、給孩子一個固定的學習場所

這場所最好是書房，條件差一點的也可以是客廳或各自的臥室。要在學習場所創設必要的學習條件，營造出良好的學習氛圍。

二、給孩子一個固定的學習時間

要想使孩子成長為愛學習的好孩子，這一點也非常重要。在固定的學習時間內，家長要和孩子一起學習，一起交流。

三、要有必要的讀物和學習資源

這是家長、孩子進行學習的工具。家庭應積極創設條件，添置書籍，同時也可以引導孩子少買玩具、多買書。還可以為孩子購置電腦，用以上網查閱資料，開拓視線。

四、帶頭學習，做孩子的表率

只有繼續學習，而且和孩子一起學習，相互學習，父母才能承擔「教育者」的角色，與孩子共同成長。

我們都明白，溫馨的家庭生活和良好的家庭學習氛圍是孩子成長的階梯。在這樣的環境中，孩子心情舒暢，精神振奮，容易產生愉快的情緒經驗和積極向上的學習需求。

在這種環境中成長的孩子往往具有較強的進取心和探求欲望，往往也能充分認識自我價值，其發現、探索和解決問題的能力可以得到較好的發展。

6．14

【原文】

人遺子，金滿籯①。我教子，唯一經②。

【譯文】

有的人遺留給子孫後代的是金銀錢財，而我並不是這樣，我只留下這本《三字經》，希望他們能精於讀書學習，長大後做個有所作為的人。

【注釋】

①籯：箱籠一類的器具。

②一經：指《三字經》，也泛指儒家的經書。

【評解】

這幾句話的字面意思很簡單，但其中的道理卻非常人所能理解，更是難以做到。

有智慧的父母無不教導子女「幼兒學，壯而行」，讓他們明白做人的道理，長大以後行道做德，立身於社會。有出息的子女，一定可以獨立開創一份事業，沒出息的子女有了錢反而坐吃山空，什麼也不學、什麼也不會。等他們老了，錢也用光了，自己又沒有本領，你讓他們怎麼辦？古人說：「糊塗的爺娘，敗家的兒郎」，這話說得並不過分。

所以遺財給子孫，不如遺德給子孫。祖先把自己的經驗、嘉猷、忠告遺留給子孫後代，這些才是千金難買的寶貴財富。所以這裡才說「我教子，惟一經」，一部《三字經》就夠了。《三字經》是一部高度濃縮的中國文化史，用極簡單的文字將經史子集各部類的知識揉合在一起，真正是「淹貫三才，出入經史」。

【國學小百科】

中國古代所指的目錄辭書有哪些

【目錄學】研究書目的編制、利用並使其在科學文化事業中有效發揮作用的學問。

6・14人遺子，金滿籯①。我教子，唯一經②。

【經史子集】中國古代圖書分類，始於晉荀勗（ㄒㄩˊ）。經，指儒家經典；史，指各種體裁的史學著作；子，指先秦諸子百家的著作及政治、哲學、醫學等著作；集，泛指詩詞文賦專集等著作。

【類書】輯錄彙集資料，以利尋檢、引用的一種古典文獻工具書。其體例有集錄各科資料於一書的綜合類和專收一門資料的專科類兩種。編輯方式，一般分類編排，也有按韻、按字分次編排的。

【太平御覽】類書名。宋初李防等人奉宋太宗之命輯錄。全書一千卷，分五十五部、四千五百五十八子目。引書浩博，達一千六百九十多種。引書較完整，多整篇整段抄錄，並注明出處。

【永樂大典】類書名。明代解縉等兩千多人奉明成祖之命輯錄。該書廣泛搜集當時能見到的圖書七八千種，輯成兩萬二千八百七十七卷，另凡例、目錄六十卷，共裝訂一萬一千零九十五冊，約三億七千萬字，是中國古代最大的一部類書。

【古今圖書集成】類書名。清代康熙年間陳夢雷等原輯，初名《古今圖書彙編》，康熙改為今名。雍正初年蔣廷錫等人奉命再編，四年完成，共一萬卷，目錄四十卷，六千一百零九部，一億六千萬字。每部先列匯考，次列總論，有圖表、列傳、藝文、選句、紀事、雜錄、外編等項，取材繁富，脈絡清晰，是中國現存規模最大的類書。

【叢書】按一定的目的，在一個總名之下，將各種著作彙編於一體的集群式圖書，叫叢書，又稱叢刊、叢刻或匯刻等。形式有綜合型、專門型兩類。世界著名的古代大型綜合性叢書，是清代乾隆年間編的《四庫全書》，收編古籍達三千四百六十一種，其中有不少罕見的舊刻和舊鈔本。

【四庫全書】中國古代最大的一部叢書。紀昀、陸錫熊等四千多人編，清代乾隆三十七年開館纂修，經十年始成。共收圖書三千五百零三種，七萬九千三百三十七卷，約九億九千七百萬字。分經、史、子、集四部，故名四庫。每部再分類、細目。內容極為廣泛，對整理、保存古代文獻有一定的作用。

【四部叢刊】叢書名。近人張元濟主編，分初編、續編、三編，共收書五百零四種。中國古代主要經史著作、諸子百家代表作、歷朝著名學者文人的別集，大都輯入。全書按經、史、子、集四部排列，有較高的文獻價值。

【四部備要】叢書名。中華書局自一九二四年起輯印，前後共出五集，收書三百三十六種，一萬一千三百零五卷。選書以研究古籍常備、常見和帶注的為主，有的採用清代學者整理過的本子。該書較《四部叢刊》實用，兩書可互為補充。

【爾雅】中國最早的釋問專著，也是世界上第一部成體系的詞典。研究者認為，此書是西漢初年的學者編輯周秦至漢諸書的舊文遞相增益而成。全書計十九篇。累計各篇條目共二千零九十一條，釋詞語四千三百多個。書中採用的通用語詞與專科語詞既結合義分科的編注體系與方式，開創了中國百科詞典的先例。它的豐富的詞彙訓釋，是研究古代語言學的重要資料；它的釋詞方法、編輯體例，對後世訓詁學的發展影響甚大。

【說文解字】簡稱「說文」，是中國第一部系統分析字形和考求字的本義的字典。東漢許慎撰，收字九千三百五十三個，重文（異體字）一千一百六十三個。首創了部首分類法，將一萬零五百十六個字歸入五百四十部。每字先解字義，再按六書說解形體構造，並注明讀音。

【康熙字典】清代張五書、陳廷敬等編纂；在中國字書史上第一次正式使用「字典」為書名。成書於康熙五十五年。全書四十二卷，共收字四萬七千零三十五個，一般少見的字，大都可以從中查到，是迄清為止我中國規模最大的字書。

【辭源】中國第一部有現代意義的綜合詞典。陸爾奎、傅運森、蔡文森等主編，一九一五年出版正編，一九三一年出續編，一九三九年出合訂本。此書突破中國舊辭書的傳統，吸收現代辭書的優點，以語詞為主，兼收百科；以常見為主，強調實用；結合書證，重在溯源。共收單字一萬一千兩百零四個，複詞八萬七千七百九十個，合計詞目九萬八千九百九十條。一九七九年出版的《辭源》（修訂本）是一部閱讀古籍用的工具書和古典文史研究者的參考書。

【辭海】現代大型綜合性百科詞典，舒新城等人主編，一九三六年中華書局出版。收單字一萬三千九百五十五個，語詞兩萬一千七百二十四條，百科詞目五萬零一百二十四條。按部首排列，以字帶詞，而詞又以字數、筆畫為序，在引證、釋義、體例、收詞等方面都較嚴密。

【中華大字典】是《漢語大字典》出版前收字最多、規模最大的字典。歐陽溥存等主編，一九一四年成書，一九一五年由中華書局初版。全書收字四萬八千多，按部首分兩百一十四部排列。此書繼承《康熙字典》的字彙，又採錄近代的方言和翻譯中的新字，體例比《康熙字典》先進。

【經傳釋詞】古漢語虛詞研究專著，清代王引之著，共十卷。以經傳為主，兼及子史，收周秦兩漢古籍中文言虛詞一百六十個，詳加解釋。

【文言虛字】文言虛詞研究著作，呂叔湘著。書中選取最常見的二十九個文言虛詞，廣舉例句，詳加分析，並附有練習。一九四四年開明書店出版。

【相關連結】

疏廣教子

西漢後期，有位很有學問的人叫疏廣，他曾在朝廷中擔任博士的官職，後來還任皇太子的老師，地位極其顯赫。當他告老還鄉時，皇帝和太子賜給他很多金銀錢財。

而他回到家鄉後，把這些賞賜都分給了親戚朋友，自己既不置田產，更不留給子孫一點。有人勸他留給子孫點錢財，疏廣卻說：「我不是不喜歡兒孫，之所以這樣做，是讓他們自食其力啊！我如果把錢留給他們，他們有了依靠，就會變得懶惰，不能發揮自己的聰明才智。這難道不是害了他們嗎？」疏廣的這種做法成了後人的楷模。

【延伸閱讀】

家長遺留給孩子最重要的是品德

世界首富比爾蓋茲決定死後把全部財產約四百八十億美元捐獻給慈善事業，而不是留給子女。看來像很沒有人情味。其實不然！許多社會事實證明，接受父母鉅額遺產的子女，大多只知享受，失去了為事業努力學習和奮鬥的精神。那到底留給子女什麼呢？那就是——良好的品德教育。如何培養孩子的良好品德？如何把孩子培養成能適應今後社會需要的人？

一、重視家長的榜樣作用，和孩子一起成長

父母是孩子的第一任老師，要想使孩子有好的品質，就必須從小好好培養。當孩子還在幼稚園時，我們就應注意到這一點。譬如，要求他把大的水果拿給小朋友，自己吃最小的；把自己最喜歡的玩具拿出來與小朋友一起玩等等。上學後，我們又要教育他要關心、幫助他人，不要事事處處總考慮自己的利益等。久而久之，孩子就會養成良好的品性。

二、尊重信任孩子，促進孩子主動發展

我們應該明白：愛孩子，就是要尊重信任孩子。

尊重和信任，是現代教育的第一原則。尊重信任孩子，意味著愛護他們善良美好的心靈；意味著一種涵養和寬容待人的高尚品格。

孩子的內心世界很豐富。要了解孩子，只能用心換心，用信任贏得信任。要保護孩子的自尊，培養自信。要透過細心的觀察，傾心的交談，悉心的照顧，耐心的幫助，了解孩子成長的煩惱、心靈的需求。使孩子與父母面對面敞開心扉，互訴衷腸。並堅信孩子上進的願望，促進孩子主動發展。

三、注意家庭教育的一致性，引導孩子和諧成長

作為家長，在對待教育孩子的問題上，要達成一致，必須多溝通、交流、互相支持，千萬不能在孩子面前大吵大鬧，把分歧顯示給孩子。有分歧沒關係，關鍵是我們要正確面對，達成一致，這樣才能為孩子的健康成長創造良好的家庭環境。

四、強調非智力因素的培養，激發孩子潛能

人的成就大小或學生成績的優劣，主要依賴兩個方面因素：一是聰明才智和學習能力的強弱，即我們稱之的智力因素；二是實踐中是否具備了正確的動機、濃厚的興趣、飽滿的情緒、堅強的毅力以及良好的個性，即我們稱之的非智力因素。

對於孩子的智力發展，我們都很重視，但對於孩子的非智力因素，特別是興趣與自信的培養，則很容易被忽視。

從諸多成功人士的經歷中，我們可以了解到，天才之所以為天才，並不是由於他們生來所具有的天賦所致，而是他們在幼年時期的興趣和熱情的幼芽沒有被踩掉，並得到了順利成長的結果。

【原文】

6·15

勤有功，戲①無益。戒之哉，宜②勉力。

【譯文】

反覆講了許多道理，只是想告訴孩子，凡是勤奮上進的人，都會有好的收穫，而只顧貪玩，浪費了大好時光是一定要後悔的。

【注釋】

①戲：嬉鬧，貪玩。

②宜：應該，應當。

【評解】

這是最後總誡後學者的箴言警語。「人之為學，不日進則日退」（顧炎武），只有勤奮向學才能有所進步。一味的嬉戲懈怠、得過且過，是沒有益處的。古人說：「業精於勤，荒於嬉，成於思，毀於隨。」我們都要以此為座右銘，不斷的勉勵自己。

【國學小百科】

「東床」因何成為女婿的美稱

王羲之自幼酷愛書法，幾十年來鍥而不捨的刻苦練習，終於使他的書法藝術達到了超逸絕倫的高峰，被人們譽為「書聖」。

6．15勤有功，戲①無益。戒之哉，宜②勉力。

王羲之十三歲那年，偶然發現他父親藏有一本《說筆》的書法書，便偷來閱讀。他父親擔心他年幼不能保密家傳，答應待他長大之後再傳授。沒料到，王羲之竟下跪請求父親允許他現在閱讀，他父親深受感動，終於答應了他的要求。

王羲之練習書法很刻苦，甚至連吃飯、走路都不放過，真是到了無時無刻不在練習的地步。沒有紙筆，他就在身上書寫，久而久之，衣服都被寫破了。有時練習書法達到忘情的程度。一次，他練字竟忘了吃飯，家人把飯送到書房，他竟不加思索的摸著墨吃起來，還覺得很美味。當家人發現時，已是滿嘴墨黑了。

王羲之常臨池書寫，就池洗硯，時間長了，池水盡墨，人稱「墨池」。現在紹興蘭亭、浙江永嘉西穀山、廬山歸宗寺等地都有被稱為「墨池」的名勝。

王羲之的書法藝術和刻苦精神很受世人贊許。傳說，王羲之的婚事就是由此而定的。王羲之的叔叔王導是東晉的宰相，與當朝太傅郗鑒是好朋友，郗鑒有一位如花似玉、才貌出眾的女兒。一日，郗鑒對王導說，他想在他的兒子和姪子中為女兒選一位滿意的女婿。王導當即表示同意，並同意由他挑選。

王導回到家中將此事告訴了諸位兒姪，大家久聞郗家小姐德賢貌美，都想得到她。郗家來人選婿時，諸姪兒都忙著更冠易服精心打扮。惟王羲之不問此事，仍躺在東廂房床上專心研究書法藝術。

郗家來人看過王導諸兒姪之後，回去向郗鑒回報說：「王家諸兒郎都不錯，只是知道是選婿有些拘謹不自然。只有東廂房那位公子躺在床上毫不介意，只顧用手在席上比劃什麼。」

郗鑒聽後，高興的說：「東床那位公子，必定是在書法上學有成就的王羲之。此子內含不露，潛心學業，正是我意中的女婿。」於是，把女兒嫁給了王羲之。王導的其他兒姪十分羨慕，稱他為「東床快婿」，從此「東床」也就成了女婿的美稱了。

【相關連結】

鐵杵磨成針

李白是唐朝著名的大詩人，傳說他小時侯讀書並不用功，經常翹課。有一次，他又翹課到外面去玩，在河邊看到一位老奶奶在專心致志的磨一根鐵棒。李白很奇怪，問老奶奶在做什麼，老奶奶說要把鐵棒磨成針。李白不理解，這麼大的鐵棒什麼時候才能磨成針呢？可老奶奶卻說：「只要功夫深，鐵杵磨成針。」

李白深受啟發，從此以後開始發憤學習，終於成為唐朝最著名的詩人。

【延伸閱讀】

如何培養孩子的耐心

常聽到一些家長抱怨自己的孩子：「我的孩子並不比別的孩子笨，就是沒耐性，做事總是虎頭蛇尾，半途而廢。」針對這種情況，家長應該知道，做事是否有頭有尾，有始有終，屬於心理活動中的意志品質問題。意志是否堅強，對長大後學習、工作的成敗都有重要的影響。那麼，家長應該怎樣培養孩子的耐心呢？

一、爸媽言傳身教

父母首先要學會忍耐等待，才能讓孩子學會忍耐。爸媽個性急躁，孩子長大後可能會存在畏怯或霸道等情緒問題。

二、勿包辦代替

對於缺乏耐性的孩子，父母往往愛一切包辦，這樣一來孩子如果不喜歡時，父母便全權代勞，使孩子失去求知欲，更失去了耐性。

6．15勤有功，戲①無益。戒之哉，宜②勉力。

三、讓孩子獨立解決問題

無論是誰都不喜歡困難的問題和費力的事情，看到孩子做題慢或不能做出來而將答案告訴孩子的辦法是錯誤的。應當培養孩子獨立解決問題。

四、重過程甚於重結果

剛會走的孩子是不可能會跑的，初學鋼琴的人不可能即刻演奏出動人的樂曲。即使孩子著急，做父母的也不應當著急，應抱著相信孩子的態度，耐心等待。

五、別對孩子過分期望

孩子不是為了滿足父母的欲求而出生、存在的。父母應當讓孩子做自己喜歡做的事，並給予孩子關注和鼓勵。

六、堅持有規律的運動

有了健康的身體才會有健康的心理。運動有無與倫比的功效。讓孩子確立可行的目標，每天進行一定量的運動鍛鍊，孩子會逐步具備自我調整的能力。

七、多玩團體遊戲

與單獨玩相比，多玩一些團體遊戲可以使孩子養成遵守規則的習慣，在遊戲等待的過程中，鍛鍊了孩子的耐性和團結合作精神。

八、因材施教

當孩子對某種學習有興趣時，為孩子創造機會，使其潛能得到充分發揮。

九、從容易的教材入手

對於沒有耐性的孩子而言，一開始就接觸較難的教材，會使孩子喪失學習興趣。如果從簡單的教材入手，等孩子能很好的理解時再稍增加難度，這樣一來，孩子在一點點獨立完成學習任務的過程中便逐漸提高了耐性。

十、說出自己的目標

在孩子力所能及的範圍內為他們確定目標，並幫助他們達成。

國家圖書館出版品預行編目（CIP）資料

免死記！過目不忘三字經：你與古文的距離，只差一塊美味的翻譯年糕 / 歐陽翰，楊忠著．-- 第一版．-- 臺北市：崧燁文化，2020.07

面； 公分

POD 版

ISBN 978-986-516-262-7(平裝)

1. 三字經 2. 蒙求書 3. 讀本

802.81　　109008877

書　名：免死記！過目不忘三字經：你與古文的距離，只差一塊美味的翻譯年糕

作　者：歐陽翰，楊忠 著

發行人：黃振庭

出版者：崧燁文化事業有限公司

發行者：崧燁文化事業有限公司
E-mail：sonbookservice@gmail.com

粉絲頁：　　網址：

地　址：台北市中正區重慶南路一段六十一號八樓 815 室

8F.-815, No.61, Sec. 1, Chongqing S. Rd., Zhongzheng Dist., Taipei City 100, Taiwan (R.O.C.)

電　話：(02)2370-3310 傳　真：(02) 2388-1990
總經銷：紅螞蟻圖書有限公司

地　址: 台北市內湖區舊宗路二段 121 巷 19 號

電　話:02-2795-3656 傳真:02-2795-4100　網址：

印　刷：京峯彩色印刷有限公司（京峰數位）

定　價：480 元

發行日期：2020 年 07 月第一版

◎ 本書以 POD 印製發行